C. BAXTER KRUGER

WIE WIR GOTT BEGEGNEN

Die Hütte und
das neue Bild von Gott

Mit einer Einführung von
William Paul Young

Aus dem Amerikanischen übersetzt
von Gabriel Stein

Ullstein

Besuchen Sie uns im Internet:
www.ullstein-taschenbuch.de

Allegria im Ullstein Taschenbuch
Herausgegeben von Michael Görden

Neuausgabe im Ullstein Taschenbuch
Ullstein Taschenbuch ist ein Verlag der
Ullstein Buchverlage GmbH, Berlin.
1. Auflage Oktober 2012
© für die deutsche Ausgabe by
Ullstein Buchverlage GmbH, Berlin 2012
© für die Originalausgabe *The Shack Revisited:
There Is More Going On Here Than You Ever Dared to Dream* by
C. Baxter Kruger 2012. This edition published by arrangement
with FaithWords, New York, NY, USA. All rights reserved.
Umschlaggestaltung: FranklDesign, München
Titelabbildung: Marisia Ghiglieri, David Aldrich und
Bobby Downes/Fotolia
Lektorat: Marita Böhm
Satz: Keller & Keller GbR
Gesetzt aus der Baskerville
Papier: Pamo Super von
Arctic Paper Mochenwangen GmbH
Druck und Bindearbeiten:
CPI – Ebner & Spiegel, Ulm
Printed in Germany
ISBN 978-3-548-74572-5

Für Laura –
o du meine wunderbare Tochter.
Jeden Tag deines Lebens hast du mich zum Lächeln gebracht.

INHALT

VORWORT

WILLIAM PAUL YOUNG

Autor von *Die Hütte*

All denjenigen, die sich Zeit genommen haben, *Die Hütte* zu lesen und tiefer in den Stoff einzudringen, die mehrere oder sogar zahlreiche Exemplare gekauft haben, um sie zu verschenken, und mir ihre wunderbaren Geschichten gemailt haben, möchte ich folgende Botschaft übermitteln: »Herzlichen Dank. Sie haben mir große Freude bereitet. Lesen Sie jetzt bitte *Wie wir Gott begegnen.*«

Wenn Sie die Perspektiven, die mein Buch eröffnet, und dessen theologische Grundlagen besser verstehen wollen, dann ist dieses Werk von C. Baxter Kruger wie für Sie geschrieben. Er hat die ungeheure Aufgabe übernommen, das Wesen und den Charakter jenes Gottes zu erforschen, der mir in meiner eigenen Hütte begegnete.

Als Theologe aus Mississippi, der seine akademische Ausbildung im schottischen Aberdeen bei den Brüdern Thomas F. und James B. Torrance erhielt, ist Baxter eine einzigartige Mischung aus brillantem Verstand und kreativem Genie. Er fertigt Köder an, die so schön sind, dass die Leute sie an die Wand hängen, anstatt damit zu angeln, was er wiederum »jammerschade« findet. Seiner Auffassung nach sollte in der Schöpfung alles – ob Barsch, Bier oder Barth (der Theologe) – so genutzt werden, wie es dem Zweck des Gegenstandes entspricht. Und er ist ein Meister darin, uns anderen noch die schwierigsten Zusammenhänge in einleuchtender Weise zu erklären.

Wenn Sie also durch *Die Hütte* Hoffnung und Mut geschöpft haben, wird Ihnen das vorliegende Buch helfen, weitere Schritte zu unternehmen und die Liebe von Papa, Sarayu und Jesus aus einem neuen Blickwinkel zu erfahren.

Es sind nun einige Jahre vergangen, seit ich für meine sechs, inzwischen größtenteils erwachsenen Kinder jene Geschichte niederschrieb und versuchte, sie bis Weihnachten zu beenden – neben der Arbeit in drei verschiedenen Berufen und inmitten der Hektik des Alltags. Ich wollte ihnen gewissermaßen ein kleines Ruderboot bauen – Sie kennen die Art –, mit ein paar Riemen und genügend Platz, um jeweils zwei Kinder mit hinaus auf den See zu nehmen. Zur Überraschung aller, besonders meiner, kam dabei ein Ozeandampfer heraus, der seither das Meer der Menschheit durchpflügt und gewaltige Kielspuren zurücklässt. Sollten Sie dieses Schiff irgendwann zu Gesicht bekommen, werden Sie sehen, dass es auf den Namen *Gott hat Sinn für Humor* getauft ist.

Meine geistige Erziehung war von sehr unterschiedlichen Einflüssen geprägt und fand meist in der Abgeschiedenheit statt. Obwohl ich die Bibelschule und das Priesterseminar besuchte, war es für mich eine einsame Reise, begleitet von den monotonen Stimmen, die aus verstaubten Seiten zu mir drangen, sowie von Reden und Predigten auf Hörkassetten. Man würde Sören Kierkegaard wohl nicht gerade als »fröhliche« Gesellschaft bezeichnen, aber zusammen mit ihm und anderen wie Jacques Ellul, George MacDonald, Malcolm Smith, Jean Vanier, C. S. Lewis, vielen weiteren toten und lebenden Schriftstellern und Theologen – und einer Menge Rock 'n' Roll – bahnte ich mir einen Weg durchs Ödland und gelangte … ja, wohin eigentlich? Das war mir nicht ganz klar. Ich hatte festgestellt, dass die Insel, auf der ich wie ein Ausgestoßener lebte, zugleich von zahlreichen Musikern und Dichtern, Romanautoren, Denkern und Komödianten bewohnt wurde, und ein jeder hatte etwas mitzuteilen – manchmal eine tiefe Einsicht, manchmal eine ermutigende Nachricht. *Die Hütte* war auch ein Floß, auf dem ich in See stach, um eine familiäre, vom Glauben beseelte Gemeinschaft zu entdecken, die mir bis dahin fremd war. Ich hatte zwar die Namen einiger Mitglieder gehört, diese aber nie persönlich kennengelernt. So stieß ich auf meine Wurzeln und fand heraus, dass mein geistiger Stammbaum zurückreicht bis zu Athanasius,

10

Irenäus, Polykarp, aber auch zu Barth, Torrance und etlichen anderen. Sie alle überquerten Grenzen, die durch Glaubenssysteme und konfessionelle Trennungen gesetzt worden waren.

Die Hütte hat stürmische, in der überwiegenden Mehrzahl positive Reaktionen hervorgerufen. Allein per E-Mail erreichten mich weit über Hunderttausende Geschichten, die davon erzählen, wie sehr dieses Buch mit dem Leben von wertvollen Menschen auf äußerst verschiedenen Wegen übereinstimmt. Von der »sozialen« Gemeinde, von Personen also, die im Bereich der Psychotherapie oder Psychiatrie, der Zwölf-Schritte-Programme, der spirituellen Entwicklung, der Seelsorge usw. unmittelbar mit Heilung beschäftigt sind, habe ich bislang keinen negativen Kommentar erhalten. Diese Heiler erachten es als wesentlich, dass die Inhalte des Buches auf die Praxis übertragbar und eine Hilfe sind für diejenigen, die ihnen am Herzen liegen.

Kritik kam fast ausschließlich von religiösen Gruppen, wobei ich diesen Ausdruck nicht abwertend meine. Natürlich haben einige Position bezogen, ohne das Buch zu kennen, und damit ihr Recht eingeschränkt, eine Meinung auch nur vorzutäuschen. Doch es gibt andere, die zweifellos das Gewicht der Verantwortung fühlen, die »Herde der Gläubigen« zu schützen und Gott gegen häretische Eingriffe oder »verführerische Lehren« zu verteidigen. Wir sind dankbar für diese Brüder und Schwestern, die am Familiengespräch teilnehmen, und haben ihre Reaktionen sorgfältig in Betracht gezogen.

Die Hütte sollte nie eine systematische Theologie oder ein weiteres Buch mit aus dem Zusammenhang gerissenen Bibelzitaten sein, die dazu dienen, ahnungslose Ungläubige in religiöse Knechtschaft zu zwingen. Es handelt sich um einen Roman, der eine ganz und gar menschliche Geschichte erzählt, voller Geheimnisse des Unterwegsseins und des Scheiterns, des Verlustes und der Ungewissheit, der ebenso tiefgründigen wie kostbaren Wünsche und Fragen. Durchleuchtet wird die Oberfläche formelhafter Religion und leistungsorientierter Kultur, um hinter deren düsteren Fassaden einen Abglanz der Herrlichkeit zu erspähen und zum Vorschein zu bringen – oder einen Lebenshauch wahrzunehmen, der auf sanfte Weise die

11

letzten Funken Hoffnung neu entfachen und den Willen zur Authentizität wiedererwecken kann.

Bitte missverstehen Sie mich nicht. *Die Hütte* ist Theologie, aber diese wird in eine Geschichte eingebunden; das Wort wird Fleisch und lebt fort in den Blutbahnen und Knochen der Menschen. Wenn man wie ich davon überzeugt ist, dass alles seinen Ursprung, Sinn und Wert, seine Identität, Sicherheit und Bedeutung in der Beziehung findet, vor allem in der Beziehung zu Gott, dann fällt jeder Aspekt des Lebens in den Geltungsbereich der Theologie, des lebendigen Wortes, das Gottes Wirklichkeit und Gegenwart bezeugt.

Was Sie in Händen halten, ist der Beginn eines Unternehmens, das Baxter und ich sukzessive fortzuführen hoffen. Sein Buch gibt den Rahmen und die Grenzen vor; es ist der Versuch, eine umfassendere Vorstellung von Präerleuchtung, von Präreformation zu vermitteln, ja eine frühkirchliche Vision vom wunderbaren Leben des Vaters, Sohnes und Heiligen Geistes sowie von deren Traum für die Menschheit. Daher muss Platon schweigen, das dualistische Denken mit seiner Trennung von Geist und Materie bleibt ohne Widerhall. Diese Perspektive, eröffnet durch *Die Hütte*, wird hier erweitert und in leicht verständlicher Form zur Sprache gebracht. Ich bin zuversichtlich, dass jene heraufziehende Vision, die Baxter mit Worten auf die Leinwand malt, Sie überwältigen und mit Staunen, Bewunderung und der Ahnung vom Unerschöpflichen erfüllen wird.

Im Grunde möchten er und ich insbesondere die abendländische Geschichte ins Auge fassen, um deutlicher zu begreifen, wie wir so weit vom Kurs abkommen konnten, die Theologie, welche die schwierigsten und besten Fragen stellt, und die Konsequenzen, die zwangsläufig aus derartigen Überlegungen resultieren. Wenn das, was wir zu enthüllen und mitzuteilen versuchen, der Wahrheit entspricht, müssen wir uns damit auseinandersetzen, wie es unser Denken über Himmel, Hölle und Evangelium beeinflusst, über Religion, Wissenschaft und Politik, über die Rolle der Frauen, der Erziehung und der Arbeit, über das Wesen der Kirche und die Homosexualität, über den Prozess der inneren Transformation und der Heilung – und nicht zuletzt über die rigide, offenbar überholte Trennung zwischen dem Heiligen und dem

12

Weltlichen. Daher ist es uns ein Anliegen, diese Vision in der täglichen Erfahrung verwirklicht zu sehen.

Wir möchten Menschen zusammenbringen, die uns einen Eindruck vermitteln, wie sich ein solch verändertes Bewusstsein auf den Gebieten ihres Interesses und ihrer Leidenschaft bemerkbar macht: Astrophysik, Medizin, Pädagogik, Mutterschaft, Vaterschaft, Künste, Medien, Geschäftsleben, geistliches Amt, Landarbeit, Umweltschutz – oder was immer Ihnen zusagt.

Viele von uns wurden auf dem Schiff der westlichen Aufklärung groß, beherrscht von Rationalismus und Dualismus. Da man dessen Kurs nie wirklich korrigiert hat, wird es auf Grund laufen und im Sand zunehmender Bedeutungslosigkeit stecken bleiben. Die Intelligenz findet sich im Unterdeck wieder, verloren in tiefen, geheimnisvollen Gesprächen, während draußen die Welt vorbeizieht und wir übrigen in unserer *Großen Traurigkeit* schlummern.

Meines Erachtens brauchen wir keine neue Theologie; es genügt, ihre Ursprünge genauer zu verstehen und ihre frühen Formen in heutiger Zeit wiederzubeleben. Das heißt, wir müssen die Vision der ersten Evangelisten, welche die gesamte Existenz und Wirklichkeit allein im Licht der Person Jesu und seiner Beziehung mit dem Vater und dem Heiligen Geist sahen, ernst nehmen und nach besten Kräften weiterentwickeln.

Aus all diesen Gründen laden mein Freund Baxter, ich und unzählige andere Sie mit offenen Armen ein, die *Hütte* noch einmal zu besuchen – eine Welt, in der Papas Liebe endlos ist, Jesu Glaube an Sie so »stark wie Kraut«, wie Baxter sagen würde, und die Hoffnung des Heiligen Geistes größer als das Universum. Eine Welt, in der *Sie* eine wichtige Rolle spielen und Papa besonders von *Ihnen* entzückt ist!

EINFÜHRUNG

DER CADILLAC-HOCHSITZ

Mitte Oktober 2007 rief mich Wendy Marchant aus Sault Ste. Marie, Kanada, an. Ihre ersten Worte waren: »Baxter, ich werde erst auflegen, wenn du mir versprochen hast, dieses Buch mit dem Titel *The Shack* (Die Hütte) zu lesen.« Mein erster Gedanke war: *Wendy, hör auf, das ist nicht deine Art.* Von Zeit zu Zeit senden mir Leute Manuskripte des »besten Buches, das je geschrieben wurde«. Zwei oder drei Tage später folgt dann eine E-Mail mit der Frage, was ich von dem Buch halte. Aber Wendy war keine Fremde; tatsächlich ist sie eine reizende Freundin, eine Seelengefährtin, die mich ins Herz geschlossen hat und für mich und meine Familie ständig betet. Während also meine Gedanken schwankten zwischen *Nicht schon wieder …* und *… aber es ist Wendy*, fragte ich sie nach dem Inhalt des Buches.

»Baxter, das werde ich dir nicht sagen; es würde alles verderben. Vertrau mir einfach in dieser Sache.«

»Gut, Wendy, ich werde Folgendes tun. Bald beginnt die Jagdzeit für Hirsche, also werde ich mir das Buch beschaffen und es oben auf den Lektürestapel für meinen Hochsitz legen.«

Gesagt, getan.

Einen Monat später, am Eröffnungstag der Jagdzeit, verstaute ich *Die Hütte* pflichtbewusst in meinem Rucksack und fuhr zum Hochsitz. Man muss verstehen, dass ich kein passionierter Hirschjäger bin. In meinem ganzen Leben habe ich nur drei Tiere erlegt. Doch ich liebe es, in den Wäldern zu sein. Deshalb errichteten mein Freund Jeff und ich vor einigen Jahren das, was wir liebevoll den »Cadillac-Hochsitz« nennen – ausgestattet mit Zinndach, Teppich und zwei bequemen

Sesseln. Für mich ist er vor allem ein Arbeitszimmer im Freien und ein privates Heiligtum mit fantastischer Aussicht. Im Cadillac lese, schreibe und bete ich und manchmal gehe ich auf Jagd.

So stieg ich die Treppe hoch, richtete alles her, setzte mich und öffnete *Die Hütte*.

Der erste Satz des Vorworts erregte meine Aufmerksamkeit: »Wer wäre nicht skeptisch, wenn jemand behauptet, er hätte ein ganzes Wochenende mit Gott verbracht, noch dazu in einer Hütte?« Ich dachte: *Ein Buch über einen Mann, der Gott in den Wäldern, in einer Hütte begegnet. Gute Idee. Ist es eine alte Jagdhütte? Aber um* welchen *Gott handelt es sich? Das ist die Frage, also sag mir bitte, dass es nicht der gleiche alte Gott sein wird.* Doch dann kam die Geschichte von Macks Vater, der seinen Sohn an einem Baum festband und ihn zwei Tage lang schlug, dann der Ausdruck *Große Traurigkeit*, dann die Geschichte der indianischen Prinzessin vom Stamm der Multnomah, dann Missy – und dann ertappte ich mich dabei, wie mir im Cadillac die Tränen in die Augen traten.

Im Innersten getroffen, heulte ich vor Rührung. Als sie Missys Kleid in der Hütte fanden, stand ich auf, schnäuzte mir die Nase, trocknete die Tränen, schwenkte *Die Hütte* in der rechten Hand und sagte mit erhobener Stimme: »William P. Young! Ich weiß nicht, wer du bist, aber ich verspreche dir eines: Falls du den gleichen alten, fernen, unberührbaren, legalistischen Gott verkündest, der die Welt mit seinem missbilligenden Blick absucht, um so auf deren herzzerreißenden Schmerz eine Antwort zu geben, werde ich dein Buch nehmen, zweihundert Meter weit gehen, es gegen einen Baum lehnen und dieses Exemplar mit der Axt eigenhändig vernichten.«

Aber der Bruder im Geist verkündete eine andere Botschaft. Paul William Young weiß um Jesu *Abba*, den Vater. *Die Hütte* handelt nicht von dem missbilligenden Gott unserer verfehlten Vorstellungen, sondern von der schockierenden Vorliebe des dreieinigen Gottes für *Sünder*. Es handelt von der Freiheit des Vaters, des Sohnes und des Heiligen Geistes, Liebe zu schenken und uns in unserer schrecklichen Gebrochenheit zu umarmen; von der unerschütterlichen Leidenschaft der gesegneten Dreifaltigkeit[1], uns von uns selbst zu befreien, auf dass

16

wir geliebt werden – denn wir werden geliebt. Wir gehören zu Vater, Sohn und Heiligem Geist, seit jeher und für alle Zeit. Wir können es nur nicht sehen. Und weil wir es nicht sehen können, leben wir mit dem zerstörerischen Gewicht von Macks Bürde, die wir unwissentlich mit allen Menschen, ja mit der ganzen Schöpfung teilen.

Es gibt kein schöneres Bild von der Wahrheit des dreieinigen Gottes als die Szene, wo Papa diesen Mackenzie Allen Phillips in der größten Umarmung des Universums in die Höhe hebt und wie ein kleines Kind herumwirbelt. Ich war verblüfft und außer mir vor Freude. Irgendwo im Innern weiß jeder von uns, dass es so ist, dass Jesu *Abba* so ist, dass dies die Wahrheit ist, die uns befreit, dass diese göttliche Liebe wirklich ist. Doch es stimmt nicht mit unserem Denken überein, mit unseren tief verwurzelten Vorstellungen, beladen mit unseren aus dem Zusammenhang gerissenen Bibelzitaten und unseren verwundeten Herzen – mit dem also, was Athanasius als »Mythologie« bezeichnete.

Ich las den ganzen Nachmittag über, entschlossen, die Lektüre vor Einbruch der Dunkelheit zu beenden, aber es gelang mir nicht. Also saß ich mit einer Taschenlampe im Mund gebannt im Cadillac, bis mir mein Sohn per SMS mitteilte, dass er mich in unserem Basislager erwarte.

Die Geschichte *hinter* der Geschichte

William P. Young (von den Freunden »Paul« genannt) schrieb *Die Hütte* für seine Kinder und dachte nie daran, diese Geschichte zu veröffentlichen. Er hatte zweierlei im Sinn: seinen Kindern ein Geschenk zu machen, das seiner Liebe Ausdruck verleihen würde, und ihnen damit – nach den Worten seines Freundes Willie – Einblick zu gewähren in sein Leben. Paul wollte die Geschichte vor Weihnachten zum Office Depot bringen, um fünfzehn Kopien zu machen für seine Kinder, seine Frau und einige Brüder. Doch selbst mit drei Jobs verfügte er nur über wenig Geld. Zu guter Letzt wurden die Kopien angefertigt, und so zirkulierte die Geschichte in seiner Familie und unter Freunden. Man ermunterte ihn, sie in Buchform zu veröffentlichen, aber alle Verleger, die er kontaktierte, lehnten ab, weil sie »zu sehr aus dem Rahmen fiel« oder »zu viel Jesus enthielt«.

Für Paul ist die Veröffentlichung des Buches, das ziemlich bald zu einem Weltbestseller wurde, *lagniappe*, ein kleines Extra, wie die Cajuns – eine frankophone Bevölkerungsgruppe im Bundesstaat Louisiana – sagen. Sein Traum ging in Erfüllung, als die ersten Kopien existierten und seine Kinder eine Geschichte hatten, die ihres Vaters Reise in die reale Welt beleuchtete.

Ich hörte Paul sagen, er habe in seinem Leben einen Punkt erreicht, wo er rief: »Papa, ich werde dich nie bitten, eine meiner Tätigkeiten zu segnen, aber wenn es etwas gibt, was du segnest und an dem ich teilhaben könnte, würde ich es lieben. Egal, ob es darum geht, Toiletten sauber zu machen, die Tür aufzuhalten oder Schuhe zu polieren.« Und Papa erwiderte: »Paul, ich werde dir etwas anvertrauen. Wie wäre es, wenn ich diese kleine Geschichte segne, die du gerade für deine Kinder schreibst? Du gibst sie an die Deinen weiter, und ich werde sie an die Meinen weitergeben.« Der Rest ist, wie es so schön heißt, Geschichte.

Doch ist damit alles gesagt? Im Leben eines Durchschnittsmenschen passiert weitaus mehr, als irgendjemand zu träumen wagte. Und das trifft ganz gewiss auf Paul Young zu. *Die Hütte* ist nicht die Erzählung eines Akademikers, der am Ende lernt, mit normalen Leuten zu kommunizieren. Es gibt eine Geschichte hinter der Geschichte, ja sogar mehrere Geschichten, aber ich halte mich an Willies Erklärung: »... dass sie ihnen helfen sollte zu verstehen, was damals in seinem Leben vorgegangen war.« Der Begriff »Leben« umfasst natürlich auch die Innenwelt – die Welt des Unsichtbaren, des Leids und der Verwirrung, der Scham, der gebrochenen Herzen und der zerbrochenen Träume. Sie beherrscht uns alle und insbesondere auch die Erzählung selbst, die über unser Dasein hinausreicht. Die Geschichte hinter der Geschichte ist jene herzzerreißende Hölle, die Paul Young am eigenen Leib erfahren musste.

Ich habe ein Foto von Paul im Alter von sechs Jahren gesehen. Darauf wirkte er wie ein alter Mann – müde, niedergeschlagen, ver-

18

braucht und furchtbar traurig. Aus seinen Augen schrie die Verzweiflung. Dieses Foto brachte mich zum Weinen. Aber hier liegt der Beginn der Geschichte, die wir alle – oder zumindest die meisten von uns – zu lieben gelernt haben.

Zu jenem Zeitpunkt war Paul bereits emotional völlig vernachlässigt und wiederholt verbal, physisch, sexuell misshandelt worden. Von seinen frühen Lebensjahren an war er, gelinde ausgedrückt, innerlich verkrüppelt. Kein Kind – kein Mensch – kann ein solches Trauma aushalten. Es erzeugt eine tödliche »Mehlschwitze« (französisch *roux*[2]) aus Scham, Angst, Unsicherheit, Sorge und Schuldgefühl. Diese unsichtbaren Ingredenzien verbinden sich zu einem quälenden, erdrückenden und zugleich unnachgiebigen Flüstern: »Ich bin nicht okay. Ich bin nicht gut, nicht würdig, nicht wichtig, nicht liebenswert, nicht menschlich«, das jeden Moment des Lebens heimsucht. Wie wird ein Kind oder irgendjemand sonst mit einer derart qualvollen Innenwelt fertig? Niemand ist dazu imstande.

Wie ein Fisch nicht dazu geschaffen ist, auf dem Mond zu leben, sind wir nie dazu ausersehen worden, in Scham zu leben. Aber was tut man, wenn genau dies eingetreten ist? Wo geht man hin? Die meisten verbergen das Trauma im geheimen Winkel der Seele und setzen ihren Weg fort – oder versuchen es wenigstens. *Doch was wir verbergen, beherrscht uns.* Was wir ganz bewusst nicht wissen wollen, wird uns zerstören. Jenes »Ich bin nicht …« verwandelt sich in »Ich werde …«, und so geben wir uns dem Traum vom Werden hin. »Wenn ich einfach heiraten und Kinder haben werde …« Oder: »Wenn ich nur diesen Job oder diese Beförderung, dieses Geld, dieses Auto, dieses Haus, diese Position, diese Macht, diese neue Beziehung bekomme …« Und los geht's. Aber derlei »Unternehmungen« sind nicht geeignet, seelischen Schmerz zu bewältigen, geschweige denn zu heilen. Folglich greifen wir zu Medikamenten, schalten auf Autopilot, räumen das Feld, verharren auf die eine oder andere Weise in einem Zustand der Betäubung; oder wir bleiben ständig auf Trab, engagieren uns für eine gute Sache, verwalten die Innenwelt anderer Menschen, leben durch unsere Kinder … Jedenfalls ist das Problem zu groß, als dass wir uns direkt damit auseinandersetzen könnten.

19

Paul Young wandte sich der Religion zu, zum Teil deshalb, weil sie die Umgebung geprägt hatte, in der er aufwuchs, also ohne Weiteres verfügbar war, und weil sie für ihn eine Möglichkeit darstellte, zu einem wertvollen Menschen zu werden. Er kam in Alberta, Kanada, zur Welt, befand sich aber schon vor seinem ersten Geburtstag auf dem Missionsgebiet im Hochland von Niederländisch-Neuguinea (West-Papua). Etwa im Alter von sechs Jahren wurde er – wie es die dortige Missionsbehörde verlangte – auf ein Internat geschickt. Bevor er zehn wurde, kehrte die Familie unerwartet nach Kanada zurück. Bis zum Abitur hatte Paul schließlich dreizehn verschiedene Schulen besucht. Sein Vater wiederum war vom Missionar zum Pastor geworden.

Diese Tatsachen sagen nichts über den Schmerz aus, sich an verschiedene Kulturen anzupassen, über Verluste an Menschenleben, die fast zu erschütternd waren, um sie zu ertragen, über nächtliche Gänge entlang den Bahngleisen mitten im Winter, die Schreie in den Schneesturm hinein, über das Leben, dem eine so tiefe und lautstarke Scham zugrunde lag, dass sie ständig jedes Gefühl von seelischer Gesundheit gefährdete, über Träume, die durch persönliches Versagen nicht nur durchkreuzt wurden, sondern ausgelöscht, über die so schwache Hoffnung, dass nur der Abzug der Schusswaffe eine Lösung zu bieten schien.[3]

»Religion« war das einzige Wort, das Paul kannte, die Karte, die man ihm ausgeteilt hatte. Also spielte er sie. Er glaubte an die überlieferte Version des Christentums, es blieb ihm keine andere Wahl. Mit dem Satz »Ich bin nicht gut«, der aus jeder Brise flüsterte, machte er sich daran, zu beweisen, dass dem tatsächlich so war. Das College schloss er als Bester seines Jahrgangs ab und wurde ein strahlender Star; ein religiöser Performer, der auf dem Weg zum Gipfel die Leute entzückte. Doch jeder Moment stellte ihn vor die mühsame Aufgabe, überaus wachsam zu sein, jede Gruppe, jede Versammlung, jede Diskussion zu überprüfen und den Eindruck, den er hinterließ, genau zu kontrollieren. Denn wie konnte Paul, wie kann überhaupt jemand unter uns die anderen wissen lassen, dass das Innere immer mehr abstirbt?

Also verbarg er sein Trauma noch mehr, lächelte, lehrte die Bibel, wurde der »nette Typ«, der Berater, und hielt zugleich jeden Menschen

20

auf sicherer Distanz. Doch er fand keine Erlösung von dem wütenden Aufruhr in seiner inneren Welt. Schreiend bat er Gott um Heilung, gab sich und sein Leben hundert Mal hin, bis er schließlich völlig ausgebrannt war. Sein Leben wurde zu einer Art Versteckspiel, während er verzweifelt nach Erleichterung und Hilfe suchte, wo immer er sie finden konnte. Aber in der Religion gibt es keine Heilung. Diese tritt erst dann ein, wenn man Jesus im geheimen Winkel der Seele – oder in der eigenen Hütte – begegnet, an dem Ort nämlich, dessen Existenz Paul wie die meisten von uns mit aller Macht zu leugnen suchte.

Er arbeitete sich in den geistlichen Stand vor, ins Geschäftsleben, in die Ehe, in die Vaterschaft – stets bis zum Äußersten bemüht, ein authentischer Mensch zu werden, wobei er die tief verwurzelte Scham ebenso verheimlichte wie die persönlichen Fehlschläge.

Ein einziger Telefonanruf erschütterte seine Welt für alle Zeit – eigentlich waren es nur zwei Worte: »Ich weiß.« Kim, Pauls Frau, hatte herausgefunden, dass er eine Affäre mit einer ihrer Freundinnen hatte. Eine Affäre ist ein Mittel, mit dem die Scham ihr Gift in unser Leben treibt. Natürlich gibt es unzählige weitere, doch dieses besteht darin, dass wir uns einer anderen Person zuwenden, einer oder einem »magischen Anderen«[4], die oder der unser Alles, unser Leben, unsere Rettung sein wird. Vermutlich verstand Paul, was der Dichter meinte, der schrieb: »Die Hölle kennt keinen schlimmeren Zorn als den einer verschmähten Frau.«[5]

Doch das ist nicht die ganze Wahrheit. Der Himmel hat keine bessere Verbündete als eine Frau, die zu lieben weiß. Nicht von ungefähr lautet die Widmung in Pauls Buch: »Kim, meiner Geliebten, danke, dass du mir das Leben gerettet hast.«

Mackenzies Wochenende in der Hütte umfasst elf Jahre von Pauls Leben – elf leidvolle Jahre der emotionalen Folter, der Depression, in denen ab und zu ein einzelner Hoffnungsschimmer aufleuchtete –, aber es war Kims heroische, in Zorn gehüllte Liebe, die alles zusammenhielt. Aus einer menschlichen Perspektive betrachtet, wäre Paul Young ohne Kim und ihr großes Herz wohl längst tot oder weggesperrt in irgendeine kalte Anstalt – oder ein ausgehöhlter Mensch, der nur noch wie ein Automat funktioniert. Es wäre keine Geschichte zu erzählen gewesen, zumindest nicht jene, die von der Begegnung mit der gesegneten Dreifaltigkeit im geheimen Winkel der Seele handelt.

Jenseits der Hölle, als wahre Freiheit und eigentliches Leben anzubrechen begannen, war Kim diejenige, die darauf bestand, dass Paul einen Text für die Kinder schriebe, um seine Reise und innere Befreiung zu erklären. Sie hatte genauso wenig wie er an ein Buch gedacht, aber die Tatsache, dass es nun existiert, versetzt die meisten Leute in Begeisterung.

Mehr als einmal habe ich ihn tief gerührt und tränenüberströmt von seiner Frau und den Kindern sprechen hören. Das Buch entstand in der Feuerprobe des Lebens, des Traumas und der Misshandlung; der sinnentleerten Religion, der Not und des Verrats; aber auch inmitten der Barmherzigkeit, der Liebe und der Versöhnung. Irgendwo schrieb Luther, Gott schicke die Theologen in die Hölle. Dort interessiert sich natürlich niemand für bloße Theologie. Im abgrundtiefen Schmerz und Leid will niemand etwas wissen von Pseudoversprechen, intellektueller Masturbation oder »Skippy, dem Wunder-Christus«, wie mein Freund Ken Blue es ausdrückt. In der Hölle wünschen wir uns nichts mehr, als ihr zu entkommen. Wir begreifen das Verlangen nach Leben, nach Heilung, nach echter Rettung – nach einem Erlöser, der hier und jetzt erlöst, der versöhnt, der unsere Gebrochenheit heilt und uns von der Scham befreit. Das heißt, wir brauchen einfach etwas, was funktioniert.

Genau das ist die Geschichte *hinter* der Geschichte. *Die Hütte* hätte leicht solche Titel tragen können wie *Von der Hölle zum Himmel* oder *Von der überwältigenden Scham zum Geliebtwerden ins Leben* oder *Wie Jesus einen neurotischen Mann heilte* oder gar *Kein Wunder, dass wir mit Göttern wie den unsern so traurig und gebrochen sind.* Denn die Geschichte handelt von Hölle und Himmel, von Trauma, Scham und von der Entdeckung der Liebe – vom wahren Jesus, der einen gebrochenen Menschen annimmt. Und sie handelt von Vater, Sohn und Heiligem Geist, die uns im fernen Land unserer schrecklichen und ohnmächtigen Mythologie auffinden, um ihr Leben mit uns zu teilen. Denn die Wahrheit jenseits dieser Welt lautet, dass Gott Vater, Sohn und Heiliger Geist ist. So besteht der eine unwiderrufliche Sinn der gesegneten

22

Dreifaltigkeit darin, dass wir das reine dreifaltige Leben auskosten und fühlen, erkennen und erfahren sollen.

Was Paul und Kim in der Liebe von Papa, Jesus und Sarayu erfahren und entdeckt haben, ist die »unaussprechliche und herrliche Freude« (1. Petrus 1,8), das Leben in Hülle und Fülle, das Jesus versprach (vgl. Johannes 10,10). Sie können nicht mehr zurückkehren zu der gleichen alten Religion mit ihren sorgfältig beglaubigten Bibelversen und ihrem Leitspruch: *Sei eifriger, mühe dich noch mehr ab.* Vielmehr wurden sie, wie C. S. Lewis, inmitten der Not »von Freude überrascht«.[6]

Einige haben an der im Buch entfalteten Theologie Anstoß genommen. Pauls Antwort ist weder ein theologisches Argument noch eine biblische Exegese, obwohl er in beidem großes Geschick besitzt. Sie stammt unmittelbar aus dem eigenen Leben und seinen zwischenmenschlichen Beziehungen. Er sagt: »Ich habe ein T-Shirt aus der Hölle, im Grunde sogar mehrere. Religion funktioniert nirgendwo, und schon gar nicht dort, aber Vater, Sohn und Heiliger Geist kamen herbei, um mich in meiner Hölle zu finden. Sie akzeptierten, liebten und umarmten mich – und heilen mich mit ihrer Liebe.« Ich denke, Paul würde auch eine einfache Frage stellen: »Wie funktioniert *eure Theologie* in eurem Leben?« Und da ich ihn kenne, würde er fortfahren: »Wie funktioniert nach Meinung eurer Frau oder eures Mannes und eurer Freunde diese Theologie in eurem Leben?« Obwohl also *Die Hütte* eine Geschichte für seine Kinder ist, hat sie doch eine tiefere Bedeutung. Diese Geschichte ist eine Frage von Leben und Tod. Paul Young meint es ernst. Er will, dass seine Kinder die verheerende Unfähigkeit der Religion erkennen, unsere gebrochenen Seelen zu heilen, und ihnen die verblüffende innere Befreiung durch Papas Umarmung vor Augen führen.

Vater, Sohn und Heiliger Geist, die er Papa, Jesus und Sarayu nennt, sind keine Mythen wie Nikolaus, der weiße, blauäugige Jesus und die Zahnfee. Sie sind *real.* Sie begegnen uns in unserem Schmerz, unserer Wut und Verbitterung; in unserer Scham, Schuld und Ohnmacht; in unseren unglücklichen, zerrütteten Beziehungen – und in unserer schrecklichen Religion. Dort lieben sie uns um des Lebens und der

Freiheit willen. Daher rührt die zweite Widmung im Buch: »... uns durchs Leben Stolpernden, die daran glauben, dass die Liebe regiert. Steht auf und lasst sie leuchten.«[7]

Die Geschichte *in* der Geschichte

Wie Paul Young ist auch Mackenzie Allen Phillips – wenngleich aus anderen Gründen – ein gebrochener Mann. Einige Jahre zuvor begann für ihn der schlimmste Albtraum, den ein Vater haben kann: Seine jüngste Tochter Missy wurde entführt, ermordet und weggeworfen. »Das alles trug sich am Wochenende des Labor Day zu, dem letzten Hurra des Sommers vor dem Beginn des neuen Schuljahres und der herbstlichen Alltagsroutine.«

Mack hatte drei seiner Kinder auf einen Campingausflug mitgenommen, und dabei wurde Missy gekidnappt. Seither ist er in der von ihm so genannten *Großen Traurigkeit* gefangen, im tiefen und heillosen Morast der eigenen Hilflosigkeit, der Abwesenheit seiner Tochter und des göttlichen Schweigens. Er hat vier große Kinder und seine Frau Nan, die zu lieben weiß, aber Macks Innenwelt ist genauso verworren wie ein Labyrinth, genauso ausgehöhlt wie eine leere Frucht. Er gibt sich alle Mühe, mit seinem Kummer zu leben, doch selbst die Hölle wäre eine Erleichterung für jene, die den Verlust eines Kindes erleiden. Dieser Verlust ist einfach grundverkehrt – und in keiner Weise zu bewältigen.

Ein solcher Mensch wird nie mehr das Lachen seiner Tochter hö - ren, ihr Lächeln sehen oder aus ihrem Mund den eigenen Namen vernehmen – außer in Albträumen. Es wird für sie keine Übernachtungen bei Freundinnen geben, keine ersten Rendezvous, keine Freunde, keine Abschlussbälle am Ende des Schuljahres, keine Exkursionen, keine geteilten Leiden, keine Überraschungen. Alles aus und vorbei, verschwunden wie der letzte Lichtstahl vor Einbruch der Dunkelheit. Und dann tritt eine tiefe Stille ein. Der ganze Kummer, die Verzweiflung, die Wut, das Schuldgefühl und die Ohnmacht vermischen sich, um sein Wesen in den Bann der Betäubung zu schlagen.

24

Sein Denken ist umnebelt. Seine Fähigkeit, die Welt wahrzunehmen, Verbindungen einzugehen, zu fühlen – sich lebendig zu fühlen, andere zu fühlen, ja überhaupt etwas zu fühlen –, wird immer zäher wie Melasse, während der Schmerz sogar die Farbe einer Rose auslöscht und das Leben keinerlei Freude mehr gewährt. Schließlich zehrt die entsetzliche Stille der Abwesenheit auch noch die Erinnerungen auf.

Die *Große Traurigkeit* trocknet die ohnehin schon gebrochene Seele weiter aus, raubt das Gefühl, lebendig zu sein. Außerdem gibt es diese schrecklichen Träume völliger Machtlosigkeit. Mack träumt, im Schlamm festzustecken, und will verzweifelt schreien, um Missy zu warnen, aber kein Laut kommt ihm über die Lippen. Er erwacht schweißgebadet, zutiefst gequält, voller Schuldgefühle, in Reue gefangen, hilflos und bar jeder Hoffnung. Darüber hinaus stellt sich die Frage nach Gott. Warum ist das geschehen? Wo war Gott? Warum ließ er Missys Entführung und Ermordung zu? Kümmerte es ihn nicht? Mack ist außer sich, sucht nach einer Möglichkeit, eine so schockierende Ungerechtigkeit zu verstehen. Doch Wut, Schuldzuweisung, Groll eitern in seiner Wunde:

»Du glaubst nicht, dass Gott seine Kinder besonders gut liebt, nicht wahr? Du glaubst nicht wirklich, dass Gott gut ist. Stimmt das?« [fragte Sophia]
»Ist Missy sein Kind?«, fragte Mack heftig zurück.
»Natürlich!«, antwortete sie.
»Dann, nein!«, rief er wütend und sprang auf. »Ich glaube nicht, dass Gott alle seine Kinder wirklich liebt!« …
»Ist nicht genau das die Anklage, die du vorbringst, Mackenzie? Dass Gott dich im Stich gelassen hat, dass er Missy im Stich gelassen hat? Dass Gott schon vor Anbeginn der Schöpfung wissen musste, dass deine Missy eines Tages brutal ermordet werden würde und dass er trotzdem alles so erschaffen hat? Und dass er dann zuließ, dass eine kranke Seele Missy aus deinen liebenden Armen raubte, obwohl Gott doch die Macht gehabt hätte, es zu verhindern. Ist also Gott nicht schuldig, Mackenzie?«
»Ja, Gott ist schuldig!«

(Hervorhebungen von mir.)

Verloren im Abgrund seines Schmerzes bleibt Mack zurück mit der Gewissheit von Gottes Inkompetenz. In einem derartigen Zustand drängt sich der Eindruck auf, dass »die Wirklichkeit bei genauer Betrachtung unerträglich ist«.[8] Verwirrt und zornig ist Mack stillschweigend zu einem gebrochenen, kraftlosen Menschen geworden, zu einem Gespenst seiner selbst. Die Tage, Monate und Jahre vergehen, stecken fest in seiner *Großen Traurigkeit*. Dann aber, an einem eisigen Wintertag, rutscht er aus und gleitet rücklings zu seinem Briefkasten, um darin eine Botschaft – *von Gott* – zu entdecken:

Mackenzie,

es ist eine Weile her. Ich vermisse dich.
Ich bin am nächsten Wochenende bei der Hütte,
wenn du mich treffen möchtest.

Papa

Und so beginnt die Geschichte der Heilung des Mackenzie Allen Phillips. Seine innere Befreiung erfordert die überwältigende Liebe des Vaters, des Sohnes und des Heiligen Geistes, die ihm unendliche Geduld, zärtliche Fürsorge und verblüffenden Respekt entgegenbringen. Sie begegnen ihm in seinem Albtraum, hegen und pflegen ihn durch eine *Revolution* in seinen Vorstellungen von Gott, vom Sinn des menschlichen Daseins, von seiner Person und den anderen, von der Bedeutung des Todes Jesu – und erklären ihm, was es heißt, sein Leben zu leben.

Obwohl Paul Young vielleicht nie die Absicht hegte, die Geschichte zu veröffentlichen, hatte der Heilige Geist seine eigenen Pläne. Die unfassbare Popularität der *Hütte* beweist uns, dass etwas in dieser Geschichte eine tiefe innere und allen gemeinsame Saite berührt. Und obwohl Mack eine Romanfigur ist, erscheint er doch keinem von uns als ein Fremder. Das ist die Geschichte *in* der Geschichte. Wir sind Mackenzie, und er ist wir. Auch wenn wir nicht wie er auf so brutale Weise ein Kind verloren haben, trägt jeder von uns Wunden aus der

26

Kindheit davon, ja ich wage zu behaupten, dass die meisten ein gerüttelt Maß an Leiden und bitterer Enttäuschung erfahren haben. Macks Qual ist heftig und wirft grundlegende Fragen auf, die auch wir uns stellen. Er ist gefangen zwischen einer schrecklichen Tragödie und dem unzugänglichen Ort eines Gottes, der schweigsam, wenn nicht grausam ist. Und dieser unzugängliche Ort verfolgt uns. Mack kann mit seinem Schmerz nirgendwohin gehen. Seine Religion ist bestenfalls ungeeignet. Er ist allein, auf sich gestellt, erfüllt von dem Entsetzen durch Missys Tod – ein Mann ohne Antworten. Demnach besteht die Geschichte in der Geschichte darin, dass *Die Hütte* zugleich unsere Geschichte ist, die Geschichte unseres Schmerzes und unserer Blindheit, des Gottes, der völlig abwesend scheint, so gleichgültig und unfähig, wenn es wirklich darauf ankommt, und unseres in Scham angehaltenen Lebens. Doch es geht dabei auch um die Geschichte unserer Befreiung, vorausgesetzt, wir ersehnen sie.

In dem Moment, als Papa die Tür der Hütte öffnete und einen gebrochenen, tieftraurigen Mackenzie Allen Phillips in höchster Liebe umarmte, hatten Sie da nicht auch das Gefühl, dass in Ihrer Seele eine alte Hoffnung wieder lebendig wurde? Standen Ihnen nicht Tränen der Rührung in den Augen? Dies ist eine Liebesgeschichte, an die wir unbedingt glauben wollen, aber es gelingt uns nicht. Wir wissen nämlich, dass sie *wahr* ist. Doch wie kann das sein? Eine einzige Szene wirft unzählige Fragen auf. Könnte Gott so gut sein? Könnte ich mich derart irren? Könnte es so einfach sein? Ja! Ja! Ja!

Mack fand in der »Religion«, mit der viele von uns aufgewachsen sind, keine echte Hilfe. Zwar wurde er am Ende gründlich geheilt, aber der Preis dafür bestand in der Dekonstruktion von fast allem, was ihm je mitgeteilt worden war über Gott, über sich selbst und andere. Unangetastet blieb jedoch das Flüstern, das er im Geist vernommen hatte. Gerade dieser Aspekt ist für mich als Theologe faszinierend. Mackenzie entdeckte die reine Güte des Vaters, des Sohnes und des Heiligen Geistes – jene uralte Wahrheit, die einstmals die Welt veränderte. *Die Hütte* ist die Stimme der Frühkirche, die uns aus unserem Wahn zurückruft zu unserem wahren Zuhause in Vater, Sohn und Heiligem Geist.

Die Geschichte in der Geschichte offenbart, dass Paul Young durch das tragische Leben und die Heilung von Mackenzie Allen Phillips einen Weg gefunden hat, hinter die »wachsamen Drachen«[9] des Deismus, Legalismus und Rationalismus zu schleichen und uns mit der Wahrheit vertraut zu machen, die uns befreit. Diese Wahrheit ist eine Person, die das Leben und alle Dinge in selbstloser Liebe – und in der wunderbaren Freiheit des Heiligen Geistes – mit ihrem Papa teilt. Eine Person, die sämtliche Welten durchquert hat, um uns in unserem Schmerz zu finden. Eine Person, begleitet von ihrem Papa und dem Heiligen Geist. Irgendwo in unserem Innern wissen wir, dass dem so ist. Aber es macht uns Angst. Denn zieht man an diesem Faden, löst sich allmählich ein ganzer Teppich auf. Doch gerade wenn man befürchtet, die eigene Welt würde verschwinden, wird einem die Einsicht zuteil, dass Jemand einen neuen Teppich unvorstellbarer Einfachheit, Freiheit und Lebensfreude webt.

In der Mitte der Geschichte, wenn Mack durch einen Heilungsprozess in etwa fünfzehn Schritten der Liebe teilhaftig wird, ermahnt Sophia ihn mit Worten, die alle Liebenden des Lebens beherzigen müssen: »Vielleicht stimmt das Bild nicht, das du dir von Gott gemacht hast.«

Und dann sagt Sarayu: »Sei bereit, dich kritisch auseinanderzusetzen mit dem, was du glaubst.«

Der Telefonanruf

Ungefähr eine Woche nach meiner Lektüre des Buches auf dem Cadillac-Hochsitz sahen mein Sohn und ich den New York Giants mit ihrem Quarterback Eli Manning im Fernsehen zu, als das Telefon läutete. Es war Sonntagnachmittag. Ich schaute auf die Nummer, und mein Sohn fragte, wer es sei.

»Ich kenne diese Nummer nicht. Welche Gegend hat die Vorwahl 503?«

»Keine Ahnung«, erwiderte er. »Ist jedenfalls nicht in der Nähe.«

»Ich weiß es auch nicht«, sagte ich und bewegte den Finger, um den

28

Anruf stumm zu schalten, doch eine innere Stimme forderte mich auf, ihn entgegenzunehmen.

»Hallo, hier ist Baxter.«

»Baxter, hier ist Paul Young.«

Der Name sagte mir nichts. *Ich kenne keinen Paul Young*, dachte ich und ging in Gedanken die Leute durch, denen ich auf meinen Reisen begegnet war.

»Sie kennen mich vielleicht als William.«

»William Paul Young«, flüsterte ich mir zu, weiterhin im Ungewissen. Dann kam mir ein Geistesblitz, und ich rief: »*William P. Young?*«

»Ja, das bin ich«, antwortete er in einem Ton, der zu verstehen gab, dass er sich freute.

»*Der* William P. Young?«

»Nun, über das ›der‹ kann ich nichts sagen, aber ich bin William P. Young. Meine Freunde nennen mich *Paul.*«

»Sind Sie derjenige, der das beste Buch geschrieben hat, das in den letzten fünfhundert Jahren veröffentlicht wurde?«

»Auch darüber kann ich nichts sagen, aber ich habe *Die Hütte* geschrieben.«

»Mann! Warum in aller Welt rufen Sie gerade *mich* an? Die ganze Welt will mit Ihnen reden!«

»Ich habe eine E-Mail von Ihrem Freund Tim Brassell erhalten. Er meinte, ich sollte mit Ihnen Kontakt aufnehmen, weil Sie in Ihren Büchern die Theologie verfechten, die mit der *Hütte* übereinstimmt. Also habe ich Sie angerufen.«

Es dauerte volle fünf Minuten, bis mir dämmerte, was da geschah. Ich erzählte ihm vom Cadillac-Hochsitz, und er lachte, und stellte dann tausend Fragen, von denen er die meisten beantwortete.

Eineinhalb Stunden später verabschiedeten wir uns. Ich rief sofort Tim an und berichtete ihm von dem Ereignis. Es war bereits geplant, dass ich für ihn und Bill Winn eine Tagung in Bills Kirche in Virginia im April abhalte. Daher wollte ich die beiden unbedingt überreden, Paul mit einzuladen, was sie dann auch taten.

Seit diesem Anruf und der Tagung im April[10] sind Paul und ich enge Freunde geworden. So genoss ich das Privileg, mit ihm zusam-

29

men in drei Ländern über *Die Hütte* zu referieren. Es ist immer wieder erstaunlich, seine Geschichte zu hören, und ebenso wunderbar, dass viele Millionen Menschen derart empfänglich sind sowohl für Mack - enzies Kampf als auch für Pauls Leben.

Lassen Sie mich daher eine Episode erzählen, die einigen Aufschluss über Paul und zugleich einen Hinweis darauf gibt, warum *Die Hütte* so großen Zuspruch findet. Im November 2008 unternahmen er und ich eine Lesereise durch Australien. Wir waren in Gesellschaft der Songschreiberin und Sängerin Vanessa Kersting und hatten gerade in der Maschine Platz genommen, die uns von Melbourne nach Brisbane bringen sollte. Vanessa und ich saßen nebeneinander, Paul war irgendwo weiter hinten. Plötzlich kam die Stimme des Kapitäns aus dem Lautsprecher:»Meine Damen und Herren, hier spricht der Kapitän. Heute haben wir einen ganz besonderen Gast an Bord.« Lächelnd wandte ich mich Vanessa zu und sagte:»Irgendjemand hat gemerkt, dass Paul im Flugzeug sitzt.« Sie lächelte ebenfalls, und dann verkündete der Kapitän:»Heute ist Baxter Krugers 50. Geburtstag.« Daraufhin brachen die Passagiere in Jubel aus und applaudierten. Ich war entsetzt und ein wenig verlegen; als ich mich umdrehte, winkte und den Leuten dankte, fing ich Paul Youngs strahlenden Blick auf: Er grinste über beide Ohren wie ein kleiner Junge, der seine Eltern mit einem außergewöhnlichen Geschenk überrascht hatte.

Diese Geste an meinem Geburtstag bedeutete mir unendlich viel, zumal ich von meiner Familie eine halbe Erdkugel entfernt war. Aber am meisten berührte mich, dass Paul trotz all der traumatischen Erfahrungen, die er hatte durchmachen müssen, zunehmend unbeschwerter und fröhlicher wurde.

Was Willie über Mack sagte, trifft auch auf Paul zu:

Aber mir ist noch kein anderer Erwachsener begegnet, der sein Leben in solcher Einfachheit und Freude lebt. Irgendwie ist er wieder zum Kind geworden. Oder, treffender ausgedrückt, er ist zu dem Kind geworden, das er zuvor nie hatte sein dürfen, und er bewahrt sich dieses neu entdeckte Vertrauen und Staunen.

Ich denke, diese Freiheit zieht sich wie ein Gesang durch das ganze Buch. Es ist jene betörende Melodie, die wir alle unbedingt hören und nach der wir gerne leben möchten.

Denn sie ist auch die unsere.

ERSTER TEIL

EINIGE ERSTE GEDANKEN
ÜBER PAPA

1

DER SCHOCK

Also, Mackenzie, steh da nicht mit offenem Mund herum,
als hättest du die Hosen voll ...
Komm und unterhalte dich mit mir,
während ich das Abendessen vorbereite.

Papa

In einer alten verlassenen Hütte im Hinterland der Berge Oregons versetzen drei ungewöhnliche Personen Mackenzie Allen Phillips einen Schock. An dem Ort seiner Albträume, wo Missy ermordet wurde, soll eine dramatische Begegnung mit Gott stattfinden. Doch die drei Wesen, die er dort antrifft – eine große, dickleibige Afroamerikanerin mit strahlendem Gesicht, ein kräftiger Zimmermann nahöstlicher Herkunft sowie eine asiatisch aussehende Frau, die nach Belieben erscheint und verschwindet –, haben nichts zu tun mit dem Gott, dem Mack gegenüberzutreten glaubte. Der Gott, den er sich vorstellte, ist gar nicht da.

Insgesamt unternimmt Mack vier Ausflüge zur Hütte. Zum ersten Mal ist er dort an jenem schrecklichen Abend, als die Ermittlungsbeamten Missys zerrissenes und blutgetränktes rotes Kleid auf dem Fußboden entdecken. Der zweite Aufenthalt findet erst Jahre später statt, wenn Mack einer Einladung von »Papa« folgt, wie seine Frau Gott am liebsten nennt. Macks Gefühle sind fürwahr gemischt. Er ist ein wenig neugierig, ein wenig verängstigt und äußerst wütend. Von seinem Freund Willie leiht er sich den Jeep und bricht auf, wohl wissend, dass er geradewegs »ins Zentrum seines Schmerzes« eindringen wird. Nach mehrstündiger Fahrt parkt Mack den Jeep etwa eine Meile von der Hütte entfernt und bleibt noch ein paar Minuten im Wagen sitzen.

Schließlich steigt er aus, aber schon nach wenigen Schritten versetzt ihn ein krampfartiger Magenschmerz in Panik, und er sinkt auf die Knie. »Bitte hilf mir!«, stöhnt er, erhält aber keine Antwort. Schließlich gelingt es ihm, dem trügerischen Pfad zu folgen, bis er schließlich die Hütte erblickt: »Die Hütte sah tot und leer aus, aber als Mack sie anstarrte, schien sie sich für einen Moment in ein böses Gesicht zu verwandeln, das, zu einer dämonischen Maske verzerrt, herausfordernd zurückstarrte.« Dass er dennoch einen weiteren Schritt nach vorn macht, ist eine Lektion in Mut – oder in Wut. Er hat mit Gott viel zu bereden.

Als er vor der Tür steht, stürzen plötzlich die Erinnerungen an jenen furchtbaren Abend auf ihn ein, sein Inneres ist in Aufruhr. Er ruft und ruft immer lauter, bekommt aber wieder keine Antwort. Beherzt seine Angst überwindend vor dem, was im Innern der Hütte sich verbergen mag, tritt er ein. Und drinnen ist einfach nur – nichts. Kein Gott, kein Leben; nur Leere, Schatten, das öde Nichts des Gottes unserer Ängste und der verblasste Blutfleck seiner Tochter Missy. Macks Gott, unser Gott, der Gott unserer verfehlten Vorstellungen, ist nicht wirklich – er war es nie und wird es nie sein. Doch das tiefe seelische Leid, das dieser Gott zufügt, ist für uns wirklich.

Das ist ein brillanter Schachzug seitens des Autors. Ohne einen einzigen theologischen Ausdruck zu benutzen, hat er die Tragödie der westlichen Theologie offenbart – und sie uns fühlen lassen. An dieser Stelle des Buches – und hoffentlich auch an diesem Punkt der abendländischen Geschichte – ist die Sterilität jenes imaginären Gottes vor aller Augen sichtbar geworden. Gewiss, Macks *Große Traurigkeit* wurzelt im furchtbaren Verlust seines Kindes, aber auch in der ebenso furchtbaren Abwesenheit Gottes. Der Ort ist die Verlassenheit selbst.

Völlig allein und hilflos starrt Mack in den Raum, bis der Schmerz aus ihm hervorbricht: »Warum? Warum hast du das zugelassen? Warum sollte ich hierherkommen? Von allen Orten, wo wir uns hätten treffen können – warum *hier*? Reicht es dir nicht, mein Kind getötet

36

zu haben? Musst du jetzt auch noch mit mir spielen?« In einem Anfall von Wut zerstört er alles ringsum, verausgabt sich völlig, indem er einen Stuhl gegen das Fenster schleudert und mit einem abgebrochenen Stuhlbein auf die spärlichen Gegenstände eindrischt. So münden Schmerz, Empörung und Zorn auf Gott in drei herausgeschriene Wörter: »*Ich hasse dich!*« Es ist der Schrei der Aufrichtigkeit, die einzige wahre Antwort, wenn unser Schmerz und die kalte, herzlose Unfähigkeit dieses Gottes in der Tragödie des echten Lebens aufeinanderprallen. *Ich hasse dich!* Erschöpft sinkt er in sich zusammen, übermannt von seiner *Großen Traurigkeit*. Dann, erneut hinaufstarrend »zu dem gleichgültigen Gott, den er sich irgendwo über dem Dach der Hütte vorstellte«, ruft er sarkastisch aus:

Also, wo bist du? Ich dachte, du willst dich hier mit mir treffen? Hier bin ich, Gott! Und du? Du bist nirgendwo! Niemals warst du da, wenn ich dich brauchte – nicht, als ich ein kleiner Junge war, nicht, als ich Missy verlor. Und jetzt auch nicht! Ein feiner »Papa« bist du ... Mir reicht es, Gott ... Ich kann nicht mehr. Was hat es für einen Sinn, nach dir zu suchen?

Ich hasse dich! Das letzte Wort der Menschheit, gefangen in der großen Dunkelheit. Doch diese entsetzliche Trostlosigkeit ist nicht das Ende der Geschichte. Denn der unsere Seelen liebt, begegnet uns in unserem Schmerz. Auch das ist meiner Ansicht nach ein hervorragender Schachzug und zugleich eines der großen Themen, die sich durch *Die Hütte* ziehen. Im Gegensatz zum gleichgültigen Gott unserer Vorstellungen treffen Vater, Sohn und Heiliger Geist uns tatsächlich in unserem Schmerz, unserer Tragödie – und besonders in unserer Dunkelheit und Sünde. Wie wir feststellen werden, geht es jedoch nicht in erster Linie darum, dass die gesegnete Dreifaltigkeit in unserem Leben abwesend ist, sondern eher darum, dass wir gerade in dem Trauma – hervorgerufen durch den eklatanten Widerspruch zwischen unserem Leben und dem falschen Gott unserer Vorstellungen – mit neuen Augen zu sehen beginnen.

Nachdem Mackenzie seinen Fluch ausgestoßen und Gott empört abgelehnt hat, verlässt er die Hütte und macht sich auf den Rückweg

37

zum Jeep. Dann aber geschieht es, dass die Welt sich verwandelt – seine Welt und hoffentlich auch die unsere. Nach etwa fünfzehn Schritten auf dem Pfad weht plötzlich eine Brise warmer Luft, und die Umgebung wird von neuem Leben erfüllt. Ein seltsames Licht fällt in die Stille von Macks Abscheu. Innerhalb weniger Momente verrichtet das Tauwetter des Frühlings sein Werk, das sonst einen ganzen Monat in Anspruch nimmt. Neue Hoffnung keimt auf, während der Schnee ringsum schmilzt und die Blumen ihre ganze Pracht enthüllen. Ebenso fasziniert wie vorsichtig beschließt Mack, zur Hütte zurückzukehren. Doch auch sie hat sich völlig verändert. Zuvor noch ein verfallenes Bauwerk, ist sie jetzt ein sorgsam errichtetes Blockhaus mit Palisadenzaun und Rauch, der aus dem Schornstein steigt. Er meint, von drinnen ein Lachen zu hören. Mack hat keine Ahnung, was ihn erwartet, aber es darf nicht unbemerkt bleiben, dass dieser erste Wink ein Lachen war.

Wie kann ein Mensch ein derartiges Wunder glauben? Halb überzeugt, den Verstand verloren zu haben, weiß Mackenzie nicht, was er davon halten oder was er tun soll. Doch es ist zu spät. Auf der Veranda stehend, unschlüssig, ob er klopfen soll, bekommt Mack wie der verlorene Sohn gar keine Chance, ein Wort zu sagen. Die Tür fliegt auf. Eine große, dickleibige Afroamerikanerin, deren Gesicht vor Leben und Liebe strahlt, läuft auf ihn zu, schließt ihn in die Arme, hebt ihn freudig in die Höhe und ruft dabei seinen Namen, als hätte sie ihn sein ganzes Leben lang gekannt und geliebt.

Mack ist sprachlos, hat keine Ahnung, wer diese Frau ist, fühlt jedoch, wie seine Seele jeden Bruchteil dieses Augenblicks auskostet und in sich aufnimmt. Wer möchte nicht umarmt werden? Wer möchte nicht von jemandem, der entzückt lächelt, beim Namen gerufen werden? Seine Abwehrmechanismen sind zwar intakt, aber sein Herz schmilzt förmlich dahin. Schockiert und zugleich hocherfreut, verblüfft und doch zu Tränen gerührt, liebt er die Art und Weise, wie sie seinen Namen ausspricht. »›Mack, sieh dich doch nur an!‹, sagte sie dröhnend. ›Wie erwachsen du geworden bist. Ich habe mich wirklich darauf gefreut, dich von Angesicht zu Angesicht zu sehen … Oh, oh, oh, wie sehr ich dich liebe!‹ Mit diesen Worten drückte sie ihn wieder an sich.« Mack schießen allerlei Gedanken durch den Kopf: *Wer ist diese Frau? Und warum ist sie da? Wie kann sie mich kennen und warum nimmt sie sich meiner an? Was in aller Welt läuft hier ab?*

Doch er hat kaum Zeit, das Geschehen zu verarbeiten, ehe eine asiatisch aussehende Frau, die er nicht richtig wahrnehmen kann, ihm näher kommt und sanft über die Wange streicht. Soweit er sie überhaupt zu beschreiben vermag, ist sie wie eine Gärtnerin gekleidet, jedoch fast unsichtbar, schimmernd im Licht. »Ich sammle Tränen«, sagt sie. Dann bemerkt Mack einen Mann, der offenbar aus dem Nahen Osten stammt und am Türrahmen lehnt. Er wirkt ziemlich normal, aber kräftig, und sein Lächeln spricht Bände. »Mack mochte ihn auf Anhieb.« Mit Holzstaub bedeckt, einen Werkzeuggürtel umgeschnallt, könnte er ein Zimmermann sein.

Überwältigt versucht Mack, die Fassung wiederzugewinnen, und fragt ein bisschen verschmitzt: »Sind hier noch mehr Leute?«

»›Nein, Mackenzie‹, sagte die schwarze Frau kichernd. ›Wir drei sind alles, was du kriegen kannst, und glaub mir, wir sind mehr als genug.‹«

Weniger als eine halbe Stunde zuvor hatte Mack vor Wut geschäumt und Gott sein endgültiges Urteil entgegengeschleudert: *»Mir reicht es! Ich hasse dich!«* Nun aber findet er sich erstaunlicherweise in den Armen einer schwarzen Frau wieder, die ihn allem Anschein nach kennt und liebt. Mack weiß nicht, was er tun oder sagen soll. Obwohl er immer noch leidet und dem Gott seiner Vorstellung zürnt, ist er umgeben von zwei schönen Frauen und einem Zimmermann, die ihn irgendwie kennen und akzeptieren – ja *mögen* –, so, wie er ist. Merkwürdigerweise fühlt er sich zu Hause, wahrgenommen und erkannt, umsorgt, sogar erwünscht und gewiss willkommen. Dann riecht er plötzlich den Duft des Parfüms seiner Mutter, den die schwarze Frau verströmt. Weiterhin auf der Hut – und wer wäre das nicht an seiner Stelle! –, spürt er, wie ihm Tränen in die Augen steigen.

So fühlt sich Mackenzie Allen Phillips wider Erwarten eingebunden in eine Gemeinschaft der Liebe. In wenigen, schnell vergehenden Stunden wird er die Beziehung zwischen den dreien bewundern, ihre Selbstlosigkeit, ihre gegenseitige Achtung und Freude – sowie die Art und Weise, wie sie ihn bedingungslos akzeptieren. Er ahnt noch nicht einmal, dass diese sanfte Bejahung ihn von Grund auf verändern wird.

In vielerlei Hinsicht ist die ganze Geschichte des Buches – wie auch manches große theologische Problem – in diese Szene eingewoben. Sie weckt eine ersehnte Hoffnung in uns und wirft zugleich zahlreiche Fragen auf – vom Wesen Gottes zu der Tatsache, dass Mack erst nach seiner Aufnahme in die Gemeinschaft bereute und zum Glauben fand, vom Zweck der Inkarnation zur Bedeutung von Jesu Tod, vom Sinn des Menschseins zur wahren Bedeutung von Himmel und Hölle. Diesen Themen werden wir uns zu gegebener Zeit widmen. Zunächst jedoch stellt sich eine einfache Frage: Was, wenn jener Augenblick, da Mack von Papa umarmt und in die Höhe gehoben wird, uns im Sterben zuteil wird? Was, wenn wir auf der anderen Seite wiedererwachen und Papa unseren Namen rufen hören, in Gegenwart von Sarayu, die unsere Tränen sammelt, und Jesus, bedeckt mit Holzstaub vom Sarg für unsere *Große Traurigkeit*?

Lassen Sie mich einen Schritt weitergehen. Was, wenn all das bereits *jetzt* geschieht? Was, wenn wir schon *jetzt* erkannt und geliebt und willkommen geheißen werden?

Die erste Lektion der Geschichte lautet: Wir sind Mackenzie. Die verblüffende Umarmung, die er erfährt, ist die Wahrheit über uns. Wir werden erkannt, geliebt und beglückt durch Vater, Sohn und den Heiligen Geist, die uns ohne Wenn und Aber annehmen, ob wir an Gott glauben oder nicht. In Wahrheit wurden wir bereits umarmt von Jesus' Vater und vom Heiligen Geist. Allein darum ging es beim Kommen Jesu. Die gesegnete Dreifaltigkeit ist uns schon in unseren Hütten begegnet. In Jesus haben die drei Personen ihre Zelte aufgeschlagen – und damit auch im tiefsten Winkel unserer Seele. Wir gehören zu Vater, Sohn und Heiligem Geist, seit jeher und für alle Zeit. Jesus selbst hat dafür gesorgt.

Aber wie Mackenzie sehen wir mit falschen Augen. Es gibt unendlich viel Leid, folglich können wir die Wahrheit gar nicht erkennen oder wenigstens glauben – noch nicht. Aber so ist es.

40

2

DER TANZENDE GOTT

Ich bin nicht der,
für den du mich hältst, Mackenzie.

Papa

Ein Rezensent der *Hütte* schrieb, er habe Kritiker getroffen, die »tief verstört« waren durch Youngs gewagte Darstellung der Dreifaltigkeit »als exzentrische Personen, die ihre Botschaft auf unkonventionelle Weise übermitteln«. Diese Kritiker bezichtigten den Autor der »Blasphemie« und nannten ihn »einen Postmodernisten, dem ›Wahrheit‹ nichts bedeutet«. Der Rezensent fuhr fort:

Ich gebe zu, schockiert gewesen zu sein, als mir während der Lektüre klar wurde, dass Young beschlossen hatte, Gott unseren Vater als eine höchst bezaubernde, überaus fürsorgliche Afroamerikanerin darzustellen. Aber ich gebe ebenfalls zu, dass ich schon bald das Bedürfnis verspürte, an ihrem Küchentisch zu sitzen und ihr Essen, ihre Unterhaltung und ihre mütterliche Zuneigung zu genießen. Jenes wunderbare, durch ihre Gegenwart hervorgerufene Gefühl inniger Verbundenheit ist genau das, was viele von uns ein Leben lang gesucht und so selten erfahren haben.[11]

Das ist sehr treffend formuliert und trifft den Kern der Frage, die Youngs Papa jedem von uns stellt. Wer möchte nicht derart geliebt, erkannt und angenommen werden? Wer möchte nicht an Papas Tisch sitzen und ihr Essen ebenso auskosten wie ihre überschwängliche

Freude? Auf welcher Grundlage könnten wir so kühn sein, dergleichen auch nur zu erträumen? Vergessen Sie nicht, wir sprechen hier
von Gott, dem Allerhöchsten. Nichtsdestotrotz erklärt mein Freund
Ken Courtney: »Das ist es doch, was wir wollen, nicht wahr?« Wir
werden auf diese Sehnsucht wieder zurückkommen, uns zunächst
aber mit einer anderen Frage befassen.

Sagt uns diese »höchst bezaubernde, überaus fürsorgliche Afroamerikanerin« etwas über den wahren Gott? Können wir es wagen zu
glauben, dass der Vater von Jesus so gut ist wie dieser Papa? Meine
Antwort ist einfach: »Natürlich.« Das Bild, das Young vom Herz des
Vaters zeichnet, kommt direkt von Jesus selbst. Dieses Herz, überflie-
ßend vor Liebe und Freude, ist keine Fantasie des Autors, sondern
jene uralte Liebe, die seit jeher die Welt belebt und beflügelt: die un-
verhüllte Wahrheit. Die bezaubernde Liebe und reine Güte von Papas
Herz sind zwar herrlich, werden aber noch überboten von der Darstellung, die Jesus selbst in seinem berühmtesten Gleichnis vom Vater
gibt.[12]

Den Hintergrund dieses Gleichnisses bildet die Kritik der Pharisäer
an Jesus. Sie mögen ihn nicht. Seine freizügige Art im Umgang mit
armen Seelen bereitet ihnen Sorge, ja bringt sie in Verlegenheit. Er
befolgt nicht ihre Regeln, doch die gebrochenen Menschen hören ihm
aufmerksam zu. Bei diesen handelt es sich wohlgemerkt um die ge-
fürchteten Zöllner, die selbst Juden waren, aber Steuern für die Römer
eintrieben und durch Überbesteuerung oft in die eigene Tasche wirt-
schafteten. Daher wurden sie von den anderen Juden verachtet. Wie
man weiß, machte Jesus einen von ihnen zu seinem Jünger, ging ihm
dann später aus dem Weg, um schließlich auf Zachäus, einen hoch-
rangigen Zöllner, zu treffen. Als Jesus ihn oben auf einem Baum sitzen
sieht, sagt er: »Zachäus, steig eilend hernieder; denn ich muss heute
in deinem Haus einkehren.« (Lukas 19,5)

Außerdem sind die »Sünder« zugegen, die straffälligen Trinker, die
Dirnen, die hinterhältigen Betrüger – all diejenigen, die so beschämt
und erniedrigt sind, dass sie es nicht einmal wagen würden, den Blick
zum Himmel zu richten. Man muss hier die Ironie zu würdigen wissen. Die eigentlichen Verlorenen sind nicht die Sünder, die Jesus lau-

schen, sondern die Pharisäer und Schriftgelehrten, die – zumindest ihrer Überzeugung nach – keinerlei Probleme haben.

Sie sind wütend auf Jesus, weil er sich mit solchem »Gesindel« abgibt. Man ahnt, was in ihren Köpfen vorgeht: *Er will um jeden Preis ein großer Prophet, wenn nicht gar Gottes Sohn sein. Dafür sollte er wenigstens noch mehr Gottesfurcht als wir besitzen, aber was macht er? Verbrüdert sich mit Gotteslästerern und Trunkenbolden. Stellt euch das einmal vor!* Also klagen sie Jesus an. Man sieht sie förmlich vor sich, diese in lange Gewänder gekleidete religiöse Elite mit ihren geheimen, im Flüsterton abgehaltenen Sitzungen, die schließlich den Schuldspruch verkündet, um den Scharlatan zu entlarven. Dann setzen sie die Maske des Hochmuts auf, damit ihnen die Kritik mit ätzender Verachtung über die Lippen kommt.

Was ist ihre schärfste Kritik? »Und die Pharisäer und Schriftgelehrten murrten und sprachen: Dieser nimmt die Sünder an und isset mit ihnen.« (Lukas 15,2) Genau: Er nimmt die Sünder an und isst mit ihnen! In ihrer Anklage schwingt zweifellos Geringschätzung mit, sie besitzen noch nicht einmal die Höflichkeit, ihn beim Namen zu nennen, und bezeichnen ihn nur als »diesen Mann«. Doch einen Menschen anzunehmen und ein Mahl mit ihm zu teilen ist in dieser Kultur ein Zeichen echter Solidarität. So behandelt man Familienmitglieder, und so handelt auch Jesus – als wäre er mit den Zöllnern und Sündern verwandt. Die Pharisäer sind sprachlos. *Wie kann er so etwas tun? Er soll doch Stellvertreter Gottes sein! Dieser Mann hat den Verstand verloren.*

Angesichts der außerordentlichen Blindheit dieser religiösen Eiferer muss Jesus ein wenig verblüfft, wenn nicht gar wütend gewesen sein. Ihre Anklage ist beladen mit einer Frage: *Wie erklärst du, ein ehrenhafter Rabbi mit Jüngern, deine merkwürdigen Beziehungen? Diese Leute verdienen nichts weiter, als geächtet und von Gott und seinem Volk für immer verstoßen zu werden. Du aber isst mit ihnen und verkündest der Welt, sie gehörten deiner Familie an.*

Hätte man zu jener Zeit Baseball gespielt, wäre Jesus ein Werfer gewesen. Denn er liebte es, der selbst ernannten religiösen Elite theologische Bälle mit Effet zuzuwerfen und ihr dadurch unangenehme Überraschungen zu bescheren. Ja er scheute sich nicht, ihr den einen

43

oder anderen Fastball entgegenzuschleudern, um sie völlig aus der Fassung zu bringen und aufzurütteln.

Er antwortet mit drei Geschichten, und wenn Sie meinen, Paul Youngs Papa sei schockierend, dann hören Sie nur einmal, was Jesus den Pharisäern über *seinen* Vater sagt. Die Sünder, die ihm zu Füßen sitzen, können jedenfalls kaum erwarten, was er ihnen mitteilen wird. Immerhin sollten Sie dabei auch die Selbstsicherheit der Pharisäer bewundern. Diese haben mit Jesus einen Streit angezettelt, und er ist wohlkalkuliert. Ihrer Ansicht nach hat Jesus keine Chance, ohne Gesichtsverlust davonzukommen. Jesus aber konfrontiert sie mit seinen eigenen Fragen. Es folgt eine freie Wiedergabe von Lukas 15, wo vom verlorenen Schaf und vom verlorenen Groschen die Rede ist:

Wer unter euch würde nicht nach einem seiner Schafe suchen, wenn er merkt, dass es verloren ging? Und wer würde, sobald er es gefunden hat, nicht seine Freunde und Nachbarn einladen, um dessen sichere Rückkehr zu feiern? Das will ich doch meinen. Also hört mich. Ich sage euch, genau so ist es im Himmel. Tatsächlich wird mehr Freude einem Sünder zuteil, der die Wahrheit über meinen Vater versteht, als neunundneunzig »rechtschaffenen« Menschen, die denken, sie bräuchten keine Hilfe.

Oder welche Frau hier, die eine von ihren zehn Münzen verloren hat, würde nicht eine Lampe einschalten und nach ihr sorgfältig suchen? (Achtet auf den Ausdruck »sorgfältig suchen«.) Und würde sie nicht, wenn sie diese gefunden hat, ihre Freundinnen und Nachbarinnen rufen, um sich mit ihnen zu freuen? Das will ich doch meinen. Also hört mich. Ich sage euch, da ist Freude in Gegenwart der Engel Gottes über einen Sünder, der die Wahrheit über meinen Vater versteht.

Eine weitere Geschichte. Ein Vater hatte zwei Söhne, und er liebte sie beide. Der eine setzte sich in den Kopf, die Welt sehen zu wollen. Der andere führte eine Liste darüber, was man tun und was man nicht tun sollte. Der Vater teilte seinen Reichtum unter ihnen auf. Der jüngere Sohn brach auf in ein fernes Land, verschwendete sein Geld für Wein, lose Mädchen und ein ausschweifendes Leben. Durch sein ungezügeltes Verhalten demütigte er seinen Vater und beschämte seine Familie. Die ganze Stadt wusste Bescheid; überall tuschelte man über diese Leute.

44

Als dem jungen Mann das Geld ausging, begann er Hunger zu leiden. Gezwungen, Nahrung zu stehlen, die normalerweise den Schweinen vorgeworfen wird (für einen Juden die schlimmste Schmach), erinnerte er sich daran, dass die Diener seines Vaters ziemlich gut aßen. Also beschloss er, nach Hause zurückzukehren; wohl wissend, dass er sich der väterlichen Liebe unwürdig erwiesen hatte, würde er um eine Stelle als Diener und etwas Nahrung bitten.

So brach er in Richtung Heimat auf. Doch sein Vater sah ihn, als er noch ein Schemen am Horizont war. Voller Freude rannte der Vater hinaus, umarmte seinen Sohn und überhäufte ihn mit Küssen, ungeachtet des üblen Geruchs, den der verströmte. Dann rief er seinen Dienern zu: »Schnell! Holt mein bestes Gewand und zieht es ihm an – und den Familienring, steckt ihm diesen an den Finger, und neue Sandalen für seine Füße. Und schafft das gemästete Kalb herbei, wir wollen ein großes Fest feiern! Denn mein Sohn war verloren und ist wieder nach Hause gekommen.«

Daraufhin trat wohl eine lange Pause ein, während Jesus die schockierende, fast unglaubliche Geschichte in seinen Zuhörern wirken ließ. Schließlich schaute er lächelnd zu den gebrochenen Menschen, nickte ihnen aufmunternd zu und starrte dann die Pharisäer an.

»So ist mein Abba, mein Vater. Deshalb bin ich hier, und deshalb nehme ich Sünder an und teile mein Mahl mit ihnen. Sie gehören zu meinem Vater. Er liebt sie bis in alle Ewigkeit. Sie sind eine Familie. Genauso wie das Schaf zum Hirten, die Münze zur Frau und das Brüderpaar zu seinem Vater gehörte, gehört ihr zu meinem Vater.«

Doch die Geschichte ist noch nicht zu Ende. Der ältere Sohn war auf den Feldern und erfüllte anhand der Liste seine Pflichten. Von fern hörte er Musik und Tanz und rief nach einem der Diener, um dafür eine Erklärung zu erhalten. »Dein Bruder ist zurückgekehrt. Dein Vater hat ein Fest angeordnet!«

Als der ältere Sohn das vernahm, marschierte er aufgewühlt und wutentbrannt davon. Der Vater hatte das Haus bereits verlassen, um nach ihm zu suchen. Als er ihm schließlich begegnete, wollte er ihn mit aller Macht überreden, am Fest teilzunehmen. Da rief der Sohn: »Schau her! Ich habe dir immer gehorcht, aber du hast mir nie ein prämiertes Kalb gegeben, um für meine Freunde ein Fest zu veranstalten. Doch sobald dieser Hurenbock von deinem

Sohn aus dem Land des Weines heimkehrt, bist du dir nicht zu schade, die Straßen hinunterzurennen und ihn willkommen zu heißen! Ich habe sogar gehört, dass du diesen nach Alkohol stinkenden Landstreicher geküsst hast. Das ist nicht gerecht!«

Zutiefst bekümmert und verwirrt schaute der Vater seinem Sohn in die Augen. »*Mein Kind, du warst immer hier* bei mir*, und ich habe dir bereits alles gegeben, was ich habe. Wie könnten wir uns nicht freuen über deinen Bruder? Denn er war tot und hat jetzt wieder zu leben begonnen. Er war dem Leben in meinem Haus abhandengekommen, aber nun wurde er gefunden.*«

Wir erfahren nicht, was geschah, als Jesus diese Geschichten zu Ende erzählt hatte. Aber gewiss haben die gebrochenen Menschen rings um ihn gejubelt und dann in ihrer erschütterten Hoffnung geweint. Sie hatten nie von so einem Vater gehört. Sie identifizierten sich mit dem verlorenen Schaf, der verlorenen Münze und dem jüngeren Sohn. Und Jesus sagte ihnen, dass sie von seinem Vater ebenso angenommen und geliebt würden wie der gebrochene Sohn von diesem jüdischen Patriarchen. Wie der Hirte hat Jesus' *Abba* nach dem verlorenen Schaf gesucht. Wie die Frau hat Jesus' Papa das Haus durchsucht, um seine verlorene Münze zu finden. Und wie der jüdische Vater hat Jesus' *Abba* uns in unserer Scham umarmt und geküsst und in seiner Freude ein Fest angeordnet. Worin besteht also der Unterschied zwischen einer Afroamerikanerin, die einen gebrochenen, wütenden weißen Mann in die Arme nimmt, und einem jüdischen Vater, der seinen eigensinnigen Sohn umarmt? Beide sind überwältigende Verkörperungen der Wahrheit.

Paul Young sagt nicht, dass Gott eine schwarze Frau ist, genauso wenig wie Jesus sagt, dass Gott ein jüdischer Patriarch ist. Doch beide benutzen eine schockierende Geschichte, um uns die eigentliche Wahrheit über den Vater von Jesus und die Wahrheit über uns selbst erkennen zu lassen.

Und was ist mit dem älteren Bruder, was mit den Pharisäern, die ihre eigene Auffassung von Gott haben, die Listen erstellen und alle Pflichten erfüllen? Meiner Ansicht nach hat Jesus diese Geschichten hauptsächlich für die Pharisäer erzählt. Deshalb kommt das Gleichnis

46

vom älteren Bruder erst am Schluss. Jesus weiß, dass sein Papa auch sie »besonders mag«. Sie gehören zu ihm wie die Zöllner und die Sünder. Tatsächlich umarmte der jüdische Vater in seinem religiösen Stolz den älteren Sohn und bat ihn mit der Macht des Heiligen Geistes, an der Feier teilzunehmen.

Ich frage mich, ob die Pharisäer die Botschaft verstanden haben. Konnten sie sich in dem älteren Bruder wiedererkennen? Jesus ist des Vaters Arme, die uns alle umfangen, auch die Pharisäer. Er ist des Vaters Herz, das die religiösen Menschen unter uns bittet, die Liste mit Pflichten wegzulegen und von ihm etwas über dieses Herz zu erfahren. Er ist der »Reichtum«, der unter ihnen aufgeteilt wird. Wie Mackenzie, der mehr mit den Pharisäern gemein hat als mit dem eigensinnigen Sohn, werden auch diese bereits geliebt und mit einbezogen.

3

LICHT VON LEWIS

Sarayu begann die gleiche sinnträchtige Melodie zu summen,
die er schon vorher gehört hatte ...
Sie bewegte ihn tief innen,
während er erneut an die Tür klopfte.

Paul Young DIE HÜTTE

Wahrscheinlich haben Sie inzwischen gemerkt, dass ich in Paul Youngs Buch überall die Fingerabdrücke von C. S. Lewis sehe. Und zwar nirgendwo deutlicher als in jener faszinierenden Szene, wo Papa Mackenzie entgegenläuft und ihn mit einer Umarmung, die das ganze Universum mit einschließt, hochhebt. Eine solche Szene ist das Ergebnis einer langen und brutalen Reise, die durch das Labyrinth der Schmerzen zur Entdeckung der Liebe des Vaters, des Sohnes und des Heiligen Geistes sowie zur Freiheit *zu sein* führt.[13] Sowohl Young wie auch Lewis schreiben als erwachsene Männer, die wieder zu spielen gelernt haben. Für beide gilt der Satz, den jemand zu Lewis sagte: »Sie schreiben, als würden Sie es genießen.«[14]

Ich habe zugehört, wie Paul seine Geschichte Stunde um Stunde in drei verschiedenen Ländern erzählte. Er ist stets der Gleiche. Seine Stimme klingt wie eine Mischung der Stimmen von Kevin Costner und Tom Hanks, und er grinst wie Donald Sutherland, als wüsste er etwas, das man nicht weiß, aber allmählich herausfindet; und er weiß, dass man selbst nicht glaubt, es herauszufinden. Pauls Stimme, sein Grinsen und sein Blick nehmen die Überraschung vorweg, die man erleben wird. Sie verschmelzen miteinander, wenn Papa auf der Veranda ruft: »Mackenzie Allen Phillips!«

In uns allen liegt ein zerbrochener Traum, »unser unstillbares Geheimnis«[15], wie Lewis sagt, das für uns so kostbar ist, dass wir es durch tausend Abwehrmechanismen schützen. »Das Geheimnis, das derart schmerzt«, schreibt er, »dass man sich an ihm rächt, indem man es mit Namen belegt wie ›Nostalgie‹ und ›Romantik‹ und ›Adoleszenz‹.«[16] Wir wissen, dass wir zur Herrlichkeit bestimmt sind, haben jedoch nur einen Hauch ihrer Freude erfahren. In der Mitte des Lebens sehnen wir uns nach mehr. Etwas fehlt uns; die Schöpfung ist entflammt von einer Pracht, die wir nicht berühren können, wohl wissend, dass sie die unsere ist. Wir werden bewegt durch eine uralte Melodie, finden aber nicht in den großen Tanz. Folglich »verzehren wir uns vor Sehnsucht«, erklärt Lewis.[17] Doch das ist eine zu schwere Bürde. Also begraben wir unsere Sehnsucht und behüten den Schlaf unseres Traums.

Damals, während meiner Studienzeit an der University of Mississippi, lief ich einmal der Miss Mississippi in die Arme. Ich hatte sie vorher schon mehrmals getroffen, also grüßten wir uns. Es war kurz vor dem *Homecoming*-Fest, wenn die Footballmannschaft der Universität zum Heimspiel nach Hause kommt und eine beliebte Studentin zur *homecoming queen* gekürt wird. Wir redeten miteinander, und ich fragte sie, mit wem sie denn an diesem wichtigen Wochenende ausgehen würde. Sie überlegte einen Moment und sagte dann: »Baxter, ich habe keine Verabredung. Eigentlich lädt mich nie jemand ein.«

Ich war schockiert. »Wie kann es bloß sein, dass *du* keine Verabredung hast? Ich dachte, dein Telefon würde ständig läuten.«

»Keine Ahnung«, erwiderte sie. »Mich ruft niemand an.«

Später ging mir manchmal durch den Kopf, wie seltsam es war, dass die »regierende« Miss Mississippi kaum eine Verabredung hatte. Aber dann begriff ich allmählich. Es ist äußerst riskant, den Hörer abzunehmen und jemanden wie sie um ein abendliches Rendezvous zu bitten. Nur selten ruft ein »Nein«, so höflich es auch vorgebracht wird, angenehme Gefühle hervor; doch irgendwie scheint es noch mehr zu verletzen, wenn eine angesehene Person es ausspricht. Vielleicht ist es

49

besser, das Risiko zu vermeiden und einfach mit etwas anderem zufrieden zu sein.

Was, wenn die großen Versprechen des Neuen Testaments auf ein Leben in Hülle und Fülle, den Fluss des Lebenswassers, die Liebe und ein Königreich der Rechtschaffenheit, der Freude und des Friedens im Heiligen Geist sich als Schwindel erweisen, als schrecklicher Trick der Götter? Was, wenn wir jenes gefürchtete und erschütternde »Nein« hören? Was, wenn wir schließlich den großen Tanz völlig verpassen? Besser, wir lauschen nicht der Musik. Besser, wir legen den Hörer auf. Besser, wir begraben unseren Traum.

In dieser Welt ist es am besten, solche Romantik gleichsam in Schach zu halten. »Werd erwachsen«, sagen wir uns, »lass diese Dummheiten bleiben und mach weiter wie bisher.« Vielleicht ist es besser, Kompromisse zu schließen mit unserem Herz und lieber ein halbes Leben zu führen, als eine so bittere Enttäuschung zu riskieren. Doch dann hören wir ein Säuseln im Wind, die Zeile eines Songs; wir sehen ein Lächeln oder einen Sonnenuntergang; oder wir lesen die Szene mit Papa, die Mackenzies Namen ruft, oder vernehmen die »sehnsuchtsvolle Melodie« von Sarayu – und schon bebt unser Inneres vor Hoffnung. Unser Traum ist erwacht.

Das ist die Bürde des Daseins. Wie aber könnten wir ein derartiges Wagnis eingehen? Kein Tod ist bitterer als der eines großen Traums – und keine Furcht so schrecklich wie die vor seinem Erwachen ohne Hoffnung. Doch was, wenn Papa wirklich ist? Was, wenn Jesus unbedingt möchte, dass wir seinen Vater bei ihm wissen? Was, wenn der Heilige Geist entschlossen ist, dass wir in der Freiheit von Papas Umarmung leben?

* * *

C. S. Lewis war ein außergewöhnlicher Akademiker, der seinen großen Geist in den Dienst seines tiefen Schmerzes stellte, bis er schließlich »von Freude überrascht«[18] wurde. Von daher singen seine Schriften das Lied des sehnsüchtigen Herzens.[19] Er weiß um unsere Träume, und er kennt die Wahrheit. Ihm war klar, dass er »fast ein Sakrileg beging«[20], indem er unser unstillbares Geheimnis zur Sprache brachte. Aber wie könnte ein Mensch, der dem Vater von Jesus begegnete, Stillschweigen bewahren?

Als Junge, der in Irland aufwuchs, war Lewis hingerissen von einer wundersamen Begegnung, die er nicht in Worte zu fassen vermochte. Es war nur ein flüchtiger Augenblick, der ihm jedoch völlig real erschien: »In gewisser Hinsicht war alles, was mir je passiert war, im Vergleich dazu unbedeutend.«[21] Glücklicherweise konnte er das nie vergessen, und so wurde sein ganzes Leben zu einer langen Suche danach, was es mit jener Begegnung und einigen weiteren dieser Art in seiner Jugend eigentlich auf sich hatte. Schließlich nannte er sie »Stiche der Freude«. »Stiche«, weil damit ein Schmerz verbunden war, und »Freude«, weil selbst der Schmerz besser war als alles andere im Leben. Aber wem oder was begegnete Lewis? Was waren diese »Stiche der Freude«? Worin besteht unser unstillbares Geheimnis? Worum geht es bei unserem Traum? All das hat mit Papas Lächeln zu tun, und Lewis hat in großartiger Weise darüber geschrieben.

In seiner berühmten Predigt – jetzt ein separat veröffentlichter Essay unter dem Titel *The Weight of Glory* – finden sich drei tiefe Einsichten in unseren unstillbaren Traum. Die erste könnte man bezeichnen als Sehnsucht, getauft zu werden. Damit meine ich nicht die Taufe mit Wasser im Sinne des kirchlichen Sakraments, sondern das Gefühl, sich in etwas so tief zu versenken, bis man davon völlig erfüllt ist. Lewis schreibt über die Schönheit, über die einfache Freude, etwas Schönes zu sehen, und darüber, wie man sich im Schauen nach noch mehr Schönheit sehnt. Dieser Wunsch erwacht gewiss auch in unseren Herzen, wenn wir bei Paul Young die Stelle über Papas Umarmung lesen.

Wir wollen die Schönheit nicht nur sehen, wiewohl Gott weiß, dass allein schon dies Fülle genug ist. Wir wollen noch etwas anderes, das sich kaum in Worte fassen lässt – nämlich vereint sein mit der Schönheit, die wir sehen, in sie eintauchen, sie in uns aufnehmen, in ihr baden, ein Teil von ihr werden. Deshalb haben wir Luft und Erde und Wasser mit Göttern und Göttinnen, Nymphen und Elfen bevölkert, damit diese Projektionen – im Gegensatz zu

uns – tief innen jene Schönheit, Anmut und Kraft genießen können, deren Ab-
bild die Natur ist. Deshalb erzählen uns die Dichter so herrliche Unwahrhei-
ten. Sie reden, als könnte der Westwind tatsächlich in eine menschliche Seele
strömen, wozu er jedoch nicht imstande ist. Sie sagen uns, dass »die Schönheit,
geboren aus murmelndem Geräusch«, in ein menschliches Gesicht eindringt,
aber derlei wird nicht geschehen.[22]

Diesen Abschnitt habe ich im Laufe der Jahre wohl hundert Mal gelesen. Er verblüfft mich immer wieder von Neuem. So vieles ist darin
enthalten. Achten Sie nur einmal auf die Worte: »… vereint sein mit
der Schönheit, die wir sehen, in sie eintauchen, sie in uns aufnehmen,
in ihr baden, ein Teil von ihr werden.«

Lewis hat sicherlich recht, wenn er schreibt, dass unsere Märchen
eigentlich von jenem tiefen Traum handeln, dass sie Projektionen unseres sehnsüchtigen Herzens sind. Das Verlangen richtet sich gar nicht
mehr so sehr auf die Schönheit selbst, da es bereits erfüllt und gestillt
wird. Aber erfüllt womit?

In *Mere Christianity* verweist Lewis auf die biblische Unterschei-
dung zwischen *bios* und *zoe.*[23] Obwohl beide Begriffe in unseren engli-
schen Bibeln mit »life« (Leben) übersetzt werden, weichen ihre Be-
deutungen voneinander ab. Lewis zufolge eignet Menschen in ihrem
natürlichen Zustand vom Mutterleib an *bios* – biologisches Leben –,
nicht aber *zoe,* geistiges Leben. Der Unterschied zwischen beiden ist
wie der zwischen Fotografie und realem Gegenstand, Statue und wirk-
lichem Mensch.[24] Bezogen auf unser Thema könnten wir sagen: Es ist
der Unterschied zwischen dem gebrochenen, traurigen und wütenden Mackenzie und dem Mackenzie, der von Papa, Jesus und Sarayu
umarmt und beglückt wird.

»Diese Welt ist das Geschäft eines großen Bildhauers«, erklärt Lewis.
»Wir sind die Statuen, und in dem Geschäft geht das Gerücht um, dass
einige von uns eines Tages lebendig werden.«[25] Die Erfüllung, die wir
ersehnen, ist die des wahren *geistigen* Lebens, nicht *bios,* sondern *zoe.*
Aber was ist dieses geistige Leben? Was ist *zoe?*

Der zweite Aspekt der Sehnsucht, den Lewis in *The Weight of Glory*
beleuchtet, hat mit Wiedervereinigung zu tun. Wir sehnen uns da-

nach, »mit etwas im Universum wieder vereint zu sein, von dem wir uns jetzt abgetrennt fühlen«[26], und »anerkannt zu werden, auf eine Antwort zu stoßen«.[27] An dieser Stelle wechselt Lewis vom Abstrakten zum Persönlichen und zur Beziehung, von der Diskussion über Erfüllung und Lebensfülle zum Bedürfnis, wahrgenommen, gehört und erkannt zu werden – zur Gemeinschaft.

Doch es gibt noch einen dritten Aspekt. Denn wir sehnen uns nicht nach irgendeiner Gemeinschaft, sondern nach einer ganz bestimmten. Im Essay spricht Lewis über die Herrlichkeit im Sinne von Ruhm, der allerdings nicht profaner Art ist – »nicht Ruhm, der uns durch unsere Mitmenschen zuteilwird« –, sondern Ruhm auf einer weitaus höheren Ebene – »Ruhm mit Gott, Zustimmung oder (könnte ich sagen) ›Wertschätzung‹ durch Gott«.[28] Er führt aus:

Bei einem Kind – nicht bei einem eingebildeten, sondern bei einem guten Kind – ist nichts so offensichtlich wie sein großes und unverhohlenes Vergnügen, gelobt zu werden.[29]

Gott zu gefallen ... ein echter Bestandteil der göttlichen Glückseligkeit zu sein ... von Gott geliebt und nicht nur bemitleidet zu werden, also entzückt zu werden, wie der Künstler entzückt ist von seinem Werk oder der Vater von seinem Sohn, scheint unmöglich, eine Last oder Bürde der Herrlichkeit, die unsere Gedanken kaum ertragen. Doch es ist so.[30]

Lewis ging von der Sehnsucht, erfüllt (gereinigt) zu werden, über zu der Sehnsucht, wieder verbunden, wieder vereint und erkannt zu werden (Gemeinschaft), und jetzt beschreibt er die Sehnsucht, eine überschwängliche Freude für Gottes Herz zu sein. Erst wenn man diese drei Sehnsüchte miteinander verknüpft, nähert man sich der Seele des Universums – und zugleich der Benennung unseres unstillbaren Geheimnisses. Wenn Papa Mackenzie umarmt, hüpft unser Herz vor Freude und Hoffnung, das könne auch uns geschehen. Wir wollen sehen, wie Papa *uns* anlächelt. Wir wollen dem Herz des Vaters eine Wonne und dadurch erfüllt sein von dessen Vergnügen, dass unser ganzes Wesen darin tanzt. Und genau dies bringt uns der gesegneten Dreifaltigkeit und dem großen Tanz des dreieinigen Gottes äußerst nah, gar nicht zu reden von dem wunderbaren Traum, den die gesegnete Dreifaltigkeit in Bezug auf die Menschheit ohnehin schon hat.

Lewis war über diese Einsicht förmlich schockiert. Ihm sei vorher nie in den Sinn gekommen, dass er sich im Grunde nach Gott sehnte, schreibt er. »Ich hatte nicht die leiseste Ahnung, dass zwischen Gott und Freude seit jeher eine Verbindung bestanden hatte oder dass sie jemals bestehen würde.«[31] Aber allmählich dämmerte ihm, dass es jenseits der Welt etwas Weites und Tiefes und Uraltes, etwas Wunderbares und sehr Lebendiges gab:

Übrigens ist das vielleicht der wichtigste Unterschied zwischen dem Christentum und allen anderen Religionen: dass im Christentum Gott nichts Statisches ist – ja nicht einmal eine Person –, sondern eine dynamische, pulsierende Aktivität, ein Leben, fast eine Art von Drama, ja fast – wenn Sie mich nicht für respektlos halten – eine Art von Tanz.[32]

Hinter Lewis' Sehnsucht und der unseren verbirgt sich »der erste Tanz«, der ursprüngliche Tanz, die Gemeinschaft des Vaters, des Sohnes und des Heiligen Geistes. Diese Gemeinschaft ist nicht langweilig, freudlos, traurig oder leer und gewiss nicht religiös. Es ist eine lebendige Gemeinschaft voller Leidenschaft, Wonne und Liebe, voller Kreativität, Musik und Freude, im Zeichen der Herrlichkeit, der Einheit und des Lebens – *zoe*.

Die geheime Sehnsucht unserer Seele ist die, in *diesen* Kreis aufgenommen zu werden und einen Platz darin zu erhalten, darin zu schwelgen und von *diesem* Leben erfüllt zu werden, wahrgenommen und erkannt und umarmt zu werden, am höchsten Entzücken und Vergnügen teilzuhaben, das der Vater gegenüber seinem Sohn empfindet, ihre gemeinsame Freude im Heiligen Geist zu teilen und in dessen Freiheit zu leben. Mit den Worten von Lewis: »Der ganze Tanz, das ganze Drama oder Muster dieses dreipersonalen Lebens soll in jedem von uns in Szene gesetzt werden.«[33]

Solch ein Gedanke ist nahezu unfassbar, aber meines Erachtens ist er in uns verborgen und in einer Schachtel mit der Aufschrift *Zu*

54

riskant verpackt. Eine derartige Sehnsucht ist kaum zu ertragen. Was könnte schmerzlicher sein, als auf diesen Traum zu hoffen und ihn dann zu verpassen? Und wer unter uns glaubt wirklich, dass wir ein »echter Bestandteil der göttlichen Glückseligkeit« sein können? Warum sollte Gott uns anlächeln? Also begraben wir unseren Traum und setzen unser Leben wie gewohnt fort. Irgendwann aber lesen wir von Papas Ruf voller Leidenschaft und Liebe und Freude, und der Traum wird geweckt.

Die Hoffnung, dass es so sein könnte, bereitet uns Schmerz. Was aber, wenn sie bereits Wirklichkeit ist?

4

WAS ENTHÄLT EIN NAME?

Niemand weiß, vor welchen Schrecken
ich die Welt bewahrt habe,
denn die Menschen können nicht sehen,
was nie geschah.

Papa

Nur der Herr weiß, wie ein Junge aus dem südlichen Mississippi ein unverbesserlicher Fan der Minnesota Vikings sein konnte, aber ich war es.[34] Und meine Eltern machten mir das unerhörte Geschenk, mit mir nach New Orleans zu fahren, damit ich die geliebten Vikings leibhaftig im Spiel gegen die New Orleans Saints sehen konnte, die in jenen Tagen als die »aints« bekannt waren (zum Glück haben sich die Zeiten geändert).

Die drei Stunden Autofahrt nach New Orleans kamen mir wie eine Ewigkeit vor. Doch schließlich trafen wir dort ein, und mein Vater parkte den Wagen. Wir nahmen die Straßenbahn zum alten Tulane Stadium. Es war ein herrlicher Nachmittag, und das Spiel war so, wie ich es mir erträumt hatte; dazu gehörte auch der entscheidende Sieg der Vikings.

Als wir nach dem Spiel die Rampe zum Ausgang hinuntergingen, sah ich über das Geländer und erblickte drei Busse in einer Reihe. Die großen muskulösen Männer, die in die Busse stiegen, waren die Spieler der Vikings. Ohne zu überlegen, lief ich die Rampe hinunter und bahnte mir einen Weg zu ihnen. Tatsächlich schüttelte ich Carl

Eller die Hand und war Alan Page und Wally Hilgenberg fast hautnah. Ihr Coach Bud Grant stand nur eineinhalb Meter von mir weg. Als er sich vornüberbeugte, um mir ein Autogramm zu geben, fiel ihm der Hut vom Kopf, den ich rasch aufhob und ihm zurückgab. Natürlich schwebte ich im siebten Himmel.

Dann setzten sich die Busse nacheinander in Bewegung. Ich erinnere mich, wie ich sie am Stadion entlangfahren und links abbiegen sah, bis sie außer Sichtweite waren. Doch als der letzte Bus verschwand, wurde mein kleines Herz von der größten Angst überhaupt ergriffen. Plötzlich wurde mir klar, dass ich keine Ahnung hatte, wo meine Eltern waren, ja schlimmer noch, auch sie wussten nicht, wo ich war. Ich schaute um mich, aber da war niemand, kein Mensch weit und breit. Bis zum heutigen Tag ist es mir ein Rätsel, wie die Menge um die Busse sich so schnell zerstreuen konnte, aber es war so. Ich geriet in Panik, war innerhalb weniger Sekunden verrückt vor Angst. Mein Herz schlug derart schnell, dass ich nicht einmal mehr nachdenken konnte. Ein Gefühl völliger Hilflosigkeit übermannte mich.

Ein Zwölfjähriger in New Orleans, beim Tulane Stadium, und der Tag neigte sich dem Ende zu. Ich war noch längst kein cleverer Bursche, wusste aber bis in die letzte Faser, dass ich ein Problem hatte. Nach einer Weile kam mir die Idee, nach einem Polizisten zu suchen, doch ein solcher war ebenso wenig zu finden wie irgendeine andere Person. Mindestens dreimal umrundete ich das ganze Stadion.

Mittlerweile war ich völlig außer mir und heulte wie ein Schlosshund. Ringsum standen zahlreiche Häuser, doch ich war nicht imstande, an eine Tür zu klopfen und um Hilfe zu bitten. Eine Stimme in mir sagte: Versuch, den Weg zurück zum Auto zu finden. Ich dachte an die Straßenbahn, mit der wir zum Stadion gefahren waren. Aber welche war es? Norden und Süden hatten für mich in den Straßen von New Orleans keinerlei Bedeutung. Mir war ohnehin schleierhaft, welche Richtung ich einschlagen sollte. An die Straßennamen konnte ich mich nicht erinnern. Immerhin hatte ich ein wenig Geld in der Tasche. So entdeckte ich eine Tram, stieg ein und berichtete dem Fahrer, dass ich mich verirrt hatte. Er forderte mich auf, nach hinten zu gehen und die Augen offen zu halten. Wenn ich etwas sehen würde, das mir bekannt vorkäme, solle ich am Seil ziehen; dann würde er sofort anhalten.

Während die Bahn durch New Orleans fuhr, sprang ich von einer Seite zur anderen und presste das Gesicht gegen die kalten Scheiben in der Hoffnung, etwas wiederzuerkennen – einen Baum, ein Gebäude, eine Straße, ein geparktes Auto, vielleicht sogar meine Eltern. Aber das war nicht der Fall. Schließlich erreichten wir wieder unseren Ausgangspunkt beim Stadion.

»Junge«, sagte der Fahrer, »die Rundfahrt ist beendet. Was willst du jetzt tun?« Da mir nichts anderes einfiel, stieg ich aus und ging den ganzen Weg um das Stadion zurück bis zu der Stelle, wo die Busse gestanden hatten. Allein und zu Tode erschreckt setzte ich mich in einen Blätterhaufen unter einer Eiche. Ich erinnere mich, wie ich mit einem Stock herumhantierte und weinte, aber die Tränen waren versiegt. In mir herrschte das blanke Entsetzen.

Doch die Situation verschlimmerte sich. Als ich da saß und die zwölf Jahre meines Lebens blitzartig vor meinem inneren Auge Revue passieren ließ, gingen plötzlich die Lichter im Stadion aus. Nie zuvor hatte ich eine Dunkelheit wie diese erfahren. Fast vierzig Jahre später kann ich noch immer die bedrohlichen, quälenden Schatten jenes Ortes sehen, den Beton riechen und die Blätter im kalten Wind rascheln hören. Keine Ahnung, wie lange ich dort ausharrte, aber viele Stunden schienen vergangen zu sein, die gewiss länger dauerten als die endlose Autofahrt zum Stadion. Ringsum herrschte tiefschwarze Nacht. Ich war so einsam und zitterte vor Kälte.

Auf einmal gingen die Stadionlichter wieder an. Ehe ich begriff, was passierte, stand ich auf den Füßen, lief los und rannte zum Stadion. Jemand musste die Lichter eingeschaltet haben – und angetrieben vom Feuer des Universums war ich fest entschlossen, diese Person zu finden. Und dann passierte es. Über dem Geräusch meiner Schritte und dem Pochen meiner Ängste hörte ich den seligsten Ruf in ganz New Orleans, die wunderbarsten Laute, die ich je in meinem Leben vernommen hatte – ein einziges Wort. »Baxter!«, rief mein Vater.

Niemand musste mir sagen, was ich tun sollte. Niemand musste mir erklären, was das Wort bedeutete. Niemand musste mir verdeut-

58

lichen, was es mit meinem Leben zu tun hatte. Mein Name, ausgerufen von meinem Vater, sprach tausend Bände über die Hoffnung. Die überwältigende Angst, die verzweifelte Suche, die schreckliche Sorge – sie alle bogen nach links ab wie die Busse mit den Spielern und verschwanden. An ihrer Stelle erschien das Einfachste und Herrlichste überhaupt: Sicherheit, Vertrauen, Ruhe.

Damals konnte ich es noch nicht wissen, aber so wurde mir eine erstklassige Lehre darin zuteil, wie man sein Leben lebt. Erst Jahre später verstand ich allmählich den Sinn des Geschehens. Diese Geschichte ist ein lebendiges Gleichnis, das zwei wesentliche Aspekte beinhaltet.

Erstens geht es dabei nicht nur um einen Jungen, der sich in New Orleans verirrt hat und verzweifelt nach seinen Eltern sucht, sondern um *uns alle*, die Menschheit. *Wir* sitzen in der Tram namens *Zu Tode erschreckt*, aber wer kann sich das eingestehen? Wir wissen nicht, wer wir sind, warum wir hier sind oder was als Nächstes passieren wird. Die Welt ist von Angst erfüllt. Und wir sind gefangen in der Straßenbahn, die im Kreis fährt. Wieder und wieder hören wir: »Junge, die Rundfahrt ist beendet. Was willst du jetzt tun?« Einige von uns haben aufgegeben und Zuflucht in der Zerstreuung gefunden, andere schlafen auf diese oder jene Weise, manche halten sich ständig auf Trab, und nicht wenige tun so, als wäre alles in Ordnung oder als hätten sie verstanden. Doch sobald ein seltsames Geräusch an unser Ohr dringt, wachen wir auf, schauen aus dem Fenster und hoffen, etwas zu sehen, das uns eine Ahnung von Zuhause, von Zuversicht und Frieden vermittelt.

Zweitens ist mein Trauma in New Orleans ein dramatisches Abbild der Wahrheit, dass es im Leben letztlich darauf ankommt, Papa unseren Namen rufen zu hören. So unkompliziert ist das. Wenn wir Jesus' *Abba* unseren Namen rufen hören, reinigt er unsere innere Welt durch überirdische Gewissheit. Im Neuen Testament wird diese überirdische Gewissheit als *parrhesia* bezeichnet, was so viel bedeutet wie Vertrauen, Freimütigkeit, Kühnheit. Wir sind dazu bestimmt, unser Leben gereinigt in solcher Gewissheit zu verbringen. Dafür sind wir gemacht. Wir sind gewissermaßen dazu ausersehen, den Papa von

Jesus zu hören. Und wenn wir das tun, tritt Frieden ein, die Sicherheit besänftigt unsere Seele, und unerwartete Freude füllt den Raum unseres schwer erschütterten Lebens aus. Wir sehen mit neuen Augen und nehmen überall die Herrlichkeit wahr.

Ich habe unzählige Predigten über »Gottes Willen« gehört und einige andere, die, von tiefer Scham durchdrungen, nahelegten, »sich mit dem Zweitbesten von Gott zufriedenzugeben«. Meiner Ansicht nach aber zielt der Wille des Vaters, des Sohnes und des Heiligen Geistes in Bezug auf uns darauf ab, dass wir wissen, was Jesus weiß, dass wir sehen, was Jesus sieht, und dass wir erfahren, was Jesus erfährt, wenn er seinem Vater in die Augen schaut. Man denke nur einmal daran, was Jesus bei diesem Blick fühlt und was er zu hören bekommt: »Du bist mein geliebter Sohn, an dir habe ich Wohlgefallen.« Ich wage zu behaupten, dass er weder Trauer noch Angst empfindet, weder Sorge noch Hoffnungslosigkeit. Vielmehr wird seine Seele durch überirdische Gewissheit gereinigt, durch eine Freiheit und Zuversicht und Hoffnung, die dem Herz seines Vaters entströmen. Jesus lebt in der Freude dieser Reinigung, in der Freiheit des Heiligen Geistes. Der Traum von der gesegneten Dreifaltigkeit besteht darin, dass auch *wir* so leben werden. Wir werden Mütter und Väter, Freunde und Nachbarn, Golfer und Dichter, Gärtner, Grabenbauer und Lehrer in der Gewissheit von Papas Stimme sein. Das ist das Himmelreich, das ist *zoe*.

Ich liebe jene Szene in *Die Hütte*, wenn Papa zu Mackenzie sagt: »Folge einfach dem Klang meiner Stimme.« Ja, so unkompliziert ist das. Aber o Herr, es gibt so viele Stimmen. Der Papa des Jesus liebt uns für immer und ruft uns lächelnd beim Namen, doch unser Gehör ist merkwürdig. Wir tragen die Wunden der Kindheit in uns, die Stimmen unserer enttäuschten Eltern, die Predigten über den zornigen Gott, das ständige Flüstern: »Ich bin nicht würdig, nicht wichtig, nicht liebenswert, nicht gut genug, nicht in Ordnung.« Es gibt Scheidungen und finanzielle Probleme, Misshandlungen und den Verrat von Freunden, unerträgliche Verluste, die allesamt heimlich darauf abzielen, die Stimme des göttlichen Vaters zu ersticken.

Während Sie dies lesen, sollten Sie aufstehen und vor einen Spiegel treten. Betrachten Sie Ihr Gesicht, schauen Sie sich in die Augen und

60

sprechen Sie die folgenden Wörter laut aus: »Ich bin gut.« Wiederholen Sie: »Ich bin gut.« Und ein drittes Mal: »Ich bin gut.«

Warum fällt es Ihnen so schwer, das zu sagen? Weil Sie aufgrund Ihrer Lebenserfahrungen zur gegenteiligen Überzeugung gelangt sind? Oder weil Ihnen in der Kirche etwas anderes beigebracht wurde? Möglicherweise haben wir eine Definition von Güte, die uns selbst kategorisch ausschließt. Oder vielleicht haben wir uns sogar zum höchsten Richter der Güte gekrönt.

Die Wahrheit lautet: Jesus hatte alle Welten durchquert, um uns zu finden. Er wurde zu dem, was wir sind, kam in unsere Welt voller Verwirrung und bestieg die Straßenbahn. Er bahnte sich einen Weg in unsere Dunkelheit, zu den unheimlichen Orten in unseren Seelen. Dort schlug er für immer sein Zelt auf, in Gegenwart seines Papas und des Heiligen Geistes. Wir können den Satz »Ich bin gut« nicht sagen, weil wir nicht wissen, wer wir sind und welche Herrlichkeit in uns verborgen ist. Denn dank Jesus fehlt uns im Innern nichts vom dreifaltigen Leben Gottes mit all seiner Güte und Schönheit, seiner Rechtschaffenheit und Heiligkeit, seiner unaussprechlichen Freude, Liebe und seinem Lachen. »Ich bin gut«, weil Jesus und sein Vater und der Heilige Geist mich gefunden haben und in mir leben.

Was wird geschehen, wenn der große Tanz des dreifaltigen Lebens, wenn die Liebe und die Freiheit, die Güte, die Schönheit und die Rechtschaffenheit des Vaters, des Sohnes und des Heiligen Geistes – die bereits in uns sind – gleichsam frei werden, um sich in unserem Leben und unseren Beziehungen, in unserer Arbeit und Freizeit ungezügelt zu entfalten?

Was hält uns davon ab, dies zuzulassen? Was steht uns im Weg? Was bringen wir in die Gleichung des dreifaltigen Lebens ein, welches jeden Augenblick mit uns geteilt wird? Was hindert uns, an Papas Ruf zu glauben? Die Antwort ist einfach, aber nicht leicht. Genauso wie Mackenzie sind wir nicht neutral. Wir gehen mit viel überflüssigem Ballast in das Gespräch, das Gott in der Küche mit uns führt.

5

DIE ZWEI GÖTTER

*Viele gute Seelen werden eines Tages
entsetzt sein über die Dinge,
die sie jetzt in Bezug auf Gott glauben.*

George MacDonald

Was geschähe, wenn nicht Papa, sondern Macks leiblicher Vater die Tür der Hütte aufstoßen und auf ihn zulaufen würde – wieder betrunken, wutentbrannt und bereit, ihn ein weiteres Mal zu misshandeln? Auch Huckleberry Finns Vater war ein Trinker und hundsgemeiner Mensch. Wenn Huck ihn seinen Namen rufen hörte, rannte er um sein Leben. Eines jedenfalls wussten Huck und Mack, nämlich dass ihre Väter nicht *für* sie waren. Bei ihnen gab es keine Reinigung durch überirdische Gewissheit. Sie wurden »getauft« in nackter Angst.

Einmal fragte ich Paul nach seiner Lieblingszeile im Buch. Rasch antwortete er: »Das ist nicht schwer – ›Freiheit ist ein Prozess, der stufenweise verläuft‹.« Wir wollen, dass unsere Probleme sofort gelöst werden, aber so funktioniert das nicht. Die Freiheit, ein Leben in Liebe zu führen, kommt nicht über Nacht. Papas Stimme zu vernehmen braucht Zeit. Wir sind tief verletzt und blind und überdecken unser inneres Gehör mit viel Ballast. Das Leben, die Geschichte, Kriege und Kämpfe, Eltern, die ihre Kinder misshandeln, bösartige Systeme und unsere eigene unsichtbare Welt der Annahmen und Vorurteile – all das arbeitet gegen uns und legt nahe, Gott sei genauso wie

Macks oder Hucks leiblicher Vater. Demnach kann er gar nicht *für* uns sein. Und wenn Gott nicht für uns ist, wollen wir ihn sicherlich nicht unseren Namen rufen hören.

Es bedurfte eines ganzen Wochenendes der Liebe, der Bejahung und des Gesprächs, bis Mack allmählich die Wahrheit hören konnte. Und für Paul selbst umfasst Macks Wochenende in der Hütte mehr als ein Jahrzehnt seines eigenen Lebens. Die Reise von C. S. Lewis verlief in ähnlicher Weise. Er schreibt, seine Vorstellungswelt sei durch die Lektüre eines Buches von dem schottischen Schriftsteller und Pfarrer George MacDonald gereinigt worden, aber es habe Jahre gedauert, ehe dieser reinigende Akt auch die übrigen Aspekte seiner Person verwandelte.[35] Irgendeine Instanz tief im Innern sagt uns, dass dies unmöglich ist, dass Gott nicht *für* uns sein kann. Sogar Missy, die wie ihre Mutter Gott »Papa« nennt, hielt ihn für »gemein« und fragte sich, ob sie sterben müsse.

Dennoch wissen wir im Grunde, dass Gott gut ist, sonst würden wir die Probleme im Leben überhaupt nicht beachten. Sie wären dann eigentlich keine *Probleme*, sondern nur das Leben, wie es ist. Aber wir wissen, dass es nicht so sein soll. Deshalb ist die Tragödie so *tragisch* für uns und schmerzt so sehr. Folglich wissen wir, dass das Leben gut sein soll.[36] Wir haben die Musik schon vernommen, von etwas Wunderbarem gekostet und ahnen, dass wir zu all dem gehören. Gerade Verzweiflung, Enttäuschung und Leid übermitteln uns die Botschaft, dass wir für Frieden und Harmonie gemacht sind. Denn wie könnten wir ohne Heimat Heimweh haben? Wie könnten wir verzweifeln, ohne Kenntnis davon zu haben, dass wir zu einem Leben in Hülle und Fülle bestimmt sind?

Unser Bewusstsein ist zwiespältig. Selbst Papa macht Mackenzie nervös, und ihr Angebot, der Papa zu sein, den er nie gehabt hatte, ist für ihn verlockend und zugleich abstoßend. Daraus ergibt sich eine Frage von größter Wichtigkeit: Ist Gott wirklich *für* uns? Beachten Sie die folgende Darstellung des Vaters von Jesus:

Der Bogen von Gottes Zorn ist gespannt, und der Pfeil liegt auf der Sehne bereit, und die Gerechtigkeit richtet den Pfeil auf dein Herz und spannt den

Bogen noch mehr, und es ist nichts als Gottes reines Vergnügen – das eines zornigen Gottes, ohne jedes Versprechen, ohne jede Verpflichtung –, das den Pfeil einen Augenblick hält, ehe er mit deinem Blut getränkt wird.[37]

Dieses Bild von Gottvater stammt aus Jonathan Edwards' Predigt *Sinners in the Hands of an Angry God* (Sünder in der Hand eines zornigen Gottes). Zum Glück wird hier nicht die gesamte Vision von Edwards wiedergegeben, aber leider handelt es sich um die berühmteste Predigt in der amerikanischen Geschichte.[38] Unserem gebrochenen, verwundeten Geist erscheint sie durchaus sinnvoll. Natürlich steht sie in scharfem Kontrast zu Youngs Papa und ihrer bedingungslosen Liebe. Edwards' Gott hingegen ist voller Zorn, gebunden durch ein Gesetz abstrakter Justiz. Wir haben gesündigt und verdienen es, zu leiden. Gott ist wütend. Von ihm würde man nicht folgende Worte erwarten, ausgesprochen von Papa: »Ich habe mich wirklich darauf gefreut, dich von Angesicht zu Angesicht zu sehen. Es ist wundervoll, dich hier bei uns zu haben. Oh, oh, oh, wie sehr ich dich liebe!«

Der Zorn Gottes, wie Edwards ihn darstellt, ist zwar schrecklich, aber seine Willkür mag noch schlimmer sein. Er ist unsagbar fern. Gegenüber seiner Schöpfung hat er keinerlei Verpflichtung. Die Liebe ist kein charakteristischer Aspekt seines Wesens, sondern nur eine Möglichkeit. Er ist nicht *für* uns. Und genau diese göttliche *Ambivalenz* uns gegenüber beeinträchtigt unsere Fähigkeit zu hören. Warum sollte er die Pfeile nicht von der Sehne abschnellen lassen? Wer möchte diesen Gott unseren Namen rufen hören? Wer möchte wirklich zu seinem Himmel aufsteigen?

In Youngs Papa aber gibt es überhaupt keine Ambivalenz. Da ist nicht die geringste Indifferenz oder Neutralität. Kein »Vielleicht« oder »Wenn ... dann ...« Dieser Papa ist *für* uns – seit jeher und für alle Zeit. Sie hat keinen Köcher voller Pfeile. Die Liebe ist die eigentliche Wahrheit ihres Wesens: »Ich *bin* Liebe ... Der Gott, der existiert – der ich bin, der ich bin –, kann nicht ohne Liebe handeln!«

Wie Mackenzie haben die meisten von uns, obwohl sie glauben möchten, zu viele Schatten und unzählige Fragen. Was ist mit dem göttlichen Zorn? Was mit Vergeltung und Strafe, Glaube und Reue,

Himmel und Hölle? Gott könne uns nicht einfach lieben, meinen wir, auch wenn dies in seiner Natur liegt. Müssen wir dafür nicht etwas tun?

Mack hatte große Mühe, das zu begreifen, was er da hörte. Aber er spürte doch, dass es etwas ganz Erstaunliches und Unglaubliches war. Es war, als würden Papas Worte ihn einhüllen, ihn umarmen und zu ihm in einer Weise sprechen, die weit über das hinausging, was er mit seinen Ohren hörte. Nicht dass er wirklich irgendetwas davon glaubte. Wäre es doch nur wahr! Doch seine Erfahrungen sagten ihm etwas anderes.

Während der Lektüre von Youngs Buch, zumal bei den Gesprächen über Güte und Liebe, dachte ich immer wieder an Athanasius, einen der frühen Kirchenväter. Was er über den Vater von Jesus schreibt, ist höchst aufschlussreich:

Der Gott von allen ist von Natur aus gut und höchst edelmütig. Daher ist er der Liebende der Menschheit ...[39]

Als dann die Geschöpfe, die Er erschaffen hatte ... tatsächlich zugrunde gingen und solch edle Werke allmählich der Vernichtung anheimfielen, was sollte Gott in seiner Güte tun? Sollte Er Verfall und Tod die Oberhand gewinnen lassen? Was hätte es in diesem Fall genutzt, jene Werke am Anfang hervorgebracht zu haben? ... Daher war es unmöglich, dass Gott den Menschen dem Verfall preisgibt, denn das wäre unpassend und Seiner unwürdig.[40]

Athanasius las ich zum ersten Mal in meinem letzten Studienjahr an der University of Mississippi aufgrund einer Anmerkung in C. S. Lewis' Werk *God in the Dock*. Als Bewohner eines zutiefst christlichen Gebiets der USA schockierten mich die beiden obigen Aussagen ebenso wie viele weitere, die ich in seinen Schriften fand. *Dieser Athanasius,* sagte ich mir, *schreibt so, als würde der Vater uns leidenschaftlich lieben, als wäre er für uns, nicht gegen uns.* Der Gott des Athanasius ist ganz Herz, einzig und allein darauf bedacht, uns jenseits unserer kühnsten Träume zu segnen. Es ist, als wären wir der Grund für die gesamte Schöpfung – gleichsam sein Augapfel. Er bietet uns fantastische

65

Träume, die er niemals aufgibt. Dieser Vater muss durch Jesus keinen Druck ausüben, um uns zu lieben oder zu verzeihen. Er ist nicht fern, unnahbar, gleichgültig, sondern begeistert von seiner Schöpfung. Er liebt jeden Menschen. Für Athanasius ist Jesus der beste Beweis dafür.

Dieser Gott und diese Welt unterschieden sich grundlegend von denen des Calvinismus in meiner Jugend. Die reine Liebe des Gottes, wie Athanasius ihn beschrieb, nahm meine Vorstellungskraft in Besitz. Alles andere als ein strenger Richter, der ständig wacht mit tadelndem Blick oder als ein gesichtsloses, namenloses Allwesen, ist der Vater von Jesus gut und »daher ... der Liebende der Menschheit«.

Was also soll dieser Vater tun, wenn seine Schöpfung, wenn Mackenzie Allen Phillips, wenn Sie und ich gefangen sind in solch heimtückischer Verwirrung und allmählich der Vernichtung anheimfallen? Etwa die Arme hochwerfen und Jesus anschreien: »Ich *wusste*, dass derlei geschehen würde! Ich hätte mich von dir nie überreden lassen sollen, etwas so Dummes zu tun und Menschen zu erschaffen! Wenn du willst, kannst du hingehen und die Sache in Ordnung bringen, aber wisse: Es ist mir egal. Sollen sie sich krümmen vor Schmerz und sterben in dem elenden Chaos, das sie angerichtet haben. Sie haben mich beleidigt. Sie sind mir zuwider. Wo ist mein Köcher?«

Athanasius zufolge kam es dem Vater nie in den Sinn, seinen großartigen Traum für die Menschheit aufzugeben. Er ist nicht launisch. Er schenkte uns nicht widerwillig das Leben, nur um dann nach einem Vorwand zu suchen, uns im Stich zu lassen. Nein, er ist gut und liebt uns für immer.

So unvorstellbar es uns erscheinen mag: Vor der Erschaffung der Welt überschütteten Vater, Sohn und Heiliger Geist uns mit Liebe und träumten von dem Tag, da wir einbezogen würden in das Leben selbst und die Güte, in die Gemeinschaft und Freude, in die ungestüme Wonne, die sie seit Ewigkeit miteinander teilen. Wie Papa zu Mackenzie sagt: »Wir haben euch erschaffen, um das alles mit euch zu teilen.«

Es war Gottes Güte unwürdig, dass die von Ihm erschaffenen Geschöpfe zu nichts werden sollten durch den Betrug, den der Teufel am Menschen beging;

66

und es war höchst unpassend, dass Gottes Werk in der Menschheit verschwinden sollte, sei es durch deren eigene Nachlässigkeit, sei es durch die Täuschung böser Geister. Als dann die Geschöpfe, die er erschaffen hatte ... tatsächlich zugrunde gingen und solch edle Werke allmählich der Vernichtung anheimfielen, was sollte Gott in seiner Güte tun?[41]

Als Adam sündigte, als er Unabhängigkeit und folglich Chaos, Leiden, Sterben und Tod in die Welt der Träume einführte, die Gott für uns hat, war die Antwort von Vater, Sohn und Heiligem Geist ebenso einfach wie leidenschaftlich: »Nein! Nein! Nein! Nicht mit uns! Wir haben euch nicht erschaffen, damit ihr in unerträglichem Schmerz, in Blindheit und Gebrochenheit lebt, dass ihr zugrunde geht und sterbt. Wir haben euch erschaffen, damit ihr an unserem Leben teilhabt, dass ihr auskostet und fühlt und wisst und erfahrt, was wir seit aller Ewigkeit wissen.«

William Paul Young drückt dies in *Die Hütte* so aus:

Aber dann beschloss Adam, ganz wie wir es vorausgesehen hatten, eigene Wege zu gehen, und damit fingen die Probleme an. Doch statt die ganze Schöpfung zu verschrotten, krempelten wir die Ärmel hoch und begaben uns mitten hinein ins Durcheinander – und deshalb kam Jesus zu euch.

Papas unbeirrbares Herz spiegelt die leidenschaftliche Liebe von Athanasius' Gott wider, und so erkennen wir im scharfen Kontrast zu Edwards' Gott die Verwirrung in unserem eigenen Herzen – oder zumindest eine Dualität. Durch die beiden gegensätzlichen Vorstellungen von Gott ist unser Glaube zwiespältig, verworren. Wie können wir den Papa von Jesus unseren Namen rufen hören und daran glauben, dass wir diesen tatsächlich vernehmen, wenn sich in unseren Köpfen zwei grundsätzlich verschiedene Götter herumtreiben?

Die Sache ist allerdings noch komplizierter, fürchte ich, denn unsere Vorstellungen von Gott prägen unser Verständnis davon, warum Gott uns erschaffen hat, wer wir sind, was zuerst in Adam, dann in Jesus vorging – und von der eigentlichen Beschaffenheit des Lebens, um nur einige Aspekte zu nennen.

Außerdem taucht an dieser Stelle eine weitere Frage auf. Wie haben wir unsere Ideen von Gott überhaupt entwickelt? Wer hat uns dabei beeinflusst? Vater und Mutter, die Kirche, eine religiöse Leitfigur, die Bibel? Oder sind diese Ideen eine Mischung verschiedener Vorstellungen, die uns einfach richtig erscheinen? Sind sie etwa auf unsere inneren Wunden zurückzuführen? Vielleicht ist unsere Auffassung von Gott ebenso wie die Mackenzies durchdrungen von ikonischen Gestalten wie Tolkiens Gandalf oder dem Nikolaus. Oder könnte unser Gott auch ein Abbild unserer selbst sein, enorm vergrößert und auf den Himmel projiziert, wie Papa es gegenüber Mack ausdrückte? Lesen Sie selbst:

Das Problem ist, dass manche Leute versuchen, eine Ahnung davon zu bekommen, wer ich bin, indem sie die beste Version ihrer selbst nehmen, diese potenzieren und mit sämtlichen guten Eigenschaften ausstatten, die sie sich vorstellen können, was oft nicht viel ist, und dann nennen sie das Gott. Das mag zwar als nobles Bemühen erscheinen, greift aber viel zu kurz und beschreibt mein wahres Wesen nicht einmal ansatzweise. Ich bin nicht einfach die beste Version eurer selbst, die ihr euch vorstellen könnt. Ich bin weit mehr als das, über und jenseits von allem, was ihr fragen oder denken könnt.

Als Mackenzie Papas Stimme lauschte, ging es vor allem darum, seine abwegigen Ideen in Bezug auf Gott zu revidieren. Papas Aussage ist einfach, aber tiefsinnig: »Ich bin nicht der, für den du mich hältst, Mackenzie.«

ZWEITER TEIL

JESUS, SEIN VATER
UND DER HEILIGE GEIST

6

ZUSAMMENFASSUNG

DER TRINITARISCHEN VERSION

*Den Kern des Neuen Testaments bildet die Beziehung
zwischen dem Vater und dem Sohn im Heiligen Geist.*

James B. Torrance

Mackenzies Begegnung mit Papa, Sarayu und Jesus findet an einem Wochenende statt, das sich in eine weitaus größere Geschichte fügt. Wie wir gesehen haben, entspricht dieses Wochenende elf Jahren in Paul Youngs Leben. Aber sowohl Pauls Leben als auch Mackenzies Wochenende sind verwoben in die übergreifende Schilderung des Zwecks, den der dreieinige Gott für die Menschheit hat. Die wunderbare Darstellung der Beziehung zwischen Jesus, Sarayu und Papa, die nicht auf Rangordnung beruht, ihre verblüffende Freiheit, Mackenzie in seinem Zorn und Schmerz und Unglauben zu umarmen, die schockierenden Narben an Papas Handgelenken und Jesu tiefgründiger Kommentar, dass er nicht gekommen sei, um uns als Vorbild zu dienen, sondern um sein Leben mit uns zu teilen – all diese Aspekte verweisen auf die größere Geschichte. Wir müssen innehalten, um darüber nachzusinnen. Tun wir das nicht, übersehen wir vielleicht die heilsame Botschaft, die sie uns übermittelt. Dieser Punkt ist wesentlich im Hinblick auf unser eigenes Leben, unsere Leiden und letztlich auch unsere Freiheit.

Paul Youngs Vision hat ihren Ursprung in der »evangelischen Theologie der alten katholischen Kirche«[42], um einen Ausdruck des

Theologen Thomas F. Torrance zu benutzen. Diese Vision setzt Sie, mich und jeden anderen Erdenbewohner in eine atemberaubende Beziehung mit dem Vater von Jesus – dem Papa, den wir uns immer gewünscht haben. Sie ist trinitarisch, inkarnational, relational, durch und durch biblisch, auf Christus ausgerichtet und kosmisch. Sie beinhaltet die Wahrheit, die in jeder Zeile des Buches erzählt wird. Daher möchte ich diese vielschichtige Vision näher untersuchen, um unsere Augen für den größeren Zusammenhang der Heilsgeschichte zu öffnen und eine Art Leitfaden zum Verständnis der verschiedenen religiösen Themen und Probleme zu entwerfen, die Young zur Sprache bringt. Zunächst aber werde ich versuchen, eine kurze Darstellung der trinitarischen Vision zu geben.

* * *

Seit Ewigkeit ist Gott nicht allein und ohne Kontakt. Er lebt als Vater, Sohn und Heiliger Geist in einer erfüllten und wunderbaren Gemeinschaft, die eine unverbrüchliche Einheit bildet. In diesem Kreis gibt es weder Leere noch Bedrückung, weder Angst noch Unsicherheit. Das trinitarische Leben ist ein großartiger Tanz befreiter Kommunion und Intimität, beflügelt durch leidenschaftliche, selbstlose Liebe und wechselseitige Wonne. Dieses Leben ist einzigartig, gut und richtig. Es ist voller Musik und Freude, Seligkeit und Frieden. Und diese Liebe, die eine derartige Verbundenheit, Gemeinschaft und Einigkeit hervorruft, ist der Schoß des Universums und der darin geborgenen Menschheit.

Die wunderbare Wahrheit lautet, dass der dreieinige Gott in verblüffender und überströmender Liebe entschlossen ist, seinen Kreis zu öffnen und das trinitarische Leben mit anderen Wesen zu teilen. Dementsprechend sagt Papa zu Mack: »Wir wollen mit dir die Liebe und Freude und Freiheit und das Licht teilen, das wir bereits in uns tragen.« Genau das ist der eine, seit jeher und für alle Zeit gültige Grund für die Erschaffung der Welt und des menschlichen Lebens. Es gibt keinen anderen Gott, keinen weiteren göttlichen Willen, keinen zweiten Plan, keine geheime Absicht in Bezug auf die Menschen. Bereits

72

vor der Schöpfung segneten uns Vater, Sohn und Heiliger Geist mit ihrer Liebe und trachteten danach, dass wir das trinitarische Leben erfahren, erkennen und teilen. Zu diesem Zweck wurde die Welt ins Leben gerufen, die Menschheit gestaltet und dem Urpaar Adam und Eva ein Platz im Kommen Jesu zugewiesen, des Vaters Sohn, in dem und durch den der Traum unserer Aufnahme in den heiligen Kreis verwirklicht würde.

Bereits vor der Schöpfung wurde beschlossen, dass der Sohn jegliche Kluft zwischen dem dreieinigen Gott und der Menschheit überbrücken und eine ebenso wahre wie dauerhafte Verbindung mit uns herstellen würde. Jesus war dazu ausersehen, der Vermittler zu sein, der Eine, dank dessen Wirken das ursprüngliche Leben des dreieinigen Gottes in die menschliche Existenz einfließen und diese erhoben würde, um am trinitarischen Leben teilzuhaben.

Sogar als Adam und Eva aufbegehrten, als sie Chaos und Not in Gottes Schöpfung brachten, ließen Vater, Sohn und Heiliger Geist nicht von ihrem Traum ab, sondern webten unsere Dunkelheit und Sündhaftigkeit auf wunderbare Weise in die Tapisserie der kommenden Inkarnation ein. Indem des Vaters Sohn Mensch wurde, indem er fügsam unsere Wut und Blindheit auf sich nahm und schließlich durch unsere Hand einen schrecklichen Tod starb, trat er in unauflösliche Beziehung zur gefallenen Menschheit, stets begleitet von seinem Vater und dem Heiligen Geist. In Jesus selbst und in seinem von uns selbst herbeigeführten Tod gelangte das trinitarische Leben Gottes in die Hölle auf Erden und vereinigte dadurch alles, was Vater, Sohn und Heiliger Geist mit uns in Gebrochenheit, Scham und Sünde teilen. So nahmen sie uns in ihren Kreis der Gemeinschaft auf.

Im Leben und Tod Jesu fand der Heilige Geist seinen Weg in die menschliche Drangsal und Blindheit. Er wirkt inmitten unserer zerbrochenen Welten, um Jesus *in* uns zu offenbaren, damit wir in unserer Sünde und Scham dem Sohn begegnen und allmählich sehen können, was er sieht, wissend, dass sein Vater bei ihm ist. Der Heilige Geist enthüllt uns Jesus, damit wir dessen Beziehung zum Vater erfahren und erkennen und befreit in der Umarmung des Vaters mit dem Sohn leben. Während der Heilige Geist sein Werk verrichtet, sind wir aufgerufen, zusammen mit Jesus Partei zu ergreifen gegen unsere Dunkelheit und unser Vorurteil und die Schritte in Richtung Vertrauen und Veränderung zu unternehmen. Dabei kommt Jesu eigene Salbung mit dem Heiligen Geist – seine Verbindung mit dem Vater, seine überirdische Gewissheit, seine Freiheit und Freude und Stärke im Geist – in uns selbst zum Ausdruck. Hierdurch wird unsere Einzigartigkeit als Person nicht herabgemindert, sondern noch gesteigert und befreit, damit sie sich in unserer Verbindung zum Vater wie auch in unseren Beziehungen untereinander und mit der Schöpfung im Ganzen widerspiegelt, bis der gesamte Kosmos zum lebendigen Sakrament des großen Tanzes des dreieinigen Gottes wird.

Es ist diese trinitarische Vision, die Youngs Grundüberzeugungen prägt und jede Seite seines Buches durchdringt. Obwohl es zwanzig Bände bräuchte, um die Details und Nuancen solcher Ideen zu beleuchten, sollten wir doch wenigstens etwas Zeit darauf verwenden, die wesentlichen Gedanken genauer zu untersuchen.

* * *

In den meisten großen Geschichten gibt es irgendwann eine Wendung, die niemand vorhersieht: Ein bestimmtes Ereignis überrascht sowohl die Figuren als auch die Leser. Und sobald es eintritt, versteht man die Geschichte aus einem anderen Blickwinkel.

In *Die Hütte* kommt diese Wendung – zumindest die wichtigste – durch Papa. In der biblischen Geschichte wird sie durch die Inkarnation des Gottessohnes herbeigeführt. Während des langen israelitischen Dramas rechnete niemand damit, dass Gott in menschlicher Gestalt erscheinen würde. Obwohl solch persönliche Gegenwart mit der Liebe Israels zum Herrn keineswegs in Widerspruch stand, lag sie doch nicht einmal im Bereich des Möglichen. Schließlich waren ihr vierhundert Jahre prophetischen Schweigens vorausgegangen. Wer hätte je davon zu träumen gewagt, dass der Herr selbst plötzlich auftreten würde? Aber gemäß Johannes dem Täufer, Matthäus, Markus, Lukas, Johannes, ja selbst dem ungläubigen Thomas und Paulus von Tarsus zufolge geschah genau dies.

74

Jesus Christus griff in die Geschichte Israels nicht nur als großer Prophet ein, als revolutionärer Priester oder bester König des Landes, sondern auch als das Eine Israel namens »der Herr«. Der Schock des Neuen Testaments besteht darin, dass der Herr menschlich wurde. Der Schöpfer, der Eine, in dem, durch den und für den alle Wesen erschaffen wurden und ständig am Leben erhalten werden, kam in seine Schöpfung und wurde einer von uns – *Immanuel*, »Gott mit uns«.

Im Grunde war die Identifikation von Jesus mit dem Herrn Israels, dem Schöpfer des Himmels und der Erde, nicht völlig unvereinbar mit Israels nicht verhandelbarer Verpflichtung zum Monotheismus. Das Ereignis war gewiss ein Schock und vielleicht unglaublich, bedeutete aber schlicht und ergreifend, dass der Herr persönlich den Weg in die Welt beschritten hatte. *Doch Jesus war nicht allein.* Und das war der springende Punkt oder, besser, *die Offenbarung*, denn der Herr gab sich selbst als »der Sohn« zu erkennen, der sein Leben in Beziehung mit dem Einen lebte, den er wiederum »meinen Vater« nannte. Und in die Mitte dieser bemerkenswerten Beziehung rückte Einer namens »Heiliger Geist«.

Das Neue Testament fügt sich in die Geschichte Israels ein wie eine neu entdeckte Schriftrolle, welche die gesamte Geschichte in ein neues Licht taucht. Diese ist aufgeladen mit revolutionären Ideen, die danach verlangen, dass wir alles, was wir über Gott, die Schöpfung, das menschliche Dasein und die Geschichte zu wissen glaubten, gründlich neu überdenken. Das hat nichts zu tun mit einer Anekdotensammlung alter, Pfeife rauchender Männer. Da ist Dringlichkeit, Leidenschaft, Ringen mit im Spiel. Jeder Schreiber steht gleichsam auf Zehenspitzen, treibt seine Vorstellungskraft in ungeahnte Höhen, um zu sehen und Zeugnis abzulegen. Jesus hat die Welt erschüttert! Seine Gegenwart war zu großartig, zu überwältigend, zu wunderbar, um verstanden zu werden, doch sie musste in Worte gefasst werden. Sein Leben schloss das gesamte Universum und jeden einzelnen Menschen mit ein, vor allem aber Gott.

Für die Jünger ist Jesus nicht bloß ein Prophet, der die neueste göttliche Botschaft verkündet. *Jesus ist eine Revolution.* Erinnern Sie sich an den ersten Vers des Johannesevangeliums: »Im Anfang war das Wort,

75

und das Wort war bei Gott, und Gott war das Wort.« Diese drei einfachen Aussagen beinhalten bislang unbekannte und unvorstellbare Ideen von Gott, die dazu bestimmt sind, die Welt zu verändern. Als guter Jude kannte Johannes natürlich den ersten Vers des Alten Testaments: »Am Anfang schuf Gott Himmel und Erde.« Aber Johannes ist Jesus begegnet und sah »seine Herrlichkeit, eine Herrlichkeit als des eingebornen Sohnes vom Vater ...« (Johannes 1,14) Obwohl Johannes sicherlich zustimmt, dass Gott alle Wesen und Dinge erschaffen hat, kann er es nicht dabei belassen, denn er hat etwas gesehen, das sein Verständnis von allem radikal verändert hat. Achten Sie also auf die Parallele und auf den Unterschied zwischen Genesis 1,1 und Johannes 1,1:

Am Anfang schuf Gott Himmel und Erde.

Im Anfang war das Wort, und das Wort war bei Gott,
und Gott war das Wort.

Nachdem Johannes den Gottessohn getroffen und dessen Herrlichkeit erblickt hat, unternimmt er jenen verblüffenden Schritt, Jesus mit Gott an den Anfang zu setzen. Durch diese noch nie da gewesene Tat erfüllt er die Vorstellung von Gott mit der Vorstellung von Beziehung: Gott der Schöpfer ist nicht allein und ohne Kontakt, sondern in Verbindung mit dem Sohn.

Obwohl die alte Welt voller Götter und Göttinnen war, fügt Johannes ihr nicht einfach einen weiteren Gott hinzu. Das Wort oder der Sohn, der im Anfang war, »war bei Gott«. Die Präposition *bei* vermittelt die hebräische Vorstellung »von Angesicht zu Angesicht«. Sie bezeugt persönliche Beziehung, Vertrautheit. Am Ende seiner Einleitung zeichnet Johannes ein weiteres Bild, um diesen Standpunkt zu bekräftigen: »Niemand hat Gott je gesehen; der eingeborne Sohn, der *in des Vaters Schoß* ist, der hat ihn uns verkündigt.« (Johannes 1,18; Hervorhebung von mir) Solche Metaphorik ist weder nüchtern noch steril; vielmehr verweist sie auf enge Vertrautheit, auf eine tiefe persönliche Beziehung gegenseitiger Zuneigung, Liebe und Wonne.

Zugleich sagt Johannes, dass diese wunderbare Gemeinschaft innerhalb Gottes Wesen besteht, und gibt so der gesamten Schöpfungsgeschichte einen Rahmen. Die Wendung in der Erzählung entpuppt sich als eine doppelte: Erstens ist Gott in menschlicher Gestalt in die Welt gekommen; zweitens ist dieser Gott der Sohn seines Vaters. In Jesus dreht sich das Kaleidoskop menschlichen Denkens, und alles erscheint neu – *einschließlich Gott.* Die Inkarnation des ewigen Gottessohnes, gesalbt mit Heiligem Geist, ist ein Blitz des ewigen Lichts, der alles menschliche Wissen über Gott erleuchtet.[43]

7

JESUS UND SEIN VATER

Wahrlich, wahrlich, ich sage euch:
Der Sohn kann nichts von sich selber tun,
sondern nur was er sieht den Vater tun ...
Denn der Vater hat den Sohn lieb
und zeigt ihm alles, was er tut ...

Johannes 5,19-20

Von Beginn an erklärt die Bibel Gott zum Schöpfer des Himmels und der Erde. An keiner Stelle vermittelt sie den Eindruck, der Herr sei nur beiläufig an seiner Schöpfung interessiert. Gott ist kein abstraktes Wesen, kein deistischer Schöpfer, der die Welt erschafft, in Gang setzt und dann einen Rückzieher macht, um sie sich selbst oder ihrem Schicksal zu überlassen. Genauso wenig ist er ein strenger Gesetzgeber, der lange genug auf der Bildfläche erscheint, um eine Reihe heiliger Gebote zu erlassen, deren Einhaltung zu überwachen, und anschließend sich zurückzieht mit der Drohung vor einer düsteren Zukunft, die am Ende eintreten wird. Der Gott der Bibel ist ein *beteiligter* Gott. Er ist der Gott Abrahams, Isaaks und Jakobs, der Gott des Bündnisses; der Herr, der sich gnädig zur Erde beugt, um Abraham herbeizurufen, und sich einbindet in die Beziehung mit ihm und Israel.

Doch trotz der persönlichen Beteiligung des Herrn, ungeachtet der wunderbaren Fürsorge und Beziehung, die er mit seinem Volk unterhält, besteht immer ein großer Abstand zwischen ihm und Israel. Selbst Moses, der archetypische Diener des Herrn, durfte ihn nur von hinten sehen (vgl. 2. Mose 33,18-23). Und der Hohepriester, den der Herr auswählte, in seiner Gegenwart den Gottesdienst auszurichten, durfte das Allerheiligste, Gottes Wohnstatt, nur einmal im Jahr betreten – und dann auch erst nach einem aufwendigen Reinigungsritual (vgl. Hebräer 9,1 ff.).

In diesem Kontext der Anteilnahme und persönlichen Beziehung, zugleich aber der Zurückhaltung und Distanz zwischen Gott und Israel tritt Jesus Christus in dessen Geschichte ein. Dies tut er in einer Art und Weise, die nur als schockierende Vertrautheit mit Gott umschrieben werden kann. Es beginnt damit, dass er aus der Position völliger Gewissheit über Gott spricht: »Denn *also* hat Gott die Welt geliebt, dass er seinen eingebornen Sohn gab … Denn Gott hat seinen Sohn nicht gesandt, dass er die Welt richte, sondern dass die Welt durch ihn gerettet werde.« (Johannes 3,16-17; Hervorhebung von mir) Anstatt Gott im Stil der Schriftgelehrten seiner Zeit zu charakterisieren, spricht Jesus aus seinem unmittelbaren Wissen von Gott, und zwar »mit Vollmacht« (Matthäus 7,29). »Es hat nie ein Mensch geredet wie dieser Mensch.« (Johannes 7,46)

Üblicherweise wurde der Begriff *Amen* (»Wahrlich«) »benutzt, um die Worte einer anderen Person zu bestätigen, gutzuheißen oder zu übernehmen«, aber in Jesu Rede wurde er »*ausnahmslos* benutzt«, um seine eigenen Worte »einzubringen und gutzuheißen«.[44] »Wahrlich, wahrlich (*Amen, Amen*), ich sage dir: Es sei denn, dass jemand von Neuem geboren werde, so kann er das Reich Gottes nicht sehen.« (Johannes 3,3)[45] Jesus handelt mit unbestreitbarer Autorität und begibt sich nicht nur auf die Ebene der Heiligen Schrift, sondern besitzt auch »die beispiellose und revolutionäre Kühnheit, eine gegensätzliche Position zur *Thora* einzunehmen«.[46] Doch seine Autorität erwächst nicht aus einer Gewissheit in Bezug auf den abstrakten Willen Gottes, sondern aus innerem Wissen, aus der tief verwurzelten und persönlichen Vertrautheit mit Gottes Herz. Das ist sozusagen der Zünder, der uns auf etwas viel Wesentlicheres als eine prophetische Gegenwart aufmerksam macht.

Im ganzen Alten Testament gibt es nur fünfzehn Stellen, an denen Gott tatsächlich »Vater« genannt wird,[47] und selbst dann nur im allgemeinen Sinne – er ist der Vater Israels[48] oder des Königs[49], der Israel verkörpert. Die Vaterschaft Gottes ist zweifellos auch im Neuen Testament gegenwärtig, jedoch nicht mehr der zentrale Punkt in Israels Denken über Gott. In Jesus aber begegnen wir Einem, der in Israel steht und allein im Johannesevangelium mehr als hundert Mal (179 Mal in den vier Evangelien zusammen) von Gott als *Vater* spricht. Manchmal hat es den Anschein, als würde jede Aussage den Begriff »Vater« enthalten; in Johannes 5,21-22 sagt Jesus zum Beispiel: »Denn wie der Vater die Toten auferweckt und macht sie lebendig, so macht auch der Sohn lebendig, welche er will. Denn der Vater richtet niemand; sondern alles Gericht hat er dem Sohn gegeben …«

Darüber hinaus kehrt der Ausdruck »Vater« ständig in der Bergpredigt wieder. Und wie wir bereits gesehen haben, ist der Vater selbst das Thema des berühmten Gleichnisses vom verlorenen Sohn. (Lukas 15,11-32) Im ganzen Alten Testament – einschließlich der Psalmen – gibt es keine Stelle, wo ein Individuum im Gebet Gott als »Vater« anredet. Im scharfen Kontrast dazu spricht Jesus in all seinen Gebeten zu Gott als Vater, mit Ausnahme des Schreies am Kreuz – Matthäus 27,46; Markus 15,34 –, der ein Zitat aus Psalm 22,1 darstellt.

Mit Jesus rückt die Vorstellung von Gott als Vater vom Rand in die Mitte des Geschehens. Sie ist nicht länger im Hintergrund verborgen, sondern wird mit Jesus zum Brennpunkt. Dies offenbart auf dessen Seite ein persönliches Bewusstsein von Gott, das weit mehr umfasst als den Empfang einer zu verkündenden prophetischen Botschaft. Es lässt eine tiefe Vertrautheit mit Gott erkennen – eine einzigartige Beziehung zu ihm.

Die Vertrautheit und die Einzigartigkeit dieser Beziehung wird um - so wirksamer vermittelt durch das aramäische Wort *Abba*, das Jesus benutzt und das die Verfasser der Evangelien im Lateinischen mit *Pater* (Vater) übersetzten.[50] *Abba* sagt das Kind zu seinem Vater. Das ist nicht die distanzierte, formelle Sprache, nicht die Sprache jüdischer Zurückhaltung oder Wortkargheit noch die der Religion oder servilen Gesinnung. *Abba* ist die Sprache grundsätzlicher Natürlichkeit und Gewissheit, des Bewusstseins von wahrer Zugehörigkeit. Sie ist res - pektvoll und ehrerbietig, aber ihre eigentliche Nuance liegt in der

Zärtlichkeit und Vertrautheit. So sieht es auch der Theologe James D. G. Dunn:

Man kommt kaum um die Schlussfolgerung herum, dass Jesus aus genau dem gleichen Grund »Abba« zu Gott sagte, aus dem die meisten seiner Zeitgenossen es im Gebet nicht benutzten – eben weil es seine Einstellung zu Gott als Vater ausdrückte, seine Erfahrung mit Gott, die von ungewöhnlicher Vertrautheit zeugte.[51]

Abba verweist auf die Vorstellung von ungezwungener Nähe und Wärme, von unerschrockener Vertrautheit und Heimeligkeit *mit Gott.*

Was sollen wir davon halten, dass Jesus Gott nicht nur als *Vater* anspricht, sondern als *Abba*, Papa? Dem lutherischen Theologen Joachim Jeremias zufolge war dieses sprachliche Wagnis »etwas Neues und Unerhörtes«[52], ja Revolutionäres. Das ist natürlich Gegenstand wissenschaftlicher Diskussionen.[53] Nicht diskutabel hingegen ist die auffällige Tatsache, dass Jesus in den Evangelien sechzig Mal (fast vierzig Mal allein im Johannesevangelium) den Ausdruck »*mein* Vater« benutzt, wofür es im Alten Testament – und Jeremias zufolge auch in der gesamten Literatur des Judaismus[54] – keine Entsprechung gibt. Kein bibelgläubiger Jude hätte sich einen solchen Status gegenüber Gott vorzustellen gewagt. Es wäre Blasphemie gewesen – und genau diese Anklage erhoben die Juden dann gegen Jesus.[55]

Es ist höchst erstaunlich, dass Jesus diesen Sprachgebrauch als völlig normal empfand. Schon im Alter von zwölf Jahren fragte er seine Eltern: »Was ist's, dass ihr mich gesucht habt? Wisset ihr nicht, dass ich sein muss in dem, das *meines Vaters* ist?« (Lukas 2,49; Hervorhebung von mir) Und später, bei der Reinigung des Tempels, sagt er zu den dort sitzenden Händlern und Geldwechslern: »Traget das von dannen und machet nicht *meines Vaters* Haus zum Kaufhause!« (Johannes 2,16; Hervorhebung von mir) Wieder und wieder beruft sich Jesus auf Gott nicht nur als »Vater«, sondern als »*mein* Vater«. Demgemäß bezeichnet er sich selbst nicht nur als *einen* Sohn, sondern als *den* Sohn. Im biblischen Kontext ist Jesu Beziehung zu Gott, den er »Vater«, »mein Vater« und *Abba* nennt, der Ausnahmefall schlechthin.

Die Einzigartigkeit dieser Beziehung bestätigt Gott in seiner Erklärung über Jesus: »Dies ist mein lieber Sohn, an welchem ich Wohlgefallen habe.« (Matthäus 3,17)[56] Dergleichen wird aus dem Himmel mindestens zweimal dramatisch verkündet – bei Jesu Taufe und nach seiner Verklärung.[57] Diese Aussage bestätigt die Gegenwart des einmaligen und einzigen Gottessohnes. Bei der Verklärung wird sie gegenüber den drei Jüngern in leicht ermahnendem Ton artikuliert, denn in seiner Aufregung wollte Petrus gleich drei Hütten errichten, eine für Jesus, eine für Moses und eine für Elia. Offensichtlich betrachtete er die drei als gleichrangig. Dann aber sorgt der Verfasser des Evangeliums dafür, dass wir verstehen: *Noch während* Petrus seinen Vorschlag unterbreitet, spricht die göttliche Stimme aus der Wolke, als wollte sie damit ausdrücken: »Petrus, was tust du da? Das ist kein weiterer Moses, kein weiterer Elia. Das ist nicht nur der lang erwartete Messias. Das ist *mein* Sohn, *mein* geliebter und einziger *Sohn.*«

In der Art und Weise, wie Jesus eine solche Autorität beansprucht, wie er sich Gott nähert, in seiner außergewöhnlichen Sprache, seiner unerschütterlichen Vertrautheit mit Gott sowie in Gottes eigener Erklärung über ihn begegnen wir einer göttlich-menschlichen Beziehung, die im biblischen Israel ohne Beispiel ist. Im Laufe der Geschichte Israels stoßen wir zwar auf ein wechselseitiges persönliches Verhältnis zwischen Gott und Volk, aber es tut sich stets eine Kluft auf. Gott ist in seiner Gegenwart immer transzendent, immer different. Wir sehen zwar, wie Moses mit Gott einige Tage auf dem Berg Sinai verbringt, die ihn aufwühlen und sein Gesicht zum Glühen bringen. Wir erfahren von der Freundschaft zwischen Abraham und Gott, und wir hören, dass David ein Mann nach dem Herzen Gottes war. Doch niemals lesen wir im Alten Testament die göttliche Erklärung: »Du bist mein geliebter Sohn, an dir habe ich Wohlgefallen« (Markus 1,11), und niemals als Antwort darauf: »*Abba*, mein Vater.«

Die Beziehung zwischen Jesus, dem Sohn, und Gott, den er »meinen Vater« nennt, war derart ausschließlich und vertraut, dass die Juden sie nicht verstehen konnten und ihn deshalb wegen Blasphemie steinigen wollten. Denn indem Jesus Gott als seinen Vater bezeichnete, »machte (er) dadurch sich selbst Gott gleich« (Johannes 5,18).

82

Für die Juden war sein vertrauter Umgang mit Gott nichts als reiner Hochmut. Diese Beziehung hob den Abstand zwischen Gott und Mensch auf und rückte Jesus an eine Stelle, die niemand im Alten Testament je eingenommen hatte – in nächster Nähe zu Gott, »in des Vaters Schoß« (Johannes 1,18) als *der* geliebte Sohn, in schockierender Vertrautheit mit Gott.

Die Sprache von Vater und Sohn, die Anrede »mein Vater«, die Wendung »mein Sohn«, das Vertrauen und heimelige Wohlbehagen, das Jesus gegenüber Gott empfindet, der unmittelbare Zugang zu ihm – all das kennzeichnet ihre singuläre Beziehung. Der schottische Theologe P. T. Forsyth schrieb dazu: »In Jesus Christus haben wir jemanden vor uns, der sich seiner ganz und gar einzigartigen Beziehung zum lebendigen Gott bewusst war.«[58] Aber diese Beziehung ist nicht statisch, und es geht bei ihr weder um Status noch um Worte. Sie ist äußerst lebendig und nimmt im Handeln Gestalt an. Die Erklärung: »Du bist mein geliebter Sohn, an dir habe ich Wohlgefallen.« ist sowohl eine Offenbarung der Identität Jesu als auch der Liebe des Vaters zu ihm. Desgleichen ist die Anrede »*Abba*, mein Vater« nicht nur eine verbale Formel des Sohnes, sondern vor allem die charakteristische Beschreibung seiner Existenz auf Erden.

Jesus war kein Deist. Er hielt Gott weder für eine unendliche, unbewegte Allmacht oder nebulöse Kraft, die die Welt erschuf und sich dann höheren Dingen zuwandte, noch für eine strikt auf die Einhaltung der Gesetze bedachte Instanz. Für Jesus war Gott der leidenschaftliche, gegenwärtige und umarmende Vater, der bedingungslos *für ihn* war, und diese Tatsache erfüllte sein Herz. Jesus wurde geliebt und großzügig in die Arme geschlossen, und das wusste er. Seine Antwort, in der sich sein ganzes Wesen und Leben bekundet, ist nicht das religiöse Bekenntnis, sondern die Formel »mein Vater«. Seine Antwort ist – wie uns bei der Reinigung des Tempels so anschaulich geschildert wird (Johannes 2,13 ff.) – Leidenschaft für seinen Vater und dessen Ehre. »Meine Speise ist die, dass ich tue den Willen des, der mich gesandt hat, und vollende sein Werk.« (Johannes 4,34)

Jesus lebt, indem er sich auf Gott als seinen Vater bezieht, indem er ihn sucht, als Vater anerkennt und ihn mit aller Kraft aus Herz, Seele und Geist liebt. Sein Leben ist im Grunde nicht das *seine*, sondern *Sohnschaft*. Er handelt nicht auf eigene Faust, tut nicht, was er will, folgt nicht seinem Plan. Er hat kein Eigeninteresse. Der Ausspruch »Nicht was ich will, sondern was du willst!« (Markus 14,36) ist nicht nur ein Gebet in Gethsemane, sondern das Gebet seines ganzen Lebens. Da - her ist es verfehlt, von Jesus nur als Individuum zu sprechen, als einem Mann, der dieses oder jenes Werk vollbrachte. Jeder Atemzug, den er tat, jeder Schritt, den er unternahm, jede Entscheidung, die er traf, je- des Wort, das er äußerte, jeder Augenblick, den er lebte, kennzeichnet nicht nur seine Person, sondern den Sohn des Vaters in unmittelbarer Beziehung mit ihm: »Ich tue nichts von mir selber, sondern wie mich der Vater gelehrt hat, so rede ich.« (Johannes 8,28, leicht abgewandelt) »Ich kann nichts von mir selber tun. Wie ich höre, so richte ich ...« (Johannes 5,30) »Die Worte, die ich zu euch rede, die rede ich nicht von mir selbst. Der Vater aber, der in mir wohnt, der tut seine Werke.« (Johannes 14,10)

Die Erklärung: »Du bist mein geliebter Sohn, an dir habe ich Wohl- gefallen.«, und Jesu Antwort: »Abba, mein Vater« offenbaren eine in- nige *Verbundenheit*. Diese hat nichts Abweisendes, Distanziertes oder Zögerliches – und gewiss nichts, was die strenge Einhaltung von Ge- boten fordert. Die Verbindung besteht zwischen zwei Herzen, quellt über vor geteilter Wonne, Hingabe und Verständigung.

Erinnern wir uns hier an *Die Hütte*, an Jesu Stolz auf Papa und seine Bewunderung dafür, wie sie Mackenzie behandelt hat: »Papa, ich fand es wundervoll, dir heute zuzusehen, wie du dich vollkommen ge- öffnet hast, um Macks Schmerz in dich aufzunehmen, und ihm dann einfühlsam die Zeit gegeben hast, die er brauchte.« Und vergessen wir auch nicht Papas Stolz auf Jesus und ihre Freude an ihm:

»Genau. Ich liebe diesen Jungen.« Papa blickte weg und schüttelte den Kopf. »Alles dreht sich um ihn, weißt du. Eines Tages werdet ihr verstehen, was er für euch aufgegeben hat. Worte reichen nicht aus, um es zu beschreiben.«

Young vermittelt hier die Wärme und gegenseitige Zuneigung in der Beziehung zwischen Jesus und seinem Vater, die zugleich aufeinander

84

stolz sind. So führt der Ausspruch »Du bist mein geliebter Sohn« zu »Denn der Vater hat den Sohn lieb und zeigt ihm alles, was er tut …« (Johannes 5,20) und die Anrede »Abba, mein Vater« zu »Der Sohn kann nichts von sich selber tun, sondern nur was er sieht den Vater tun; und was dieser tut, das tut gleicherweise auch der Sohn.« (Johannes 5,19) Der Vater ist mit jeder Bewegung seines Sohnes verbunden, denn Jesus ist der *geliebte* Sohn. Und der Sohn wiederum ist in Einklang mit dem Herzschlag seines Vaters und erfüllt von freudiger Leidenschaft für dessen Wohlgefallen: »Denn ich tue allezeit, was ihm gefällt.« (Johannes 8,29)

Diese Beziehung ist geprägt von der tiefsten Zuneigung der Seelen. Es gibt kein hohles Ritual, keine Fassade oder Scham, keine Zurückhaltung oder Abschottung. Der Jesus des Neuen Testaments ist sich der Gegenwart Gottes als Vater deutlich bewusst und völlig überzeugt von der Beziehung mit ihm; und dieser empfindet eine so echte Freude an seinem Sohn und Zuneigung zu ihm, dass beide alles miteinander teilen und in innigster Gemeinschaft leben. Die komplementären Formeln »Du bist mein geliebter Sohn« und »*Abba*, mein Vater« signalisieren eine lebendige, persönliche und aktive Beziehung tiefer Liebe und Zusammengehörigkeit, eine reichhaltige und gesegnete Kommunion, in der dem anderen nichts vorenthalten wird.

Einzigartigkeit und Vertrautheit dieser Beziehung kommen in der verblüffenden Aussage zu Wort, die Jesus in Matthäus 11,27 macht:

Alle Dinge sind mir übergeben von meinem Vater; und niemand kennt den Sohn denn nur der Vater; und niemand kennt den Vater denn nur der Sohn und wem es der Sohn will offenbaren.

Kühn behauptet Jesus, der Empfänger aller Dinge vom Vater zu sein – nicht einiger Dinge, nicht nur der wichtigen, sondern *aller* Dinge. An anderer Stelle sagt er, alle Gewalt im Himmel und auf Erden, alles Urteil und alle Macht über das Leben seien ihm übertragen worden.[59] In Johannes 16,15 erklärt er sogar: »Alles, was der Vater hat, das ist mein.« Aber hier, in Matthäus 11,27, wird die Wendung »alle Dinge« spezifiziert durch den nachfolgenden Satz: »… und niemand kennt den Sohn denn nur der Vater; und niemand kennt den Vater denn nur der Sohn ...«, die sie noch bemerkenswerter erscheinen lässt. Diese Aussage verlagert die Bedeutung von »alle Dinge« aus dem Abstrakten auf den konkreten Bereich zwischen Personen, auf Begegnung und Gemeinschaft.

Joachim Jeremias interpretiert – von Jesus her – diesen Vers folgendermaßen:

Wie ein Vater, der sich der Aufgabe widmet, seinem Sohn die Briefe der Thora zu erklären, wie ein Vater, der den Sohn in die wohlgehüteten Geheimnisse seiner Kunst einweiht, so hat Gott mir die Offenbarung seiner selbst übermittelt, und daher kann nur ich das wahre Wissen von Gott an andere weitergeben.[60]

Die Interpretation ist in zweierlei Hinsicht hilfreich. Einerseits beleuchtet sie die Tatsache, dass der Ausdruck »alle Dinge« im Grunde gar nicht auf *Dinge* verweist, sondern auf die Offenbarung Gottes. Andererseits hebt sie hervor, dass Jesus der einzige Empfänger dieser Offenbarung ist. Der Vater selbst hat sich der Aufgabe gewidmet, die Offenbarung allein ihm zu übermitteln.

Dennoch ist Jeremias' Deutung irreführend, insofern sie die tiefe und unerschöpfliche *Gemeinschaft*, die in der Offenbarung enthalten ist, nicht erfasst. Offenbarung ist weder eine Sache noch eine Lehre – also keine Information, die vom einen zum andern übermittelt werden kann. Vielmehr bezeugt sie die Enthüllung von Gottes *Selbst* im Rahmen persönlicher Nähe und Freimütigkeit. In der Offenbarung stößt man nicht bloß auf Tatsachen, ja nicht einmal auf genaue Informationen über Gott, sondern auf Gott *persönlich*. Jenseits der Worte führt sie zu einer Begegnung mit der Person und stiftet Gemeinschaft. Deshalb sagt Jesus nicht: »Niemand kennt die Wahrheit über Gott.« Er erklärt: »Niemand kennt *den Vater*.« Denn einzigartig an Jesus ist nicht nur, dass er Gottes Offenbarung empfangen hat, sondern dass diese ihm *den Vater selbst* erschließt.

In Matthäus 11,27 behauptet Jesus, in einem geschlossenen Kreis zu stehen, wo die persönliche Begegnung mit dem Vater stattfindet.

Er hat und kennt, was sonst niemand hat und kennt: *den Vater*, und der Vater hat und kennt, was sonst niemand hat und kennt: *den Sohn*. Der Akzent liegt auf dem Wissen um die andere Person – sowie auf der Tatsache, dass dieses gegenseitige Wissen tief und reichhaltig ist. Folglich beruht es hier nicht auf einer Verarbeitung von Daten, sondern auf Gemeinschaft. Wissen ist Austausch zwischen Seelen, und dieser Austausch schließt die völlige Hingabe ebenso mit ein wie die Teilhabe am innersten Wesen des Gegenübers. Und zwar in einem so hohen Maße, dass niemand sonst imstande ist, den Vater oder den Sohn wirklich *zu erkennen*.

An diesem Punkt nähern wir uns dem Kern der Beziehung von Vater und Sohn. Sie bezeugt die Verbundenheit auf einer unvergleichlichen Ebene persönlicher Begegnung in Liebe. Wie wir gesehen haben, leitet Johannes sein Evangelium ein mit der Betonung der reinen Nähe zwischen Jesus und dem Vater, ihrer Vertrautheit von Angesicht zu Angesicht. Das ist die tiefe Wahrheit, die wir vernehmen in der Erklärung: »Dies ist mein lieber Sohn, an welchem ich Wohlgefallen habe.« und in Jesu Antwort: »*Abba*, mein Vater«. Erklärung und Antwort lenken unsere Aufmerksamkeit auf jene herzliche und liebevolle Beziehung, die eine äußerst vielschichtige Verbundenheit bewirkt. Denn das Geschenk, das der Vater dem Sohn macht, besteht weder in einem Ding noch in einem Wort, weder in einer Information noch in abstrakter Autorität oder Macht, sondern in *seiner Person*, die er in leidenschaftlicher Liebe offenbart. Desgleichen besteht die Antwort des Sohnes gegenüber dem Vater nicht in bedingungslosem Gehorsam, sondern in der Liebe zum Vater, die ganz aus Herz, Seele, Geist und innerer Stärke kommt.

Unser Denken wird von der Betrachtung einer strengen Hierarchie, in der jeder eine einzigartige Stellung einnimmt, zur persönlichen Begegnung und Gemeinschaft geführt, wie sie tiefer und vertrauter nicht sein könnten. Die Beziehung zwischen dem Vater und dem Sohn ist eine Gemeinschaft selbstloser Liebe, so echt und wahr und persönlich, dass Jesus nicht nur sagt, er *kenne* den Vater, sondern auch, er sei *in* dem Vater und der Vater *in* ihm.[61] Eine derartige Sprache, ebenso offen wie einfach, erweitert die Grenzen unserer Vorstellungskraft. Was könnte das bedeuten? Wir haben es hier mit einer Beziehung zu tun, die so wunderbar und tiefgründig und persönlich ist, dass Jesus und sein Vater *ineinanderwohnen.* Und genau dieses Einssein veranlasst Jesus zu solchen Aussagen wie: »Wer an mich glaubt, der glaubt nicht an mich, sondern an den, der mich gesandt hat. Und wer mich sieht, der sieht den, der mich gesandt hat.« (Johannes 12,44-45) »Wer mich sieht, der sieht den Vater.« (Johannes 14,9) »Ich und der Vater sind eins.« (Johannes 10,30)

8

DER HEILIGE GEIST

Die Gnade unsres Herrn Jesus Christus
und die Liebe Gottes und die Gemeinschaft
des Heiligen Geistes sei mit euch allen.

Paulus

Wer sein Leben lang ein bestimmtes Gebiet erforscht, wird immer wieder erkennen, dass es noch die besten Ideen übertrifft, die man diesbezüglich hat. Was den Heiligen Geist angeht, so bekenne ich, dass ich seine Leidenschaft und Freude liebe, seinen Respekt vor uns und seine Liebe zu den gebrochenen Menschen, seine Bejahung alles Lebendigen und seinen Sinn für das Schöne. Ich liebe sogar seine direkte, unkonventionelle Art, ins Weltgeschehen einzugreifen. Doch den Heiligen Geist *zu erklären* ist eine ganz andere Sache, und kein ernst zu nehmender Theologe würde dem widersprechen.

Lassen Sie mich an dieser Stelle kurz innehalten und eine einfache biblische Tatsache hinsichtlich des Heiligen Geistes beleuchten. Manchmal gebraucht Jesus für ihn das Personalpronomen »er«, während das griechische Wort für Geist (*pneuma*) sächlich und der hebräische Begriff *ruach* (Wind, Geist) weiblich ist. Um unsere Vorurteile zu umgehen, stellt Paul Young den Heiligen Geist als asiatische Frau namens Sarayu dar. Ich persönlich finde es ein bisschen anstößig, dem Heiligen Geist das sächliche Pronomen »es« zuzuschreiben. Die meisten von uns fühlen sich wohl mit »er«, doch weder die männliche noch die weibliche Form spiegelt die ganze biblische Wahrheit wider.

89

Obwohl »sie« etwas gewagt oder einigen sogar als Sakrileg erscheinen mag, verfügt die weibliche Form über den festen und aus dem Altertum stammenden Rückhalt des hebräischen Begriffs.[62] Wie *pneuma* und *ruach* ist auch *sarayu* (in indischer Sprache) ein Ausdruck für den erfrischenden Wind, klingt als Name aber besser als die beiden anderen.

Ich habe viele alte und neuere Bücher über den Heiligen Geist gelesen, kenne jedoch kein Werk, das so wunderbar und biblisch inspiriert über diese Person der Trinität spricht wie *Die Hütte.* Als Geste der Dankbarkeit gegenüber Paul und in der Hoffnung, uns allen zu einem persönlicheren Verständnis des Heiligen Geistes zu verhelfen, benutze ich von nun an weitgehend die weiblichen Pronomen »sie« und »ihr«.

Ungeachtet religionswissenschaftlicher und akademischer Argumente wissen wir, dass der Heilige Geist Gott von Gott ist. Obwohl ich eine Art bibeltreues Argument – ergänzt um einige historische Anmerkungen – vorbringen könnte, warum wir die Aussagen der Frühkirche über den Heiligen Geist neu überdenken sollten, würde ich sie doch nie mit dem Geist in Person zusammenbringen. Irgendwie weiß ich es besser. Und genau darauf kommt es an. Wenn wir selbst schließlich mit dem Heiligen Geist konfrontiert sind, würde wohl keiner von uns sagen: »Aber Sie haben nicht erwähnt, ob …« Oder: »In diesem Punkt waren Ihre Ausführungen nicht ganz deutlich …«

Seit der Aufklärung hat der Westen eine allzu rationalistische Auffassung vom Wissen. Gemessen an den »unumstößlichen Tatsachen« der Wissenschaft oder der Logik der »reinen Vernunft« wurde die intuitive Einsicht – etwa die Erfahrung einer persönlichen Begegnung mit Jesus oder das Wissen *im Geist* – größtenteils als subjektive Romantik abgetan. Doch schon Pascal schrieb: »Das Herz hat seine Gründe, die der Verstand nicht kennt.«[63] Der Glaube an Jesus Christus wurzelt in der persönlichen Begegnung, nicht in der sogenannten Weisheit des Alters noch in abstrakter Logik oder »wissenschaftlicher Tatsache«. Gott sei Dank scheint sich diese – was immer darunter zu verstehen sein mag – genauso oft zu ändern wie die Meinung eines Politikers. Das heißt nicht, dass der Glaube an Jesus unlogisch oder

90

unwissenschaftlich ist, sondern dass er auf der echten Begegnung mit Jesus durch den Heiligen Geist beruht.

Als Saulus von Tarsus die Jünger des Herrn verfolgte, wurde er auf dem Weg nach Damaskus durch ein himmlisches Licht kurzzeitig mit Blindheit geschlagen. Er hörte eine Stimme, die zu ihm sprach: »Saul, Saul, was verfolgst du mich?« Saulus antwortete mit einer Frage: »Herr, wer bist du?«, woraufhin er die Antwort erhielt: »Ich bin Jesus, den du verfolgst.« (Apostelgeschichte 9,3 ff.) Saulus war zutiefst scho - ckiert, argumentierte jedoch nicht, und gerade das fasziniert mich. Etwas war geschehen, über das sich nicht streiten ließ. Immerhin war Saulus ein kluger und hochgebildeter Mann, der schrecklich viel zu verlieren hatte, aber diese Offenbarung von Jesus überwog schlicht und ergreifend sein geübtes Urteil und sein ausgeprägtes Vorurteil. Das Erscheinen Jesu erschütterte Sauls Welt und veränderte in radika- ler Weise sein Denken. Aus Saulus wurde Paulus, der große Apostel und »Leibeigene« von Jesus Christus:

Auch ich, liebe Brüder, da ich zu euch kam, kam ich nicht mit hohen Worten und hoher Weisheit, euch zu verkündigen die göttliche Predigt. Denn ich hielt nicht dafür, dass ich etwas wüsste unter euch als allein Jesus Christus, den Gekreuzigten. Auch war ich bei euch in Schwachheit und in Furcht und mit großem Zittern; und mein Wort und meine Predigt geschah nicht mit überre- denden Worten menschlicher Weisheit, sondern in Erweisung des Geistes und der Kraft, auf dass euer Glaube bestehe nicht auf Menschenweisheit, sondern auf Gottes Kraft. (1. Korinther 2,1-5)

Es ist diese innere Welt von Pascals »Gründen des Herzens« und Pau- lus' Darstellung des Heiligen Geistes und der Kraft Gottes, die der Heilige Geist liebt. Von *ihr* zu sprechen mag einem Rationalisten den Eindruck vermitteln, dass da jemand den Verstand verloren hat, aber für Saulus und für viele Millionen Menschen nach ihm war *sie* eine unumstößliche Wirklichkeit und Wahrheit.

In einem seiner Essays schreibt William Paul Young über die »Schönheit der Doppeldeutigkeit«[64], die er für absolut notwendig hält. *Starre Regeln machen das Bedürfnis nach enger Beziehung zunichte.*

Wir besitzen nicht die Originalbriefe von Paulus, Johannes, Matthäus oder von Moses, David, Jesaja, wahrscheinlich aus gutem Grund. Denn wären sie in unseren Händen, würden wir uns über die Dokumente selbst ereifern, anstatt das Wissen vom Herrn zu erlangen, den sie zum Gegenstand haben. Und über den Heiligen Geist weiß ich, dass *ihre* Leidenschaft die Gemeinschaft mit dem lebendigen Jesus ist, dass sich *ihr* Interesse nicht auf bloße Fakten über ihn beschränkt. Information ist wichtig, aber auch wenn man über alle Informationen verfügt, erfasst man nicht unbedingt ihre Bedeutung.[65] Der Heilige Geist weiß, dass die Bedeutung des Wortes in Jesus liegt. Paul Youngs Sarayu erklärt: »Die Bibel lehrt dich nicht, Regeln zu gehorchen. Sie ist ein Bild von Jesus ... Das Leben ist *in ihm* und in niemand anderem.«

Von Anfang an handelt die Bibel von Gottes Wunsch – nicht als Bedürfnis, sondern als Ausdruck der Liebe – nach echter Beziehung mit uns, seinen Geschöpfen. Wir sind ihm wichtig. Wie Papa zu Mackenzie sagte: »Wir respektieren alle eure Entscheidungen.« Was immer wir denken, missverstehen oder überhaupt nicht begreifen – der Herr nimmt daran Anteil. Der Heilige Geist begleitet uns, so, wie wir sind, nicht wie wir sein sollten oder wie wir sonntags in der Kirche zu sein vorgeben, sondern so, wie wir sind in unserer bewussten Blindheit, unserer Unabhängigkeit und unserem Urteil. Der Heilige Geist wirkt in der unsichtbaren Welt des Herzens, damit wir Jesus begegnen und – entgegen unseren Vorurteilen – das Leben erfahren, das er in seiner Beziehung zum Vater mit uns teilt.

In der ganzen Geschichte Israels erkennen wir eine gewisse Empfänglichkeit für den Heiligen Geist. Sie ist bekümmert über Israels Gleichgültigkeit, Auflehnung und Halsstarrigkeit. Mit dem Herrn bricht ihr das Herz, als die Führung Israels sich Götzen und dem Götterglauben der umliegenden Völker zuwendet. *Aber sie gibt niemals auf.* Immer wieder findet sie einen Bauern, einen Schafhirten, einen Esel oder Maulbeerfeigenbäume, die ihrer Stimme lauschen. Diese erscheint uns – verglichen mit unseren Denkgewohnheiten – stets seltsam und fremd. Der Apostel Paulus sagt: »Der natürliche Mensch aber vernimmt nichts vom Geist Gottes; es ist ihm eine Torheit ...« (1.

Korinther 2,14) Aber das war in seiner Zeit nichts Neues. Seit dem Sündenfall gilt der Heilige Geist als merkwürdig, unnahbar, töricht. Mit einem Wort: Sie ist *unvorstellbar.*

Welch erschreckende Einsicht: Obwohl uns der Herr nach seinem Bild erschuf, haben wir ihn seit jeher nach dem unseren erschaffen.[66] Weiter unten sollen Adams Sündenfall und die Projektionen unseres gefallenen Geistes näher beleuchtet werden; an dieser Stelle aber ist entscheidend, welch leidenschaftliches Interesse der Heilige Geist daran hat, dass wir Jesus und seinen Vater so kennenlernen, wie sie eigentlich sind. Sie weiß, dass wir ein Leben jenseits unserer kühnsten Vorstellungen leben werden, wenn wir das Angesicht des Vaters sehen und sein Herz erkennen, ist sich zugleich jedoch darüber im Klaren, dass wir dies nicht tun. Dem will sie ganz bewusst abhelfen. Voller Geduld, Liebenswürdigkeit und Sanftheit begleitet sie uns, so, wie wir sind in unserem Wahn. Sie verliert nie die Hoffnung. Und schließlich findet sie in Jesus ihren lauschenden und treuen Mann. Dann sprüht sie geradezu vor Leben, Freude, Heilkraft, wirkt Wunder und befreit – und nichts auf der Welt wird je wieder so sein wie vorher.

Die Vision von Jesus und seinem Vater im Neuen Testament ist nicht allzu schwer darzustellen. Die Aufzeichnungen, die der Heilige Geist darin hinterlassen hat, zielen im Wesentlichen darauf ab, uns Jesus zu offenbaren, damit wir in ihm seinen Vater kennenlernen und so dessen ebenso schockierende wie befreiende Liebe erfahren können. Doch die im Neuen Testament enthaltene Vision vom Heiligen Geist zu veranschaulichen ist ein heikleres Unterfangen. Sie ist, wie Paul Young schreibt, »ein *freier* Geist« und »überall da draußen«. Ab Pfingsten ist sie überall und in allem, aber nie sichtbar und immer völlig unberechenbar. Sie ist lebendig und stark und ständig in Bewegung. Sie ruft Jesus als Zeugen an und wirkt in den tiefsten Winkeln unseres Herzens und dessen Wunden. Oder vielleicht sollte ich sagen: Sie wirkt in den Wurzelsystemen unserer Seelengärten.

Obwohl sie belogen, angegriffen, auf die Probe gestellt, traurig gemacht, beleidigt, verschreckt und verlästert werden kann,[67] fühlt sie sich bemerkenswert wohl mit dem sündigen Chaos, das wir in uns und unserem Leben angerichtet haben. In meinen Augen ist die Gartenszene eine der beeindruckendsten Passagen in *Die Hütte*. Auf wunderbare Weise stellt sie die Freiheit des Heiligen Geistes dar, im Garten unserer gebrochenen Seelen herumzugraben: »Sarayu liebte das Durcheinander.«

Den Heiligen Geist zu beschreiben ist etwa so, als wollte man die Wellen des Meeres zählen oder die Luft fotografieren oder einen Sonnenstrahl verfolgen, um eine Metapher aus *Die Hütte* aufzugreifen. Trotzdem will ich es versuchen. Gerade an dieser Stelle habe ich den größten Respekt vor Paul Youngs herrlicher Darstellung des Heiligen Geistes in Gestalt der Sarayu, die ich als seinen subtilsten Beitrag zum christlichen Gedanken erachte. Wie weit ich damit auch komme, was immer mir misslingen wird, ein Aspekt sei zu Beginn hervorgehoben: Der Heilige Geist hat unmittelbar mit dem *Leben* zu tun. Sarayu drückt es so aus: »… *ich* bin der Prozess, der dich zu der *lebendigen Antwort* führt.« Sie ist gut, und sie wird einen so lange nicht loslassen, bis man sein wahres Leben in Jesus gefunden hat – das heißt, bis man allmählich versteht, dass Jesu Vater einen allezeit liebt, was auch geschehen mag. Dieses Wissen hat Adam verloren, Jesus aber besitzt es im Heiligen Geist. Und so lehrt er es nun – durch den Heiligen Geist – der Menschheit. Wie Papa zu Mackenzie sagt: »Deshalb sind wir hier … An diesem Wochenende geht es um Beziehung und Liebe.«

* * *

Indem er Israel und die Welt völlig überraschte, trat kein Geringerer als der Herr persönlich in seine Schöpfung ein, wurde Mensch und wohnte unter uns.[68] Wer sah das kommen? Welcher Prophet oder Seher oder Weise träumte je von solcher Gnade? Die Inkarnation war das erschütternde Ereignis in der Geschichte des Universums. Aber noch mehr überraschte, dass Jesus sein Leben in ständiger *Beziehung* mit dem Einen namens »mein Vater« lebte.

Diese Beziehung ist so tief, so rein, so gut und richtig, dass sie unser Vorstellungsvermögen übersteigt. Jesus kennt den Vater nicht nur; er kennt ihn auf eine Weise, wie kein anderer Mensch ihn je gekannt hat. Und seine Kenntnis, seine Gemeinschaft, seine Verbindung mit dem

94

Vater ist so wahr und vertraut, so extrem persönlich und ungetrübt, dass Jesus sagt, er sei *im* Vater und der Vater *in* ihm. An keiner Stelle lässt das Neue Testament den Schluss zu, der Heilige Geist sei lediglich ein Zuschauer der Gemeinschaft zwischen den beiden. Vielmehr lebt dieser Geist *inmitten* ihrer erstaunlichen Beziehung.

Der Bibel zufolge wurde Jesus durch den Heiligen Geist empfangen[69], im Heiligen Geist getauft[70], durch den Heiligen Geist geführt und ermächtigt[71], vom Heiligen Geist mit großer Wonne beschenkt[72]. Durch den Heiligen Geist trieb Jesus die bösen Geister aus[73], im Heiligen Geist hörte er seinen Vater[74], und durch die Macht des Heiligen Geistes bot er sich als Opfer seinem Vater dar[75]. Von der Empfängnis bis zu Tod, Auferstehung und Himmelfahrt war Jesu Leben gänzlich erfüllt vom Heiligen Geist. Epiphanius, einer der Theologen der Frühkirche, sprach vom Heiligen Geist als »Mitte zwischen Vater und Sohn«, als »Band der Dreifaltigkeit«[76]. Ja, der Heilige Geist bildet stets das Zentrum der Gemeinschaft, die Jesus mit seinem Vater teilt.

Das Bild des Heiligen Geistes, der bei Jesu Taufe als Taube herabschwebt – eine Reminiszenz an den Geist, der auf dem ursprünglichen Wasser schwebt[77] und zugleich eine Ankündigung des überströmenden Geistes an Pfingsten[78] –, spiegelt wider, was wir als ihre »Mittlerrolle« bezeichnen könnten. Der Heilige Geist ist der »Go-Between-God« (»Vermittler-Gott«)[79], um den großartigen Ausdruck von John Taylor zu zitieren. In der Frühkirche bekannt als »die Bescheidenheit Gottes«, möchte der Heilige Geist nicht im Mittelpunkt der Aufmerksamkeit stehen. Sie verbirgt sich, bevorzugt die Tätigkeit hinter der Bühne. Ihre Leidenschaft ist die Gemeinschaft: Sie liebt es, Menschen miteinander zu verbinden. Sie ist jene, die die »Kluft« und den »Zwischenraum« überbrückt, wie Richard Rohr es so treffend ausdrückt.[80] Gleich dem einfallenden Licht in einer Kathedrale beleuchtet sie die Lebewesen, um dadurch Begegnung und Gemeinschaft zu gewährleisten – denn das Leben vollzieht sich in der Beziehung.

Fast beiläufig sagt der Apostel Paulus: »Denn das Reich Gottes ist nicht Essen und Trinken, sondern Gerechtigkeit und Friede und Freude in dem Heiligen Geist.« (Römer 14,17) Diese Bemerkung spricht ihre Leidenschaft an. Gerechtigkeit (oder nach anderer Lesart

95

Rechtschaffenheit) bedeutet richtige Beziehung – eine Beziehung, die auf selbstloser Liebe und Güte beruht, auf gegenseitiger Achtung und Ehrgefühl. Friede besagt, dass Konflikt und Streit aufgehört haben. Unsere innere Welt wie auch die Welt im Ganzen ist besänftigt, sodass Gnade, Wohlergehen, Schalom die Gegenwart ausfüllen. Dergestalt schaffen Gerechtigkeit und Friede Platz für Freude. Diese bezeugt Fröhlichkeit und Entzücken, die Freiheit, auf Erden zu sein, für andere da zu sein und sich der Gemeinschaft zu öffnen, die Freiheit, das Leben in Dankbarkeit zu teilen und zu schätzen.

Da sich das Leben in der Beziehung, in der persönlichen Begegnung entfaltet, im Erkennen und Erkanntwerden, vertieft sich der Heilige Geist in die innere, unsichtbare Welt, die solch eine Gemeinschaft ermöglicht. Sie, die Eine, schenkt Leben und ist daher sowohl die Hüterin unserer Seelengärten als auch die Chirurgin unserer inneren Augen. Sie ist der Geist der Begegnung, der Vertrautheit und des Austauschs.

Obwohl die Auflistung aller biblischen Aussagen über den Heiligen Geist mehrere Bände füllen würde, gibt es doch einige Aspekte, die hervorgehoben werden müssen. Erstens gibt es zwar vielerlei Geister, aber nur einen einzigartigen Geist *Gottes*. Eng verbunden mit der Gegenwart und dem Wort des Herrn, kommt der Heilige Geist von außerhalb der Schöpfung und fordert stets Ehrfurcht und Respekt. Sie verfügt über die bemerkenswerte Freiheit, in der Schöpfung gegenwärtig und tätig zu sein, und wird doch nie domestiziert, manipuliert oder kontrolliert. In der Geschichte Israels nennt man sie den Geist des Herrn[81], den Geist Gottes[82], den Heiligen Geist[83], den Geist der Weisheit[84], den Guten Geist[85] und den Geist der Gnade[86]. Manchmal bezeichnet Gott den Heiligen Geist als »meinen Geist«[87]. In Jesaja 11,2 ist sie »der Geist der Weisheit und des Verstandes, der Geist des Rates und der Stärke, der Geist der Erkenntnis und der Furcht des Herrn«.

Zweitens tritt der Heilige Geist bei der Schöpfung selbst in Erscheinung und ist zusammen mit Gott und seinem Wort an der Erschaffung und Gestaltung allen Lebens beteiligt:

96

Am Anfang schuf Gott Himmel und Erde. Die Erde war wüst und leer, und es war finster auf der Tiefe; und der Geist Gottes schwebte auf dem Wasser. (Genesis 1,1-2)

Während der Geist über der Schöpfung schwebt, spricht Gott: »Es werde Licht!«, und so entsteht Licht. Dieses Muster wiederholt sich bis zur Erschaffung der Menschheit. Dann tritt an die Stelle des Befehls »Es werde ...« die Aufforderung: »Lasset uns Menschen machen, ein Bild, das uns gleich sei ...« (Genesis 1,26) Später erfahren wir: »Da machte Gott der Herr den Menschen aus Erde vom Acker und blies ihm den Odem des Lebens in seine Nase. Und so ward der Mensch ein lebendiges Wesen.« (Genesis 2,7) Obwohl der Heilige Geist hier beim Einhauchen des Lebens nicht explizit erwähnt wird, tritt in anderen Texten die Verbindung deutlich zutage: »Der Geist Gottes hat mich gemacht, und der Odem des Allmächtigen hat mir das Leben gegeben.« (Hiob 33,4; vgl. auch Genesis 6,3) »Der Himmel ist durch das Wort des Herrn gemacht und all sein Heer durch den Hauch [Geist] seines Mundes.« (Psalm 33,6) Gemäß dem Bekenntnis von Nicäa ist der Geist »der Herr, der das Leben spendet«.[88]

Drittens: Der Heilige Geist haucht der gesamten Schöpfung Leben ein, erscheint zugleich aber – wenn auch nur selten – persönlich in der Geschichte Israels. Die Bibel enthält diesbezüglich weniger als hundert Verweise, und im Laufe jener ganzen Geschichte hatten nur ungefähr zweihundert Israeliten direkten Kontakt mit dem Geist des Herrn. Sobald sie anwesend und tätig ist, verleiht sie Stärke[89], Weisheit und Urteilskraft[90], schöpferische und künstlerische Gaben[91]. Eine besondere Vorliebe hat sie dafür, die Propheten durch das Wort des Herrn zu inspirieren[92], Könige, Priester und Leitfiguren zu salben[93]. Auf den ersten Blick scheint sie willkürlich zu verfahren, da sie gern nach Belieben kommt und geht – oder, um einen Ausdruck von Paul Young zu benutzen, »sich in Luft auflöst« – und nirgendwo länger bleibt. Gerade diese Eigenschaft fängt Young in seiner Darstellung der Sarayu sehr gut ein. Doch in erster Linie ist der Heilige Geist daran interessiert, dass Israel den Herrn *begleitet* und *erkennt.* Von da - her verwundert es nicht, dass sich ihre Tätigkeit auf den engen Kreis

97

der führenden Israeliten beschränkt, etwa Moses, Aaron und Josua sowie auf Könige, Richter, Propheten, Priester und Weise. Die Erwählten waren aufgerufen, Botschaften des Herrn dem Volk und dessen Antworten dem Herrn mitzuteilen. Der Heilige Geist wirkt also hauptsächlich innerhalb dieser Gruppe von Vermittlern – und nicht im ganzen Land Israel.

* * *

Das Buch Genesis wurde geschrieben, um den Israeliten zu der Einsicht zu verhelfen, wer sie sind und warum der Herr sie auserwählt hat. Der Verfasser erzählt, wie Gott zunächst Himmel und Erde und schließlich Adam und Eva erschuf. Nach der Beschreibung des sogenannten Sündenfalls bringt er Abraham – und damit Israel – in Zusammenhang mit Gottes Heilsplan. Sowohl die Genesis als auch die Bibel im Ganzen beruht auf der Annahme, dass der Schöpfer mit der Menschheit in Beziehung sein möchte und dass er innerhalb dieser Beziehung entschlossen ist, seine Schöpfung mit Leben und Fülle zu segnen.

Nach Adams Sündenfall rief der Herr Abraham und stellte durch ihn die Beziehung zur gefallenen Menschheit wieder her. Abrahams Nachkommen wurden eine Nation im Bündnis mit dem Herrn – das auserwählte Volk, mithilfe dessen alle Menschen erlöst würden. Den Kern des Bündnisses bildete die Erklärung des Herrn: »Ich will euer Gott sein, und ihr werdet mein Volk sein.«[94] Diese Erklärung enthält drei entscheidende Wahrheiten – zwei offensichtliche und eine eher verborgene –, die gleich wichtig sind.

Die erste liegt in der erstaunlichen Tatsache, dass der Schöpfer des Himmels und der Erde die Entscheidung getroffen hat, mit bloßen Geschöpfen eine Beziehung einzugehen. Die zweite in der noch erstaunlicheren Tatsache, dass er für die menschliche Seite der Beziehung die Verantwortung übernimmt. Denn das Satzglied »… und ihr werdet mein Volk sein« ist zunächst keine Einladung, sondern Teil von Gottes Erklärung an Israel. Wir könnten diese Stelle folgendermaßen deuten: »Ich will euer Gott sein und werde dafür sorgen, dass ihr mich

98

erkennt und in meiner Gemeinschaft lebt.« Die dritte Wahrheit lautet: Wenn Israel den Herrn erkennt und mit ihm zusammen in Gemeinschaft lebt, werden dem Land und seinen Bewohnern unvorstellbare Wohltaten zuteil, die sich dann über die ganze Erde und jenseits ihrer ausbreiten.

In Gottes Erklärung liegt die Betonung nicht auf Macht und Besitz, sondern auf Beziehung und Gemeinschaft. Der Segen des Herrn wird nicht auf mechanische, religiöse oder rechtmäßige Weise erteilt; vielmehr ist er die Frucht der Gemeinschaft mit Gott. Wie Jesus sagte: »Das ist aber das ewige Leben, dass sie dich, der du allein wahrer Gott bist, und den du gesandt hast, Jesus Christus, *erkennen*.« (Johannes 17,3; Hervorhebung von mir) Insoweit Israel den Herrn erkennt und ihn begleitet, wird der große Segen allmählich Wirklichkeit.

Da der Heilige Geist Leben spendet und da Leben aus der *Erkenntnis* des Herrn entspringt, ist dem Heiligen Geist das Band zwischen Israel und Gott keineswegs gleichgültig, ja sie hat von Natur aus ein leidenschaftliches Interesse daran. Denn sie ist der Geist der Begegnung und Beziehung, der Offenbarung und Antwort. Der Geist deckt gewissermaßen den Tisch, damit der Herr und Israel zusammenkommen und einander nah sind. Sie wirkt sowohl auf der Seite Gottes und wendet sich Israel zu als auch auf der Seite der Geschöpfe, damit Israel mit ihrer Hilfe den Herrn erkennt, ihm antwortet, ihn begleitet, damit das Leben gedeihen und der Friede einkehren kann.

Doch das Unglück brach über Israel herein, als ein König nach dem anderen, ein Prophet nach dem anderen sich von Gott und seiner Liebe abwandte. Die erste Abmachung im Bündnis: »Ich will euer Gott sein«, verlor nie ihre Gültigkeit, da der Herr Israel immer treu blieb. Aber die zweite Abmachung: »... und ihr werdet mein Volk sein«, konnte kaum in Kraft treten, weil die auserwählten Leitfiguren Israels und Judas dem Heiligen Geist großen Kummer bereiteten. Wie die Bewohner der angrenzenden Länder verehrten sie fremde Götter und verleiteten ihr Volk zum Götzendienst.

Das Bündnis wurde gebrochen, und der Segen des Herrn geriet allmählich in Vergessenheit. Es waren die großen Propheten, die im Geist den Zorn und das gebrochene Herz Gottes trugen, die Israel immer wieder warnten und die Menschen aufforderten, zum Herrn zurückzukehren. Die politischen Oberhäupter hatten jedoch, von wenigen Ausnahmen abgesehen, ihren eigenen Kopf und handelten so, wie es ihnen richtig erschien. Ihr Widerstand gegen den Heiligen Geist führte schließlich zu Israels Auszug aus dem Gelobten Land.

In der Bitterkeit und Scham der Gefangenschaft entwarf der Geist des Herrn, stets voller Leidenschaft für Beziehung und Leben, eine neue Vision für Israel. Die zweite Abmachung in der göttlichen Erklärung: »… und ihr werdet mein Volk sein«, war zwar kläglich gescheitert, aber der Prophezeiung nach sollte der Tag kommen, an dem alles völlig anders wäre. Der Herr selbst würde einen ergebenen Diener großziehen – einen wahren König, einen aufrichtigen Priester und treuen Propheten. Diese Vision hatte sich schon seit Moses entwickelt[95], nun aber wurde sie in die Zukunft projiziert.

Es war nicht klar, ob dieser ergebene Diener das ganze Volk Israels, eine bestimmte Gruppe oder vielleicht sogar nur eine Person sein würde[96], obwohl Petrus uns mitteilt, dass der Geist, der die Propheten inspirierte, der Geist Christi sei.[97] Immerhin bestand kein Zweifel daran, dass eine neue Zeit anbrechen würde, nämlich die der Befreiung aus der Gefangenschaft, aus der Dunkelheit und Leere des menschlichen Herzens. Eine Zeit der Vergebung und der Heilung, der atemberaubenden Segnung Israels und folglich der gesamten Erde. Dank der Eingebung des Heiligen Geistes zeichnete sich eine neue Ära länderübergreifender, ja universaler Segnung am Horizont ab. Diese so heilsame Befreiung, dieses neue Bündnis käme dann, wenn der Herr seinen ergebenen Diener heranwachsen ließe und ihn mit dem Heiligen Geist salben würde. Der Messias (der Gesalbte) würde den Herrn *erkennen*, und in ihrer beider Gemeinschaft würde sich der wunderbare Segen Gottes in Israel entfalten und von dort aus in alle Richtungen bis ans Ende der Welt ausströmen.[98]

Mit dieser hoffnungsfrohen Erwartung, der Gesalbte werde bald erscheinen, schließt das Alte Testament.

* * *

Nach Jahrhunderten des Schweigens trat die ungestüme Gestalt von Johannes dem Täufer aus der Wirrnis. Er war erfüllt vom Heiligen Geist, von der Mission, *dem Herrn* den Weg zu ebnen. Bekleidet mit einem Gewand aus Kamelhaar und mit Ledergürtel begann er zu taufen und zu predigen. Seine Tätigkeit sorgte für Wirbel unter den Menschen, sodass die jüdische Führerschaft auf ihn aufmerksam wurde. Sie sandte eine Delegation, um ihn zu fragen: »Wer bist du?« (Johannes 1,19) Nach kurzer, lebhafter Diskussion erklärte er: »Ich bin eine Stimme eines Predigers in der Wüste: Richtet den Weg des Herrn!, wie der Prophet Jesaja gesagt hat.« (Johannes 1,23) »Es kommt einer nach mir, der ist stärker als ich, und ich bin nicht genug, dass ich mich bücke und die Riemen seiner Schuhe auflöse. Ich taufe euch mit Wasser; er aber wird euch mit dem Heiligen Geist taufen.« (Markus 1,7-8)

Das Alte Testament schloss mit der Hoffnung, der Herr würde einen ergebenen Diener großziehen, gesalbt mit dem Heiligen Geist. Dieser Diener würde den Herrn erkennen, und durch ihn würde der wunderbare Segen der Rettung, des Lebens und des Königreichs auf Erden verwirklicht. Es war die Berufung und das Vorrecht von Johannes dem Täufer, Jesus als jenen lange erwarteten Gesalbten anzukündigen. Doch zunächst erkannte selbst er nicht die wahre Identität Jesu:

Ich sah, dass der Geist herabfuhr wie eine Taube vom Himmel und blieb auf ihm, und ich kannte ihn nicht. Aber der mich sandte, zu taufen mit Wasser, der sprach zu mir: Über welchen du sehen wirst den Geist herabfahren und auf ihm bleiben, der ist's, der mit dem Heiligen Geist tauft. Und ich sah es und bezeugte, dass dieser ist Gottes Sohn. (Johannes 1,32-34)

Wie wir gesehen haben, war der Geist des Herrn zwar wirksam in der Geschichte Israels, aber nur selten und lediglich innerhalb einer ausgewählten Gruppe. Mit Jesus hingegen vollzog sich eine dramatische Änderung in zweierlei Hinsicht. Erstens wurde der ohnehin schon enge Kreis, in dem sich die *persönliche* Tätigkeit des Heiligen Geistes entfaltete, noch enger und allein auf Jesus beschränkt. Außer bei Maria, Elisabeth, Sacharja, Johannes dem Täufer und Simeon war der Heilige Geist schweigsam und nur in Jesu Leben tief gegenwärtig. All diese Personen hatten eines gemeinsam, nämlich die Eingebung des Heiligen Geistes, von Jesus Zeugnis abzulegen. Zweitens wurde in Jesus, durch sein Leben, seinen Tod, seine Auferstehung und seine Himmelfahrt die Tätigkeit des Heiligen Geistes dann ausgedehnt an Pfingsten, als der Geist über *alles Fleisch* strömte.[99] Das heißt, heute ist sie in und durch Jesus *überall* in der Welt am Werk, um die Augen für Sünde, Gerechtigkeit und Gericht zu öffnen.[100] Doch *vor* Pfingsten war der Heilige Geist ausschließlich auf Jesus konzentriert, der als Einziger unter den biblischen Personen auf wundersame Weise durch den Geist selbst[101] empfangen wurde, zu dem der Geist kam und als ebenso unermessliche wie dauernde Gegenwart blieb.

Der Heilige Geist schenkt Jesus Leben, Selbstvertrauen, Kraft, Freiheit, Freude und Weisheit, vor allem aber wirkt sie darauf hin, dass er seinen Vater erkennt. Das erscheint mir als der wesentliche Punkt. Wenn der Apostel Paulus in Römer 5,5 erklärt: »... denn die Liebe Gottes ist ausgegossen in unser Herz durch den Heiligen Geist, welcher uns gegeben ist«, so verweist er damit auch auf die ursprüngliche Tätigkeit des Heiligen Geistes im Innersten von Jesus. Die bemerkenswerte Gemeinschaft zwischen Jesus und seinem Vater ist demnach nicht getrennt vom Heiligen Geist. Jesu Beziehungen sowohl zum Vater als auch zum Heiligen Geist sind keineswegs vergleichbar mit zwei Parallelen, die sich niemals schneiden.

Mit der Inkarnation wechselt der Heilige Geist über zur menschlichen Seite und bereitet in der Jungfrau Maria den Schoß für den Sohn. Der Geist schenkt und bewahrt das Leben von Jesus in der Empfängnis und während seiner Entwicklung im Mutterleib. Sobald Jesus geboren ist, wirkt der Heilige Geist zwischen dem Vater und Jesus und ermöglicht ihren Austausch. Sie offenbart dem Sohn den Vater und gibt ihm Augen zu sehen und Ohren zu hören, damit er auf jeder Lebensstufe imstande ist, der geliebte und treue Sohn zu sein, das wahre *Amen* für den Vater. Aufgrund ureigener Erfahrung versichert Jesus den Jüngern: Der Geist wird nehmen, was sein ist, und es ihnen verkündigen.[102] Denn genau das tat der Geist bereits in seiner Beziehung zum Vater.

102

Es ist kein Zufall, dass bei Jesu Taufe, als der Vater erklärte: »Du bist mein geliebter Sohn, an dir habe ich Wohlgefallen«, der Geist anwesend war in Gestalt der Taube *zwischen* dem Vater im Himmel und dem Sohn auf Erden. Ja, der Geist war im ganzen Leben des Sohnes anwesend als der Eine, in dem und durch den der Vater sich schenkte, offenbarte und seinem geliebten Sohn mitteilte.[103] Und der Geist war auch anwesend als der Eine, der den Sohn befähigte, des Vaters wunderbare Bestätigung zu *hören,* darauf einzugehen und den Vater als seinen Vater zu *erkennen,* ihn aus Herz, Seele und Geist mit aller Kraft zu lieben. Der Heilige Geist ist, wie Jürgen Moltmann schreibt, »das ewige Licht, in dem der Vater den Sohn erkennt und der Sohn den Vater«.[104]

Einer der scheinbar seltsamsten Aspekte in den Evangelien ist die Art und Weise, wie der Heilige Geist sofort nach Jesu Taufe diesen in die Wüste schickt, damit er vom Teufel versucht würde.[105] Nach moderner Lesart spielt der Geist hier den aktiven Part, aber meines Erachtens könnte es sich gerade umgekehrt verhalten: Nicht sie führte Jesus in Versuchung, vielmehr benutzte sie die Versuchung durch den Teufel, um die inneren Augen des Sohnes zu schärfen, ihn zu einem tieferen Verständnis seiner Identität und seiner Beziehung zum Vater zu führen. Denn bei all diesen Versuchungen geht es im Grunde um die Frage nach seiner Identität: »Bist du Gottes Sohn, so sprich, dass diese Steine Brot werden …«[106] Und auf der Zinne eines Tempels in Jerusalem gemahnt ihn der Teufel: »Bist du Gottes Sohn, so wirf dich von hier hinunter …« Die dritte Versuchung enthält zwar nicht die Formel »Bist du Gottes Sohn …«, ist aber noch abscheulicher, da Jesus die Königreiche dieser Welt versprochen werden, wenn er seinen Vater verleugnet und den Teufel anbetet.

Die Versuchungen kreisen also um die Identität von Jesus und damit um die Frage, ob er sein Leben in Gemeinschaft mit dem Vater leben möchte oder es vorzöge, unabhängig wie Adam zu sein und gemäß den eigenen Vorstellungen zu handeln. Adams Geschichte, die Geschichte Israels und letztlich auch unsere Geschichten werden hier noch einmal heraufbeschworen. Aber diesmal trifft der Geist auf ein unbeirrbares menschliches Herz, da Jesus in ebenso einfacher wie wunderbarer Weise die Vorschläge des Teufels ablehnt und sich für seinen Vater entscheidet. Gestärkt und selbstbewusst geht er aus dieser Erfahrung hervor, und sein geistliches Amt, das der inneren Befreiung und dem wahren Leben dient, kann beginnen.

Wenn wir das Leben Christi vom menschlichen Standpunkt aus betrachten, sehen wir eine Beziehung zwischen Gott auf der einen Seite und einem Juden namens Jesus auf der anderen, die in der biblischen Geschichte beispiellos ist.[107] Es ist eine Beziehung aus tiefer Liebe, Wonne und Verehrung, aus gegenseitiger Leidenschaft und Treue, die von schöpferischer Gemeinschaft und wahrer Einheit zeugt. Der Heilige Geist befindet sich direkt in deren Mitte. Die kostbarste Frucht ihrer Gegenwart und Tätigkeit ist die Gemeinschaft von Jesus und seinem Vater.

Dank dieser Kommunion wird das neue Bündnis zwischen Gott und Israel mit all seinen Segnungen in das Dasein aus Fleisch und Blut förmlich eingraviert. Es ist der Geist, welcher der ursprünglichen Erklärung: »Ich will euer Gott sein, und ihr werdet mein Volk sein, und ich werde unter euch wohnen mit allem Segen und Leben«, auf überwältigende Weise in Jesus greifbare Gestalt verleiht.

* * *

Die wunderbare Vertrautheit zwischen dem Vater und dem Sohn, ihre Begegnung von Angesicht zu Angesicht, ihre Nähe, ihre Verbindung, bei der die personale Differenz stets gewahrt bleibt, die lebendige und segensreiche Kraft, die darin waltet – all das ist ebenso sehr die Frucht des Geistes wie die der Treue des Vaters und der Liebe des Sohnes. Aber wie sprechen wir darüber? Wie beschreiben wir den Platz, den der Heilige Geist in dieser so tiefgründigen Beziehung und ihrem überströmenden Leben einnimmt?

Augustinus, der sich der Schwierigkeit, die Rolle des Geistes in dieser Beziehung zu charakterisieren, vollauf bewusst war, zugleich aber dessen zentrale Stellung unbedingt in Worte fassen wollte, bezeichnete ihn als das »Band der Liebe« zwischen dem Vater und dem Sohn, ja als »die Liebe selbst«.[108] Im Geist und durch den Geist liebt der Vater den Sohn und der Sohn den Vater. Meiner Ansicht nach folgt Augustinus hierbei den Zeugnissen der Bibel. Von der Schöpfungsgeschichte bis zur Offenbarung wirkt der Heilige Geist im Verborgenen, weder launenhaft noch willkürlich, als hätte sie ihre eigenen Pläne, sondern in Übereinstimmung mit dem großen Ziel des Herrn – Gemeinschaft mit den Menschen. Sie ist der Geist der Liebe, des Lebens, der Begegnung, der Verbundenheit, zumal in der einmaligen Beziehung zwischen Jesus und seinem Vater.

Würden wir, aus biblischer Perspektive, den Geist aus der Gleichung streichen, gäbe es diese Beziehung gar nicht. Und ohne die Gemeinschaft von Vater und Sohn könnte das Leben auf der Erde keine Gestalt annehmen. Daher kommt dem Geist zwischen den beiden eine tiefe und wesentliche Bedeutung zu: Sie ist fürwahr das Band ihrer Liebe.

Dennoch bergen solche Bezeichnungen wie »das Band der Liebe« zwischen dem Vater und dem Sohn oder »die Liebe selbst« die Gefahr, dass man den Geist abstrahiert von der Person, die sie verkörpert. Das war ein Problem während der gesamten Geschichte des Christentums. Der Heilige Geist wurde entpersönlicht, oft auf eine bloße Macht oder Kraft reduziert – oder gar mit der Atmosphäre im Raum gleichgesetzt. Doch im Gegensatz zu dem Film *Star Wars* kann man den Geist nicht betrüben[109], sondern nur einen Menschen. Außerdem kann eine Kraft nicht sprechen, wie groß sie auch sei. Sie verweist auf sich selbst nicht als »Ich«[110], erforscht nicht die tiefen Gedanken und Beweggründe Gottes[111], leitet weder das Gebet noch das Ritual[112]. Eine Kraft liebt nicht[113], bezeugt nicht zusammen mit unserem Geist, dass wir Gottes Kinder sind.[114]

Im Neuen Testament hat der Geist einen eigenen Willen, ein eigenes Amt.[115] Sie spricht, informiert, lenkt, leitet und belehrt.[116] Sie bewertet Ereignisse, ernennt Oberhäupter, trifft Entscheidungen und macht Geschenke in Form von Worten des Wissens, der Weisheit und des Glaubens sowie Geschenke der Heilung.[117] Sie inspiriert dazu, von Jesus Zeugnis abzulegen[118], ächtet die Welt der Sünde, lobt Gerechtigkeit und Urteil, macht das Geheimnis Christi bekannt, ruft »*Abba!* Vater!« in unseren Herzen, trägt Frucht im menschlichen

105

Leben.[119] Sie stärkt, lindert unsere Schwäche, tröstet, bringt Freiheit, stiftet Gemeinschaft, erfüllt mit Freude und bewirkt Leben und Frieden.[120]

Der Heilige Geist wird je nach Zusammenhang Geist Gottes (oder des Herrn) genannt; Geist der Wahrheit; Tröster oder Helfer; Geist von Jesus, von Christus, vom Vater, der Jesus von den Toten auferweckte; ewiger Geist; Geist der Aufnahme; Geist seines Sohnes; Geist des Lebens in Jesus Christus; Heiliger Geist der Verheißung; Geist der Gnade, der Heiligkeit und der Herrlichkeit; Geist der Erstfrüchte oder des Unterpfands.

Der tätige Geist ist nicht nur das Alter Ego des Vaters oder des Sohnes oder bloß die Eine, durch die beide miteinander und mit der Schöpfung in Beziehung treten. Sie liebt und teilt die Liebe, hat ihre eigenen Anschauungen, empfindet Freude und spendet Freude. Sie ist ein freier Geist – und in dieser Eigenschaft stellt Paul Young sie wunderbar dar –, aber kein unabhängiger oder losgelöster Geist. Ihre Namen weisen darauf hin, dass sie nicht allein handelt, sondern tief mit einbezogen ist in das Innenleben von Vater und Sohn, in deren Beziehung und in all das, was sie zusammen tun.

Als der Geist *des* Vaters und der Geist *des* Sohnes hat der Heilige Geist eine vertraute und tiefe Beziehung zu ihnen. Als der Geist des Vaters *und* des Sohnes ist sie in der Mitte ihrer innigen Beziehung, das Band ihrer Liebe. Sie ist den beiden und ihrer Gemeinschaft so nah, dass kaum eine Trennlinie zwischen ihnen gezogen werden kann. Doch als *der* Geist und *der* Heilige Geist hat sie ihre eigene Identität und kann weder auf den Vater noch auf den Sohn oder auf ihre Gemeinschaft reduziert werden. Als Trösterin und Geist der Wahrheit, der Aufnahme, des Lebens in Christus, der Gnade, Heiligkeit und Herrlichkeit hat sie ihre besonderen Interessen. Sie liebt und teilt Liebe und stiftet Gemeinschaft. In ihrer Gegenwart erfahren und erkennen die Menschen, dass sie von Jesu Vater geliebt werden; sie werden befreit, sodass Verbindungen entstehen, die Gemeinschaft begründen.

Meines Erachtens hängen die Schwierigkeiten hinsichtlich des Heiligen Geistes zumindest teilweise mit unserer westlichen Auffassung

106

von der Person zusammen. Gemäß der berühmten (oder berüchtigten) Definition des spätantiken römischen Philosophen und Theologen Boethius ist die Person »eine individuelle Substanz von vernunftbegabter Natur«. Aber was wäre, wenn wir, anstatt den Heiligen Geist dieser Auffassung anzupassen und darin ihren Mangel zu entdecken, uns umbesinnen und zulassen würden, dass sie unsere Vorstellungen von Personalität erweitert? Der Geist ist zutiefst selbstlos, demütig, duldsam und gut. Sie liebt Verständigung, Zusammengehörigkeit und Gemeinschaft. Daher müssten wir wohl in den Begriff der Personalität auch mit einschließen, dass der Geist die Gemeinschaft ermöglicht. Demnach wäre eine reale Person nicht nur »eine individuelle Substanz von vernunftbegabter Natur«, sondern ein Wesen, das danach strebt, andere zusammenzubringen und das Leben miteinander zu teilen, das uneigennützig, auf Beziehung bedacht und voller Leidenschaft für die Kommunion ist.

Was den Heiligen Geist betrifft, so erweist sie sich als derart geschickt, Liebe, Gemeinschaft und Leben zu bewirken, dass sie von ihrem Werk kaum zu unterscheiden ist. (Gerade deshalb mag Augustinus sie nicht nur als »Band der Liebe« bezeichnet haben, sondern auch als »die Liebe selbst«.) Doch warum sollte dies bedeuten, dass sie weniger als eine Person ist? Bloß weil sie sich so gut darauf versteht, überall Liebe herbeizuführen, dass sie förmlich zu verschwinden scheint, muss sie doch nicht irreal sein.

In der Welt des Heiligen Geistes sieht Jesus seinen Vater, sieht der Vater seinen Sohn, und dadurch entstehen Leben und Liebe. In dieser Welt begegnen die Menschen in ihrem Innersten Jesus selbst und finden in ihrer Gebrochenheit Heilung. Im Geist werden Stärke, Freiheit, Selbstvertrauen und Zuversicht zu konkreten Eigenschaften, ebenso wie Liebe, Freude, Geduld, Freundlichkeit, Güte, Sanftheit, Treue und Selbstbeherrschung.[121] In ihr gedeihen Beziehung, Gemeinschaft und Leben.

Der Heilige Geist weiß den Kosmos zum Tanzen zu bringen. Sie fand ihren Getreuen in Jesus, und jetzt hat sie in Jesus uns gefunden. Ihre überschwängliche Freude besteht darin, inmitten dieses Geschehens zu sein und Liebe, Heilung und Leben in anderen zu bewirken.

107

Sie ist die Stifterin, Gestalterin und Liebende des Lebens. Als »Band der Liebe« nimmt sie die Mitte zwischen Vater und Sohn ein. Und heute ist sie, durch Jesus, in *unserer* Mitte – oder vielleicht sollte ich besser sagen: *Und heute sind wir, durch Jesus, in ihrer Mitte.* Sie wird nicht aufgeben, bis sie endlich das Band der Liebe zwischen uns und Jesus und seinem Vater ist, bis der Himmel und die Erde und all ihre Bewohner erfüllt sind vom ungestümen Leben des Vaters und des Sohnes *im* Geist.

9

DIE EINHEIT VON
HEILIGEM GEIST, SOHN UND VATER

*Aufgrund ihrer ewigen Liebe leben und wohnen sie
in einem so hohen Maße ineinander, dass sie eins sind.*

Jürgen Moltmann

Vor dem Hintergrund des zügellosen Polytheismus der Alten Welt erklärte Gott zuerst in Israel, dass es nur einen wahren Gott gibt: »Höre, Israel, der Herr ist unser Gott, der Herr allein.« (5. Mose 6,4) Abgesehen von dem politisch begründeten und zugleich seltsamen Bekenntnis: »Wir haben keinen König denn den Kaiser« (Johannes 19,15), das die jüdischen Abgesandten vor Pontius Pilatus ablegten, lag die bleibende Wahrheit des israelitischen Glaubens darin, dass nur ein wahrer Gott existiert, dessen Name Jahwe (der Herr) lautet. Doch von dem Augenblick an, da Jesus in Israels Geschichte auftauchte, bildete sich im Judaismus eine Bedingung heraus, die nicht verhandelbar war. Für all diejenigen, die Jesus im Geist begegneten – ob Fischer wie der Erzvater Jakob und der Evangelist Johannes oder Pharisäer wie Saulus von Tarsus –, bestand kein Zweifel daran, dass er Gott in Person war. Sogar der ungläubige Thomas erklärte, als Jesus ihm erschien: »Mein Herr und mein Gott!« (Johannes 20,28)

Sowohl Juden als auch Griechen bezichtigten die Christen der Vielgötterei, weil diese den Vater, den Sohn und den Heiligen Geist verehrten. Aber die Christen blieben ungerührt. Was immer ihnen sonst bekannt war, eines wussten sie mit Sicherheit: Jesus war der Herr selbst, und der war folglich auch Vater und Heiliger Geist. Ein solches Bekenntnis hielten die Juden für Blasphemie und die Griechen für völligen Unsinn. Die Christen befanden sich in einer verwirrenden Situation. Einerseits teilten sie mit den Juden den Glauben an *einen* Gott. Andererseits wären sie lieber gestorben, als auf die Anbetung von Jesus als Herrn zu verzichten, und tatsächlich mussten viele deshalb ihr Leben lassen. Aber wie konnten die Christen Vater, Sohn und Heiligen Geist anbeten, verherrlichen und in deren Namen taufen, ohne dabei drei Göttern zu huldigen? Wie konnten drei eins und eins drei sein? Wie sprechen wir über diese Beziehung, ohne entweder in die Vielgötterei zurückzufallen oder die Göttlichkeit von Jesus und die Personalität des Heiligen Geistes zu leugnen? Solche Fragen heizten die Kontroversen an, die Christen schließlich dazu führten, die revolutionäre Vision vom dreieinigen Gott zu entwerfen und zu entwickeln.

Hat Jesus einfach zufällig in der göttlichen Lotterie gewonnen? War er nur ein in hohem Maße begünstigter Mann, der eine undenkbare Beziehung mit Gott herstellte? Ist sie auf dessen ebenso zufällige wie außergewöhnliche Gnade gegenüber dem Menschen Jesus zurückzuführen und gleichzeitig auf den bedingungslosen Gehorsam von Jesus gegenüber seinem Vater, sodass im und durch den Geist eine göttlichmenschliche Verbindung entstehen konnte, die in der biblischen Geschichte ohnegleichen ist? War Jesus Christus lediglich ein Mann, der Gott weitaus genauer erkannte als die übrige Menschheit?

Könnte es sein, dass diese verblüffende Beziehung zwischen dem Vater und dem Sohn *im* Geist gar nichts Neues ist? Dass sie nicht im Schoß der Jungfrau Maria begann, sondern eine *göttliche* Beziehung ist, die der Schöpfung zeitlich vorausging und erst später in unsere Welt kam? Könnte es sein, dass diese bemerkenswerte Liebe und Gemeinschaft zwischen dem Vater und dem Sohn im Geist eigentlich das *ewige Leben Gottes* ist, das sich vor unseren Augen vollzieht und uns offenbart wird? Haben wir es hier mit der Wahrheit von Gottes ewigem Wesen zu tun, mit der Art und Weise, wie Gott ist und war und immer sein wird – oder ist die scheinbare Dreieinigkeit nur eine von vielen Formen, die der einzelne Gott von Zeit zu Zeit annimmt?

110

Im 3. Jahrhundert n. Chr. vertrat ein Priester und Theologe namens Sabellius die Auffassung, dass sich der eine, unteilbare Gott in seiner Beziehung zur Menschheit auf unterschiedliche Weise offenbare. Für Sabellius gab es nur *eine* göttliche Person, die zuerst als der Vater manifest wurde, dann als der Sohn und schließlich als der Heilige Geist. Diese Ansicht, bekannt unter der Bezeichnung »Sabellianismus« oder »Modalismus«, fand in der Kirche einen gewissen Anklang, weil sie eine Möglichkeit bot, die Göttlichkeit Jesu zu bestätigen und dennoch an der Tatsache festzuhalten, dass Gott eins ist. Der eine Gott erschien zu verschiedenen Zeiten in verschiedenen Ausprägungen.

Diese Anschauung beinhaltet natürlich das Problem, dass sie keine Beziehung zulässt, keine Interaktion zwischen Vater, Sohn und Heiligem Geist, da nur eine Person existiert, die in drei aufeinanderfolgenden Varianten auftaucht. Definitionsgemäß gibt es kein »sie« im Plural, keine drei nebeneinander bestehenden Personen und daher auch nie eine Verbindung zwischen ihnen.

In gewisser Hinsicht bewahrt diese Lehre wenigstens die Göttlichkeit der *Rollen* von Vater, Sohn und Heiligem Geist, aber sie macht das Leben Jesu in Beziehung mit seinem Vater und den Heiligen Geist in ihrer Mitte zum Gespött. Warum sollte zum Beispiel die eine Person in der vergänglichen Gestalt des Sohnes so verwirrt und irreführend sein, dass sie zu jemandem betet, den sie Vater nennt? Und warum sollte sie sich selbst taufen mit dem Geist, während eine andere Stimme erklärt: »Du bist mein geliebter Sohn, an dir habe ich Wohlgefallen.«? Demnach nimmt es nicht wunder, dass sowohl Sabellius als auch seine Lehre um das Jahr 220 als ketzerisch verurteilt wurden.

Eine zweite mögliche Lösung, die weitaus größeren Anklang fand, wurde von einem Presbyter namens Arius (um 260–336) vorgeschlagen. Von diesem äußerst klugen und wohlbekannten Prediger sind nur wenige Originalschriften überliefert, da die Kirche dazu neigt, die Werke ihrer Kritiker zu vernichten. Doch was uns solche Autoren wie Athanasius[122], der gegen ihn argumentierte, von ihm übermittelt haben, scheint zumindest auf den ersten Blick durchaus vernünftig zu sein.

111

Für Arius stand fest, dass der Vater und der Sohn verschiedene Personen sind und dass ihre Beziehung tatsächlich besteht. Allerdings konnte er seine griechisch geprägte Vorstellung von der Unteilbarkeit des einen Gottes nie ganz aufgeben. Ihm zufolge ist Gott einzig, alleiniges Subjekt. Also ist nur der Vater Gott und Jesus das erste und größte seiner Geschöpfe, durch das Gott die übrige Welt erschuf. In dieser Anordnung wird die Einmaligkeit Gottes gewahrt und Jesus auf einmalige Weise geehrt. Und es ist sogar Platz für eine Art Inkarnation, denn als erstes und größtes Geschöpf Gottes war Jesus ursprünglich kein menschliches Wesen.

Arius schien dem Sohn eine außergewöhnliche Stelle einzuräumen als Vermittler zwischen Schöpfung und Erlösung. Durch Jesus, sagte er, bezieht sich der eine Gott jetzt und für allezeit auf die gesamte Schöpfung. Diese Vorstellung vom »Ehrenplatz« entsprach dem, was die Christen in ihrer vom Heiligen Geist inspirierten Anbetung über Jesus *wussten*, und erlangte daher eine beträchtliche Popularität. Außerdem war Arius ziemlich geschickt darin, seine Argumente mithilfe der Bibel zu belegen. Zugleich aber führte er aus, dass Jesus ungeachtet seiner herausragenden Position ein *Geschöpf* und *nicht Gott* sei und daher auch nicht in derselben Weise als »der Herr« angesehen werden könne wie Gott selbst.

Obwohl Arius versuchte, der Idee vom *einen* Gott treu zu bleiben und Jesus die höchste Ehre zu erweisen, griff sein Ansatz zu kurz. Seine subtile, aber letztlich unverkennbare Leugnung der Göttlichkeit Jesu hatte mehrere schwerwiegende Konsequenzen.

Erstens stimmte seine Konzeption weder mit den Lehren der Apostel überein noch mit der Verehrung der Gläubigen noch mit dem kirchlichen Ritual der Taufe im Namen des Vaters, des Sohnes und des Heiligen Geistes, wie es von Jesus befohlen wird. Zweitens wirft sie Fragen hinsichtlich der Integrität des arianischen Jesu auf. Wenn dieser nicht göttlich ist, warum beleidigt er dann den einen Gott, indem er sich selbst verehren und verherrlichen lässt? Welches Geschöpf, das Gott ehrt, würde den Lobpreis empfangen, der allein dem einen wahren Herrn gebührt? Drittens wird auch der Charakter des Vaters in Zweifel gezogen. Wenn Jesus ein Geschöpf und nicht Gott ist,

112

dann verging eine Zeit, in der es keinen Sohn gab und nur der Vater existierte, woraus folgt, dass selbst dieser nicht immer Vater war; aber wenn er nicht immer Vater war, was macht dann seinen Charakter aus? Und viertens: Wenn Jesus lediglich ein Geschöpf ist, so ermangeln das Leben und die Erlösung, die er wohl in weit höherem Maße gewähren kann als wir, ernstlich *des ewigen Lebens* Gottes und der *göttlichen* Erlösung.

Mit seiner Lehre zwang Arius die Kirche, über ihren Glauben an Christus gründlich nachzudenken. Sie reagierte auf dem Konzil von Nicäa im Jahre 325 – und 381 auf dem von Konstantinopel – mit einer deutlichen Bestätigung der Göttlichkeit Jesu und seiner völligen *Einheit* mit dem Vater:

Wir glauben an den einen Gott,
den Vater, den Allmächtigen,
den Schöpfer alles Sichtbaren und Unsichtbaren.

Und an den einen Herrn Jesus Christus,
den Sohn Gottes,
der als Einziggeborener aus dem Vater gezeugt ist,
das heißt: aus dem Wesen des Vaters,
Gott aus Gott, Licht aus Licht,
wahrer Gott aus wahrem Gott,
gezeugt, nicht geschaffen,
eines Wesens mit dem Vater,
durch den alles geworden ist …

Das Bekenntnis von Nicäa mit seiner Litanei christologischer Affirmationen, gipfelnd in der nachdrücklichen Aussage, dass Jesus »eines Wesens mit dem Vater« ist, und in der Verdammung eines jeden, der dies leugnet, sollte der Vorstellung Einhalt gebieten, Jesus sei irgendein Geschöpf und nicht Gott dem Vater gleich. Somit stieg Jesus in den Kreis des absolut Göttlichen auf.

In Nicäa wurde die arianische Lehre für ketzerisch erklärt und die Einheit von Jesus und Gott vorbehaltlos anerkannt. Aber was bedeutete dies eigentlich? Was ist mit der völligen Einheit von Vater und Sohn gemeint? Wie können wir den Vater, den Sohn und den Heiligen Geist anbeten, ohne Polytheisten zu sein? Wie können drei eins und eins drei sein?

Nach dem Konzil von Nicäa folgte die Kirche unter der Führung von Athanasius und anderen dem Beispiel des Apostels Johannes und befasste sich intensiv mit dem Thema »Beziehung«. Dadurch trat eine wunderbare, revolutionäre Veränderung ein. Der »Eine« nach jüdischer und griechischer Vorstellung wurde umbenannt in »Beziehung« und angefüllt mit solchen Begriffen wie »Zusammengehörigkeit« oder »Einigkeit«.[123]

Der Ausdruck »*ein* Gott« bedeutete für den jüdischen Geist eine einzelne individuelle Person, für den griechischen Geist ein einfaches unteilbares Wesen, das weder der Vermischung noch dem Wandel unterlag, für den christlichen Geist aber drei völlig miteinander verbundene Personen. Dieser Unterschied ist von größter Wichtigkeit. Der »Eine«, vormals ein losgelöstes Individuum, verwandelt sich in eine Gemeinschaft, deren Individuen aufeinander bezogen sind.

Der Vergleich mag trivial erscheinen, aber denken Sie nur einmal an Ihre Beziehungen, Ihre Ehe oder an Ihre tiefsten Wünsche. Ruft Ihr Herz nicht viel eher nach Einigkeit als nach Vereinzelung oder Absonderung? Niemand möchte allein sein. Und warum nicht? Wä - ren wir nach dem Bild einer vereinzelten Person erschaffen worden, würden wir dann eine solche Sehnsucht haben, erkannt zu werden und unser Leben mit anderen zu teilen? Weshalb sind unsere größten Freuden und Schmerzen mit Menschen verbunden? Hätte ein einsamer Gott uns erschaffen, würde es durchaus Sinn machen, dass wir ausschließlich in Beziehung mit ihm leben. Aber warum sollte ein einsamer Gott uns das Bedürfnis eingeben, mit anderen zusammen zu sein?

Die *Teilhabe* zwischen dem Vater und dem Sohn im Geist ist so tief und echt, ihre Vertrautheit so wirklich und persönlich, dass wir sogar noch die reichhaltige Vorstellung hinsichtlich eines Miteinanders von Angesicht zu Angesicht übersteigen und in die Welt des *gegenseitigen Ineinanderwohnens* und der *absoluten Vereinigung* eintreten müssen. Die

114

Beziehung zwischen ihnen ist eine lebendige, uneingeschränkte Gemeinschaft der Liebe, wie sie tiefer nicht sein könnte. Sie *erkennen* einander vollständig, leben eine Beziehung vorbehaltlosen und makellosen persönlichen Austauschs im Geist. Die Personen gehen ineinander über und enthalten einander, ohne sich selbst zu verlieren. Wenn der eine weint, schmeckt der andere das Salz der Tränen, doch verstricken sie sich nie so ineinander, dass sie sich selbst abhandenkommen und zum anderen werden. Der wunderbare griechische Begriff *perichoresis* (Perichorese)[124], mein theologisches Lieblingswort, besagt genau dies: vollständige gegenseitige Durchdringung, die zu einer Einheit ohne Verschmelzung führt. »Die Lehre der Perichorese verbindet auf beeindruckende Weise die Dreiheit und die Einheit, ohne die Dreiheit auf die Einheit zu reduzieren oder die Einheit in der Dreiheit aufzulösen.«[125]

Wenn Jesus sagt, er und der Vater seien eins, wenn man ihn sehe, sehe man auch den Vater, meint er damit nicht, er *sei* der Vater. Jesus bleibt er selbst, ebenso wie der Vater und der Heilige Geist sie selbst bleiben, aber ihre Gemeinschaft ist so innig, dass sie *ineinanderwohnen*, und zwar in einem Maße, dass sie – mangels eines treffenderen Ausdrucks – in völliger Harmonie oder Einheit leben.

Die Präposition »in«, wie Jesus und Johannes sie gebrauchen, beinhaltet die Idee der Perichorese, des gegenseitigen Ineinanderwohnens ohne Verlust der eigenen Identität. Es bedurfte zwar einer Debatte über Jahrhunderte, bis diese Idee zum Ausdruck gebracht werden konnte, aber schließlich eröffnete sie die Möglichkeit, Beziehung, Gemeinschaft und Liebe in die Bedeutung von »Einssein« mit einzubeziehen. So änderte sich radikal die Vorstellung vom »Einen«, der nun nicht mehr unbedingte Individualität war, sondern tiefgründige Gemeinschaft oder Einigkeit. Und Einigkeit verneint nicht den »Einen«, vielmehr erfüllt sie ihn mit neuem Sinn.

Bei diesem Übergang von Isolation zu Kommunikation beruht die Wahrheit, dass Vater, Sohn und Heiliger Geist drei verschiedene Personen sind, auf der Wahrheit, dass Gott eins ist. Denn diese Beziehung ist so unerschöpflich, diese Gemeinschaft so echt, diese Liebe zwischen Geist, Sohn und Vater so rein, dass sie ineinanderwohnen und dass jede Beschreibung ohne den Begriff »eins« über ihre Zusammengehörigkeit hinwegtäuscht.[126]

In unserem Leben sehnen wir uns danach, eine derart in der Beziehung verankerte Einheit zu erfahren, doch im Leben der gesegneten Dreifaltigkeit ist sie dauerhafte Wirklichkeit, die sich unaufhörlich in Liebe, verblüffender schöpferischer Kraft und Freiheit offenbart. Genau diesen Aspekt setzt Paul Young wunderbar in Literatur um, indem er die Gleichheit zwischen den göttlichen Personen, die Dreiheit in der Einheit und die schöpferische Kraft der Beziehung darstellt. An keiner Stelle verwechseln wir Papa, Jesus und Sarayu – und denken doch niemals, sie seien in irgendeiner Weise voneinander getrennt. Wie Sarayu sagt: »Wenn du mit einem von uns sprichst, sprichst du mit uns allen.«

Diese Zusammengehörigkeit von Vater, Sohn und Geist kann sich in einem Säugling, der »im einsamen Haus von Adams Sündenfall«[127] in einer Krippe liegt, ebenso ausdrücken wie am Kreuz, wo Jesus die schroffe Ablehnung und den Tod durch Menschenhand erleidet. Göttliche Einheit ist sowohl die *Wahrheit* des dreieinigen Gottes als auch die Verfahrensweise des dreifaltigen Seins, das sich stets in Liebe und Gemeinschaft bekundet.[128]

Vor dem Hintergrund der jüdischen Tradition fühlten sich die Jünger Jesu in Gesellschaft des Einen, den sie für den Herrn selbst ansahen, der jedoch einen Vater hatte und mit dem Heiligen Geist gesalbt war. Durch ihre Zeugenschaft als auch durch die fortwährende Offenbarung Jesu im Geist gelangte die Christenheit zu der Überzeugung, dass die verblüffende Beziehung zwischen Jesus und dem Einen, den er seinen Vater nannte, und dem Heiligen Geist keine kurzfristig von Gott hergestellte Verbindung war, sondern eine Enthüllung für die Menschheit, wie der eine Gott seit Ewigkeit und für alle Ewigkeit ist. Im Leben Jesu erkennen wir das unvergängliche Sein und Wirken Gottes.

Wenn die Christenheit *Gott* sagt, meint sie Vater, Sohn und Heiligen Geist in einer wunderbaren, vertrauten Beziehung selbstloser Liebe, die in grenzenloser Gemeinschaft und unbeschreiblicher Einigkeit zum Ausdruck kommt. Sie spricht weder von einem abgetrennten, unnahbaren, gleichgültigen Wesen noch von einer auf die Einhaltung der Gesetze bedachten göttlichen Instanz noch von einem ichbezogenen Herrscher oder unbewegten Beweger. Für die Christenheit und ihre Kirche ist Gott – im höchsten Sinne – ein Wesen in Beziehung: drei Personen, nämlich Vater, Sohn und Heiliger Geist, die das Leben und alle Dinge in uneigennütziger Liebe und unvergleichlicher Zusammengehörigkeit miteinander teilen.

Aber wir dürfen an dieser Stelle nicht haltmachen. Sobald wir die ewige Beziehung zwischen Vater, Sohn und Heiligem Geist anführen, sprechen wir förmlich Bände über die ganze Welt und das Schicksal der Menschheit. Denn diese trinitarische Verbindung, diese so reichhaltige, vor Freude überströmende Gemeinschaft, diese unfassbare Einheit der Liebe ist der eigentliche Schoß des Universums und der Menschheit darin.

10

DIE LIEBE
DES DREIEINIGEN GOTTES

Gott, der nichts braucht,
ruft mit seiner Liebe völlig überflüssige Geschöpfe
ins Leben, damit Er sie liebe und vervollkommne.

C. S. Lewis

Die Art und Weise, wie Sarayu, Jesus und Papa in *Die Hütte* miteinander umgehen – in Liebe, Offenheit, gegenseitiger Hochachtung und einfacher, geteilter Freude –, ist entweder eine falsche, ebenso anstößige wie gottlose Darstellung oder eine Anspielung auf die verblüffende Wahrheit. Mackenzie ist davon immer wieder fasziniert. Dergleichen hatte er nie zuvor erfahren. Er fühlt sich von ihrer Beziehung und ihrem Verhalten wie magisch angezogen. Doch die ganze Sache mit der Dreifaltigkeit ergibt für ihn keinen Sinn. Ja, spielt sie überhaupt eine Rolle?

Youngs Papa zufolge macht es »einen gewaltigen Unterschied«, dass drei göttliche Personen existieren und nicht nur eine. Das zeige sich nirgendwo deutlicher als in der Fähigkeit zur Liebe:

»Du verstehst nicht«, fuhr sie fort, »dass ich nur deshalb überhaupt zur Liebe fähig bin, weil es für mich ein Objekt der Liebe gibt – oder genauer gesagt, eine Person. Ohne eine Beziehung innerhalb von mir wäre das unmöglich. Ihr hättet dann einen Gott, der nicht lieben könnte. Oder, was vielleicht noch schlimmer wäre, ihr hättet einen Gott, für den Liebe eine Begrenzung seines Seins

wäre. Ein solcher Gott könnte lieblos handeln, und das wäre eine Katastrophe. Und so bin ich ganz sicher nicht.«

In Abwandlung eines Arguments, das der mittelalterliche Theologe Richard von Sankt Viktor vorbrachte, sagt Papa an dieser Stelle, dass es ohne Beziehung keine Liebe (oder Barmherzigkeit, wie die älteren Autoren schrieben) geben kann.[129] Mit anderen Worten: Wäre Gott seit Ewigkeit allein und abgeschieden, käme Selbstlosigkeit gar nicht in Betracht, weil kein anderer existierte, dem sie zuteilwird. Beziehung und Gemeinschaft, ja sogar Offenheit, Nähe, Vertrautheit wären dem ureigenen *Wesen* eines solch einsamen Gottes fremd. »Liebe«, erklärt C. S. Lewis, »ist etwas, das eine Person gegenüber der anderen Person empfindet. Wäre Gott eine Einzelperson, wäre Er vor der Erschaffung der Welt nicht Liebe gewesen.«[130] Richard von Sankt Viktor drückt dies folgendermaßen aus: »Niemandem wird Barmherzigkeit zugeschrieben aufgrund seiner eigenen privaten Liebe zu sich selbst. Und so ist es notwendig, die Liebe auf jemand anderen zu richten, damit sie Barmherzigkeit sei. Demnach kann die Barmherzigkeit nicht bestehen, wo nicht mehrere Personen sind.«[131]

Young, Lewis und Richard von Sankt Viktor behandeln ein großes Thema. Würde Gottes ewiges Sein der Beziehung ermangeln, dann gäbe es auch in seinem *Wesen* keinen echten Grund, für jemand anders zu sorgen, kein Motiv für selbstlose Hingabe an ein Gegenüber oder für die Liebe um ihrer selbst willen. Die Liebe eines einpersonalen Gottes wäre von Natur aus ichbezogen, narzisstisch und letztlich allein auf Gott zentriert. Ein einzelner Gott könnte andere *zu ihrem Nutzen* nur lieben, indem er die Quelle seiner tieferen und wahren Natur gleichsam *abschirmt.* Das hieße, Papa hätte die Umarmung mit Mack - enzie auf der Veranda bloß vorgetäuscht, ihr wahres Wesen – Eigennutz oder Narzissmus – verborgen, indem sie die Maske der Bejahung aufsetzte, und abgewartet hätte, um zu sehen, ob *ihre* Wünsche erfüllt würden. Sie hätte Mack nicht ihm zuliebe umarmt, sondern sich zuliebe, und von ihm eine entsprechende Reaktion verlangt.

Dies erscheint mir als ein äußerst wichtiger Punkt. Werden wir geliebt für das, was wir zu Gottes Tisch bringen können, oder um unserer selbst willen? Ist die Liebe des Vaters, des Sohnes und des Heiligen Geistes an Bedingungen geknüpft? Geht es in unserem Leben um Beziehung oder um Leistung? Ist die Welt ein Produkt göttlicher Eigeninteressen oder Bedürfnisse – oder gar der Langeweile? Sind wir hier, um für Gott etwas zu tun, um ihn zufriedenzustellen?

»Wichtig ist Folgendes: Wenn ich einfach der Eine Gott wäre und nur Eine Person, dann fändest du dich in dieser Schöpfung wieder, ohne etwas zu haben, das für dich bewundernswert, ja noch nicht einmal wesenhaft wäre. Und ich wäre vollkommen anders, als ich bin.«

»Und wir wären ohne …« Mack wusste nicht einmal, wie er die Frage zu Ende formulieren sollte.

»Liebe und Beziehung.«

Wäre Gott allein und für sich, wären wir auf die eine oder andere Weise zu seinem Wohl erschaffen worden, nicht zu unserem.[132] Doch unter der Voraussetzung, dass er Vater, Sohn und Heiliger Geist ist und dass Beziehung und Liebe den Kern des trinitarischen Seins bilden, wurden wir erschaffen, um geliebt zu werden, in der empfangenen Liebe zu leben und andere ohne geheime Absichten zu lieben. Wie C. S. Lewis sagt: »Gott, der nichts braucht, ruft mit seiner Liebe völlig überflüssige Geschöpfe ins Leben, damit Er sie liebe und vervollkommne.«[133]

Als ich vor einigen Jahren mit einem Freund Golf spielte, stießen wir beim nächsten Tee auf die Gruppe vor uns. Ein älterer, groß gewachsener Mann mit silbernem Haar löste sich von den anderen und ging auf uns zu. Ich wusste sofort, dass er ein religiöser Schmeichler war. Er verneigte sich sogar ein wenig, als er die Hand ausstreckte, um die meine zu schütteln. Ich fragte mich buchstäblich: *Wie lang wird's wohl dauern, bis er in seinen theologischen Singsang verfällt?* Offen gestanden reagierte ich für einen Moment ein wenig verlegen und wich zurück, damit mein Golfpartner zur Zielscheibe würde. Natürlich hatten wir das Tee noch nicht verlassen, als der Schmeichler zum Auftakt seine erste Frage stellte.

»Geht ihr Jungs zur Kirche?«

Ich tat, als hätte ich nichts gehört, und steuerte auf meine Golftasche zu. Mein Freund, nennen wir ihn Samuel, antwortete.

»Nicht wirklich ... manchmal; ich meine, ich finde die Kirche nicht sehr hilfreich. Und Sie?«

Mit der Miene von einem, der keine Ahnung hat, dass jeder ihn durchschaut, ignorierte der Schmeichler Sams Frage und stellte die nächste.

»Seid ihr gerettet?«

Sam erwiderte schnell: »Klar. Ich glaube an Jesus, aber das ist nicht der Punkt.«

Wir waren an der Reihe, den Ball abzuschlagen. Der Schmeichler und seine Leute überließen uns das Tee und wechselten das Thema.

Einige würden wohl sagen, der Schmeichler habe Sam gemocht und dafür sorgen wollen, dass seine Seele gerettet ist. Aber ich erlaube mir, anderer Meinung zu sein. Sam und ich spielten an jenem Tag Golf, weil er innerlich gegen den Verlust seiner Frau ankämpfte. Er war zutiefst betrübt. Wir hatten ein großartiges Gespräch darüber geführt, wie Jesus uns in der tiefen Erschütterung begegnet, und Sam schöpfte gerade ein wenig Hoffnung, als der Schmeichler sich näherte, ihr mit seinem dogmatischen Gerede einen Dämpfer versetzte und unsere Auffassung von »Kirche« missachtete.

Vater, Sohn und Heiliger Geist lieben uns *zu unserem Nutzen*, nicht um neue Anhänger zu finden oder sich in günstigem Licht darzustellen oder um irgendetwas von uns zu bekommen. Die gesegnete Dreifaltigkeit kennt keine Bedürfnisse. Sie ist ein überfließender Quell selbstloser Liebe. Das gemeinsame Leben von Vater, Sohn und Heiligem Geist handelt vom Geben, nicht vom Nehmen; vom Teilen, nicht vom Horten; davon, dass wir um unsertwillen mit Leben gesegnet und keinesfalls manipuliert werden zugunsten göttlicher Kontrolle. Die drei Personen trachten danach, sich uns zu schenken, damit auch wir das wahre Leben erfahren können. Dafür brauchen sie keine Gegenleistung.

Derlei äußerte ich Sam gegenüber. Ich sagte, dass Jesus ihn in genau diesem Zustand treffe, annehme und umarme – wie Mackenzie – und ihn behutsam dazu bringe, seinen eigenen Frieden, seine eigene

121

Hoffnung zu finden. Jesus wolle nichts dafür haben. Vater, Sohn und Heiliger Geist geben nicht, um etwas zu erhalten. Sie treffen uns in unserer Welt, in unseren Kämpfen, Qualen und Freuden, und übergehen niemals unsere wahren Fragen, obwohl es uns in unserer Dunkelheit manchmal gewiss so vorkommt.

Die Lehre der Dreifaltigkeit besagt, dass Gott ein relationales Wesen ist, immer war, immer sein wird. Beziehung, Gemeinschaft, Hingabe und Selbstlosigkeit sind bei ihm keine nachträglichen Einfälle, sondern die tiefsten Wirklichkeiten göttlichen Seins. Vater, Sohn und Heiligem Geist geht es stets um Liebe, Verbundenheit und Teilhabe am Leben, nicht darum, was sie von uns empfangen können. Wir wurden erschaffen, damit wir das Leben und die Wonne des dreieinigen Gottes leben, teilen und sind. Der Vater von Jesus hält nicht den Atem an, um zu sehen, ob wir durch die richtigen Reifen springen, ehe er über unser Schicksal entscheidet. Es gibt keine Strichlisten. Wir sind nicht hier, um Gott durch unsere religiöse Leistung zu verherrlichen, sondern um in der Herrlichkeit der gesegneten Dreifaltigkeit zu leben.

* * *

Nehmen wir ein wenig Abstand und betrachten zwei zentrale Fragen, die sich aus Papas Kommentaren gegenüber Mackenzie ergeben. Erstens: Auf welcher Grundlage beruht der Glaube an Gottes Liebe? Zweitens: Wie denken wir über Gottes *Wesen*? Würden wir gleichsam Schale um Schale des göttlichen Wesens entfernen, was käme im Kern zum Vorschein? Was liegt im Herzen Gottes? Wäre Gott eine Einzelperson, seit Ewigkeit allein, so wäre die Segnung der Menschen zu ihrem eigenen Nutzen nicht vereinbar mit seiner Existenz und seinem Verhalten. In diesem Fall könnte er andere nicht auf natürliche Weise um ihretwillen lieben. Göttliche Selbstlosigkeit wäre dann höchstens ein momentaner Vorwand. Für Paul Young aber ist Gott Liebe im Sinne des Apostels Johannes[134], und deshalb sagt Papa: »Ich *bin* Liebe.«

An dieser Stelle soll noch einmal der neuenglische Prediger Jonathan Edwards zitiert werden: »Der Apostel sagt uns, ›Gott ist Liebe‹. Da er ein unendliches Wesen ist, folgt hieraus, dass er ein unendlicher

Quell der Liebe ist; und da es ihm an nichts mangelt, folgt, dass er ein erfüllter, überfließender und unerschöpflicher Quell der Liebe ist. Und als ein unveränderliches und ewiges Wesen ist er ein unveränderlicher und ewiger Quell der Liebe.«[135] Diese Liebe ist weder ichbezogen noch eine Liebe Gottes zu sich selbst, die nur mit geheimer Absicht zum Ausdruck kommen könnte, aber nie auf selbstlose und unbedingte Weise. Die wesentliche Wahrheit des göttlichen Wesens liegt in der liebevollen Beziehung zwischen Vater, Sohn und Heiligem Geist.

Gibt es etwa eine Hintertür, die sich auf einen anderen Raum jenseits dieser Beziehung öffnet, wo wir vielleicht eine tiefgründigere Wahrheit über Gott erkennen? Ist da ein esoterisches Geheimnis, das Gottes sämtliche Gedanken, Träume und Handlungen bedingt? Nein, die trinitarische Beziehung ist nicht der Vorraum, sondern das innere Heiligtum – Gottes eigentliche Seinsweise, sozusagen das siedende Gemisch, aus dem alle göttlichen Gedanken, Taten und Reaktionen hervorgehen.

Papa umarmt Mackenzie nicht, weil sie gerade einen guten Tag hat und ihr Blutzuckerspiegel zufällig hoch ist, sondern weil sich darin ihr Wesen bekundet. Sie täuscht nichts vor. Sie ist einfach sie selbst. Sie lebt und wirkt und hat ihr Sein in Beziehung zu Jesus und Sarayu. So, wie sie mit ihnen umgeht, geht sie auch mit Mack und mit uns allen um. Ihre Umarmung ist reiner Ausdruck ihrer wahren Natur und Seinsweise.

»Aber warum ich? Ich meine, warum Mackenzie Allen Phillips? Warum liebst du jemanden, der ein solcher Versager ist? Nach allem, was ich über dich gedacht habe, und all meinen Anschuldigungen gegen dich – warum machst du dir da überhaupt noch die Mühe, zu mir durchzudringen?«
»Weil die Liebe genau diese Dinge tut«, antwortete Papa.

Auf einer Million Veranden wird Papa eine Million Mackenzies umarmen – vorausgesetzt natürlich, sie verhält sich dabei genauso wie in ihrer von Liebe erfüllten Beziehung mit Jesus und Sarayu.

Verbirgt sich im Rücken der gesegneten Dreifaltigkeit eine Art göttlicher Menschenfresser, ein kosmischer I-Aah – ähnlich jenem alten trübsinnigen Esel in dem Kinderbuch *Pu der Bär* – oder ein Legalist, der jede Sekunde auftauchen und die Güte und Liebe von Vater, Sohn und Heiligem Geist bloßstellen könnte? Ist die Beziehung des dreieinigen Gottes eingeschränkt, sodass sie sich bloß an ein oder zwei Tagen in der Woche kundtun darf? Oder ist sie im Gegenteil die bleibende Konstante, die das Universum durchdringt, die freie und stabile, verlässliche und unwandelbare Wirklichkeit selbst? Wenn diese Beziehung nicht die Wahrheit aller Wahrheiten ist, dann hat letztlich eine andere Instanz das Sagen, und wir können nur den Atem anhalten, bis sie in Erscheinung tritt.

Ich nehme an, die meisten von uns sind hin und her gerissen zwischen dem Wunsch zu glauben, dass wir um unsertwillen geliebt werden, und der Angst, dass diese Liebe ein Hirngespinst ist. Die entscheidende Frage lautet: Glauben wir, die Dreifaltigkeit ändern zu können? Sind wir etwa imstande, die Beziehungsmuster zwischen Vater, Sohn und Heiligem Geist neu zu gestalten?

Einmal hatte ich eine Auseinandersetzung mit einem Mann, der meiner schlichten Erklärung, dass Vater, Sohn und Heiliger Geist jeden von uns lieben und dass wir alle in Jesus für immer umarmt wurden, heftig widersprach.

»Nein! Nein!«, rief er. »Sie können nicht einfach behaupten, dass wir alle in Jesus aufgenommen wurden. Sie kennen diese Leute genauso wenig wie ihr Herz. Sie wissen nicht, ob sie bereut und an Jesus geglaubt haben.«

»Welche Beziehung hat Gott demnach zu den Leuten, bevor sie an Jesus glauben?«, fragte ich zurück.

»Er ist ihr Richter«, erwiderte er. »Und er wird zu ihrem Vater, wenn sie bereuen und glauben.«

»Sie meinen also, dass der Glaube der Leute Gottes *Wesen* verändern kann?«

»Nein, natürlich meine ich das nicht.«

»Nun, das erscheint mir aber so. Sie sagen nämlich: Wenn jemand glaubt, dann *wird* Gott zu seinem Vater, wenn nicht, *bleibt* er sein Richter. Abgesehen von der verblüffenden Tatsache, dass Sie Gott als Richter für wesentlicher halten denn Gott als Vater[136], was passiert dann mit Gott, wenn einer ausruft: ›Ich glaube; hilf meinem Unglau-

124

ben!‹?[137] Ist Jesu Vater wie ein Scheibenwischer, der sich hin und her bewegt, einmal Vater ist und kurz darauf Richter?«

Selbstverständlich ging die Diskussion nicht gut aus, denn jeder von uns war überzeugt, dass der andere den Verstand verloren hatte. Weiter unten werde ich hinsichtlich der Bedeutung, ja Notwendigkeit des Glaubens, der Reue und des göttlichen Urteils weitere Argumente vorbringen, an dieser Stelle aber geht es darum, dass wir *Gottes Charakter* nicht verwechseln sollten mit dem momentanen Zustand unseres Glaubens oder dessen Mangel. Selbstlose Liebe des Vaters, des Sohnes und des Heiligen Geistes – das ist die ewige Wahrheit der göttlichen Natur, und zum Glück hängt sie weder von unserem Glauben noch von irgendeiner unserer Taten oder Unterlassungen ab, das Sündenbekenntnis inbegriffen. Um es mit den Worten des Athanasius auszudrücken: »Die Heilige Dreifaltigkeit ist kein geschaffenes Wesen.«[138] Es gab nie eine Zeit, in welcher der Vater allein war – ohne Sohn und Geist. Gottes Charakter war gegenwärtig, lange bevor der Grundstein zur Welt gelegt wurde. Ob wir glauben oder nicht, ob wir gut sind oder nicht, ob wir je eine Sache richtig machen oder nicht, das Wesen des dreieinigen Gottes bleibt, wie es ist, war und immer sein wird – Liebe. Wir besitzen nicht die Macht, Vater, Sohn und Heiligen Geist zu ändern.

Das ist einer der Gründe, warum die Dreifaltigkeit eine so entscheidende Rolle spielt. Denn wäre Gott seit Ewigkeit allein und einzeln, hätte er vor der Schöpfung keine Liebe gekannt. In diesem Fall hätte er nur zu einem Liebenden *werden* können, eben weil er es nicht *von Natur aus* war, und diese Liebe hätte dann lediglich aus seiner Einsamkeit und seinem Eigeninteresse erwachsen können. Was immer den einpersonalen Gott veranlasst hätte, zu schöpfen und ein Liebender zu werden – anschließend hätte es ihn wohl zu seiner eigentlichen, das heißt nicht liebevollen Natur zurückgeführt. Die Liebe jenes Gottes wäre durch etwas verursacht worden, das außerhalb seines Wesens liegt. Und befürchten wir nicht gerade dies?

Dass eine Kraft außerhalb seines Wesens ihn bewegte, uns zu lieben, dass sie seine Liebe bedingt – und dass wir deshalb unsere Sache richtig machen, den Draht zu Gott herstellen, seine Liebe auslösen und aufrechterhalten müssen? Kein Wunder, dass wir so erschöpft und unglücklich sind.

»Warum liebt ihr uns Menschen? Ich nehme an, ich …« Schon als er die Frage aussprach, wurde ihm klar, dass er sie nicht gut formuliert hatte. »Ich glaube, was ich eigentlich wissen möchte, ist, warum ihr mich liebt, obwohl ich euch doch gar nichts zu bieten habe.«

»Ist es denn nicht ein befreiendes Gefühl«, antwortete Jesus, »dass du uns nichts zu bieten hast, jedenfalls nichts, was unserem Sein etwas hinzufügt oder ihm etwas nimmt? Das befreit dich von jedem Druck, in der Beziehung zu uns etwas leisten zu müssen.«

Der christliche Gott ist ein Liebender seit Ewigkeit, weil er als Vater, Sohn und Heiliger Geist in einer Beziehung selbstloser Liebe und wunderbarer Gemeinschaft existiert. Die Dreifaltigkeit bedeutet, dass Gott schon vor der Schöpfung Liebe ist: »Liebe ist die tiefste Tiefe, seine wahre Natur, die Wurzel seines ganzen Wesens.«[139] »Gott ist keine einsame Monade, kein selbstsüchtiger Tyrann, sondern einer, dessen Ausrichtung auf den anderen seinem ewigen Wesen als Gott innewohnt.«[140] »In Gott gibt es kein Bedürfnis, das gestillt werden muss, nur Fülle, die zu geben wünscht.«[141] Die Ursache für die Liebe des dreieinigen Gottes liegt nicht außerhalb der Beziehung zwischen Vater, Sohn und Heiligem Geist. Es gibt keinen Auslöser, keine Bedingung und keine Möglichkeit, die gesegnete Dreifaltigkeit dazu zu bringen, dass sie uns liebt oder aufhört uns zu lieben.

Papas Argument gegenüber Mackenzie lautet folgendermaßen: Da Beziehung und Liebe seit Ewigkeit in Gottes Wesen beschlossen liegen, haben wir etwas, woran wir glauben können, das weder durch unseren Glauben verursacht noch durch unseren Unglauben verleugnet wird. Wir werden so akzeptiert, wie wir sind, erkannt und geliebt zu unserem Nutzen, umarmt für immer, eben weil die Liebe das *Wesen* der gesegneten Dreifaltigkeit ist. Daher können wir mit dem Apostel Paulus sagen: »Denn ich bin gewiss, dass weder Tod noch Leben, weder Engel noch Fürstentümer noch Gewalten, weder Gegenwärtiges noch Zukünftiges, weder Hohes noch Tiefes noch keine andere Kreatur kann uns scheiden von der Liebe Gottes, die in Jesus Christus ist, unsrem Herrn.« (Römer 8,38-39)

Das ist eine Tatsache, an die wir uns halten können inmitten der Misshandlung und der Angst, des Sterbens und des Todes, der Scham, der Schuld und des Zweifels – und inmitten unserer *Großen Traurigkeit*. Gewiss fühlen wir uns manchmal abgeschnitten, ausgeschlossen oder aufgegeben, und wer von uns verfügte nicht über vielerlei Beweise, dass dem so sein muss, und hätte im Schmerz nicht eine Spur der Verwüstung hinter sich gelassen? Doch wenn der Heilige Geist sich nicht in einen Narziss verwandelt und der Vater nicht seinen Sohn zurückweist und Jesus nicht beschließt, das göttliche Band zu durchtrennen, werden wir niemals vergessen oder verlassen: »Trösten wir uns in dem Gedanken an den Vater und den Sohn. Solange zwischen ihnen Harmonie herrscht, solange der Sohn den Vater mit all der Liebe liebt, die der Vater empfangen kann, ist bei den kleinen Sterblichen alles gut.«[142] Denn seit Ewigkeit ist der dreieinige Gott Liebe, treten Vater, Sohn und Heiliger Geist aufgrund ihrer Beziehung zueinander in Beziehung mit uns. Sie lieben uns mit ihrer gegenseitigen Liebe. Für den dreieinigen Gott gibt es keine andere Seinsweise.

Jesu Vater liebt sogar Missys Mörder, liebt ihn um seiner inneren Befreiung willen, wie er jeden von uns liebt, der sein Leben und das der anderen in ein schreckliches Chaos gestürzt hat, und all diejenigen, die weiterhin glauben, ganz in Ordnung zu sein – etwa der religiöse Schmeichler in seiner Selbstgefälligkeit, von dem zuvor die Rede war.

Daher sagt Papa: »Wir drei sind alles, was du kriegen kannst, und glaub mir, wir sind mehr als genug ... Der Gott, der existiert – der ich bin, der ich bin –, kann nicht ohne Liebe handeln!« Die Liebe liebt den Geliebten, bis er die Freiheit erlangt, in der empfangenen Liebe zu leben und sie zu teilen; diese Liebe »übernimmt die teure Rechnung« (um den Ausdruck meines Freundes Bruce Wauchope zu benutzen) für unsere ständigen Katastrophen und wirkt darauf hin, sie für uns, andere und die gesamte Schöpfung in etwas Heilsames zu verwandeln. Mit Papas Worten: »Weil die Liebe genau diese Dinge tut.« So lautet die verblüffende Wahrheit der gesegneten Dreifaltig-

127

keit. Nicht von ungefähr taucht in der Bibel keine Aufforderung so häufig auf wie diese: »Fürchte dich nicht!«

* * *

Lassen Sie mich hier zwei weitere Punkte hinzufügen. Erstens: *Sämtliche* Eigenschaften Gottes sind Ausdruck seines tiefsten Wesens, das auf Beziehung und Liebe gründet.[143] Die Heiligkeit Gottes zum Beispiel ist ein Ausdruck der völligen Einzigartigkeit der dreifaltigen Liebe. Es gibt im Universum nichts, was ihr ähnlich wäre. Sie ist eine Kategorie für sich, losgelöst, unvergleichlich. Ihre Schönheit, Güte und Freude stimmen völlig miteinander überein. Die Gerechtigkeit Gottes wiederum besagt nicht, dass Vater, Sohn und Geist gemäß einem Gesetz handeln, das über ihnen steht; sie entspringt vielmehr der inneren Richtigkeit ihrer Beziehung.

Ebenso ist der Zorn Gottes nicht das Gegenteil der Liebe, als würden beide in seiner Beziehung zur Menschheit wetteifern um die Vormacht. Die Liebe von Vater, Sohn und Heiligem Geist spielt nicht die zweite Geige nach der göttlichen Wut. Papa formuliert es auf folgende Weise: »Bei dem Schlamassel, den meine Kinder angerichtet haben, und dem ganzen Schlamassel, in dem sie stecken, gibt es eine Menge Gründe, wütend zu sein. Mir gefallen viele ihrer Entscheidungen nicht, aber diese Wut ist – besonders bei mir – dennoch ein Ausdruck der Liebe.« Der Zorn ist die leidenschaftlich agierende Liebe des dreieinigen Gottes, die »Nein!« ruft, ihre hitzige Gegenreaktion auf unsere Zerstörung. Dementsprechend ist auch Gottes Urteil nicht die göttliche »Schattenseite«, die schließlich in Erscheinung tritt. Urteilen heißt unterscheiden, eine Sache durchschauen und verstehen, was daran falsch ist, um sie zu berichtigen und wieder ins Lot zu bringen. Daher sagte Papst Benedikt: »Gottes Urteil ist Hoffnung, weil es Gerechtigkeit als auch Gnade ist.«[144] In Paul Youngs *Die Hütte* erklärt Sophia dazu: »Mackenzie, zu urteilen bedeutet nicht, zu zerstören, sondern Dinge in Ordnung zu bringen.« Gottes Gewissenhaftigkeit, Seligkeit und Fülle, Macht und Weisheit, Freude und Geduld sind allesamt trinitarisch und relational; diese Ausdrucksformen werden hervorgerufen durch die gleiche verblüffende und selbstlose Liebe von Vater, Sohn und Heiligem Geist. Die gesegnete Dreifaltigkeit tut nichts, was nicht durch Liebe motiviert wäre.

Zweitens: Betrachten wir die Beziehung zwischen den drei Personen nur als *eine* Eigenschaft Gottes unter vielen und nicht als die Wahrheit schlechthin, ändert sich unser Blickwinkel völlig. Hinsichtlich Gottes Heiligkeit bedeutet dies, dass sie mit Relationalität nicht das Geringste zu tun hätte, wenn Beziehung nicht die tiefste Wahrheit seines Wesen wäre.[145] Was ist Heiligkeit überhaupt, wenn nicht die absolute Einzigartigkeit des dreifaltigen Lebens? Dieser Frage ausweichend, können wir unsere Idee von Heiligkeit mit allen möglichen Vorstellungen ausfüllen, und genau das ist im Westen geschehen. Die Heiligkeit Gottes wurde abgetrennt von der Beziehung zwischen Vater, Sohn und Heiligem Geist, neu gefasst im Rahmen des römischen Gesetzes und dadurch zu einer rechtlichen Idee. »Heiligkeit« war von nun an nicht mehr die Bezeichnung für jene unvergleichliche Liebe zwischen den dreien, sondern eine Frage des Rechts, der Moral und der ethischen Vollkommenheit. Paul Young spielt darauf an, wenn er schreibt: »Für Mack war Heiligkeit immer ein kaltes und steriles Konzept gewesen …«

Setzt man hingegen Vater, Sohn und Heiligen Geist an die erste Stelle, handelt die gesamte Schöpfungsgeschichte von Beziehung, Liebe und Teilhabe. »Meine Absicht bestand von Anfang an darin, dass ich in dir lebe und du in mir«, sagt Jesus in *Die Hütte*. Ignoriert man diesen Grundsatz, dreht sich die Schöpfung um ein ganz anderes Thema. Und worin sollte es bestehen? Im Gesetz? Im äußerlichen Gehorsam gegenüber einer fernen Gottheit? In moralischer Reinheit? In Angst? In der Verherrlichung Gottes? In Versprechen und Belohnungen?

Im Laufe der abendländischen Geschichte schlich sich in die Gemeinschaft von Vater, Sohn und Heiligem Geist ein legalistisches Verständnis ein und wurde allmählich zur fundamentalen Wahrheit über Gott – zumindest in unseren Köpfen. Diese Art von Heiligkeit ist weder relational noch trinitarisch noch ein Ausdruck von Liebe. Ohne dass wir uns dessen bewusst waren, nahm die damit verbundene rechtliche Auffassung gewissermaßen den Platz in Gottes innerem Heiligtum ein. Wie das genau ablief, ist eine lange Geschichte, aber ihr wesentlicher Aspekt dürfte klar geworden sein.[146]

Als die legalistische Idee der Heiligkeit von unserem Denken Besitz ergriff, wurde die biblische Geschichte uminterpretiert im Sinne von Gesetz, Schuld und Strafe. Gott ist – legalistisch gesprochen – heilig. Wir haben gesündigt, also bedarf es der Wiedergutmachung. Die Geschichte von Jesu Kommen und Tod fügte sich dann in *diesen* größeren Zusammenhang ein, und sein Tod galt als Gottes Strafe für unsere Sünden. Demnach ist Gott – aus legalistischer Sicht – zu heilig, um solche Sündhaftigkeit zu dulden. Er wandte sich ab von seinem eigenen Sohn, als ihm am Kreuz unsere Sünden aufgeladen wurden. Statt unserer büßte Jesus die Strafe Gottes. Diese Version der Geschichte mag Ihnen durchaus bekannt vorkommen.

Doch Young stattet auch Papas Handgelenke mit Narben aus, die von den Nägeln am Kreuz stammen. Er tut gut daran, denn wie könnte der Eine, der im Herzen seines Vaters wohnt, leiden und dieser nicht? Welche Qual erlitt Jesus, die *Abba* und der Heilige Geist nicht ebenfalls fühlten? Wie könnte es zwischen dem Vater und dem Sohn eine schreckliche Kluft geben? Und welcher grundlegende charakterliche Unterschied bestünde zwischen beiden, wenn Jesus Sünder zu umarmen vermochte, ja selbst zur Sünde wurde, wie der Apostel Paulus sagt[147], und der Vater nicht einmal imstande gewesen wäre, uns eines Blickes zu würdigen? Erinnern Sie sich an die Worte, die Jesus ausspricht: »Wer mich sieht, der sieht den Vater.« (Johannes 14,9) »Ich und der Vater sind eins.« (Johannes 10,30) Daher sagt Papa eingedenk der Kreuzigungsszene: »Wir waren dort zusammen … Wir waren alle in ihm.«

Wie wir sehen werden, ist Jesus nicht gekommen, um die von seinem Vater auferlegte Strafe zu büßen oder ihn zu zwingen, dass er uns endlich annimmt. Wir gehören seit jeher und für immer zu Vater, Sohn und Heiligem Geist. Jesus starb, weil wir ewiglich geliebt werden, uns aber in ein so tiefes und heilloses Durcheinander verstrickt haben, dass wir völlig unfähig waren, diese Liebe zu erkennen und ihre Freiheit, Freude und Lebendigkeit zu erfahren.

130

Die Schlussfolgerung lautet also, dass bei der Deutung der Dreifaltigkeit zwei unterschiedliche Gedankenwelten aufeinanderprallen, die jeweils auf einer bestimmten Annahme hinsichtlich Gottes eigentlichem Wesen beruhen. Für Young gibt es in Gott nichts Tiefgründigeres als die von Liebe durchdrungene Beziehung zwischen Vater, Sohn und Heiligem Geist. Diese Liebe ist gut, richtig, unvergleichlich, stark. Sie ist selbstlos, wunderbar, dauerhaft, duldsam, geprägt von Freude und Frieden, von unbeschränkter Gemeinschaft und heftigem Widerstand gegen unsere Zerstörung. Sie umrahmt sowohl die Schöpfungs- als auch die Menschheitsgeschichte und bietet uns die Möglichkeit, den sehnlichen Wunsch zu erkennen, den die gesegnete Dreifaltigkeit für uns im Sinn hat, sowie den atemberaubenden Preis, den Vater, Sohn und Heiliger Geist bereitwillig zahlen, um ihn in Erfüllung gehen zu sehen.

11

DER WAHRE JESUS

An jenem Tag werdet ihr erkennen,
dass ich in meinem Vater bin,
ihr in mir seid und ich in euch bin.

Jesus

Das Johannesevangelium bewegt sich von der unmittelbaren Beziehung zwischen Vater und Sohn zu dem großartigen Ereignis der Inkarnation. Der Eine, der in des Vaters Schoß ist[148], wurde vor der Gründung der Welt geliebt[149], ist selbst Gott[150], wurde Fleisch und wohnte unter uns[151]. Die Weiterentwicklung der Vision von der Dreifaltigkeit im Laufe der ersten Jahrhunderte der Frühkirche verdeutlichte die Auffassung des Johannes und lenkte die Aufmerksamkeit auf seine verblüffende Hellsicht. Jesus ist nicht nur ein außergewöhnlicher Mensch, der eine ungewöhnlich enge Beziehung zu Gott herstellte, sondern auch des Vaters ewiger Sohn, der mit ihm das Leben und alle Dinge in der Gegenwart des Heiligen Geistes teilt. Und so *wurde* er einer von uns, ein menschliches Wesen. Er ist der *menschgewordene* Sohn.

Der Akzent liegt nun auf ihm, der sich dazu hergibt, so zu werden wie wir. Auf Erden lebte Jesus seine ewige Beziehung mit dem Vater und dem Heiligen Geist als *Mensch* in unserer Mitte, in unserer Raumzeit. Nicht Gott als unfassbare, starre Abstraktion wurde menschlich, sondern Gott in Gestalt seines ewigen Sohnes. Und Jesus ließ diese Beziehung mit dem Vater und dem Heiligen Geist nicht hinter sich,

132

als er Fleisch wurde. Die Inkarnation ist die Verheißung des trinitarischen Lebens für uns. Deshalb sagt Papa: »… wurden wir voll und ganz menschlich … Obwohl wir immer schon in diesem erschaffenen Universum gegenwärtig waren, wurden wir jetzt zu Fleisch und Blut.« Das dreieinige Leben Gottes ist nun nicht mehr nur göttlich, sondern göttlich *und* menschlich.

Wem würde es angesichts eines solchen Aktes der Liebe und der Demut nicht die Sprache verschlagen? Der Schöpfer wurde zum Geschöpf. Der den Vater erkennt, wurde menschlich. Der Eine, der den Heiligen Geist in endloser Liebe genießt, wurde ein Neugeborenes in Bethlehem und brachte das dreifaltige Leben selbst in unser Menschsein. Aber das ist noch nicht alles. Es gibt eine weitere Wendung in dieser außergewöhnlichen Geschichte.

Die Inkarnation war, wie der moderne Theologe Trevor Hart ausführt, »keine vorübergehende Episode im Leben Gottes«.[152] Die Menschwerdung des Sohnes war kein Kurzbesuch im Haus des Freundes. *Die Inkarnation wird niemals enden.* Sie ist eine fortwährende Wirklichkeit, heute und für alle Zeit. Stephanus, der erste christliche Märtyrer, hat dies als Erster erkannt. Kurz vor seiner Steinigung blickte er zum Himmel auf und konnte die überwältigendste Tatsache im Universum schauen:

Er aber voll heiligen Geistes sah auf gen Himmel und sah die Herrlichkeit Gottes und Jesus stehen zur Rechten Gottes und sprach: »Siehe, ich sehe den Himmel offen und des Menschen Sohn zur Rechten Gottes stehen.« (Apostelgeschichte 7,55)

Stephanus sah weder einen Engel noch einen Erzengel, sondern »des Menschen Sohn«. Er sah Jesus in Person, den *menschgewordenen* Sohn zur Rechten seines Vaters.

Nach der Auferstehung und vor der Himmelfahrt erschien Jesus seinen Jüngern und sprach mit ihnen über den Heiligen Geist:

Und da er solches gesagt, ward er aufgehoben zusehends, und eine Wolke nahm ihn auf vor ihren Augen weg. Und als sie ihm nachsahen, wie er gen Himmel

133

fuhr, siehe, da standen bei ihnen zwei Männer in weißen Kleidern, welche auch sagten: »Ihr Männer von Galiläa, was stehet ihr und sehet gen Himmel? Dieser Jesus, welcher von euch ist aufgenommen gen Himmel, wird so kommen, wie ihr ihn habt gen Himmel fahren sehen.« (Apostelgeschichte 1,9-11)

Jesu Himmelfahrt ist für mich noch ergreifender als die Gnade Gottes, unsere Welt zu betreten. In unseren kühnsten Träumen verstehen wir vielleicht die kurzfristige Menschwerdung Gottes, die unserem Heil gilt, aber wer kann schon die Himmelfahrt des *menschgewordenen* Sohnes erfassen?[153] Denn sie bedeutet, dass dessen Menschwerdung kein vergangenes Ereignis ist, sondern eine ständige Wirklichkeit. Christus streifte nicht für eine Saison das menschliche Gewand über, um es dann abzulegen und in den himmlischen Schrank zu hängen. »Ich bin vom Vater ausgegangen und gekommen in die Welt; wiederum verlasse ich die Welt und gehe zum Vater.« (Johannes 16,28) Jesus sitzt nun als menschliches Wesen zur Rechten des Vaters und weiß ihn in der Gemeinschaft des Heiligen Geistes.

Wie die meisten Eltern liebte ich meine Kinder, bevor sie geboren wurden. Aber meine Liebe zu ihnen wie auch ihre Liebe zu mir ist eine Beziehung, die sich entwickelt und immer neue Formen annimmt. Wir sind Menschen. Unsere Beziehung braucht Zeit, um zu reifen, obwohl unsere Liebe in all ihrer Fülle von Anfang an bestand. Deshalb darf man die Inkarnation nicht nur mit der jungfräulichen Geburt Jesu in Verbindung bringen. Die Inkarnation reicht von der wundersamen Empfängnis über sein Leben bis in seinen Tod, seine Auferstehung und Himmelfahrt. Es handelt sich um einen Prozess unaufhörlichen Werdens.

In jedem Augenblick ist Jesus der Sohn des Vaters und der Gesalbte, er wird geliebt und liebt; zugleich ist ihre Beziehung immer wieder neu und kommt in jedem Stadium menschlicher Entwicklung zum Ausdruck.[154] Von daher bezeichnet Paul Young unsere Freiheit als einen »Prozess, der stufenweise verläuft«. Auch die Inkarnation ist auf ihre Art ein Prozess. Sie bewahrheitet sich bei Jesu Empfängnis. Er ist des Vaters Sohn, der jedoch in unserem Fleisch fortwährend zu dem wird, der er ist. Wie das ewige Leben der Dreifaltigkeit ist die Beziehung zwischen Vater und Sohn im Geist stets ein Leben aus Liebe und Einheit, aber in der Inkarnation entwickelt sie sich, wie wir uns entwickeln.

Egal, welchen Aspekt wir aus dem Leben Jesu herausgreifen – wir sehen, dass er der geliebte Sohn des Vaters und der vom Heiligen Geist Gesalbte ist. Allerdings braucht eine solche Beziehung in unserem irdischen Rahmen genügend Zeit, um sich zu entfalten. In keiner Phase ist sie schwächer, als sie immer schon war. Dementsprechend lieben wir unsere Kinder in keiner Phase weniger als in dem Augenblick, da wir zum ersten Mal ihren Herzschlag hörten. Die Menschwerdung des göttlichen Sohnes schließt sein ganzes Leben mit ein und findet ihre Vervollkommnung in der leibhaftigen Himmelfahrt zur Rechten des Vaters.[155] Sein Platz neben ihm spiegelt die Wahrheit wider, wer Jesus ist, nachdem er wurde, was er als der ewige Sohn stets war, nun aber in menschlicher Gestalt verkörpert. Er brauchte Zeit, um seine Sohnschaft in unserem Dasein zu vollenden. Sie musste in unserer Welt und, wie der Kirchenvater Irenäus sagt, in jedem Stadium unseres Menschseins ausgelebt werden.[156] *Genau dies ist tatsächlich geschehen.* In Jesu Himmelfahrt zum Vater erlangte die Inkarnation den verblüffenden Zustand der Vollendung dessen, was sie bei der Empfängnis war. Ja noch erstaunlicher, der menschgewordene Sohn ist *in* seinem Vater *als Mensch*, so, wie er es sein Leben lang war, doch ab jetzt für immer sein wird.[157] Eine derartige Verbindung von Demut und Gnade und Liebe ist uns unbegreiflich. Aber das Wunder hat sich ereignet.

* * *

Und es eröffnen sich weitere Perspektiven! Dem Neuen Testament zufolge ist Jesus auch der *Schöpfer* von allem. Wenn wir die drei großen Wahrheiten über seine Identität zusammenfassen: Sohn des Vaters, der Eine im Heiligen Geist Gesalbte und der Schöpfer, erkennen wir allmählich die wunderbare, ja überwältigende Wahrheit über die Menschheit. Die frühen Anhänger Jesu betrachteten ihn als denjenigen, der am ursprünglichen Schöpfungsakt mit beteiligt war. Das ist weder ein nebensächliches Detail noch eine merkwürdige Fußnote. Johannes, Paulus und der Verfasser des Hebräerbriefes sprechen eine deutliche Sprache:

Im Anfang war das Wort, und das Wort war bei Gott, und Gott war das Wort. Dasselbe war im Anfang bei Gott. Alle Dinge sind durch dasselbe gemacht, und ohne dasselbe ist nichts gemacht, was gemacht ist. In ihm war das Leben, und das Leben war das Licht des Menschen. (Johannes 1,1-4)

Denn in ihm ist alles geschaffen, was im Himmel und auf Erden ist, das Sichtbare und Unsichtbare, es seien Throne oder Herrschaften oder Reiche oder Gewalten; es ist alles durch ihn und zu ihm geschaffen. Und er ist vor allem, und es besteht alles in ihm. (Kolosser 1,16-17)

Nachdem vorzeiten Gott manchmal und auf mancherlei Weise geredet hat zu den Vätern durch die Propheten, hat er in diesen letzten Tagen zu uns geredet durch den Sohn. Ihn hat Gott gesetzt zum Erben über alles; durch ihn hat er auch die Welt gemacht. Er ist der Abglanz seiner Herrlichkeit und das Ebenbild seines Wesens und trägt alle Dinge mit seinem kräftigen Wort und hat vollbracht die Reinigung von unsren Sünden und hat sich gesetzt zu der Rechten der Majestät in der Höhe. (Hebräer 1,1-3)

Für diese drei Autoren steht eindeutig fest, dass der Sohn des Vaters alle Wesen und Dinge ins Dasein rief. Kein einziges Atom oder subatomares Teilchen, kein Stern, kein Tier, keine Pflanze, kein Mensch besteht in und aus sich selbst. Alles atmet christologische Luft und wird in jedem Augenblick von Jesus bewahrt und versorgt. Mit den Worten des Mystikers Thomas Merton: »Sämtliche Geschöpfe, ob stofflich oder geistig, werden in, durch und von Jesus geschaffen ... Er ist es, der sie am Leben erhält. In Ihm ›halten sie zusammen‹. Ohne Ihn würden sie auseinanderfallen.«[158]

In seinem Kommentar über Johannes 1,4 und den Satz »In ihm war das Leben ...« schreibt Johannes Calvin: »Dies bedeutet einfach, dass Gottes Wort nicht nur der Lebensquell für die ganze Schöpfung war, damit jene, die bisher nicht existierten, allmählich zu sein begannen, sondern dass Seine Leben spendende Kraft sie in ihrem Zustand

136

erhält. Denn würde Sein dauernder Odem die Welt nicht beleben, müsste, was auch immer gedeiht, zweifellos sofort absterben oder zunichtewerden.«[159]

Im Einklang mit den Aposteln erkennen sowohl Merton als auch Calvin, dass die gesamte Schöpfung durch den Sohn ins Leben gerufen wurde *und* dass er fortfährt, allen Dingen Leben einzuhauchen und ihr Dasein zu gewährleisten. Ohne ihn würde die Schöpfung augenblicklich verschwinden oder »ins Nichtsein zurückfallen«, um einen großartigen Ausdruck von Athanasius zu benutzen.[160]

Bei der Erschaffung der Welt ist Jesus also kein Kind, das Seifenblasen macht. Sobald die Blasen eine gewisse Größe erreicht haben, lösen sie sich vom Halm oder Stab und schweben davon. Das Kind ist an ihrer Erzeugung beteiligt, ja in gewisser Weise ihre Quelle, doch nach der Ablösung hat es mit ihrer Existenz nichts mehr zu tun. Im Gegensatz dazu bestehen die Autoren des Neuen Testaments – und spätere Denker wie Merton und Calvin – darauf, dass der Sohn des Vaters die *fortlaufende* Existenz der Schöpfung beeinflusst. Jesus ist keine Öffnung, durch die wir ins Dasein geblasen und dann abgetrennt wurden, nur um auf uns selbst gestellt zu entschweben. Es gibt keine Trennung: Jesus ist die Quelle unserer Erschaffung *und* unseres Lebens.

Das ist ein entscheidender Punkt, denn er besagt, dass der Sohn des Vaters schon vor seiner Menschwerdung mit allen Wesen und Dingen verbunden war:

Da er das ewige Wort Gottes ist, durch den alle gemachten Dinge gemacht sind und in dem die ganze Welt sichtbarer und unsichtbarer Wirklichkeiten zusammenhängt, und da in ihm göttliche und menschliche Natur unauflöslich vereint sind, ist das Geheimnis jedes Menschen, ob er glaubt oder nicht, mit Jesus verbunden, denn in ihm wurde die menschliche kontingente Existenz begründet und gesichert.[161]

Hier sind wir der wunderbarsten Nachricht im Universum ebenso nah wie der fantastischen Herrlichkeit von Jesus Christus als der Mitte aller Dinge.

137

Das Zeugnis, welches das Neue Testament von Jesus ablegt, revolutioniert sowohl unser Verständnis von Gott in Gestalt der gesegneten Dreifaltigkeit als auch von der Schöpfung und der menschlichen Existenz, die vom dreieinigen Gott *nicht getrennt* ist, sondern *mit Gott* für immer *in Beziehung steht*.[162] »Wie könnte es anders sein, wenn derjenige, der sich in ihm verkörperte, der Eine ist, durch den alle Welten, alle Zeitalter erschaffen wurden?«[163] Durch seine Menschwerdung löste sich Jesus also nicht von seinem Vater oder ließ den Heiligen Geist im Himmel zurück noch beendete er seine Beziehung zur gesamten Schöpfung. Vielmehr wird in der ureigenen Existenz Jesu die schockierende Wahrheit über Gott, Schöpfung und Menschheit dem Universum verkündet.

Dreiunddreißig Lebensjahre, eine entsetzliche Kreuzigung sowie eine leibhaftige Auferstehung und Himmelfahrt waren vonnöten, um das Werk zu vollenden, aber im menschgewordenen Sohn treffen die gesegnete Dreifaltigkeit und die ganze – auch die ganze *gefallene* – Schöpfung auf verblüffende Weise zusammen. Die Auswirkungen der Existenz Jesu sind atemberaubend. Sein Dasein als menschgewordener Sohn bedeutet, dass *wir alle* in das Leben der Dreifaltigkeit mit eingeschlossen sind. »Durch ihn aber seid ihr in Christus Jesus ...« (1. Korinther 1,30)

Der ausgesprochene Name Jesus Christus bedeutet im biblischen Sinn wie auch in der Tradition der Frühkirche »Vaters ewiger Sohn«, »Gesalbter Heiliger Geist« und »Schöpfer und Erhalter aller Dinge«. Daher lautet seine Botschaft: »Der dreieinige Gott, die gesamte Schöpfung und die Menschheit sind nicht voneinander getrennt, sondern in wechselseitiger Beziehung.« Jesus *ist* Beziehung. In seinem Wesen sind Vater, Heiliger Geist und alles Geschöpfliche ewig vereint.

Das heißt, die ineinanderwohnenden Personen der gesegneten Dreifaltigkeit schließen jetzt *uns* mit ein! In Jesus wurde die Menschheit in die Welt des Heiligen Geistes eingebunden. Adams sündige Nachkommen wurden von Jesu Vater umarmt und für immer zu seinen Kindern gemacht. In Jesus haben Liebe und Freude, Gemeinschaft und geteiltes Leben sowie die verblüffende Einheit der gesegneten Dreifaltigkeit uns alle in unseren Hütten gefunden – für immer.

In Jesus ist Papa, wie Paul Young sagt, »in deine Welt gekommen, um bei dir zu sein …«

»Mack«, sagte Papa mit einer Intensität, die ihn veranlasste, besonders aufmerksam zuzuhören, »wir wollen mit dir die Liebe und Freude und Freiheit und das Licht teilen, das wir bereits in uns tragen. Wir haben euch erschaffen, die Menschen, damit ihr eine ganz persönliche Beziehung von Angesicht zu Angesicht mit uns habt und euch dem Kreis unserer Liebe anschließt.«

***

Ich fürchte, wir im Westen sind derart mit Schuld und Sünde beschäftigt gewesen, dass wir eine erstaunliche Tatsache übersehen haben: Des Vaters Sohn selbst, der Gesalbte und der Schöpfer hat alle Welten durchquert, um bei uns zu sein und uns in sein Leben mit einzuschließen. Kürzlich hörte ich einen Prediger im Radio, der ausführlich über die Notwendigkeit sprach, Jesus in unserem Leben zu empfangen. Derlei erschien mir äußerst seltsam. Wann hat irgendjemand von uns darum gebeten, die eigenen Eltern in seinem Leben zu empfangen, oder seine Kinder aufgefordert, in ihrem Leben empfangen zu werden? Die Mahnung des Predigers war bestenfalls eine lobenswerte Bitte an seine Zuhörer, den Weg mit Jesus zu gehen, seine Jünger zu werden und voller Hingabe an Jesu Leben Anteil zu nehmen. Schlimmstenfalls handelte es sich um einen Verrat an der Wahrheit. Die Botschaft des Evangeliums lautet nicht, dass wir Jesus in unserem Leben empfangen können, sondern dass Jesus uns in seinem Leben empfangen hat.[164]

Als ich in den späten Achtzigerjahren bei Professor James B. Torrance studierte, erzählte einer meiner Kommilitonen namens Dan Price, er habe am Flughafen einen Vater seinen kleinen Jungen umarmen sehen und dabei an die göttliche Vater-Sohn-Beziehung gedacht. Etwa eine Woche danach wurde mir fast die gleiche Szene dramatisch vor Augen geführt. Ich saß im Flughafen von Aberdeen, las Zeitung und wartete auf meinen Bruder, der aus den Vereinigten Staaten zu Besuch kam. Unter den zahlreichen Leuten, die umherschwirrten, bemerkte ich zufällig einen dunkelhaarigen Mann Mitte bis Ende dreißig.[165] Er war nervös, ging alle paar Minuten zwischen der Tür zum Innenbereich des Terminals und dem Monitor, der die Landungen anzeigte, hin und her. Schließlich lächelte er, stieß einen Seufzer der Erleichterung aus, gewann seine Fassung zurück und schloss sich der Gruppe an, die vor der automatischen Tür ausharrte.

Kaum hatte ich die Zeitung weggelegt, um das Geschehen aufmerksamer zu beobachten, öffnete sich die Tür, und einige Personen eilten hindurch. Es folgte ein gleichmäßiger Strom von Leuten – einige rannten fast, wohl um ihren nächsten Termin wahrzunehmen, andere wussten nicht recht, welchen Weg sie einschlagen sollten, manche lächelten, offenbar entzückt, wieder zu Hause in Schottland zu sein. Als die Menge sich aufzulösen begann, wirkte der Vater zunehmend besorgt. *Doch plötzlich geschah es:* Ein braunhaariger, etwa elfjähriger Junge trat allein durch die Tür.

Er hielt inne und ließ wie ein erschrockenes Reh den Blick über die Besucher schweifen. Ich hörte den Vater etwas rufen, wahrscheinlich den Namen seines Sohnes. Jedenfalls vernahm der Junge die väterliche Stimme und preschte los. Verglichen mit diesem Überschwang schienen sämtliche Bewegungen im Flughafen in Zeitlupe überzugehen, während ich bestens positioniert war, um das Ereignis aus der Nähe zu verfolgen. Aus den Augen des Jungen sprühte die reine Freude, das schiere Glück. Papa stand einfach nur da, sein Gesicht ein einziges Lächeln. Kein Elternteil, kein Großelternteil hätte der Szene beiwohnen können, ohne in Tränen der Rührung auszubrechen.

Der Junge ließ seine Reisetasche fallen und sprang seinem Vater in die Arme. Sie küssten sich und weinten und lachten. Vor allem aber hielten sie einander fest. Es war eine ebenso schlichte wie wunderbare Umarmung. Mit Tränen in den Augen hörte ich, wie mir diese Worte zugeflüstert wurden: »Baxter, Baxter, es gibt das Evangelium. Es gibt die Auferstehung und Himmelfahrt meines Sohnes, der aus einem fernen Land nach Hause kommt. Es gibt unsere Umarmung. Und die gute Nachricht lautet: *Er hat dich und die ganze Welt bei sich.*«

Diese Geschichte erzähle ich immer wieder, wo immer ich mich befinde, selbst den Personen, die sie bereits kennen. Offenbar verarbeite

140

ich ständig die Bedeutung eines solchen Moments und seine Botschaft. Zugleich jedoch wurde mir bei dieser Begegnung schlagartig bewusst, dass ich Jesus deutlich unterschätzt hatte. Als typischer Amerikaner bin ich Individualist. Ich hatte zwar stets geglaubt, dass Jesus Gottes Sohn ist und dass er Mensch wurde, betrachtete ihn aber hauptsächlich als ein Individuum, das etwas *für* uns tat. Ungeachtet des treffenden Ausdrucks von der »stellvertretend vollbrachten Menschheit Christi«, mit dem Professor Torrance uns während seiner Vorlesungen unaufhörlich konfrontierte, hatte ich nicht erkannt, dass in Jesus nicht nur etwas *für* uns geschah, sondern *mit* uns und *in* uns.

Denn obwohl Jesus ein Mensch ist, ist er es doch als der Eine, in dem, durch den und für den alle Dinge geschaffen wurden und fortwährend erhalten werden. Er ist »der Mensch«, in dem wir »leben, weben und sind«. (Apostelgeschichte 17,28) Was aus ihm wird, ist für seine Schöpfung keineswegs unwesentlich. Wäre er nur ein einsamer Cowboy, der auf den Sonnenuntergang zureitet, würde nicht viel Staub aufgewirbelt. Doch er ist der *Schöpfer*. Wenn *er* auf den Sonnenuntergang zureitet, nimmt er Staub und Boden, Erde und Himmel, Sonne und Mond mit sich. Wären wir auf einen sterblichen Sünder namens Adam angewiesen, was geschähe dann mit uns im Leben und Tod des menschgewordenen Schöpfers und Sohnes des Vaters?[166] Wenn der Schöpfer stirbt, kann die Schöpfung nicht weiterbestehen. Wenn er untergeht, gehen auch wir unter. Und genau das ist die verblüffende Wahrheit, welche die Jünger Jesu uns mitzuteilen versuchen.

Der Apostel kommt zu folgendem Schluss: »... wenn *einer* für alle gestorben ist, so sind sie alle gestorben.«[167] Für Paulus ist Jesus nicht bloß ein Mensch unter vielen, sondern der Schöpfer und Erhalter aller Dinge. Folglich ist dessen Schicksal von universeller Bedeutung. In Jesus geschah unmittelbar etwas nicht nur *für* uns, sondern auch *mit* uns und *in* uns. Als des Vaters Sohn starb, sind wir gestorben. In ihm wurde jedes geschaffene Wesen und Ding – Adam, Sie, ich, der ganze entfremdete Kosmos – vollendet, zum Abschluss gebracht.[168] »Denn Gott versöhnte in Christus die Welt mit ihm selber ...« (2. Korinther 5,19)

Dann kam Jesu Auferstehung: »Gelobt sei Gott, der Vater unseres Herrn Jesus Christus, der uns nach seiner großen Barmherzigkeit wiedergeboren hat zu einer lebendigen Hoffnung durch die Auferstehung Jesu Christi von den Toten.« (1. Petrus 1,3) Als Jesus auferstand, sind wir auferstanden. Als er emporstieg zu den Armen des Vaters, wurden auch wir hochgehoben und umarmt vom Vater in ihm und bekamen einen Platz zugewiesen in seiner Salbung im Heiligen Geist.[169]

Man lese sorgfältig die wunderbare Aussage des Apostels Paulus:

Aber Gott, der da reich ist an Barmherzigkeit, hat um seiner großen Liebe willen, mit der er uns geliebt hat, auch uns, die wir tot waren in den Sünden, samt Christus lebendig gemacht, denn aus Gnade seid ihr gerettet worden. Und hat uns samt ihm auferweckt und samt ihm in das himmlische Wesen gesetzt in Christus Jesus, auf dass er erzeigte in den kommenden Zeiten den überschwänglichen Reichtum seiner Gnade durch seine Güte gegen uns in Christus Jesus. (Epheser 2,4-7)

Das ist eine aufregende Nachricht. Denken Sie einmal darüber nach. Paulus sagt uns, dass wir zusammen mit Jesus zum Leben erweckt, in die Höhe gehoben und zur Rechten des Vaters gesetzt wurden. Der amerikanische Kaplan und Missionar F. J. Huegel fasst dies zusammen, indem er Jesus die folgenden Worte in den Mund legt: »Der alte Mensch ist gekreuzigt; ich nehme ihn mit mir ins Grab, und wenn ich auferstehe, wirst du in mir auferstehen. Wenn ich zum Thron aufsteige, wirst du mit mir aufsteigen. Du bist eine neue Schöpfung. Von nun an wird dein Leben aus mir und aus meinem Thron strömen.«[170]

In Australien erzählte ich einmal am Ende meines Vortrags die Geschichte über den kleinen Jungen im Flughafen. Als ich mich setzte, hörte ich ein Mädchen, das den Seitengang entlanglief, lauthals rufen: »*Mr Kruger! Mr Kruger!*« Sie hieß Stephanie, und als sie meinen Namen rief, wurde mir schwer ums Herz, weil ich dachte, eine meiner Bemerkungen hätte sie verstimmt oder gar bestürzt. In Tränen aufgelöst, nahm sie neben mir Platz. Ich umarmte sie und fragte: »Stephanie, was ist los?«

»Nichts ist los, Mr Kruger.«

»Warum weinst du?«

»Als Sie Ihre Geschichte über den kleinen Jungen am Flughafen erzählt haben, gab der Herr mir eine Vision ein.«

»Was hast du gesehen, Stephanie?«

»Ich sah Gott auf einem Thron, und überall führten Stufen zu ihm hinauf. Viele, viele Menschen waren auf diesen Treppen, auch ich gehörte dazu. Wir alle versuchten, zu Gott zu gelangen, aber niemand schaffte es. Wir waren verletzt und verwundet, unsere Knie bluteten … Wir waren erschöpft und traurig und weinten, weil wir Gott nicht erreichen konnten.«

»Das ist ja wirklich traurig«, sagte ich. »Hast du noch etwas gesehen?«

»Ja, Jesus.«

»Und was hat er gemacht?«

»Er kam zu uns, nahm uns alle in die Arme, ging dann die Stufen hinauf und setzte sich auf den Schoß seines Vaters.«

Wir schwiegen einen Augenblick, ganz erfüllt von dieser wunderbaren Vision. Ich gab dem Mädchen einen Kuss auf die Wange und flüsterte: »Stephanie, das ist das Evangelium.«

Zwischen der Szene mit dem kleinen Jungen und seinem Vater im Flughafen und Stephanies Vision von Jesus, der uns zum Schoß seines Vaters führt, besteht ein tiefer Zusammenhang, hergestellt durch das Evangelium und seine herrliche Vorstellung vom dreieinigen Gott. C. S. Lewis drückt dies folgendermaßen aus:

Er geht hinab, um wieder aufzusteigen und die gesamte ruinierte Welt mit sich zu führen. Man hat das Bild eines starken Mannes vor Augen, der sich tiefer und tiefer beugt, um unter eine große und schwere Bürde zu gelangen. Er muss sich beugen, um sie zu heben, er muss fast verschwinden unter der Last, ehe er auf unfassbare Weise den Körper aufrichtet und davongeht mit der ganzen Masse, die auf seinen Schultern hin und her schwankt.[171]

In Jesus selbst, durch seine Inkarnation, seinen Tod, seine Auferstehung und Himmelfahrt wurden Menschheit und Schöpfung hinabgeführt und dann erhoben in die Einheit mit seinem Vater und dem Heiligen Geist, in das dreifaltige Leben einbezogen.

Jesus hat für uns alle einen Platz in der Wohnung des Vaters bereitet.[172]

DRITTER TEIL

PAPAS TRAUM

12

DAS GROSSE GANZE

In seiner Liebe hat er uns dazu verordnet,
dass wir seine Kinder seien durch Jesus Christus
nach dem Wohlgefallen seines Willens.

Paulus, Brief an die Epheser 1,5

Der Apostel Paulus beginnt seinen Brief an die Epheser mit einem Lobpreis, der zugleich die Wahrheit über Gott zusammenfasst: »Gelobt sei Gott, der Vater unsres Herrn Jesus Christus, der uns gesegnet hat mit allerlei geistlichem Segen in himmlischen Gütern durch Christus.« (1,3) Paulus erkennt, dass in Jesus etwas Atemberaubendes geschehen ist. In ihm wurde uns reichhaltiger geistlicher Segen zuteil. Der Relativsatz »der uns gesegnet hat mit allerlei geistlichem Segen in himmlischen Gütern« mag zwar etwas vage erscheinen, aber beachten wir, dass Paulus das Perfekt benutzt. Er sagt nicht, dass wir künftig *gesegnet werden*, sondern dass wir bereits *gesegnet wurden*. Der Vater *hat uns gesegnet*. Der Segen hat schon stattgefunden und ist in Jesus übergegangen. Doch worin besteht dieser Segen?

Von himmlischen Orten spricht Paulus dann in der Erzählung über Jesu Himmelfahrt zur Rechten des Vaters.[173] Anschließend wählt er ähnliche Formulierungen, um uns mitzuteilen, dass wir *in* Jesus Christus »gesetzt« wurden.[174] Obwohl Paulus keine ausgeprägte Vorstellung von der Dreifaltigkeit hatte, beginnt er alle seine Briefe mit dem Hinweis auf Gott, den Vater unseres Herrn Jesus Christus. Und stärker noch als die Jünger glaubte er an Jesu Himmelfahrt; dieses Ereignis hatte sich ihm auf dem Weg nach Damaskus förmlich eingebrannt. Etwas in den Worten des verklärten Jesu übermannte ihn derart, dass er eine tief greifende innere Wandlung erfuhr: »Saul, Saul, was verfolgst du mich?« Als er fragte: »Herr, wer bist du?«, lautete die Antwort: »Ich bin Jesus, den du verfolgst.« Es war für Saulus schockierend genug, dass Jesus sich als der Herr zu erkennen gab, aber dass dieser Herr sich mit denen identifizierte, die Saulus verfolgte, war noch erschütternder. Jesus ist den Verfolgten so nah, dass er sich selbst als Verfolgten betrachtet. Kein Wunder also, dass die Vorstellung von unserem Sein »in Christus« oder »in ihm« den Kern dessen bildet, was Paulus unter Wahrheit versteht. Sie verleiht auch der Wendung »der uns gesegnet hat mit allerlei geistlichem Segen in himmlischen Gütern« ihre eigentliche Bedeutung: Der Segen, den der Vater uns spendete, ist Jesus selbst und all das, was Jesus ist und hat zur Rechten Gottes.

Mit prägnanten Ausdrücken in den folgenden Versen 4 und 5 erläutert Paulus, worauf er hinauswill.[175] Der erste lautet »vor ihm«. Der Apostel sagt, »wir sollten heilig und unsträflich sein vor ihm«. In einigen Übersetzungen wird »vor ihm« mit »in seinen Augen« wiedergegeben, aber das ist, verglichen mit der Vision des Paulus, zu blass, zu distanziert und unpersönlich. »Vor ihm« dagegen führt uns zu einer Begegnung von Angesicht zu Angesicht, zu einer vertrauten, ja innigen Gemeinschaft mit dem Vater. Einer der Exegeten erklärt hierzu:

»VOR IHM« bedeutet die unmittelbare Gegenwart Gottes beim Menschen und die äußerste Nähe des Menschen bei Gott. Dieses Bild deutet auf die Stellung und Beziehung hin, derer sich Adlige am königlichen Hof erfreuen, Kinder gegenüber ihrem Vater, die Braut gegenüber dem Bräutigam ...[176]

Auch an dieser Stelle kommen wir also zum Thema »Beziehung« zurück. Der Exeget spricht von der »unmittelbaren Gegenwart Gottes beim Menschen« und der »äußersten Nähe des Menschen bei Gott«. Nach Paulus sind wir nicht bloße Objekte in Gottes Augen, so wie etwa mein Schreibtisch und der Computer darauf Objekte für mich sind. Vielmehr sieht er uns als Ehrengäste im Haus des Vaters und taucht die Gemeinschaft um dessen Tisch in eine Atmosphäre voller Herzlichkeit und Vertrautheit. In Gegenwart des Vaters sind wir hochgeschätzte und geliebte Freunde, die mit offenen Armen empfangen werden. Seine Welt ist uns keineswegs fremd; wir sollen dort sein und sind seiner Liebe würdig. Daher mag ich auch, wie der Pastor und Autor Eugene Peterson Epheser 1,5 neu übersetzt: »Lange bevor er das Fundament für die Erde legte, hatte er uns im Sinn und den Brennpunkt seiner Liebe auf uns gerichtet, damit wir durch seine Liebe ganz und heilig würden.«[177]

Infolgedessen führt der Gedankengang des Paulus zwangsläufig zu unserer *Adoption* durch den Vater. Der Apostel will uns unbedingt jenes atemberaubende Geschenk vermitteln, das uns allen in Jesus gemacht wurde. Dafür ist, wie er weiß, die einzigartige und überschwängliche Liebe des Vaters selbst vonnöten, und wir müssen ihm in einer Weise entsprechen, dass wir seine Gegenwart nicht als befremdlich empfinden, sondern uns seiner Welt zugehörig und darin zu Hause fühlen. So werden wir, im nächsten Schritt, zu *seinen* Kindern und ins göttliche *Familienleben* mit einbezogen. Ob Adlige am königlichen Hof, Kinder und Väter oder Braut und Bräutigam – sie alle sitzen nicht wie erstarrt nebeneinander. Im Gegenteil, sie teilen das Leben miteinander. Nicht von ungefähr lässt Paul Young seinen Jesus zu Mackenzie sagen: »Dabei geht es ganz um deine Beziehungen zu uns und deinen Mitmenschen, darum, einfach das Leben miteinander zu teilen.«

Vor vielen Jahren lernte ich in Schottland einen Mann namens Francis Lyall kennen, der die antike Vorstellung von der Adoption genau untersucht hatte. Er erklärte, dass in der römischen Welt ein leibliches Kind vom Familienanwesen ausgeschlossen werden konnte, nicht jedoch ein adoptiertes Kind. Nach der Adoption blieb es fester Bestandteil der Sippe. Genauso verhält es sich mit uns in Jesus: Wir sind für immer in ihm eingeschlossen. Aber Paulus hebt nicht nur die Tatsache hervor, dass unser »gesetzlicher« Status auf ewig gesichert ist; ihn entzückt insbesondere die Eigenart und der Zweck des Geschenks, das uns in der Adoption zuteilwird, nämlich die Aufnahme in das göttliche Familienleben. So unvorstellbar es uns auch erscheinen mag – durch die Adoption werden wir zu Erben, zu Miterben Christi, erben jedoch weder Rechte noch Privilegien oder eine Sonderstellung, sondern *den Vater selbst.*[178]

Paulus spricht von der Eingliederung in eine familiäre Gemeinschaft, von dem Platz, den wir nicht nur am Tisch einnehmen, sondern in einem geteilten Leben. Adoption bedeutet Aufnahme in die Familie, damit deren Liebe und Freude, deren Interessen und Bürden auch zu den unseren werden. Wir sind erwünscht und willkommen, darüber hinaus aber werden wir erkannt und akzeptiert und in einer Weise umarmt, dass wir das Familienleben voll auskosten und am eigenen Leib erfahren können. Es geht um Beziehung, Gemeinschaft und Austausch zwischen Seelen, um Erkennen und Erkanntwerden, Lieben und Geliebtwerden – um Harmonie und Einheit *mit dem Vater.*

Gottes Traum für uns besteht darin, dass wir in sein Haus geführt und als Familienmitglieder gewürdigt werden; dass wir nicht nur an seinem Tisch Platz nehmen, sondern zu seiner Rechten; dass wir nicht nur zur Rechten sitzen, sondern mit ihm im Gespräch sind; und dass wir nicht nur das Gespräch pflegen, sondern mit dem Vater selbst in Gemeinschaft leben. Deshalb legt Paul Young großen Wert darauf, in diese Gemeinschaft aufgenommen zu werden, die so innig und persönlich ist, so echt und vertraut, dass alles, was der Vater ist und hat, durch Jesus direkt mit uns geteilt wird im Geist. Ein solcher Traum ist fast unglaublich. Doch es eröffnen sich weitere Perspektiven.

Tatsächlich hat unsere Adoption bereits stattgefunden in Jesus. Paulus ist in dem Augenblick Zeuge von Jesu Himmelfahrt, da wir mit einbezogen wurden. Der Vater *hat uns gesegnet* mit diesem Leben in Jesus, so wie er es seit Langem beabsichtigte. In Jesus wurden wir in das Leben der gesegneten Dreifaltigkeit eingegliedert. Uns wurde ein fester Platz eingeräumt in der Liebe und im Lachen, in der Fülle und Freude, in Musik und Kreativität, in Frieden und Freiheit – in der unsagbaren Einheit des Vaters, Sohnes und Heiligen Geistes. Das ist der umfassende Traum der Dreifaltigkeit, der jetzt in Jesus verwirklicht wurde. Aber auch dies ist noch nicht die ganze Geschichte.

Denn Paulus gibt uns zu verstehen, dass dies alles bereits seit der Gründung der Welt Gottes Plan war. Lassen Sie mich die drei An-

150

fangsverse des Epheserbriefes im Zusammenhang zitieren, damit wir den wesentlichen Aspekt deutlicher erfassen:

Gelobt sei Gott, der Vater unsres Herrn Jesus Christus, der uns gesegnet hat mit allerlei geistlichem Segen in himmlischen Gütern durch Christus. Denn in ihm hat er uns erwählt, ehe der Welt Grund gelegt war, dass wir sollten heilig und unsträflich sein vor ihm; in seiner Liebe hat er uns dazu verordnet, dass wir seine Kinder seien durch Jesus Christus nach dem Wohlgefallen seines Willens.

Paulus konfrontiert uns mit der verblüffenden Einsicht, dass wir vor der Gründung der Welt erwählt wurden, dazu bestimmt, seine Kinder zu sein. Seien Sie nicht irritiert wegen des bedeutungsschweren Ausdrucks »dazu bestimmt«. Er besagt lediglich, dass Sie seit Ewigkeit im Herz des Vaters erkannt, geliebt und geschätzt werden und dass Sie nicht zufällig auf Erden sind, sondern aufgrund seines Plans und Willens.[179]

Beachten Sie die beiden Formulierungen »in ihm« und »durch Jesus Christus«. Es ist ein aufregender Gedanke, dass wir in derart tiefgründiger Weise erkannt und geliebt und dazu bestimmt wurden, am dreifaltigen Leben Gottes teilzuhaben. Noch aufregender ist es, zu erfahren, dass all dies in Jesus Gestalt annahm. Das war der Plan *vor der Schöpfung der Welt*, dessen Ausführung – unsere Adoption – Jesus Christus anvertraut wurde. »Vorherbestimmung bedeutet, dass wir uns auf ewig in Jesus befinden, ehe wir für immer in Adam verloren waren.«[180]

Erwählt *in ihm*, vorherbestimmt *durch Jesus Christus* – was könnte dies anderes bedeuten, als dass die gesegnete Dreifaltigkeit schon vor der Schöpfung mit der Inkarnation des Sohnes einverstanden war, um so unsere Adoption zu ermöglichen?[181] Zuerst wurde Jesus erwählt, dann wurden wir *in ihm* erwählt. In neuerer Zeit war es der Schweizer Theologe Karl Barth, der diese Aussage in ihrer ganzen Tragweite erkannte.[182] Das heißt, die Existenz Christi – und unser Schicksal in ihm – war kein nachträglicher Einfall, sondern der erste Gedanke überhaupt, der ursprüngliche und einzige Plan des dreieinigen Gottes. Der verblüffende Traum der Dreifaltigkeit war dazu bestimmt, in und durch den menschgewordenen Sohn verwirklicht zu werden.[183] Vor der Weltschöpfung wurde unsere Adoption durch Jesus als Banner aller Banner in den Himmel gehisst. In Jesu Himmelfahrt – und der unseren in ihm – sehen wir den »Vorsatz und … (die) Gnade, die uns gegeben ist in Christus Jesus vor der Zeit der Welt …« (2. Timotheus 1,9)

In Jesus entdecken wir endlich unsere ureigene Bedeutung, das Licht der Welt, den eigentlichen Rahmen, innerhalb dessen die Geschichte der Schöpfung und der menschlichen Existenz verstanden wird. Von Beginn an dreht sich alles um das Kommen des Sohnes und – *durch ihn* – um die Erhebung der Menschheit in das von der gesegneten Dreifaltigkeit geteilte Leben. Denn Jesus ist nicht der »Plan B«, den Vater, Sohn und Heiliger Geist schnell sich ausgedacht und umgesetzt haben, nachdem »Plan A« in Adam gescheitert war. Jesus ist »Plan A«, der ursprüngliche und einzige Plan. Wie Papa sagt: »Die Schöpfung und die ganze Geschichte drehen sich um Jesus.« Er ist das Alpha und das Omega, der Anfang und das Ende.[184] Jesu Himmelfahrt – und die unsere in ihm – ist das Ziel der Schöpfung. Die Formeln »Jesus in seinem Vater« und »wir in ihm« versinnbildlichen keine kurzzeitige Angleichung, sondern den Traum der gesegneten Dreifaltigkeit, der schon vor der Gründung der Welt bestand.

13

DER SCHOSS DER INKARNATION

Habt ihr bemerkt, dass ihr in eurem Schmerz
das Schlimmste von mir denkt?

Jesus in DIE HÜTTE

Aufgrund der Tatsache, dass Jesus Christus – und unsere Aufnahme in ihm – keine Fußnote zum Sündenfall darstellt, sondern
dem ursprünglichen Plan entspricht, stehen Adam und Eva, ja das Ereignis der Schöpfung selbst, unter der Überschrift: *Das Kommen von
Jesus Christus.* Halten Sie kurz inne, um diese Botschaft auf sich wirken
zu lassen. Eden war der Anfang, nicht das Ziel. Denn das verblüffende
Geschenk unserer Adoption erforderte eine ebenso verblüffende Demut aufseiten Gottes, eine unfassbare Hingabe, mit der jede Kluft
zwischen Schöpfer und Schöpfung überbrückt wurde.[185] Die Schöpfung war weder Zufall noch das Ergebnis einer glücklichen Fügung,
sondern ein Akt göttlicher Freiheit, die erste Frucht der verschwende-
rischen und zugleich entschiedenen Liebe des Vaters, Sohnes und
Heiligen Geistes, die das Kommen Jesu vorbereitete. Schöpfung und
Eden schufen den persönlichen und lebendigen Rahmen für die erfüllte Verbindung zwischen der gesegneten Dreifaltigkeit und der in
Jesus geborgenen Menschheit.

Sämtliche Wesen und Dinge wurden nicht nur in und durch Jesus
geschaffen, sondern auch *für* ihn. »Ich bin das Licht der Welt«, sowohl
die *Quelle* als auch der *Sinn,* die *Vernunft* und der *Zweck* alles Lebendigen. In Jesus – und darin, was aus der Menschheit und der Schöpfung

in ihm geworden ist – erkennen wir die ebenso gnädige wie frohe Absicht des dreieinigen Gottes, als er die Welt und die Menschheit erschuf. Betrachten wir dagegen Jesus nicht als die Mitte aller Dinge, sind wir dazu verurteilt, in einem grundsätzlich freud- und sinnlosen Universum ohne Hoffnung zu leben.[186] Erst wenn wir uns und die gesamte Schöpfung in Jesus vereint und ihn in seiner Beziehung mit dem Vater und dem Heiligen Geist sehen, nehmen wir »das Licht der Welt« (Johannes 8,12) wahr.

Die menschliche Existenz, mitsamt der von Adam und Eva, wird begreiflich im Hinblick auf das Kommen Jesu. Die Schöpfung ist der erste Akt des dreieinigen Gottes, der die Ankunft des Sohnes verheißt. So wird dessen Geschichte und unsere in ihm *angebahnt*. Ohne Schöpfung, ohne Menschheit, ohne Beziehung und lebendigen Zusammenhang kann es weder Inkarnation noch Aufnahme in Jesus geben.

Die Schöpfung begründet den Ort, wo die Dreifaltigkeit sich mit der Menschheit verbinden wird. Dieses geteilte Leben wird in uns voll unsagbarer Gnade und Schönheit zum Ausdruck gelangen, und die Schöpfung selbst wird in uns die Freundschaft mit Jesus vorfinden. Das All und die Erde darin bilden die Bühne für den großartigen Tanz der gesegneten Dreifaltigkeit mit der Menschheit. Zugleich aber ist die Schöpfung viel mehr als eine bloße Bühne, nämlich ein kosmisches Sakrament, ein riesiger brennender Busch[187], getauft in der Herrlichkeit der Trinität. Die Schöpfung ist dazu bestimmt, gewissermaßen »Brot und Wein« zu sein, in denen und durch die wir das trinitarische Leben für uns selbst erfahren. Jedes Ding – vom niedersten bis zum höchsten, vom scheinbar unbedeutenden bis zum offensichtlich entscheidenden – hat in der Welt Jesu seinen Platz und seinen Wert. Dementsprechend sagt Sarayu in *Die Hütte*: »Wenn etwas eine Rolle spielt, dann spielt alles eine Rolle.« Und an anderer Stelle erklärt Jesus: »Ich werde nie müde, mir das anzuschauen. Dieses unermessliche Wunder – die verschwenderische Größe der Schöpfung, wie einer unserer Brüder es einmal genannt hat. So elegant und nach all der Zeit immer noch so voller Sehnsucht und Schönheit.«

Angesichts dieser Pracht ahnt man, welche weiteren Wunder geschehen werden! Doch so schön und üppig und voller Leben die

154

Schöpfung jetzt auch ist – sie ähnelt eher einer Fotografie als einem realen Ort[188], wiewohl dazu bestimmt, in Jesus schließlich real zu werden. »Die geschaffene Welt selbst kann kaum erwarten, was als Nächstes kommt. In der Schöpfung wird alles mehr oder weniger zurückgehalten. Gott herrscht in ihr, bis sowohl sie als auch ihre sämtlichen Geschöpfe bereit sind und gleichzeitig in die herrlichen künftigen Zeiten entlassen werden können.«[189]

Ich liebe einfach den Ausspruch von Jesus, nachdem er mit ein paar Broten und Fischen die Fünftausend gespeist hat: »Sammelt die übrigen Brocken, dass nichts umkomme.« (Johannes 6,12) Darin drückt sich ebenso die Liebe des Vaters, Sohnes und Heiligen Geistes zu der ganzen Schöpfung aus wie die trinitarische Entschlossenheit, noch das kleinste Ding zu segnen und mit einzubeziehen.

Die Vorbereitung auf das Kommen Jesu, unsere Aufnahme in ihm und die Segnung der gesamten Schöpfung besteht im Wesentlichen darin, die Menschheit nach dem Bild Gottes zu formen. Es könnte keine Inkarnation der trinitarischen Gemeinschaft geben, wenn sie nicht ihre Entsprechung auf Erden hätte. Adam und Eva wurden nicht als gefühllose Androiden erschaffen, sondern als Menschen, die miteinander in Beziehung stehen. Sie waren weder der verlängerte Arm Gottes noch Roboter oder Computer mit Jesus-Software. Obwohl ihr Dasein völlig vom Herrn abhing, waren sie doch Individuen mit eigenem Bewusstsein, Herz und Willen. Die Bibel lässt auf keiner Seite Zweifel daran – und auch Paul Young stellt dies in seinem Buch immer wieder heraus –, dass der dreieinige Gott *uns sehr ernst nimmt.* Wir spielen eine wichtige Rolle und sind für Gott ganz real. Zumal in der Inkarnation erkennen wir vor allem eines, nämlich wie einzigartig und wirklich wir für die gesegnete Dreifaltigkeit sind. Papa bringt die Sache auf den Punkt: »An Gefangenen bin ich nicht interessiert.« Als spezifische Personen waren Adam und Eva dazu aufgerufen, in Beziehung miteinander, mit dem Herrn und der ganzen Schöpfung zu leben.

Das Muster oder Modell ihrer Existenz war Jesus selbst in seiner Beziehung mit dem Vater und dem Heiligen Geist, mit der künftigen Menschheit und der geschaffenen Welt. Damit war das weitere Geschehen vorgezeichnet: »Das gesamte Wesen der Schöpfung wurde bestimmt durch die Tatsache, dass Gott Mensch werden und inmitten seines eigenen Werkes wohnen sollte.«[190] Alles war hingeordnet auf das trinitarische Leben, damit Freude, Schönheit und Gnade, selbstlose Liebe und Gemeinschaft zu gegebener Zeit auf der Erde in Jesus Gestalt annehmen konnten.

In diesem Plan wurde Adam und Eva die Schlüsselposition zuteil. Sie waren aufgefordert, mit dem Herrn selbst in Verbindung zu sein und dessen Segen der Schöpfung zu übermitteln. Sie wurden erschaffen, ihn zu hören, zu sehen und zu erkennen.[191] Und im Erkennen seiner Person, seines Herzens und seiner Liebe würden sie eine überirdische Sicherheit, Selbstgewissheit und Zuversicht erfahren. So verfügten sie zunehmend über die Freiheit, zu lieben und geliebt zu werden, zu erkennen und erkannt zu werden, zu umsorgen und umsorgt zu werden – das Leben zu teilen und sich für ein selbstloses Miteinander einzusetzen. Diese Selbstlosigkeit würde dann in ihre Beziehung zu der ganzen Schöpfung mit einfließen und Wohl und Frieden auf Erden verbürgen.

Da die Schöpfung ihr Dasein, ihre Bedeutung und Fülle in Jesus hat, kam Adam und Eva ein bevorzugter Platz in seinem Reich zu. Durch ihre Liebe und Führung sollte die Schöpfung gleichsam »in Schwung kommen« oder »zu sich finden«. Zuerst in ihrer von Vertrauen und Liebe geprägten Gemeinschaft mit dem Herrn, dann in ihrer Beziehung miteinander und schließlich in ihrer Funktion als Vermittler seines Segens bildeten Adam und Eva den lebendigen Maßstab der Schöpfung – oder den »Schoß der Inkarnation«.[192] Das war die irdische Entsprechung zu Jesus und seinen Beziehungen im Himmel wie auch die ursprüngliche Form der Adoption, dazu bestimmt, all ihre Fülle und Herrlichkeit in Jesus selbst zu erlangen.

Bekanntlich scheiterte dieser Plan fast schon zu Beginn, wenigstens dem Anschein nach. Die raffinierte Schlange erzählte Lügen über das Wesen Gottes. Adam und Eva glaubten ihr und zweifelten zunehmend an der Güte des Herrn.[193] Dieser Zweifel hinsichtlich seiner Einstellung ihnen gegenüber war eine Katastrophe ohnegleichen, weil beide damit ihre überirdische Gewissheit verloren. Im so entstandenen Va-

156

kuum gediehen Schuldgefühl und Scham, Angst und Sorge und eine erschreckende Unsicherheit, die in ihren Seelen ein verhängnisvolles Gemisch bildeten, um bald ihr ganzes Dasein und die Schöpfung überhaupt zu vergiften. Genau das hat Sarayu im Sinn, wenn sie zu Mackenzie sagt: »Ihr Menschen schätzt euch selbst so gering. Ihr seid wirklich blind dafür, welchen Platz ihr in der Schöpfung einnehmt. Ihr habt euch für den zerstörerischen Pfad der Unabhängigkeit entschieden und begreift gar nicht, dass ihr die gesamte Schöpfung hinter euch herzieht.«

Das Neue Testament hat dafür eine drastische Sprache gefunden. »Die alte Schlange, die da heißt Teufel und Satan, der die ganze Welt verführt«[194], wird von Jesus als »Lügner und der Vater der Lüge«[195] bezeichnet. Dieser ist eine *Kreatur* und Gott keineswegs ebenbürtig. Er kann nicht schöpfen, nicht Leben schenken und hat keinerlei Sinn zu bieten. Leben und Sinn stammen allein vom Vater, Sohn und Heiligen Geist. Wenn der Böse seine eigene Welt beansprucht, wovon er offenbar träumt, muss er das mit uns geteilte trinitarische Leben entstellen und ausbeuten oder »missbrauchen«, wie mein Freund Steve Horn sagt. Und nichts von dem kann er ohne unsere Erlaubnis oder gegen unseren Willen tun. Also lügt er und betrügt. Er verwirrt uns derart, dass wir bereitwillig, wiewohl vielleicht unwissentlich, in seiner teuflischen Matrix aus Unglaube, Chaos und sinnloser Dunkelheit agieren. Auf solch heimtückische und abwegige Weise findet er einen Platz in der guten Schöpfung des dreieinigen Gottes.

Seine schlimmste Täuschung besteht darin, dass er uns auffordert, die Güte des Herrn zu bezweifeln, Unsicherheit und Angst in uns hervorruft, die uns wiederum zu unabhängigem Handeln veranlassen. All das wird dann listig verdreht zu der Lüge, wir seien von Gott getrennt. Adam und Eva glaubten die falschen Versprechungen der Schlange.[196] An die Stelle von Vertrauen, Liebe und Sicherheit traten Zweifel und Furcht, die sie zwangsläufig auf sich selbst zurückwarfen. Sie wurden selbstbezogen und werteten ihre Unabhängigkeit höher als die Beziehung zum Göttlichen. Sie und ihr persönliches Urteil waren nun Dreh- und Angelpunkt, wodurch Vertrauen, Liebe und Gemeinschaft mit Gott sich in Misstrauen, Sorge und Eigenständigkeit – Entfrem-

157

dung – verwandelten. Die göttlich-menschliche Verbindung, gedacht als der »Schoß der Inkarnation«, geriet in ein unerträgliches, heilloses Durcheinander. Gerade jene Beziehung, die in Jesus das göttliche Leben empfangen sollte, entfremdete sich der gesegneten Dreifaltigkeit immer mehr.

Adams und Evas großes Unglück war nicht nur, dass sie sündigten oder ein göttliches Gebot nicht befolgten, sondern im Glauben an die Lüge des Bösen blind wurden. Mit »blind« meine ich nicht, dass sie ihre Sehkraft einbüßten; aber ihre Wahrnehmung der Wirklichkeit wurde so verzerrt, dass sie die eigentliche Wahrheit über Gott oder sich selbst nicht länger erkennen konnten. *Sie versteckten sich vor dem Herrn.*

Warum? Sie hatten eindeutig Angst, doch wovor? Natürlich suchten sie Zuflucht wegen ihres totalen Ungehorsams, und man würde annehmen, sie fürchteten sich vor Gottes Strafe. Aber dann stellt sich die Frage: Wie konnten Adam und Eva, die Empfänger unermesslichen Segens und überströmender Liebe, im Garten Eden stehen und Angst haben *vorm Herrn*? Hatte Gott sich verändert? Hatte er, der Adam und Eva aus reiner Gnade und Liebe erschuf und sie mit verblüffenden Wohltaten überhäufte, plötzlich eine Kehrtwende gemacht? Hatte er aufgehört zu lieben?

Gewiss veränderte der Ungehorsam des ersten Menschenpaares nicht das Wesen Gottes. Dieser mag eine abrupte und radikale Wandlung durchgemacht haben, jedoch nicht in Wirklichkeit, sondern in Adams Bewusstsein. Genau darauf spielt Paul Young an, wenn er Papa zu Mackenzie sagen lässt: »Wenn alles, was du sehen kannst, dein Schmerz ist, verlierst du mich dann nicht aus dem Blick?« Der Glaube an die Lüge in Bezug auf Gottes Charakter vermischte sich mit Adams Schmerz über die eigene Treulosigkeit, veränderte seine Wahrnehmung von sich selbst und der Welt ringsum. Vor allem aber sah Adam Gott anders. Er projizierte seine innere Gebrochenheit auf dessen Angesicht und verlieh ihm die Fratze ureigener Angst. Er tauchte gleichsam den Pinsel in die dunkle Farbe seines Wankelmuts, seines Schuldgefühls, seiner Scham und malte ein völlig neues Bild von Gott. Diesen aus finsterer Vorstellung entworfenen Gott – nicht den Herrn –, fürchtete er und versteckte sich vor ihm.

158

Der dreieinige Gott aber änderte sich nicht. Wie könnte irgendeine menschliche Handlung Gottes Wesen beeinflussen? Ist der göttliche Charakter derart wechselhaft und unbeständig, dass er von uns, unseren Taten oder Unterlassungen abhängt? Nicht Gott änderte sich in der Beziehung, sondern Adam. Er übertrug seinen Schmerz auf den Herrn und schuf dadurch eine ganz und gar mythische Gottheit, ein Trugbild, hervorgegangen aus seinen inneren Qualen. Doch dieses Trugbild war dann für Adam entsetzlich *real*.

Der erste Mensch war zu Tode erschreckt. Wie hätte er anders reagieren können? Er glaubte, schuldig vor einem göttlichen Wesen zu stehen, das genauso unbeständig war wie er. Das schiere Grauen ergriff von ihm Besitz. Denn im Bewusstsein seiner Sündhaftigkeit starrte er auf einen richtenden Gott, der ihn schroff ablehnte. In seiner Einbildung war er kurz davor, im Stich gelassen zu werden und im »Abgrund des Nichtseins«[197] zu versinken.

Hier offenbart sich das Problem des Bösen und der Sünde. Das Unmögliche ist geschehen: Die Wahrheit über die Liebe des Herrn ist derart überschattet, ja verfinstert, dass sie nun *unvorstellbar* erscheint. Adam wurde mit völliger Blindheit geschlagen. Er kann das Gesicht des Vaters nicht mehr sehen. Zwischen Gottes Wesen als Vater, Sohn und Heiligem Geist und der göttlichen Gestalt, die Adam *wahrnimmt* und für Gott *hält*, besteht ein furchtbarer Widerspruch. Und für Adam wie für uns alle kann Gott nur so sein, wie er in unserer Vorstellung ist. Jeder andere Gott ist *unvorstellbar*.

Von diesem Augenblick an wird unsere Scham des Vaters Herz entstellen. Die Projektionen unserer Angst werden die Gebote seiner Fürsorge neu schreiben. Er wird uns zwar weiterhin in einer Weise segnen, die unsere kühnsten Träume übersteigt, aber gefangen in unserer Einbildung werden wir es niemals wahrnehmen. Die unmittelbare Gegenwart des Herrn in Liebe und Gnade wird durch den gefallenen Geist umgeformt und als Gegenwart des »fordernden Zuchtmeisters« (Young) aufgefasst, des großen Kritikers, des allmächtigen Richters, der blitzschnell verdammt, dessen argwöhnische Wachsamkeit und strenges Urteil bis in jeden Winkel der Welt reichen.

Die Menschheit ist verloren im grauenhaften Dunkel der Sündhaftigkeit, des Irrglaubens und der Treulosigkeit, der Angst, der Projektion und der Einbildung. Papa bringt dies Mackenzie gegenüber zur Sprache: »Es ist die Matrix – ein diabolisches System, in dem ihr hoffnungslos gefangen seid, ohne euch seiner Existenz überhaupt bewusst zu sein.« Unglücklicherweise ist der gefallene Geist konsequent: Er versagt niemals. Seine düstere und angsterfüllte Vorstellung erzeugt eine falsche Gottheit, deren Beweise er überall entdeckt. Und dieser Gott ist für uns äußerst wirklich – so wirklich, dass wir ihn als »natürlich« oder »normal« betrachten, als die offensichtlichste Sache der Welt; denn er verkörpert die unbestreitbare Wahrheit über das Göttliche, durch die wir das Herz des Vaters missverstehen, ohne es zu bemerken.

14

GNADE

*Was sollte Gott tun angesichts dieser Entmenschlichung
der Menschheit, dieses allgemeinen Verbergens von Wissen
über ihn durch die Täuschungen böser Geister?*

Athanasius

Die Reaktion des Herrn auf den Sündenfall ist ebenso bemerkenswert wie wunderbar.[198] Er gibt nicht vor, alles sei in bester Ordnung, richtet den Blick nicht einfach anderswohin, als wäre Adams Treulosigkeit ein bloßer Ausrutscher in einer ansonsten intakten Beziehung. Der Herr *sah* das Unglück mit Scharfsinn, aber, um erneut Athanasius zu zitieren: »Was also sollte Gott, der Inbegriff des Guten, tun?«[199] Sich verstellen, als wäre nichts gewesen? Seiner Wut freien Lauf lassen? Als der, der er ist, akzeptierte er den Sündenfall, ohne ihn zu billigen, und Adam als gefallenes Geschöpf. Mit den Worten Papas: »Doch statt die ganze Schöpfung zu verschrotten, krempelten wir die Ärmel hoch und begaben uns mitten hinein in das Durcheinander ...« Es gibt keine göttliche Indifferenz oder Neutralität – dem Herrn ist keineswegs egal, was in seiner Schöpfung passiert. Außerdem gibt es keinen göttlichen Zornesausbruch, um Vergeltung zu üben. Gewiss, das Urteilsvermögen ist vorhanden, und ihm zufolge ist ein großer Irrtum geschehen, aber es drängt auch darauf, die Dinge zu klären, Frieden, Vertrauen und Liebe in der Beziehung wiederherzustellen. Denn der ewige Zweck – unsere Aufnahme in Jesus – bleibt unangetastet.

161

Da der Herr also Adams Angst und Scham deutlich erkannte, sich in dessen Schmerz einfühlte, fest entschlossen, ihm in seiner Sündhaftigkeit beizustehen, akzeptierte er ihn so, wie er war – aus einem Akt reiner Gnade. Es ging weder um Gottes Belange noch um ein etwaiges göttliches Bedürfnis, beschwichtigt zu werden, sondern um einen Akt der Liebe, der Bejahung und wahren Verbundenheit, hervorgerufen durch seinen entschiedenen Willen, das Vorhaben der Adoption des Menschen zu verwirklichen.

Es war der große mittelalterliche Theologe und Philosoph Anselm von Canterbury, der zu seinem Freund, dem Mönch Boso, sagte: »Du hast noch nicht bedacht, welches Gewicht die Sünde hat!«[200] Für Anselm lag das Problem der Sünde darin, dass sie gegen den großen König, den ewigen Gott selbst, begangen wird, weshalb noch die kleinste Sünde zwangsläufig das Gewicht einer *ewigen* Verfehlung hat.[201] Doch im Garten Eden kann man wohl kaum einen derart verunglimpften Gott finden – oder eine Sünde, die schwerer wöge als Gottes ewiger Wert. Vielmehr sieht man den Herrn, der sich – *unserer* Auffassung nach – höchst beleidigt fühlen sollte und jedes Recht besäße, Adam zu verfluchen und völlig zu zerstören; aber er hat es nicht getan. Man sieht, wie der Herr all seine Rechte zu abstrakter Justiz und Strafe zurückstellt und sich mehr um seine verlorenen und erschreckten Geschöpfe sorgt als um die eigene Ehre.

Es gibt keine funkelnden Lichter, keine Engelscharen, keinen triumphalen Einzug eines Königs, der angemessene Wiedergutmachung oder Rache für Adams Vergehen fordert. Der Herr erscheint ruhig und gelassen, um sich dem geliebten Geschöpf zuzuwenden. Er erspäht seinen beschämten und erschreckten Freund im Versteck, erkennt, was geschehen ist, bewegt sich gleichmütig und sanft, hilfsbereit und liebevoll auf ihn zu.

Das Problem des Sündenfalls besteht nicht nur in der Nichtbeachtung eines göttlichen Befehls, sondern vor allem darin, dass Adam sich jetzt in seinem gefallenen Geist mutterseelenallein fühlt und daher völlig unfähig ist zu einer Beziehung mit dem Herrn. Wie könnte er dem Gott seiner zerbrochenen Vorstellung vertrauen? Gefangen im tragischen Albtraum seiner selbstbezogenen Verwirrung, ist *er* zum

Richter geworden und hält an seinem Urteil fest, der Herr sei der *Feind*, den er fürchten und vermeiden müsse. Er ist beschämt über sich selbst und verängstigt vor Gott. Also entzieht er sich ihm.

Der Umstand, dass Adam der Gegenwart des ebenso besorgten wie fürsorglichen Herrn ausweicht, zeigt uns: Der Sündenfall handelt im Wesentlichen von der schrecklichen Verdrehung der menschlichen Wahrnehmung, von einer sonderbaren, heillosen Verwirrung, die Adams Denken derart verzerrte, dass er sich tatsächlich vor seinem wunderbarsten Freund im Universum versteckte – und glaubte, *recht daran zu tun.*

Der scharfsinnigste Kommentar über das Unglück des Sündenfalls stammt von Jesus: »… und niemand kennt den Vater denn nur der Sohn …« (Matthäus 11,27) Jesus sagt nicht, dass wir unsere Sache ordentlich machen, aber einige neue Einsichten über seinen Vater gewinnen müssen, oder dass unsere Grundanschauung zwar lobenswert sei, aber noch verfeinert werden sollte. Er sagt: *Niemand kennt den Vater wirklich.* Welche Aussage könnte feierlicher sein? Hier kommt das große Gewicht der Sünde zum Vorschein, von dem Anselm sprach. Niemand – weder die Juden, die Römer, die Griechen noch sonst irgendwer – kennt den Vater wirklich. »… sie sind allzumal Sünder und mangeln des Ruhmes, den sie bei Gott haben sollten«,[202] erklärt der Apostel Paulus. Für Jesus ist die menschliche Blindheit ein absolutes Problem. *Alle* sind derart in der Mühsal von Adams Verwirrung gefangen, dass nicht einer den Vater kennt. Nicht einer sieht ihn so, wie er ist, nicht einer ist ihm auch nur nah – außer dem Sohn.[203] »Ich bin gekommen in die Welt ein Licht, damit, wer an mich glaubt, *nicht in der Finsternis bleibe.*«[204]

Ein verwirrter Geist sieht die Welt nur mit verstörtem Blick.[205] Wir können das Unkraut in unserem gefallenen Geist nicht einfach beiseiteschieben und des Vaters Herz erkennen. Mit Adam sind wir so durcheinander, ist das Vertrauen in einer Weise ausgelöscht, dass die Aufnahme in Jesus ein Narrentraum scheint, denn der Boden für jede göttlich-menschliche Gemeinschaft wurde uns unter den Füßen weggezogen. Ohne diese Gemeinschaft fehlt dem »Schoß der Inkarnation« jeglicher Bezug zum trinitarischen Leben. Unsere Verwirrung

163

hat uns so fest im Griff, dass wir ihr ausgeliefert sind und folglich gar nicht anders können, als sie auf das Angesicht des Vaters zu projizieren und einen Gott nach dem Bild unserer Gebrochenheit zu erschaffen.[206] Jesus meint es todernst: *Niemand kennt den Vater.*

Die biblische Geschichte handelt nicht davon, Gott zu ändern, als könnte unser Versagen irgendwie Gottes Herz oder seinen ewigen Traum für uns verwandeln, sondern davon, wie es der Liebe des Vaters, Sohnes und Heiligen Geistes gelingt, das Unmögliche zu schaffen – nämlich uns in unserem gefallenen Geist zu erreichen. Papa drückt es gegenüber Mackenzie folgendermaßen aus: »Ich verstehe, wie schwierig es für dich ist – so verloren in deiner Wahrnehmung der Wirklichkeit und dir deines Urteils dennoch so sicher –, zu erkennen oder dir überhaupt nur vorstellen zu können, *wer* die wahre Liebe und Güte ist.« Für Gott stellt sich die Frage: Wie kann ich jene, die in ihrem gefallenen Geist derart verzweifelt sind, dass sie mich hassen und davonlaufen, um meinen Blick nicht ertragen zu müssen, wieder in die Gemeinschaft einbinden?

Wie treten Sie mit jemandem in Kontakt, der mit Ihnen nichts zu tun haben will? Wie überwinden Sie beim anderen die Blindheit? Wie erreichen Sie jemanden, dessen auf Sie projizierte Scham Ihre äußere Erscheinung derart verzerrt, dass er sich ängstlich vor Ihnen versteckt und Ihre Liebe verleugnet? In unserem Schmerz haben wir – gleich Adam – uns selbst verdammt, einen Gott nach Maßgabe unserer Scham erschaffen und Religionen ersonnen, die dem entsprechen. All diese Eigenschaften wurden auf den göttlichen Vater übertragen, und wir verteidigen sie wie besessen.

Wie wird der Herr unsere Dunkelheit durchdringen und sich uns zu erkennen geben? Durch Offenbarung, scheint die naheliegende Antwort zu lauten, aber trifft sie zu? Was nutzt die Offenbarung, wenn unser Geist so verdreht ist, dass wir sie nur missverstehen würden? Wie kann eine authentische Kommunikation, geschweige denn Vertrauen, überhaupt entstehen, wenn unsere fehlgeleiteten Vorstellungen das Bild Gottes mit den Farben unserer zahllosen Schuld- und Schamgefühle malen?

164

15

ADAM UND ISRAEL

Du kannst hier einfach
keine richtige Hilfe bekommen.

Papa

Aus dem abgründigen Dunkel des Sündenfalls ruft der Herr, stets der Liebende der Menschheit, einen heidnischen Mann namens Abraham. Er wählt ihn nicht wegen seiner religiösen Gaben aus, sondern weil Abraham genauso blind und verloren ist wie jeder andere Erdenbewohner. In Abraham und seinen Nachkommen stellt der Herr eine echte Beziehung mit den gefallenen Kindern Adams her. Doch das ist kein leichtes Unternehmen.[207] Israel, gefangen in den Täuschungen des adamitischen Geistes, ist zu Tode erschreckt. Die Beziehung zwischen Gott und Israel ist zwar geprägt von Liebe, Gnade und Verheißung, zugleich aber von Angst und Leid.

Denken wir an Petrus, der die ganze Nacht gefischt und nichts gefangen hatte. Jesus stieg zu ihm ins Boot, um zunächst die versammelte Menge zu belehren. Als er damit fertig war, forderte er Petrus auf, tiefere Gewässer anzusteuern und dort seine Netze auszuwerfen. In seiner Erschöpfung zögerte Petrus ein wenig. Ich kann mir vorstellen, wie er vor sich hin murmelte: »Aber Jesus, wir haben doch schon die ganze Nacht gefischt und nichts gefangen.« Dennoch tat er, wie Jesus ihm aufgetragen hatte. Schließlich fingen sie so viele Fische, dass zwei Boote damit gefüllt wurden und unter der Last zu sinken drohten. Petrus war sicherlich begeistert von der Aussicht, einen derart hervorragenden »Fachmann« bei sich zu haben, weshalb seine Antwort umso mehr überraschte: »Herr, gehe von mir hinaus! Ich bin ein sündiger Mensch.« (Lukas 5,8)

Auf den ersten Blick erscheint diese Reaktion merkwürdig, doch sie eröffnet eine Perspektive auf die Geschichte Israels, die Petrus in exemplarischer Weise verkörpert. Das Bündnis zwischen dem Herrn und Israel deutet darauf hin, dass der Herr selbst mit Israel im Boot sitzt. Das ist gewiss eine Beziehung, die auf Gnade beruht, aber auch Konflikt und Qual hervorruft, denn die reine Liebe des Herrn, wiewohl tröstlich und verheißungsvoll, bringt auch Israels Sündhaftigkeit und Gebrochenheit ans Licht.

Hierzu eine kleine Anekdote. Meine Frau Beth und ich, gerade frisch verheiratet, diskutierten eines Tages über die Farbe der Wände in unserer Wohnung. Ich bestand darauf, dass sie strahlend weiß seien, während Beth lächelte und sagte, sie seien »gebrochen weiß«. Um die Richtigkeit meiner Wahrnehmung zu beweisen, holte ich ein Blatt Schreibmaschinenpapier und presste es gegen die Wand. Zu meinem Entsetzen musste ich feststellen, dass sie tatsächlich gebrochen weiß war.

Diese Anekdote ist deshalb aufschlussreich, weil sie veranschaulicht, was in Israels Geschichte passierte. Die Gegenwart des Herrn war gleichsam ein weißes Blatt Papier auf der nur scheinbar weißen Wand Israels und brachte schlagartig die dunklen Stellen zum Vorschein. Seine Anwesenheit in Israel bedeutete die Anwesenheit des *Lebens*, und dieses enthüllte zwangsläufig, dass Israels Lebensweise damit nichts zu tun hatte und nur eine missgestaltete Form von Trauer und Sterben war. Israel steckte fest zwischen der Liebe und Gnade des Herrn und der göttlichen Entlarvung der eigenen gebrochenen und sündigen Existenz. Im Aufschrei des Petrus hallte der quälende Schmerz Israels wider.

Der Eine, vor dem Adam sich versteckt hatte, trat in den Raum des israelitischen Bewusstseins ein, schloss und verriegelte die Tür. Der Schmerz infolge Adams Sündenfall konnte sich nirgendwo mehr verbergen, denn die Gegenwart des Herrn war ein erschreckender Segen. Weder der Herr noch seine entlarvende Liebe würde verschwinden.

Doch es kam noch schlimmer. Die Liebe des Herrn »offenbarte nicht nur Israels Sünde, sondern verstärkte sie«.[208]

Auch hier geht es also um Beziehung, und Beziehung bedeutet Erkennen und Erkanntwerden. Das heißt, der Herr ging nicht nur durch den Garten – er hat Israel ausfindig gemacht, das sich in den Büschen versteckte. *Doch Israel war sündig.* Es lehnte Gott ab und wollte das Licht seiner Liebe nicht in die Abgründe der eigenen Scham und Bosheit scheinen lassen. Vor diesem Hintergrund und mit ebenso sanfter wie versöhnlicher Gnade führte der Herr Israel zuliebe die Opferriten ein. Aber selbst angesichts der Flüsse voller Blut, das den unzähligen Opfern entströmte, konnte Israel die Anwesenheit des Herrn noch immer nicht ertragen.

Als er ins Bewusstsein Israels eindrang, traf seine Gegenwart jeden empfindlichen Nerv des gefallenen Geistes – von der Schuld und hausgemachten Religion bis zur Scham und Rechtfertigung, von der Angst vor Bloßstellung und der Flucht aus Selbstschutz bis zum Hochmut und selbstgefälligen Urteil. Würde Beziehung lediglich den Austausch von Informationen beinhalten, hätte Israel die Worte niederschreiben, auf Tontafeln an die Wand hängen und die Aussagen aus sicherem Abstand betrachten können. Obwohl der Herr ein hohes Maß an Hilfsbereitschaft und Zärtlichkeit zeigte und nur kleine Schritte unternahm, verwies die Beziehung doch darauf, dass Gott selbst in einem Raum mit dem gefallenen Israel war, wodurch dessen Häresie und Hedonismus, Götzenanbetung und Entfremdung zutage traten und alle Arten der Feindseligkeit gegen Gott schürten. Israels Rück - zug, seine Auflehnung gegen Gottes Liebe wurde weder übersehen noch gebilligt, sondern hingenommen als Ausdruck der gefallenen Menschheit. Aber sogar diese duldsame Haltung des Herrn hatte zur Folge, dass er noch näher rückte und Israels Konflikt mit ihm auf den Höhepunkt trieb.[209]

Der Herr ging mit Israel und benutzte im Genius des Heiligen Geistes die – sowohl guten als auch schlechten – Reaktionen Israels auf seine Gegenwart, um für das menschliche Auffassungsvermögen ein neues Medium zu schaffen.[210] Israels verfehlte Lebens- und Denkweise wurde dem Hochofen der göttlichen Liebe überantwortet, wo die grundlegenden Ansichten über Gott dahinschmolzen und allmählich eine andere Form erhielten. In Adams gefallener Welt kamen neue Ideen, Begriffe und Kategorien zum Vorschein: die Namen Gottes, das Wort und der Geist Gottes, Gottes Liebe, Bündnis, Sünde, Buße, Gnade, Prophet, Priester, König, Barmherzigkeit und Vergebung.[211] In der Not, die jede wahre Beziehung kennzeichnet, begann die Liebe des Herrn Gestalt anzunehmen, indem Adams tragisch verwirrter Geist neu ausgerichtet wurde, woraus dann das entstand, was man als »wesentliches Rüstzeug unseres Wissens über Gott«[212] bezeichnen kann.

In Begleitung des Herrn gelangte Israel zu einem bislang unbekannten Verständnis, und daran knüpfte sich eine große Hoffnung – zugleich aber auch der Schmerz, dass alle Illusionen entlarvt worden waren. Entweder war der Herr naiv und sah nicht vorher, dass sein Leben, Licht und liebevolles Tun Israel bis ins Mark erschüttern und dessen Konflikt mit ihm noch verschärfen würden – oder diese Verschärfung war, so seltsam es klingen mag, *beabsichtigt* und Teil des göttlichen Plans, eine echte Beziehung herzustellen. Weit davon entfernt, den Zorn einer beleidigten Gottheit abzumildern oder deren Ehrenkodex zu befolgen oder vorzutäuschen, es gäbe gar kein Problem, handelt diese Beziehung vom dreieinigen Gott, der uns im Trauma unserer Sündhaftigkeit bewusst umarmt und dabei so fest an sich drückt, dass wir die Höllenqual unserer Entfremdung *fühlen* und ihn zunächst von uns stoßen. Denn die wahre Beziehung verlangt, dass der Herr zu den Ursprüngen des Sündenfalls hinabsteigt, gleichsam in die Katakomben unserer Feindseligkeit gegen ihn und seine Liebe. Das ganze Gift, das im Sündenfall steckt, muss an die Oberfläche kommen. Jede andere Maßnahme hätte nur dazu geführt, dass wir in unseren Täuschungen gefangen bleiben und den Vater niemals erkennen.

Einer Sache konnte sich der Herr im Hinblick auf seine sündigen Geschöpfe sicher sein, nämlich dass wir nicht fähig wären, mit seiner Gegenwart und Liebe umzugehen, und nach besten Kräften versuchen würden, ihnen zu entfliehen. Wir würden sein Wort verdrehen und mithilfe unseres gefallenen Geistes in »maßgeschneiderte« Reli-

168

gionen verwandeln, um den Herrn auf Abstand zu halten. Seine von überströmender Liebe zeugende Nähe würde uns immer weiter in die Flucht treiben, eben weil wir derlei nicht ertragen könnten. Genau das ist in Israel geschehen.

Die bittere Feindseligkeit, die Israels Versuch innewohnt, den Herrn abzuweisen und die Tür zu schließen, kennzeichnet jene erschreckende und zermürbende, zugleich aber ganz konkrete Ausgangssituation, in der die Geburt des Sohnes stattfinden wird. Der sich verschärfende Konflikt zwischen Israel und Gott ist die Grundlage der wahren göttlich-menschlichen Beziehung, der »Schoß der Inkarnation«, dazu bestimmt, den Höhepunkt zu erreichen, wenn der Herr in schockierender Gnade *persönlich* erscheint, um Israel in dessen blindem und hartnäckigem Übel zu begegnen. Endlich werden gefallene Menschheit und Gottes Liebe in der Person Jesu Christi zusammenfinden.

16

DIE ABLEHNUNG
DES GESALBTEN SOHNES

*Siehe, wir gehen hinauf nach Jerusalem, und des Menschen Sohn
wird überantwortet werden den Hohenpriestern und Schriftgelehrten,
und sie werden ihn verdammen zum Tode und überantworten
den Heiden. Die werden ihn verspotten und verspeien und
geißeln und töten ...*

Jesus nach Markus 10,33–34

Empfangen vom Heiligen Geist, gelangte des Vaters Sohn in den
Schoß der Jungfrau Maria. Er wurde als jüdisches Kind geboren,
mitten hinein in die Beziehung zwischen Israel und Gott. Als er an
Weisheit und Statur dazugewann, nahm er immer mehr Anteil am öf-
fentlichen Leben. Mit etwa dreißig Jahren trat er sein geistliches Amt
an und begann sofort zu lehren und zu heilen. Einige »sahen seine
Herrlichkeit« (Johannes 1,14), das heißt, sie sahen Jesus so, wie er
wirklich war – als *des* Vaters eigenen Sohn, *den* Schöpfer, *den* Einen,
gesalbt im Heiligen Geist.[213] In ihm schien das Licht des Lebens in
der Dunkelheit, und die Menschen waren von ihm angezogen. Voller
Mitgefühl für die Leidenden und Verlierer gab er sich hin, um andere
zu unterstützen, zu heilen und wiederherzustellen, zu erleuchten und
zu befreien.

Als sich sein Ruhm in Windeseile verbreitete, versammelten sich
große Menschenmengen, um ihn zu hören und zu berühren, seine
Heilkraft zu empfangen und in seinem Leben zu sein. Für kurze Zeit

war das wunderbar, so wie es sein sollte, wenn des Vaters Sohn in unsere Welt kommt. Doch die Situation änderte sich schnell. Von dem Moment an, da die religiösen Oberhäupter auf Jesus aufmerksam wurden und ihn argwöhnisch beobachteten, schien der Konflikt unausweichlich. Sie hatten viel zu verlieren, Jesus hingegen machte verblüffende Versprechen und stellte ebenso verblüffende Forderungen. Er sprach mit »revolutionärer Kühnheit«[214], beanspruchte höchste Autorität nicht nur für die jüdischen Priester, sondern auch für die heilige Thora.[215] Wie wir wissen, betrachtete Jesus Gott als seinen Vater und sich als den einzigen Sohn. Doch er erfüllte all seine Versprechen, indem er Verwirrung und Schmerz beseitigte, den Blinden das Augenlicht zurückgab und sogar die Toten auferweckte.

Jesu Gegenwart – sein Herz, sein Leben, seine Heilkraft – setzte die jüdische Elite unter Zugzwang und offenbarte, dass deren Religion am Ende war. Auf geheimen Sitzungen in Hinterzimmern planten sie, ihn zum Schweigen zu bringen: »Lassen wir ihn so, dann werden sie alle an ihn glauben, und es werden die Römer kommen und nehmen uns Land und Leute.« (Johannes 11,48) Also sandten sie Spione aus, um »Beweise« zu finden, irgendetwas, das sie verwenden konnten, um ihn zu diskreditieren.[216] Selbst (oder vielleicht gerade) als Jesus Lazarus von den Toten ins Leben zurückrief, fassten sie den Plan, ihn zu töten.[217]

Uns fällt es leicht, die völlige Blindheit der jüdischen Hohepriester zu verurteilen, aber Jesus hatte letztlich nur wenige echte Freunde und starb buchstäblich allein. Die Massen schrumpften immer mehr und wandten sich dann gegen ihn. Einer seiner Jünger aus dem inneren Kreis lieferte ihn den Mächtigen aus; ein anderer verleugnete ihn dreimal in der Öffentlichkeit. Die übrigen, eine Handvoll, verließen ihn im entscheidenden Moment. Nur wenige Frauen und der geliebte Jünger versammelten sich in seinen letzten Stunden um ihn.[218]

Nach etwa drei Jahren eines in der Bibel beispiellosen geistlichen Amtes starb der menschgewordene Sohn des Vaters in offensichtlicher Schande, während der Spott der jüdischen Hohepriester und die höhnischen Beifallrufe der Heiden die Szenerie seiner brutalen Hinrichtung erfüllten.

171

Es geht hier nicht darum zu untersuchen, auf welche Weise Jesu Schicksal diese Wendung nahm oder warum derlei geschah. Ausschlaggebend ist die Reaktion, die ihm von fast allen Seiten widerfuhr: Ablehnung. Die Nachricht, dass des Vaters Sohn auf Erden erschien, um uns zu begleiten und an seinem Leben teilhaben zu lassen, ist fürwahr erstaunlich – wer hätte je von solch göttlicher Gnade und Segnung geträumt? –, aber ein Punkt ist noch erstaunlicher. Wir verspotteten ihn.[219] Wir misshandelten ihn. Wir lehnten ihn ab. Wir verschwörten uns gegen ihn und ermordeten den Gesalbten.

Kurz nachdem Johannes erklärt hat, dass »alle Dinge« durch Gottes Wort entstanden, dass nur dieses Wort Schöpferkraft besaß, schreibt er den schrecklichen Satz: »Er kam in sein Eigentum; und die Seinen nahmen ihn nicht auf.«[220] In diesen beiden Versen werden wir mit der erschütterndsten Ironie überhaupt konfrontiert: Der Schöpfer selbst ließ sich dazu herab, einer von uns zu werden, und seine eigenen Geschöpfe haben ihn nicht empfangen.

Ohne Umschweife bereitet Johannes seine Leser darauf vor, dass etwas völlig verkehrt ist. *Die Seinen nahmen ihn nicht auf.* Das Kommen des Sohnes war allzu menschlich, allzu ungöttlich. Wir haben ihn nicht erkannt. Der Songwriter drückt es so aus: »Keine Banner wurden entrollt, als Gott in die Welt trat, in den Armen gehalten von einem kleinen Mädchen namens Miriam.«[221] Die Gegenwart Jesu ergab für uns keinen Sinn. Er entsprach nicht unseren Vorstellungen von Gott oder von Gottes Kommen oder von Gottes Gegenwart und Segen oder von Gottes Messias. »Ist dieser nicht Jesus, Josephs Sohn, des Vater und Mutter wir kennen? Wie spricht er denn: Ich bin vom Himmel gekommen?« (Johannes 6,42)

Weit davon entfernt, mit der Ehre empfangen zu werden, die des Vaters ewigem Sohn gebührt, wurde Jesus sogar verleumdet, aus einer unehelichen Verbindung hervorgegangen zu sein.[222] Die einzige Person in der biblischen Geschichte, die auf ewig mit dem Heiligen Geist gesalbt wurde[223], klagten wir an, vom bösen Geist besessen zu sein.[224] Der gute Hirte[225], erwählt vor der Gründung der Welt[226], wurde als Volksverführer abgestempelt.[227] Dies zeigt, dass das Problem des Sündenfalls weitaus katastrophaler und nicht nur eine Streitigkeit über

172

enttäuschte Erwartungen oder unsere Unfähigkeit ist, das Reich Gottes klar ins Auge zu fassen. Der gefallene Geist führte uns in einen schwerwiegenden *Konflikt* mit der Gegenwart des Herrn. Die Blindheit in dem Vers: »Er kam in sein Eigentum; und die Seinen nahmen ihn nicht auf«, wuchs sich in erschreckender Intensität zu dem Fluch aus: »Hinweg mit diesem ... Kreuzige, kreuzige ihn!«[228]

Diese Ablehnung war nicht nur eine Absage, an Gottes Spiel teilzunehmen, sondern ein zutiefst gewaltsamer Akt voller Bitterkeit und Grausamkeit. Des Vaters Sohn wollte sein Leben mit uns teilen, und wir bespuckten ihn. Der Gesalbte wurde verlacht, verhöhnt, geschlagen, dann vor aller Augen brutal ermordet, und seine eigenen Geschöpfe stimmten zu.

Kreuzigung ist Vernichtung, dahinter aber verbirgt sich Ablehnung, persönliche Ablehnung unter einem Fluch. Welch furchtbares Schauspiel muss es für die Welt gewesen sein, zu beobachten, wie Jesu Geschöpfe ihn verdammten – den wahren Richter, *gerichtet* durch die sündige Menschheit, um den Ausdruck von Karl Barth zu benutzen.[229] Ist es da ein Wunder, dass die Erde selbst bebte und Dunkelheit über das ganze Land fiel, während die Sonne ihr Antlitz verbarg?[230] Doch welcher Leser der Heiligen Schrift ist darüber wirklich schockiert? Erfuhren die Propheten nicht die gleiche Behandlung – und hatte Jesus nicht ein prophetisches Gleichnis über seine eigene Zurückweisung und Tötung durch die Hohepriester und Pharisäer erzählt?[231]

Hier ist vieles geschehen, was wohl niemals verstanden wird. Aber zwei Dinge sind offensichtlich. Erstens: Jesu Kreuzigung – und die Feindseligkeit, die ihr vorausging – übermittelt uns die eindringliche Botschaft, dass etwas schrecklich verkehrt lief, dass die Menschheit unter einer teuflischen Verwirrung litt. Des Vaters Sohn kam, um persönlich bei uns zu sein, und wir verschmähten ihn nicht nur, sondern waren wild entschlossen, ihn aus unserer Welt zu jagen und dabei zu erniedrigen. Wir hätten nicht verbohrter sein können! Die Tatsache, dass die Gegenwart des Gesalbten eine so feindselige Reaktion in uns hervorrief, die ihn der allgemeinen Verunglimpfung preisgab, beweist, dass Adams Sündenfall uns in die schändlichste und gottloseste Blindheit mit einschließt.

Zweitens: Der Angriff gegen Jesus zeugt von giftiger Gehässigkeit. Es ist schon schlimm genug, einen guten und unschuldigen Menschen zu kreuzigen, doch daran Freude zu haben, ist schlichtweg entsetzlich. Die Evangelien berichten nicht von einer Menschenmenge, die hilflos und bestürzt zuschaut, wie ein paar bösartige Männer Machtpolitik betreiben und ihren größten Widersacher aus dem Weg räumen. Die Verantwortlichen wollten Jesus ein für alle Mal beseitigen, aber das war auch der sehnliche Wunsch der Menge. Der Ruf »Kreuzige, kreuzige ihn!« besagt viel mehr als der bloße Satz: »Wir wollen diesen Mann nicht mehr sehen.« Die ganze Atmosphäre ist in tiefe Bitterkeit getaucht. *Gebt ihm Essig. Verdammt ihn.* Die unglaubliche Blasphemie der jüdischen Oberhäupter: »*Wir haben keinen König denn den Kaiser*«[232], offenbart eine geradezu fieberhafte Feindseligkeit gegen Jesus, die vor nichts zurückschreckte, um ihn aus der Welt zu schaffen.

Die legalistische Richtung in der Westkirche[233] hält uns dazu an, das Leiden Jesu als Gottes Urteil über unsere Sünden zu betrachten, und macht uns förmlich blind für die unumstößliche Tatsache, dass er unter der Bösartigkeit der Menschheit litt. Diese war es, nicht der Vater, die seinen geliebten Sohn ablehnte und umbrachte.[234] Der Zorn, der sich über den Kalvarienberg ergoss, entsprang nicht dem Herz des Vaters, sondern dem unseren. Demütigung und Marter, die Jesus ertragen musste, waren menschlicher, nicht göttlicher Natur. *Wir* verspotteten ihn; *wir* verachteten ihn; *wir* verurteilten ihn. *Wir* machten ihn lächerlich, folterten ihn und wandten uns ab von ihm. Weder der Vater noch der Heilige Geist ließen Jesus im Stich und verbannten ihn in den Abgrund der Schande – *wir* haben das getan. *Wir haben ihn verflucht.*

Wenn Vater und Heiliger Geist durch unsere gemeinsame Ablehnung des Sohnes nicht überrascht wurden, dann ist hier ein rettender Genius am Werk, dessen Herrlichkeit die Sprache übersteigt. War die ablehnende Haltung der Juden und Römer gegenüber Jesus vom dreieinigen Gott etwa nicht erwartet worden? War der Vater erstaunt, als *wir die Lösung eliminierten*? War Jesus verdutzt und der Heilige Geist verstört, als die Dinge aus dem Ruder liefen und die Menge gegen ihn aufbegehrte? Nein, natürlich nicht. Die Feindseligkeit der Menschheit

174

gegen den Sohn war sehr wohl vorhergesehen, ja mit bedacht und einbezogen[235] als entscheidende Voraussetzung dafür, die wahre Beziehung zu uns herzustellen. Hierin liegt eine verblüffende Gnade. In atemberaubender Liebe schließt die Beziehung des Herrn sogar die schockierende Hinnahme unserer Grausamkeit ein. Die Inkarnation hat eine unvorstellbare *Unterwerfung* zur Folge: Die Dreifaltigkeit beugt sich unserer bizarren Dunkelheit und deren bitterem Urteil.

Welche Sünde wäre abscheulicher, als des Vaters Sohn abzulehnen und umzubringen, und welche Gnade wäre erschütternder, persönlicher, wirklicher als die des Herrn, der sich unterwirft, um unseren Zorn zu erleiden und dadurch uns in unserem schrecklichen Dunkel zu begegnen? Es ist in der Tat merkwürdig, dass dieser Sohn so wurde wie wir, und noch merkwürdiger, dass wir ihn ablehnten, missbrauchten und kreuzigten. Zugleich ist es unvorstellbar, dass er all dies anstandslos hinnahm und ertrug, wo doch *ein* Wort genügt hätte, um Legionen Engel zu seiner Verteidigung loszuschicken.[236]

Inwieweit ist die gesegnete Dreifaltigkeit bereit, uns zu begegnen? Vater, Sohn und Heiliger Geist sind *immer* ernsthaft darauf bedacht, uns zu lieben, damit wir ihre Liebe kennenlernen, aber gibt es im Universum nicht eine Grenze, die sie nicht überschreiten? Ist da ein Punkt, an dem sogar die Liebe des dreieinigen Gottes zurückweicht?

Es scheint unmöglich, dass die Dreifaltigkeit in unseren elenden Albtraum projizierter Feindseligkeit eintaucht, um mit unserem *wahren Selbst* Kontakt aufzunehmen. Doch was wäre eine Beziehung, die unser wahres Selbst in Verwirrung und Verlorenheit belässt, sodass wir die Liebe des Vaters nicht hören, sehen und empfangen können? Was für eine Versöhnung wäre das, die uns zwar Absolution erteilt, aber nicht aus der verfinsterten Welt des gefallenen Geistes und seiner unerträglichen Leiden befreit?

* * *

Gemäß den Einsichten des protestantischen Theologen Thomas F. Torrance führt die immer stärkere Feindseligkeit Israels gegen Gott direkt zu der grausamen Ablehnung Jesu durch die Juden und die ge-

175

samte Menschheit. Doch gerade auf diese Weise erreicht der Herr unser wahres Selbst: Er kommt zu uns in Person und unterwirft sich unserem böswilligen, entfremdeten Urteil. Er versucht nicht, uns auf theologischem Wege zu überzeugen. Er schickt keine Feuersbrunst auf die Erde, um unserer dreisten Dummheit ein Ende zu bereiten. Er beschämt uns nicht wegen unseres erstickenden Hochmuts und verachtenswerten Vorurteils. Er erscheint einfach persönlich, und der Konflikt zwischen der sündigen Menschheit und Gottes Gegenwart erreicht seinen Höhepunkt. Es gibt kein Versteck mehr. Alle Gewalten unserer Hölle werden entfesselt.

Im Gegensatz zu Adam und Israel läuft des Vaters Sohn nicht weg, um den Schmerz zu vermeiden, der jeder wahren Beziehung innewohnt. Ohne zu heucheln, dass alles in Ordnung sei, stellt er sich dem Konflikt und macht sich zur Zielscheibe, zum *Sündenbock* für all unsere Qualen. Ebenso bereitwillig wie bewusst und demütig beugt er sich, um unsere widerwärtige Feindseligkeit zu erleiden. Er lässt sich den Dolch ins Herz stoßen, ohne unsere heimtückische Verwirrung je gutzuheißen oder zu billigen. Während wir christologische Luft atmen, gestattet uns der Schöpfer und Erhalter der Welt, des Vaters Sohn und der Gesalbte, unseren Zorn auf ihn zu entladen.

In zwischenmenschlichen Beziehungen haben wir mehrere Möglichkeiten, auf Wut zu reagieren, die sich gegen uns richtet. Wir können so tun, als gäbe es überhaupt kein Problem, und unserer Wege gehen. Wir können uns auf die Formel »Geht mich nichts an« berufen und dem anderen gleichgültig den Rücken zukehren. Wir können aber auch zurückschlagen, Wut mit Wut vergelten. Keine dieser Reaktionen dient dem eigentlichen Zweck der *Beziehung* oder löst das Problem. Was also bringt uns weiter? Vergebung? Ja, sie bereinigt in vielen Fällen die Atmosphäre, berührt aber nicht unbedingt das Herz des Gegenübers. Was aber, wenn wir dessen Sichtweise akzeptieren? Was, wenn wir uns mit seinen Augen sehen, ohne ihm zwangsläufig beizupflichten oder uns seinem Urteil zu fügen? Was, wenn wir seine Verbohrtheit ertragen, ohne ihn zu verdammen?[237] Was passiert, wenn wir seinen verächtlichen Groll *nicht erwidern*? Haben wir uns dann nicht mit ihm identifiziert, ihn wenigstens im Geist umarmt und

176

uns auf ihn bezogen, so wie er ist? Haben wir ihn nicht *in uns* aufgenommen und zu ihm in seinem Schmerz, seiner Entfremdung eine ebenso echte wie persönliche Beziehung hergestellt? Ja haben wir ihn nicht *erreicht*?

Genau so verfährt der dreieinige Gott der Liebe mit uns in unserer schrecklichen Dunkelheit. Jesus umfing unsere Hölle, verwandelte sie in den Schoß seiner Inkarnation. Als Person trat er in unseren heftigen Konflikt mit Gott ein und ertrug unsere Feindseligkeit. Wer hätte sich je vorstellen können, dass des Vaters Sohn selbst unter uns kommen würde, ganz zu schweigen davon, dass er zuließ, von seiner eigenen Schöpfung abgelehnt, verdammt und verflucht zu werden? »Der Tod Jesu drückt in tiefgründigster Weise das trinitarische Mysterium der Selbstaufgabe im Herzen göttlicher Wirklichkeit aus.«[238] Solch verblüffende Liebe und Fürsorglichkeit, solch eine Entschlossenheit, *bei uns zu sein* und das Leben zu teilen, übersteigt unsere kühnsten Träume. Das ist unmöglich, denken wir. *Doch so ist es.*

Denn des Vaters Sohn kam tatsächlich. Er begab sich in das Trauma von Adams Sündenfall. Er täuschte nicht vor, dass alles in Ordnung sei, ließ uns nicht im Stich, um sich anderen, wichtigeren Dingen zuzuwenden, brüllte keine Anweisungen von der Seitenlinie des Konflikts – und schlug nicht zurück. Seine Gegenwart erschütterte unsere Hölle, und wir beluden ihn mit unseren Sünden und verwünschten ihn. Jesus Christus, des Vaters Sohn, der Gesalbte, betrat die Arena unserer Feindseligkeit und unterwarf sich absichtlich, um unsere Verdammung zu erleiden – *und wir verdammten ihn.*

Die Sünde aller Sünden war die Ironie aller Ironien, und der große Prophet Jesaja sagte sie voraus: »Er war der Allerverachtetste und Unwerteste, voller Schmerzen und Krankheit. Er war so verachtet, dass man das Angesicht vor ihm verbarg; darum haben wir ihn für nichts geachtet.« (Jesaja 53,3) Mit größtem Nachdruck wird hier die Verachtung und Geringschätzung betont, die Jesus widerfuhr. Er hörte das Geflüster, die kichernden Anspielungen, die höhnischen Rufe. Obwohl ganz göttlich, war er gewiss auch Gottes Sohn *als Mensch* und da - her völlig menschlich. Er hatte kein Kraftfeld, um sein Herz zu schützen, kein geheimes Mittel gegen solch markerschütternde Ablehnung.

Es ist schmerzhaft genug, mit dem Wissen zu leben, dass man einen Freund enttäuscht hat, aber wie erträgt man das Wissen, dass man für die ganze Welt eine Enttäuschung ist? Welche *Große Traurigkeit* überflutet das Herz, wenn man von den eigenen Leuten wie eine Art Schandmal verspottet, öffentlich verschmäht und verlassen wird? Denken Sie an den Schmerz, den Jesus empfand, als er in seinen illegalen Prozess ging, sich nicht dagegen wehrte, höchst ungerecht verurteilt und verdammt zu werden, und dann die selbstgerecht grinsenden Grimassen, die blasierte Anmaßung derer aushielt, die ihn hassten und zugleich ihren Triumph genüsslich auskosteten.

Vor einigen Jahren traf ich einen Mann im Westen der USA. Eines Abends erzählte er Geschichten, die mit seinen inneren Wunden zu tun hatten. Ich sah, wie seine Hände zitterten, als er sich an die Details eines bestimmten Tages erinnerte.

»Ich war ungefähr fünf Jahre alt, und mein Vater pflügte das Feld hinterm Haus«, sagte er. »Es war ein heißer Tag. Papa pfiff und rief Mama zu, sie solle Pflaster bringen, um die Blasen an seinen Händen zu bedecken. Da ich ihm unbedingt helfen wollte, schnappte ich mir die Packung und marschierte in seine Richtung. Ich riss ein gut fünfzehn Zentimeter langes Pflaster ab und dachte, das würde reichen. Doch bis ich schließlich vor ihm stand, hatte es sich total verwickelt. Noch heute kann ich den Abscheu auf dem Gesicht meines Vaters sehen. Er drehte durch und schlug mir verächtlich das Pflaster aus der Hand. Dann packte er mich am Schopf, wirbelte mich herum und trat mir mit dem Stiefel in den Hintern. Ich fiel zu Boden. Es macht mich keineswegs stolz, das zu sagen, aber ich pinkelte mir in die Hosen und heulte auf dem ganzen Weg nach Hause. Das war vor über fünfzig Jahren, mein Freund. Diese Schmach dreht mir noch immer den Magen um.«

Jesus wusste, dass der Tritt kommen würde, und ging direkt auf den Stiefel zu. Aber nicht sein Vater trat ihn. »Siehe, wir ziehen hinauf nach Jerusalem, und des Menschen Sohn wird den Hohenpriestern und Schriftgelehrten überantwortet werden; und sie werden ihn verdammen zum Tode.« (Matthäus 20,18) Das Verhängnis des Kalvarienberges verfolgte Jesus von Geburt an. Es war immer bei ihm, der

Geist jedes Wunders, das er wirkte. Es gab keine andere Möglichkeit, denn dies war der Plan, der schon vor der Schöpfung bestand. Jesus war das seit je ausersehene Lamm, hingeschlachtet vor der Gründung der Welt.[239] Nach den Worten von C. S. Lewis war die »summende Wolke der Fliegen um das Kreuz«[240] von Beginn an vorhergesehen.

Gethsemane ist gleichsam das Fenster in die innere Welt Jesu. Nur wenige Stunde vor der langen Agonie seiner Hinrichtung zog er sich mit seinen engsten Freunden in diesen Garten zurück, um zu beten. »Meine Seele ist betrübt bis an den Tod«, sagte er zu ihnen, und Lukas erklärt, »dass er mit dem Tode rang« und dass »sein Schweiß wie Blutstropfen« war.[241] Überwältigt vom drohenden Unheil, sich ins Fadenkreuz unserer Grausamkeit zu begeben, fiel er nieder auf sein Gesicht. Dreimal rief er inbrünstig: »Mein Vater, ist's möglich, so gehe dieser Kelch an mir vorüber; doch nicht wie ich will, sondern wie du willst!«[242] Ich würde die Stelle folgendermaßen übersetzen: »*Abba! Vater!* Für *dich* sind alle Dinge möglich: Nimm diesen Kelch von mir – jedoch nicht nach meinem Willen, sondern nach deinem.« Jesus ist stets der treue Sohn, aber in diesem Augenblick führt die Treue mitten hinein in den Bauch der kaltherzigen Bestie. »Siehe, die Stunde ist da, dass des Menschen Sohn in der Sünder Hände überantwortet wird.«[243]

Der Trost, den Jesus in Gethsemane fand, war nur von kurzer Dauer. Bald wurde er von seinen Jüngern im Stich gelassen, von den Kriegsknechten geschlagen und ausgepeitscht, von der Menge verlacht und verhöhnt. Dann kam die Schande, sein eigenes Kreuz durch die Straßen zu schleppen, gesäumt mit verächtlichem Murmeln, und schließlich die Kreuzigung, der beißende Spott: »Andern hat er geholfen und kann sich selber nicht helfen. Ist er der König Israels, so steige er nun vom Kreuz. Dann wollen wir an ihn glauben. Er hat Gott vertraut; der erlöse ihn nun, hat er Lust zu ihm; denn er hat gesagt: Ich bin Gottes Sohn.«[244]

Jesus wusste, dass sein Vater ihn niemals im Stich lassen und der Heilige Geist nicht in einer Million Jahrtausenden seine Position aufgeben würde, doch als man ihn ans Kreuz schlug, als die jähe Atemnot ihm die Schultern verrenkte und seinen ohnehin gebrochenen

Körper quälte, als in seinen Ohren der Spott der Menge dröhnte und er den abscheulichen Verrat der Menschheit ertrug, war er überwältigt. Es musste so sein. In der Löwenhöhle unseres Hasses starb Jesus einen erniedrigenden Tod, umringt von tausend empörten Mienen. Hier müssen wir voller Ehrfurcht schweigen ...

»Eines Tages werdet ihr verstehen, was er für euch aufgegeben hat«, sagt Papa. »Worte reichen nicht aus, um es zu beschreiben.«

* * *

Als wir unseren Hass an Jesus ausließen, lud der Herr unser aller Sünden auf ihn[245] – Jesus wurde zum Sündenbock, zu »Gottes Lamm, welches der Welt Sünde trägt«.[246] In den Armen unserer Verachtung sterbend, begegnete uns des Vaters Sohn *an unserem Ort. Er erreichte uns.* Indem er uns in unserem schlimmsten Zustand annahm, umarmte er uns im furchtbaren Abgrund krankhafter Verdrehungen und Verzerrungen und drang so zum Kern von Sündenfall und Erbsünde vor. *Und er brachte seinen Vater und den Heiligen Geist mit.*

»Wir waren *zusammen* dort«, sagt Papa. Mackenzie ist schockiert:

»Am Kreuz? Aber ich dachte, du hättest ihn verlassen. Du weißt schon: ›Mein Gott, mein Gott, warum hast du mich verlassen?‹« ...

»Du missverstehst das Mysterium, um das es dabei geht. Ungeachtet dessen, was er in jenem Augenblick empfunden haben mag, habe ich ihn niemals verlassen.«

»Wie kannst du das sagen? Du hast ihn im Stich gelassen, genauso wie du mich im Stich gelassen hast!«

»Mackenzie, ich habe ihn niemals verlassen, und ich habe auch dich niemals verlassen.«

»Das ergibt doch keinen Sinn!«, entgegnete Mack heftig.

Am Kreuz ertrug Jesus die *Große Traurigkeit* der Welt; er versetzte sich in das Trauma unserer Dunkelheit. Eingetaucht in unsere Verachtung, verlor er das Gespür für die Liebe seines Vaters und den Trost des Heiligen Geistes: *»Mein Gott, mein Gott, warum hast du mich verlassen?«*[247]

180

Doch selbst dieser Verzweiflungsschrei war auch ein Schrei aus tiefer Hoffnung, ja eine Predigt des Triumphs.[248] Der Psalm nämlich, aus dem Jesus hier zitiert, fährt dann fort: »Denn er hat nicht verachtet noch verschmäht das Elend des Armen und sein Antlitz vor ihm nicht verborgen; und als er zu ihm schrie, hörte er's.«[249] Indem Jesus sich auf diesen Psalm beruft, der in großartigem Triumph endet, deutet er seinen Tod, als wollte er sagen: »Es mag euch so scheinen – wie Jesaja vorhersah[250] –, als würde mein Vater mich im Stich lassen. Aber nichts könnte der Wahrheit ferner sein, wie ihr bald sehen werdet.« Mit dem letzten Atemzug, den Jesus in der Finsternis tat, begab er sich, zugleich hilflos und voller Vertrauen, ganz in die Hände seines Vaters: »Vater, ich befehle meinen Geist in deine Hände!« (Lukas 23,46) Youngs Papa drückt es folgendermaßen aus: »Vergiss nicht, die Geschichte endete nicht mit diesem Gefühl der Verlassenheit. Er fand seinen Weg hindurch und legte sein Leben völlig in meine Hände. Oh, das war ein wunderbarer Augenblick!«

Auf diese Weise bahnten sich Vater, Sohn und Heiliger Geist ihren Weg in Adams Hütte – wie auch in die von Mackenzie und die unsere. Deshalb hat Papa Wundmale an den Handgelenken, und würde Sarayu sich körperlich manifestieren, wären sie an ihren Handgelenken ebenfalls zu sehen. Denn in der Einheit der gesegneten Dreifaltigkeit durchlitten der Vater und der Heilige Geist die Hölle zusammen mit Jesus. Sie waren zutiefst betroffen von seinem Trauma, fühlten seine Misshandlung, schmeckten das Salz seiner Tränen und (sollte ich rasch hinzufügen) teilten seine demütige Zurückhaltung in den Fängen unerträglicher Ungerechtigkeit. Sie wählten den Weg der Ergebenheit, der selbstlosen Liebe, des geteilten Kummers und zogen so unsere Hölle hinauf in das Herz des Vaters und in die Wohnung des Heiligen Geistes.

Jesus betrat die Höhle unserer Lasterhaftigkeit und stellte dadurch eine echte Beziehung zwischen der Dreifaltigkeit und uns her. Er erreichte uns in unserem gefallenen Geist und schloss persönlich die Kluft zwischen seines Vaters Traum von unserer Adoption einerseits und unserer wahnhaften Blindheit andererseits. Sein Tod war ein Akt der Einbeziehung: Er bezog unser wahres Ich – das gefallene, hilflose, gebrochene, widerspenstige Ich – in seine Gemeinschaft mit dem Vater ein. Im Sterben wurde Jesus zum Inbegriff der Barmherzigkeit, darin die gesegnete Dreifaltigkeit die Sünder und deren Verfehlungen mit verblüffendem Mitleid ertrug.

Es verdient durchaus wiederholt zu werden, dass die Botschaft des Evangeliums nicht lautet, einen abwesenden Jesus in unserem Leben zu empfangen, sondern dass des Vaters Sohn uns in seinem Leben empfangen hat. In Jesus wurde die dunkle Welt unseres Schmerzes, unseres hartnäckigen Stolzes und Missmuts in das Leben der Dreifaltigkeit überführt, und der dreieinige Gott ließ sich für immer in unserer Hölle nieder. Unsere Adoption ist nicht nur eine theologische Lehre, sondern Ausdruck dessen, wie die Dinge wirklich sind, heute und in Ewigkeit.

17

DER WUNDERBARE TAUSCH

Denn ihr wisset die Gnade unsres Herrn Jesus Christus,
dass, ob er wohl reich ist, ward er doch arm um euretwillen,
auf dass ihr durch seine Armut reich würdet.

Paulus

Im Herzen der Welt wohnt die erschütternde Liebe der gesegneten Dreifaltigkeit, eine Liebe, die jede Ungerechtigkeit und *Große Traurigkeit* erträgt, um uns zu erreichen, damit wir das dreifaltige Leben auskosten, fühlen und erkennen können. Besinnen Sie sich auf die folgenden herrlichen Aussagen dreier Theologen aus der Frühkirche, der Reformation und aus unseren Tagen:

... unser Herr Jesus Christus, der durch seine überragende Liebe tatsächlich zu dem wurde, was wir sind, sodass er uns gar dazu bringen mag, so zu sein, wie er selbst ist.[251]

Das ist der wunderbare Tausch, den er aus seiner unermesslichen Güte mit uns vollzogen hat; indem er bei uns zu des Menschen Sohn wurde, hat er uns zu Söhnen Gottes neben ihm gemacht; indem er zur Erde herabstieg, hat er für uns den Aufstieg zum Himmel vorbereitet; indem er unsere Sterblichkeit annahm, hat er uns seine Unsterblichkeit verliehen; indem er unsere Schwäche teilte, hat er uns durch seine Kraft gestärkt; indem er sich unsere Armut zu eigen machte, hat er uns seinen Reichtum übertragen; indem er das Gewicht unserer Lasterhaftigkeit (das uns erdrückte) auf sich nahm, hat er uns mit seiner Rechtschaffenheit ausgestattet.[252]

In Gottes Liebe besteht der erste Zweck der Inkarnation darin, uns in ein Leben der Gemeinschaft und der Teilhabe am dreieinigen Leben Gottes zu erheben.[253]

Jeder dieser drei Theologen hat auf seine Weise den tiefen Sinn der paulinischen Einsicht hervorgehoben: »Denn ihr wisset die Gnade unsres Herrn Jesus Christus, dass, ob er wohl reich ist, ward er doch arm um euretwillen, auf dass ihr durch seine Armut reich würdet.«[254]

Jedes dieser Zitate beschreibt einen »wunderbaren Tausch«[255] zwischen Jesus und der Menschheit. In den Augen des Apostels wurde der Eine, der vor allen Welten reich war, arm, um seinen ewigen Reichtum gegen unsere Armut einzutauschen. Nach Auffassung von Irenäus wurde Gottes Sohn zu dem, was wir sind, um uns zu dem zu machen, was er in sich selbst ist. Calvin wiederum erklärt, dass Jesus mit uns eins wurde, um uns zu Söhnen und Töchtern neben ihm zu machen und seine Unsterblichkeit, Stärke, Fülle und Rechtschaffenheit mit uns zu teilen. Für James B. Torrance schließlich wurde des Vaters Sohn zum Menschen, damit wir am dreieinigen Leben Gottes teilhaben. Erinnern Sie sich in diesem Zusammenhang an die Worte, die Jesus bei Young ausspricht: »Ich bin gekommen, damit ihr das volle Leben haben sollt. Mein Leben.«

Den Kommentaren von Paulus, Irenäus, Calvin und Torrance entnehmen wir, dass Leben und Tod Jesu Christi von einem wunderbaren Tausch handeln, bei dem alles, was wir in unserer Sündhaftigkeit, Qual und Scham sind, in Jesus übergeht, und alles, was er in seinem Leben mit dem Vater und dem Heiligen Geist ist, uns zuteilwird. »Denn er nimmt die Armut meines Fleisches an, damit ich den Reichtum seiner Göttlichkeit annehme.«[256] Jesus ist der Ort, wo die beiden Welten zusammentreffen. Dieser Tausch ist dadurch gekennzeichnet, dass Jesus, ja der Vater selbst und der Heilige Geist sich uns in unserer Dunkelheit unterwerfen. In *Die Hütte* sagt Jesus: »Aufrichtige Beziehungen sind durch Hingabe gekennzeichnet. Und das bedeutet, die Entscheidungen eines geliebten Menschen sogar dann zu respektieren, wenn sie nicht hilfreich und gesund sind.« Mackenzie ist darüber genauso erstaunt wie jeder andere, der diese Botschaft vernimmt:

»Warum nur sollte der Gott des Universums mir gegenüber Hingabe empfinden?«

»Weil wir wollen, dass du dich unserem Kreis der liebevollen Beziehungen anschließt. Ich will keine Sklaven, die meinem Willen gehorchen. Ich wünsche mir Brüder und Schwestern, die das Leben mit mir teilen.«

An dieser Stelle gehen unsere Gedanken zwangsläufig in verschiedene Richtungen. Indem Jesus den Kelch mit unseren Sünden bis auf den letzten Tropfen austrank, drang er wirklich ein in Adams Welt – in unsere erschreckende Mythologie und den damit verbundenen Schmerz. Er sah mit *unseren* Augen. Auf die persönlichste und tiefgründigste Weise identifizierte er sich mit uns in unserer Qual und Gebrochenheit. Im Innern unseres Traumas – also nicht durch bloße Beobachtung oder äußeren Befehl, sondern durch die unmittelbare Erfahrung unserer Ablehnung – wurde Jesus unser gnädiger und treuer Hohepriester[257], ausgestattet mit der Fähigkeit, uns in jeder Form menschlichen Schmerzes zu begegnen. Welchen Aspekt unserer persönlichen Hölle hat er nicht selbst durchlitten? Welche Schmach oder Misshandlung, welche Treulosigkeit, Zurückweisung oder Verdammung hat er nicht über sich ergehen lassen müssen? Welches abfällige Gerede hat er nicht gehört? Gibt es in unserer verzerrten und von Leid erfüllten Existenz einen Stein, den Jesus Christus nicht umgewendet hat?[258]

Dieser Punkt ist wichtig. Denken Sie einmal darüber nach. Wir brauchen keinen Priester, der auf den Vater Druck ausübt, denn dieser ist allezeit für uns. Wie Jesus gesagt hat, liebt sein Vater die Welt und verurteilt niemanden.[259] Wir brauchen dringend einen weisen Gott, einen Gott, der auf Erden war, der gelitten und geblutet hat und im Schützengraben menschlicher Qual gestorben ist, einen Gott, der sich im Trauma des Lebens mit uns identifizieren und aus persönlicher Erfahrung zu uns sprechen kann – den Einen, der weiß, wie er uns in unserer erschreckenden Mythologie auffindet: »Nur durchbohrte Hände sind sanft genug, um Wunden zu berühren.«[260] – »Die Bibel führt den Menschen zu Gottes Ohnmacht und Leiden; nur der leidende Gott kann helfen.«[261]

Jesus lernte durch seine Leiden, durch Schreie und Tränen.[262] Dieser Jesus, des Vaters menschgewordener, gekreuzigter und auferstandener Sohn, ist unser Retter und Bruder, unser Hohepriester und Erlöser. »Darum lasset uns hinzutreten mit Freudigkeit zu dem Thron der Gnade, auf dass wir Barmherzigkeit empfangen und Gnade finden auf die Zeit, wenn uns Hilfe not sein wird ... Gedenket an den, der ein solches Widersprechen von den Sündern wider sich geduldet hat, auf dass ihr nicht matt werdet und nicht in eurem Mut ablasset.« (Hebräer 4,16; 12,3)

Indem Jesus unsere Ablehnung ertrug, wurde er in den Tiefen unserer Treulosigkeit zu unserem Vertreter und Platzhalter. Als der Eine, in dem, durch und für den alle Dinge erschaffen wurden und erhalten werden, stand er seit je in Beziehung mit uns; indem er sich dann unserem Urteil beugte, stellte er diese Beziehung auch in den Abgründen des Sündenfalls her und nahm – einer für viele – den Platz der Sünder ein. An unserer Statt erfüllte er das göttlich-menschliche Bündnis mit seiner Liebe zum Vater, sodass unser Aufbegehren nun von seinem Glauben, seiner Treue beherrscht wird.

Die Frage, die der Herr im Garten Eden an Adam richtete: »Wo bist du?« (Genesis 3,9), hallt unbeantwortet durch die gesamte Geschichte Israels wider. In Jesus aber wird sie vollständig und auf persönliche Weise beantwortet: »... denn ich tue allezeit, was ihm gefällt ... ich befehle meinen Geist in deine Hände!« (Johannes 8,29; Lukas 23,46)

Unser Beitrag zum Bündnis fand seinen Höhepunkt im Verrat des Hohepriesters Kaiphas, der den Prozess gegen Jesus leitete. Jesus stiftete Unruhe, und die Priester fürchteten, die Römer würden kommen und ihnen Land und Leute nehmen. An den Rat gewandt, sagte Kaiphas: »Ihr wisset nichts; ihr bedenket auch nicht: Es ist euch besser, *ein* Mensch sterbe für das Volk, als dass das ganze Volk verderbe.« (Johannes 11,49–50) Mit einem hinterlistigen Schachzug opferten er und die anderen Priester den Gottessohn, um ihre eigene Stellung zu retten. Doch sie ahnten nicht, dass ihr Handeln eine dramatische Ironie beinhaltete, insofern es Gelegenheit zu unendlicher Gnade bot. Denn so wurde Kaiphas in der langen Geschichte Israels zum einzi-

186

gen Hohepriester, der tatsächlich seine Aufgabe erfüllte: Unbewusst brachte er das eine wahre Opfer dar, wenngleich aus falschem Grund.

Als Jesus sich der mörderischen Intrige des religiösen und politischen Machtapparats demütig fügte, schloss er im tiefsten und dunkelsten Abgrund unseres Verrats ein neues Bündnis, ersetzte den Ungehorsam durch seine Treue, das Versteckspiel, die Angst und verfehlte Religion durch seine Gemeinschaft mit dem Vater – und beseelte unseren Aufruhr mit seiner Liebe zu Gott. Unsere Heuchelei war zugleich Anlass und Mittel, wodurch dieses Bündnis zwischen dem Herrn und Israel, ja der ganzen Menschheit in Fleisch und Blut eingraviert und mit Jesus selbst – sowie all dem, was ihn neben seinem Vater und dem Heiligen Geist charakterisiert – besiegelt wurde.

Außerdem bahnte sich Jesus durch seinen Tod inmitten unserer furchtbaren Feindseligkeit den Weg in die Hauptquartiere des Bösen. »Dazu ist erschienen der Sohn Gottes, dass er die Werke des Teufels zerstöre.« (1. Johannes 3,8) »Weil nun die Kinder Fleisch und Blut haben, ist auch er der gleichen Art teilhaftig geworden, damit er durch seinen Tod die Macht nähme dem, der des Todes Gewalt hatte, das ist dem Teufel, und erlöste die, so durch Furcht vor dem Tode im ganzen Leben Knechte sein mussten.« (Hebräer 2,14-15) Das Böse hat seine Hochburg in unserem Zweifel an Gottes Güte und daher in unserer Angst, von ihm getrennt zu sein. Durch den Glauben an die Lüge sind wir endgültig gefangen in der Verwirrung, dem Schmerz und der wahnhaften Mythologie, die sie hervorruft. Als Jesus sich beugte, um von uns verurteilt zu werden, erlitt er bis zum bitteren Ende unseren verängstigten Glauben an die Lüge der Trennung und an jene traumatische Welt der Dunkelheit, die daraus resultiert.

Verachtet, misshandelt und ans Kreuz geschlagen, erfuhr Jesus Erniedrigung und Schande. So konnte er die Spur der Lüge durch unsere Dunkelheit hindurch bis zu der Erbsünde und den »listigen Anläufen des Teufels« (Epheser 6,11) zurückverfolgen, die sich dahinter verbergen. Ein moderner Autor schreibt hierzu: »Jesus ›besiegt‹ das Böse nicht durch gnadenlose Bestrafung schuldiger Parteien, sondern indem er durch wahre Hingabe an den Willen des Vaters die falsche Reaktion gewissenhaft und Schritt für Schritt klarstellt.«[263] Bei jedem

187

Schritt, den Jesus in unsere Finsternis unternahm, sah sich der Urheber der Lüge konfrontiert mit dessen ungetrübtem Vertrauen in die Liebe und Güte seines Vaters als auch in die Macht des Heiligen Geistes. Jesus errang seinen Sieg über das Böse weder durch Befehl noch durch himmlische Heerscharen, sondern durch die Bereitschaft, sich uns und unserem Bösen ebenso unterzuordnen wie dem Willen seines Vaters.

Hat nicht der Herr selbst sich in den ewigen Abgrund des Bösen gestürzt, der zwischen den Kindern und dem Vater klafft? ... Hat er nicht das Böse verhindert und bezwungen, indem er zuließ, dass alle Wogen von dessen schrecklicher See sich über ihm brachen, über ihn hinwegfluteten und ohne Rückprall erstarben – dass sie sich in ihrer Raserei verzehrten, besiegt niederfielen und endeten?[264]

Indem Jesus sich gestattete, von uns in das schmachvolle Bollwerk des Bösen verbannt zu werden, schlug er dort sein Zelt auf, trat dem Starken gegenüber, band ihn und plünderte sein Haus.[265] Damit begann der neue Exodus, denn Jesus hat »die Sünde im Fleisch« verdammt, »die Reiche und die Gewaltigen« entwaffnet und »das Gefängnis gefangengeführt«.[266]

Dank dem Genius der gesegneten Dreifaltigkeit wurde unsere grausame Ablehnung von Jesus Christus zur Voraussetzung für unsere Adoption; gerade durch unsere schreckliche Missetat fanden wir in die Arme des Vaters und in die Wohnung des Heiligen Geistes. Denn wie hätten Treulosigkeit, Verachtung und Verrat, die versklavende Lüge des Bösen oder der Tod selbst Liebe, Einheit und Leben der Dreifaltigkeit zerbrechen können? Im Tod durch unsere Hände übertrug Jesus sein Leben in unseren Tod, seine Beziehung zum Vater in unsere elende Armut, seine Salbung durch den Heiligen Geist in unsere Verzweiflung. Erfüllt von grenzenloser Liebe, »wurde er entehrt, damit er uns verherrlichen möge«[267], und »ertrug unsere Anmaßung, auf dass wir seine Unsterblichkeit erben können«[268]. Unsere Misshandlung erleidend, um uns Gnade zu gewähren, begegnete er unserer Grausamkeit mit Freundlichkeit, unserer Ablehnung mit Barmherzigkeit und unserer toten Religion mit Freude. Er tauschte unsere Welt gegen die seine, verwandelte die Hütte von Adams Sündenfall in das Haus seines Vaters und den Tempel des Heiligen Geistes.

Eingedenk der großartigen Aussage des Paulus zu Beginn dieses Kapitels könnten wir sagen: »Denn wir kennen die überwältigende Gnade des Gottessohnes: Obwohl er reich war an Leben, geteilt mit der gesegneten Dreifaltigkeit, wurde er doch arm um unsertwillen, erlitt unseren Zorn, um uns zu begegnen, und durch sein Leiden sind wir, die wir so arm waren, nun einbezogen in die reiche Beziehung Jesu mit seinem Vater im Heiligen Geist.«

18

DAS GEHEIMNIS

Das Geheimnis jedes Menschen ist,
ob er daran glaubt oder nicht,
mit Jesus verbunden.

Thomas F. Torrance

Die Liebe selbst kann ihr Werk verrichten in denen,
die nichts von Ihm wissen.

C. S. Lewis

Verständlicherweise hatten die Jünger Mühe, die volle Bedeutung der Existenz Jesu zu erfassen und sich vorzustellen, was in seinem Leben und Tod, seiner Auferstehung und Himmelfahrt aus der Welt und der Menschheit würde. Die Folgen sind einfach zu schwindelerregend, zu umwälzend, als dass irgendjemand sie begreifen könnte. Selbst nach mehrjähriger Wanderschaft mit Jesus und in einem Zustand geistiger Erhebung fiel es den Jüngern schwer, die Tragweite seiner Lehren zu ermessen. In Johannes 14 sind einige ihrer Gespräche mit ihm am Vorabend seines Todes aufgezeichnet. Jesus fasst den Sinn seines Lebens und Wirkens in einer einzigen Aussage zusammen. Nachdem er den Jüngern versprochen hat, er und sein Vater würden ihnen einen weiteren Seelengefährten oder »Tröster« schicken, nämlich den Geist der Wahrheit, und sie keinesfalls im Stich lassen, erklärt er:

An demselben Tage werdet ihr erkennen, dass ich in meinem Vater bin und ihr in mir und ich in euch.[269]

Nehmen Sie sich ein wenig Zeit, um diesen Satz zu verinnerlichen. Er offenbart drei wesentliche Wahrheiten: Jesus ist *in* seinem Vater; wir sind *in* Jesus; Jesus ist *in* uns. Das hat der Gottessohn aus verblüffender Gnade und Liebe für uns und mit uns getan. Durch unsere Zurückweisung dem Tod geweiht, bezog er uns in seine mit dem Vater und dem Heiligen Geist bewohnte Welt ein.

Mit einfachsten Worten spricht er von dieser Welt – der seinen und der unseren in ihm –, die uns im Heiligen Geist erwartet. Sie ist uns unvorstellbar. Doch der Geist der Wahrheit wird uns zu erkennen geben – nicht in Form eines theologischen Axioms, sondern einer lebendigen Erfahrung –, dass Jesus *in* seinem Vater ist und dass wir keine Außenstehenden sind, sondern unmittelbar Beteiligte, aufgenommen in Jesus und seine Beziehung mit dem Vater. Unser abstumpfendes Geflüster, hervorgerufen durch unsere Trennung von Gott, unsere Ablehnung und Gleichgültigkeit, wird hier als unsinnig entlarvt. Denn Jesus hat uns alle für immer in sich eingeschlossen.

Das ist die Wahrheit, die uns frei macht.[270] Wir sind keine Zuschauer, bloße Anhänger, die das wunderbare Leben des Vaters, Sohnes und Heiligen Geistes aus der Ferne betrachten. Das dreifaltige Leben hat sein Zelt in unserer Menschlichkeit aufgeschlagen, also auch in unserer Verzweiflung und Qual. In dieses Leben sind wir so tief eingebunden, dass die Musik des großen Tanzes bereits jetzt in unserem Leben erklingt; sie ist nur zu nah, als dass wir sie hören könnten. Der Mystiker Thomas Merton schreibt hierzu: »Er ist uns näher, als wir selbst uns sind, und deshalb bemerken wir Ihn nicht.«[271] Die Aussage »Ich bin in euch wie ich in meinem Vater bin und wie ihr in mir seid« *machen* wir nicht wahr – sie *ist* die Wahrheit, die wir als Wirklichkeit im Geist kennenlernen werden. Nicht von ungefähr ruft Mackenzie aus: »Das ist fast unglaublich!«

Natürlich steht es uns frei, unser Leben »auf den Stufen« zu verbringen, erschöpft von unzähligen Versuchen, zu Gott zu gelangen, oder zynisch und bitter zu werden, weil wir es nicht schaffen, oder selbstgerecht und hochmütig, weil wir uns schon am Ziel wähnen. Aber diese Stufen sind reine Illusion. Tatsächlich ist *Jesus in seinem Vater,* sind *wir in Jesus* und ist *er in uns.*

Lassen Sie mich hier eine Begebenheit einfügen, die sich vor einigen Jahren zutrug. Eines Samstagmorgens spähten mein sechs- oder siebenjähriger Sohn und einer seiner Kumpane durch den Türspalt nach mir, der ich auf dem Sofa im Arbeitszimmer saß, Junkmails durchsah und mich vorbereitete, ein Footballspiel im Fernsehen anzuschauen. Sie hatten sich maskiert: Gesichtsfarbe, Plastikgewehre, Messer und Helme – das volle Programm. Ehe ich mich's versah, flogen zwei verkleidete Gestalten auf mich zu: Der Angriff lief auf Hochtouren. Etwa fünf Minuten lang fochten wir Scheinkämpfe aus, rauften und flippten aus. Schließlich landeten wir unter Lachanfällen auf dem Fußboden. In diesem Moment erschien vor meinem inneren Auge eine Art Transparent mit der Aufschrift: *Baxter, das ist wichtig. Achte darauf.*

Ich hatte keine Ahnung, was die Botschaft bedeutete. Immerhin war es Samstag, und ein Papa, sein Sohn und dessen Freund spielten Armee auf dem Fußboden des Arbeitszimmers. Daran war bestimmt nichts außergewöhnlich. Der erste Wink kam mit der Einsicht, dass ich diesen anderen kleinen Jungen überhaupt nicht kannte, ihn nie gesehen hatte, ja nicht einmal seinen Namen wusste. Ich dachte: *Angenommen, mein Sohn wäre im hinteren Zimmer mit unserem Hund Nessie, und dieser Junge tauchte allein im Arbeitszimmer auf. Wahrscheinlich hätte er geahnt, dass ich Mr Kruger bin, aber viel mehr wäre nicht geschehen. Nicht in einer Million Jahren wäre er durch die Luft auf mich zugeflogen, jedenfalls nicht von sich aus.*

Der kleine Junge kannte mich nicht, wusste nicht, wie ich bin. Mein Sohn dagegen kennt mich – und das war der zweite Wink. Er weiß, dass ich ihn liebe, dass er einer meiner Lieblinge ist. Und er weiß, dass ich ihn wirklich *mag,* dass er stets willkommen und erwünscht ist. Also tat er das Natürlichste überhaupt: In der Gewissheit, mein Herz zu kennen, rannte er auf mich zu, um zu spielen. Das Wunder aber bestand darin, dass sein Kumpan sich ebenfalls ins Getümmel stürzte. Ohne mir dessen bewusst zu sein, sah ich, wie die Beziehung meines

Sohnes zu mir, die damit verbundene Vertrautheit und Sicherheit, in diesen anderen kleinen Jungen überging. So hatte dieser teil an unserer Gemeinschaft und konnte die Freiheit und Freude meines Sohnes mir gegenüber im Spiel fühlen und genießen.

Halten Sie kurz inne, um die Botschaft in sich aufzunehmen. »An demselben Tage werdet ihr erkennen, dass ich in meinem Vater bin und ihr in mir und ich in euch.« Damit sagt Jesus, dass *wir* jener andere kleine Junge sind. Ähnlich drückt sich Jesus gegenüber Mackenzie in *Die Hütte* aus: »Meine Absicht bestand von Anfang darin, dass ich in dir leben soll und du in mir.« Papa wiederum bestätigt dies auf seine Weise: »Wir wollen mit dir die Liebe und Freude und Freiheit und das Licht teilen, das wir bereits in uns tragen. Wir haben euch erschaffen, die Menschen, damit ihr eine ganz persönliche Beziehung von Angesicht zu Angesicht mit uns haben sollt und euch dem Kreis unserer Liebe anschließt.«

Durch seinen Tod hat Jesus uns in sein Leben mit dem Vater und dem Heiligen Geist integriert. Demnach passiert in unserem Leben viel mehr, als wir je zu träumen wagten. In Papas Worten: »Du sollst wissen, dass mehr im Gange ist, als du dir vorstellen oder begreifen könntest, selbst wenn ich dir davon erzählen würde.« Jesus Christus teilt seine Identität und Existenz bereits mit Ihnen, mit mir, mit uns allen. Die Liebe und Freude, die Musik und das Lachen, die Fürsorge und das Opfer, die Schönheit und Güte der gesegneten Dreifaltigkeit sind schon in uns. Darin liegt das in vergangenen Zeitaltern verborgene Geheimnis, das nun jedoch in Jesus offenbar wird: »Christus in euch, die Hoffnung der Herrlichkeit.« (Kolosser 1,27) So lautet das Geheimnis hinter dem Reichtum unserer Mutterschaft und Vaterschaft, unserer Liebe und unseres Opfers, unserer Musik und Kunst, unserer Freude und unseres Daseins im Ganzen.[272]

Betrachten wir diese erschütternde Wahrheit aus einem anderen Blickwinkel. Als Jesus Wasser in Wein verwandelte, forderte er zunächst die Diener auf, Wasser zu holen und damit sechs große Krüge zu füllen.[273] Ein Krug fasste »zwei oder drei Maß«, also zwischen 65 und knapp 100 Litern, was zusammen etwa 400 bis 600 Liter ergibt. Das ist viel Wasser und viel Arbeit. Haben Sie sich je gefragt, warum

Jesus die Diener um Hilfe bat? Denken Sie einmal darüber nach. Wenn Sie Wasser in Wein verwandeln könnten, warum würden Sie dann nicht gleich den Wein erzeugen und den Dienern die Mühe ersparen, all das Wasser herbeizuschaffen? Warum sollen diese überhaupt mit einbezogen werden?

Seit jeher in einer Gemeinschaft der Liebe und der Teilhabe mit seinem Vater im Heiligen Geist lebend, gehört Jesus nicht zu den Menschen, die etwas allein tun. Tatsächlich geschieht das niemals. Obwohl »Sie und ich nicht notwendig sind«[274], will der Herr »nicht ohne uns Gott sein«[275], um einen prägnanten Ausdruck von Karl Barth zu entlehnen. Natürlich brauchte Jesus die Diener nicht, aber diesem Herr geht es ums Teilen; er möchte uns in seinem Leben und Wirken einen Platz einräumen. Die Diener sollten am Leben Jesu mit seinem Vater im Geist partizipieren. »Der erste Zweck der Inkarnation besteht darin, uns in ein Leben der Gemeinschaft und der Teilhabe am dreieinigen Leben Gottes zu erheben.«[276]

Ein weiteres Beispiel. Vor Kurzem war ich unterwegs, um an einem College im Mittleren Westen einen Vortrag zu halten. Ein junger Mann holte mich am Flughafen ab und fuhr dann mit mir im Auto Richtung Hochschule. Dieser Teil unseres Landes ist äußerst flach, also kamen wir Meile um Meile an Farmern vorbei, die ihre Felder pflügten. Irgendwann fragte ich den jungen Mann, was er nach seiner Abschlussprüfung vorhabe.

»Ich plane, aufs Priesterseminar zu gehen«, erwiderte er.

»Wollen Sie Missionar werden?«

»Nein, ich glaube nicht, wahrscheinlich Pastor.«

In diesem Moment bog ein Traktor im Feld vor uns um. Ich deutete auf den Farmer und fragte: »Haben Sie je darüber nachgedacht, wie Jesus sich gegenüber Farmern und ihren Familien verhält?«

Nach kurzem Zögern sagte der junge Mann: »Nein, das kann ich nicht behaupten«, und schaute mich an, als besäße ich ein drittes Auge.

»Dieser Farmer und seine Familie verbringen sechzig oder siebzig Stunden wöchentlich mit Landarbeit. Das ist ihre Hauptbeschäftigung. Vermutlich ist Ihre Kirche voller Farmer mitsamt Angehörigen. Also ist das eine wichtige Frage, nicht wahr?«

194

»Nun, so gesehen schon. Aber ich kann sie nicht beantworten.«

»Wenn Sie heute Abend nach Hause gehen und sich zum Essen an den Tisch setzen, was werden Sie tun, bevor Sie den ersten Bissen verspeisen?«

»Ich werde dem Herrn danken.«

»Wofür?«

»*Für die Nahrung*«, sagte er ungerührt.

»Natürlich, aber warum? Warum dem Herrn für etwas danken, das der Farmer angebaut hat? Warum danken Sie nicht dem Farmer und seiner Familie?«

»Na ja, ich sollte wohl dem Farmer danken, aber meinen Sie etwa, dass ich nicht dem Herrn danken sollte?«

»Nein, natürlich nicht. Ich möchte Ihnen nur begreiflich machen, dass Sie bereits wissen, wie sich Jesus gegenüber dem Farmer, dessen Leben und Arbeit verhält. Aber Sie verfügen über keine Theologie, die Ihnen zu verstehen gibt, was Ihr Gebet bereits weiß.«

»Ich kann Ihnen nicht folgen«, gestand er.

»Denken Sie mal darüber nach. Sie danken dem Herrn für Nahrung, die der Farmer angebaut hat. Was sagt Ihnen dies über den Farmer?«

Wieder hielt er inne und verarbeitete offenbar seine Gedanken. Plötzlich grinste er übers ganze Gesicht. »Ich hab's! Total cool! Der Farmer ist Teil des Kreislaufs, mit dem der Herr uns versorgt.«

»Genau«, sagte ich. »Und auch die Lehrer gehören dazu, die Müllmänner, die Schweißer und Lastwagenfahrer, die Männer und Frauen, die Reinigungsprodukte für den Haushalt herstellen, die Sekretärinnen, die Wissenschaftler, um nur einige zu nennen. Sie alle haben teil an dem, was Jesus tut.«[277]

Jesus braucht die Farmer genauso wenig, wie er die Diener brauchte, um auf der Hochzeit zu Kana Wasser holen zu lassen. Er braucht keine Eltern, um Kinder zu erschaffen und für sie zu sorgen, oder Lehrer, um zu lehren, Ärzte und Krankenschwestern, um zu heilen, Musiker, um Musik zu machen, Künstler, um Kunstwerke hervorzubringen, keine Ölfeldarbeiter, Angestellten, Erfinder, Forscher oder Theologen. Er könnte zwar einfach den Befehl geben, und alles geschähe nach seinem Willen, aber dergleichen ist dem Vater, dem Sohn und dem Heiligen Geist nie in den Sinn gekommen, denn es würde bedeuten, dass wir in ihrem geteilten Leben weder erwünscht noch mit einbezogen sind.

Bald nach meinem Gespräch mit dem Studenten betrat eine junge Mutter mit einem Stapel Rundschreiben mein Büro. Sie hatte Tränen in den Augen, als sie diese auf meinen Schreibtisch schleuderte und rief: »Ich fühle mich wie der letzte Dreck!«

»Was um Himmels willen ist passiert?«, fragte ich.

»Ich hab diese Rundschreiben von Freunden und Missionaren aus aller Welt gelesen. Die sind irgendwo in der Ferne und tun so wunderbare Dinge für Gott. Sogar ihre Kinder sind perfekt. Dadurch wurde mir klar, was für ein unnützes Leben ich führe. *Pete zuliebe* wasch ich jeden Tag drei Ladungen Wäsche, und wenn ich das nicht mach, geh ich einkaufen, und wenn ich nicht gerade einkaufen geh, pack ich die Lebensmittel aus oder bereite sie zu oder räume nach dem Kochen auf. Daneben schufte ich wie eine Wahnsinnige, um das häusliche Chaos in den Griff zu kriegen, sodass alles schön proper aussieht, mit meinen Kindern in Kontakt zu bleiben, dafür zu sorgen, dass sie ordentlich gekleidet sind und ihre Aufgaben pünktlich erledigen … Hinterher find ich kaum noch Zeit für meinen Mann. Und abends bin ich viel zu müde, um in meine Bibel auch nur reinzuschauen. Was hab *ich* denn Gott anzubieten?«

»Nur mit der Ruhe«, sagte ich. »Warten Sie einen Moment. Wir müssen die Pausetaste drücken und uns all das noch mal durch den Kopf gehen lassen.«

»Ja, hoffentlich!«

»Erinnern Sie sich an die Geschichte, die Sie mir kürzlich über den Mantel Ihrer Tochter erzählt haben?«

»Welchen Teil meinen Sie?«

»Die ganze Geschichte.«

»Klar, aber was hat *die* damit zu tun?«

»Nun, Sie sagten mir, dass Sie einen Vormittag lang in den Geschäften nach einem Wintermantel für Ihre Tochter gesucht haben, damit sie nicht friert. Und, wohlgemerkt, Sie wollten keinen x-beliebigen

196

Mantel, sondern einen, der ihr gefallen würde und zugleich groß genug wäre, dass er ihr auch nächstes Jahr noch passt, aber trotzdem schick aussieht dieses Jahr, und außerdem einen, der im Ausverkauf war!«

»Stimmt.«

»Also, haben Sie einfach beschlossen, eine liebevolle Mutter zu sein, und einen inneren Schalter angeknipst, um diese Fürsorglichkeit gegenüber Ihrer Tochter herzustellen? Haben Sie etwa eine Pille geschluckt, die Sie zur guten Mutter macht?«

»Worauf wollen Sie hinaus?«

»Ich frage nach dem Ursprung der Liebe zu Ihrer Tochter und zu Ihrer Familie. Woher kommt Ihre feste Absicht, dass die Kinder jeden Tag richtig essen, anständig gekleidet sind, geliebt werden und sich völlig sicher fühlen?«

»*Ich bin ihre Mutter.* Wer zerbricht sich darüber den Kopf?«

»*Ich* zum Beispiel. Diese Fragen sind wichtig; sie bescheren Ihnen vielleicht eine echte Freiheit – und Würde.«

»Okay, aber worum geht es Ihnen eigentlich?«

»Mir geht es darum, dass Jesus nicht da oben sitzt und Sie aus der Ferne beobachtet. Er wartet nicht darauf, dass Sie in seiner Abwesenheit etwas für ihn tun. *Er ist hier, in Ihnen.*«

»Daran hab ich immer geglaubt, aber was heißt das?«

»Das heißt, dass Vater, Sohn und Heiliger Geist mit Ihrer Hilfe mehrere einzigartige Menschen erschaffen haben. Nie zuvor in der Geschichte des Universums haben Ihre Kinder existiert. Es gibt sie nur einmal, und da sie nun durch Sie zur Welt kamen, werden Sie für immer in Jesus leben. In meinen Augen ist das etwas Wunderbares, dem eine tiefe Würde innewohnt.«

»An guten Tagen seh ich das auch so. Irgendwo tief drinnen weiß ich, dass dem so ist, aber es jeden Tag zu fühlen fällt mir irre schwer.«

»Das heißt auch, dass Jesus seine Liebe zu seinen Schafen – zu Ihrer Familie – mit Ihnen teilt. Er hat in Ihr Herz seine eigene Sorge um Ihre Tochter gelegt, damit sie einen neuen Mantel bekommt. Sie sind in seiner Liebe aufgewacht und den ganzen Morgen in seiner Freude einkaufen gegangen. Sie haben sich Ihrer Tätigkeit hingegeben, um

197

an seinem Tun teilzuhaben, und jede Minute davon genossen. Seine Wonne erfüllte Ihr Herz, ließ es höher schlagen. So fanden Sie schließlich den Mantel. Doch Sie wissen nicht, wer Sie sind, und Sie erkennen nicht, was in Ihrem Leben passiert. Es handelt sich nicht bloß um *Ihre* Sorge und Wonne, sondern um *seine*. Es gibt nichts Edleres, als für die eigene Familie ein Mahl zuzubereiten. Denn dies entspricht dem Vater selbst, der durch seinen Sohn im Geist das königliche Mahl mit seinen geliebten Geschöpfen teilt. Sie befinden sich inmitten dieses Geschehens. Es ereignet sich viel mehr in Ihrem Leben, als Sie je geträumt haben. Wenn Sie das übersehen, werden solche Rundschreiben Sie zu Tode beschämen, werden Gelegenheiten zu Strapazen, und das Leben verwandelt sich in eine endlose Reihe von Enttäuschungen. Dann werden Sie niemals jene Freude auskosten, die zu sein, die Sie sind.«

Eine weitere Geschichte. Für meinen ersten Flug in den Westen der USA reservierte ich einen Fensterplatz. Bis dahin hatte ich die Rocky Mountains noch nie in natura gesehen, also wollte ich sie wenigstens aus der Luft betrachten können. Da alle mittleren Sitze frei blieben, hatte jeder Passagier genügend Platz. Der Steward schloss die Tür, und das Flugzeug bewegte sich rückwärts, um zu starten. Dann stoppte es, fuhr vorwärts, und der Steward öffnete die Tür. Im Nu stieg ein Mann an Bord, der mit Hut, Weste und Lederranzen wie Indiana Jones aussah. Ich ahnte schon, wo er sitzen würde, und sollte mich nicht täuschen. Er ging an fünfundzwanzig Sitzreihen vorbei und setzte sich direkt neben mich.

Als ich ihn begrüßte, stellte er sich vor und sagte, er sei ein »systematischer, mikroevolutionärer Mikrobiologe«. Er kehrte gerade aus der Karibik zurück, wie mir schien, von einer Expedition im Stil des Indiana Jones. Tatsächlich aber handelte es sich um eine Forschungsreise mit dem Ziel, verschiedene exotische Pflanzenarten zu untersuchen. Kaum waren wir in der Luft, begann er über Pflanzen zu sprechen, insbesondere seltene Spezies, von denen der Normalbürger noch nie etwas gehört hat, die er jedoch bei ihren lateinischen Namen zu nennen wusste. Voller Inbrunst erzählte er über Pflanzen, die vom Aussterben bedroht waren, betonte, welch große Bedeutung sie hatten, was zu ihrer Rettung getan werden könne und warum für uns kein Weg daran vorbeiführe. Der Gedanke, dass wir bereits zahlreiche Pflanzenarten verloren haben und dass weiterhin immer mehr von ihnen verschwinden, war ihm einfach unerträglich. Er holte sogar ein paar Servietten hervor, zeichnete Diagramme und Tabellen darauf. Offen gestanden war ich von seinen Ausführungen wirklich fasziniert.

Irgendwo über Idaho hielt er inne und sah mich von der Seite an.

»Da Sie Theologe sind, wollen Sie bestimmt über die Evolution reden.«

»Nein, eigentlich nicht«, sagte ich, »aber ich habe eine Frage.«

»Und die wäre?«

»Woher kommt Ihre Leidenschaft für Pflanzen? Ich meine, man trifft nicht alle Tage jemanden, der sich so hingebungsvoll um deren Wohlbefinden kümmert. Ich möchte bloß erfahren, welche Motive dem zugrunde liegen. Sind Sie mit Botanikern groß geworden? Waren Ihre Eltern Botaniker? Oder haben Sie eines Tages einfach beschlossen, die Pflanzen bedingungslos zu lieben?«

»Darüber habe ich mir bisher kaum, ja gar keine Gedanken gemacht.«

»Wahrscheinlich hat sich das allmählich so *entwickelt*«, sagten wir beide gleichzeitig.

»Vielleicht aber auch nicht«, warf ich ein, nahm eine Serviette und malte drei miteinander verbundene Kreise darauf. In den ersten Kreis schrieb ich »Vater«, in den zweiten »Sohn« und in den dritten »Heiliger Geist«. Ich deutete auf die Zeichnung und sagte: »Ich kenne die Quelle Ihrer großen Leidenschaft für Pflanzen, und ich weiß, wer Sie sind. Dieses innere Feuer ist nicht das Ihre; es kommt vom Vater, Sohn und Heiligen Geist. Es ist die gesegnete Dreifaltigkeit, die ein so tiefes Interesse an der Schöpfung hat. Durch Jesus teilen die drei ihre Leidenschaft mit Ihnen, und durch den Heiligen Geist übermittelt er Ihnen demütig seine Freude an Pflanzen, seine Sorge um deren Wohlbefinden, seine Sehnsucht nach deren Ganzheit. Und Sie leben mitten darin! In *seiner* Besorgnis, *seinen* kreativen Ideen gehen Sie abends schlafen, wachen Sie morgens auf, arbeiten Sie den ganzen Tag. Sie leben im Leben Jesu, haben teil an der Beziehung zwischen ihm und seinem Vater in Gegenwart des Heiligen Geistes und damit auch an ihrem glühenden Eifer, die Schöpfung zu segnen. Sie leben im Kreis des dreieinigen Gottes, sind sich aber nicht einmal sicher, ob Gott überhaupt existiert!«

»Nun«, erwiderte er, »wenn das stimmt, warum hat es mir dann nie jemand gesagt?«

»Jetzt wissen Sie es.«

19

BLEIBE IN MIR

Ich bin der Weinstock, ihr seid die Reben.
Wer in mir bleibt und ich in ihm,
der bringt viel Frucht;
denn ohne mich könnt ihr nichts tun.

Jesus nach Johannes 15,5

Hat man den Plänen des Frohen Schöpfers zugestimmt,
erlaubt man Ihm vielleicht,
dass Er aus einem etwas Göttliches macht!

George MacDonald

Wenn wir Jesus Christus ernst nehmen, werden unsere Augen geöffnet für das Geheimnis unserer Menschlichkeit, unserer Kümmernisse und Freuden, unserer Lieben und Leidenschaften. So sehen wir die erstaunliche Würde unserer Existenz in Jesus. In dieser Welt gibt es nur einen Kreis der Achtsamkeit, Liebe und Kreativität; einen Kreis für das Lebendige, Richtige und Segensreiche; einen Kreis der Harmonie und Opferbereitschaft, der Großzügigkeit, Freude und Leidenschaft für den Frieden; einen Kreis der Sehnsucht nach allem Schönen, und es ist jener der gesegneten Dreifaltigkeit. Wir wurden nicht ins Dasein gerufen, um ziellos, ohne Sinn, Zweck oder Würde durch das Leben zu treiben. Jesus hat sämtliche Welten durchquert, um uns zu finden – und er hat uns gefunden und in sich selbst erhoben zu dem Leben, das er mit seinem Vater im Heiligen Geist teilt. »Ich bin in meinem Vater, ihr seid in mir und ich bin in euch.« *Nichts ist* gewöhnlich. »Ich bin das Licht der Welt. Wer mir nachfolgt, der wird nicht wandeln in der Finsternis, sondern wird *das Licht des Lebens* haben.«[278]

Eine derartige Vision ist fast zu wunderbar, um wahr zu sein. Doch es ist so. Dementsprechend sagt Papa zu Mackenzie in *Die Hütte*: »Wie schon gesagt, alles dreht sich um ihn. Die ganze Schöpfung und die ganze Geschichte drehen sich um Jesus. Er ist das Zentrum unserer Absichten, und in ihm sind wir jetzt durch und durch menschlich, und so sind unsere Absichten und euer Schicksal für immer verknüpft.«

Hierzu wäre vielerlei zu sagen, aber wenigstens drei wesentliche Aspekte müssen hervorgehoben werden.

Erstens: Jesus selbst ist der eigentliche Inhalt und Sinn der großen Themen des Neuen Testaments: das Königreich Gottes, Adoption des Menschen, Buße, Rechtfertigung, Versöhnung, das neue Bündnis, Erlösung, Himmel. Das Königreich Gottes ist das Leben, die Liebe und die Freude der gesegneten Dreifaltigkeit, die mit uns in Jesus geteilt werden und in unserem Leben, unseren Beziehungen miteinander und mit der gesamten Schöpfung zu einzigartigem und persönlichem Ausdruck gelangen.

Die Identität von Jesus Christus als dem Einen, in dem Vater, Heiliger Geist und Schöpfung miteinander verbunden sind, hat tief greifende geopolitische, ethnische, soziale und wirtschaftliche Folgen, wirkt sich auf die Erziehung ebenso aus wie auf die Umwelt, ganz zu schweigen von den Konsequenzen für Physik, Psychologie oder Theologie. »Ich bin das Licht des *Alls*.« Als der menschgewordene Schöpfer ist Jesus aufgrund seiner Beziehung zum Vater im Heiligen Geist integraler Bestandteil jedes menschlichen Bereichs und des planetarischen Lebens überhaupt. Als er zu den Armen seines Vaters aufstieg, wurde nichts Irdisches zurückgelassen. Kein Geschöpf bleibt je von seiner Salbung im Geist ausgeschlossen.

In Jesus sind Himmel und Erde vereint; die Dreifaltigkeit hat die unendliche Kluft überbrückt und uns für immer aufgenommen. Alles

202

wurde neu. Das Bündnis zwischen dem Herrn und Israel ist nun erfüllt von der Beziehung zwischen dem Vater und dem Sohn im Heiligen Geist.[279] Dieses neue Bündnis ist Jesus selbst sowie all das, was er ist und hat und im Heiligen Geist erfährt.

Was wäre Erlösung anderes als unser Tod im Tod Jesu und unser neues Leben in seiner Auferstehung? Was könnte *einträchtiger* sein als die direkte Verbindung von Jesus – und der Menschheit in ihm – zu seinem Vater im Heiligen Geist? *Immanuel,* Gott mit uns, Adoption, Himmel, ewiges Leben – diese Vorstellungen haben ihre fundamentale Bedeutung in der unglaublichen Gnade des dreieinigen Gottes in Jesus, durch den wir emporgehoben wurden in die Arme des Vaters und eingeführt in die Welt des Heiligen Geistes. »Das ist aber das ewige Leben, dass sie dich, der du allein wahrer Gott bist, und den du gesandt hast, Jesus Christus, erkennen.« (Johannes 17,3)

Zweitens: Durch die verblüffende Verbindung, die Jesus zu uns hergestellt hat, und das darin geteilte Leben werden wir nicht identisch mit ihm noch wird er identisch mit uns. Das wäre unser Ende als reale Personen und das Ende des Traums, den die gesegnete Dreifaltigkeit uns vorbehält. Im Leben des Vaters, Sohnes und Heiligen Geistes herrschen Einigkeit und Einvernehmen; die drei Personen wohnen ineinander, büßen jedoch ihren spezifischen Charakter niemals ein. Sie verwandeln sich nicht ineinander. Vater, Sohn und Heiliger Geist haben eine Möglichkeit gefunden, uns einen Platz einzuräumen in ihrem trinitarischen Sein, ohne uns dabei zu verlieren. Wir werden mit einbezogen, aber nicht aufgesogen; vereint, aber nicht derart verschmolzen, dass wir nicht mehr wirklich wären. Wir nehmen teil am dreifaltigen Leben, doch stets als Individuen mit unverwechselbarer Persönlichkeit. Die gesegnete Dreifaltigkeit kennt keine andere Verfahrensweise.

Diese Vision bewegt sich zwischen den Extremen Pantheismus und Deismus oder Dualismus.[280] Im Pantheismus ist die Trennung zwischen Gott und Welt aufgehoben, wodurch beide eine unauflösliche Einheit bilden. Die Menschen sind so tief verwoben mit dem Göttlichen, dass sie nur mehr dessen Ausformungen darstellen, gleichsam Wassertropfen im göttlichen Ozean. Es gibt kein klar abgegrenztes, eigenständiges »Wir«, das an Gottes Leben teilhat. Im Deismus hingegen ist Gott ein Zuschauer, der uns aus unendlicher Ferne betrachtet, sodass zwischen ihm und uns keine echte und sinnvolle Beziehung bestehen kann. Wir sind ihm für immer völlig fremd. Der Pantheismus beseitigt also den Gegensatz zwischen dem Göttlichen und dem Menschlichen, würdigt uns herab zu Computern mit göttlicher Software, während der Deismus diesen Gegensatz verabsolutiert, weshalb Göttliches und Menschliches nie – oder vielleicht nur durch eine Anweisung von außen – aufeinander bezogen sind und wir kein göttliches Leben haben. Doch die trinitarische Vision bewahrt sowohl die Wirklichkeit unserer Verbindung mit dem dreieinigen Gott als auch den Unterschied zwischen ihm und uns. Die Verbindung beschert uns eine echte Teilhabe am dreifaltigen Leben; der Unterschied verbürgt unser reales »Wir«, das es fühlen, erfahren und auskosten kann.

Drittens: In Jesus sehen wir, wer wir sind und warum wir hier sind, erkennen wir unseren falschen Weg und seinen richtigen Weg. Jesus hat uns eingebunden in seine Beziehung mit dem Vater, in seine Beziehung mit dem Heiligen Geist, in seine Beziehung mit jedem Menschen und in seine Beziehung mit der gesamten Schöpfung. Jesus ist *die Mitte von allem.*[281] Leben heißt, ihn zu begleiten und an seinen Beziehungen teilzuhaben. Nie sind wir lebendiger, freier oder mehr wir selbst, als wenn wir mit seinen Augen sehen, mit seinem Herz fürsorglich sind, mit seiner Liebe lieben. Sterben hingegen bedeutet, allein zu sein, ständig den eigenen Willen durchzusetzen, nur sich selbst und den eigenen Interessen zu dienen.

Vergegenwärtigen Sie sich kurz unsere Diskussion über die Dreifaltigkeit. Das Ineinanderwohnen von Vater, Sohn und Heiligem Geist ist zugleich die *Wahrheit des Seins* und die *Weise des Seins* der gesegneten Dreifaltigkeit. Es gab nie einen Moment, da Vater, Sohn und Heiliger Geist nicht ineinanderwohnten, da dieses Ineinanderwohnen nicht in Liebe und Beziehung zum Ausdruck kam. Bei uns Menschen jedoch verhält es sich anders, weil wir der Zeit unterworfen sind.

Was Jesus in seinem Leben und Tod, seiner Auferstehung und Himmelfahrt aus uns gemacht hat, entspricht der *Wahrheit* unseres Seins, aber diese ist noch nicht zur *Weise* unseres Seins geworden. Wir sind von der Dreifaltigkeit nicht getrennt, sondern in sie und ihr Leben eingeschlossen. Das ist unsere Identität, die *Wahrheit* unseres Seins und unseres Schicksals im Zeichen der Freude. Wir werden für immer geliebt, anerkannt, umarmt und aufgenommen. Doch das ist noch nicht unsere Seinsweise, und genau darin liegt unsere Berufung: Unsere Identität in Jesus ruft uns auf und macht uns frei, diejenigen zu *werden*, die wir als geliebte, anerkannte, umarmte und aufgenommene Wesen *sind*.[282]

Einerseits hat dieses Werden zur Folge, »dass wir dem Vater Jesu gestatten, uns zu lieben«, wie mein Freund Bruce Wauchope es so treffend ausdrückt. Es geht also um Mackenzies Lernprozess, »geliebt zu leben«, darum, Papa die Leitung über das Haus seiner Seele zu überlassen. Die Wahrheit fordert uns dazu auf, vom alten Glauben, wir seien von Gott getrennt, abgeschnitten, aufgegeben worden, seien allein und müssten auf eigene Faust handeln, zum neuen Glauben überzugehen – nämlich in Jesus erwünscht zu sein, empfangen, umsorgt und einbezogen zu werden in das gemeinsame Leben von Vater, Sohn und Heiligem Geist.

Andererseits beinhaltet dieses Werden, dass wir uns selbst – Geist, Herz und Wille – hingeben, um am Werk Jesu teilzunehmen. Unsere willkürliche Unabhängigkeit, unser verwirrter Eigensinn, unsere selbstbezogene Planung müssen verschwinden, damit das Leben und die Interessen, die Kümmernisse und Freuden, die Harmonie und selbstlose Liebe der gesegneten Dreifaltigkeit in uns zu unverfälschtem und einzigartigem Ausdruck gelangen können. Deshalb sagt Jesus zu Mack in *Die Hütte*:

»Ernsthaft, mein Leben war nicht als Vorbild gedacht, das ihr nachahmen sollt. Wenn du mir nachfolgen willst, geht es nicht darum, dass du versuchst, ‚wie Jesus zu sein‘. Nein, es geht darum, dass du deine Unabhängigkeit aufgibst. Ich bin gekommen, um dir das Leben zu schenken, das wahre Leben, mein Leben. Wir werden kommen und unser Leben in dir leben, auf dass du durch unsere Augen siehst, mit unseren Ohren hörst, mit unseren Händen berührst und spürst und dass du denkst wie wir ...«

»Bleibet in mir und ich in euch«, lautet die Botschaft des Evangeliums. »Gleichwie die Rebe kann keine Frucht bringen von sich selber, sie bleibe denn am Weinstock, so auch ihr nicht, ihr bleibet denn in mir. Ich bin der Weinstock, ihr seid die Reben. Wer in mir bleibt und ich in ihm, der bringt viel Frucht; denn ohne mich könnt ihr nichts tun.« (Johannes 15,4–6) Wie Mackenzie erfahren hat, können wir nicht über Wasser gehen, indem wir einfach unsere Glaubensmuskeln anspannen, sondern nur in einem Akt der Teilhabe am Tun Jesu. Es steht uns frei, tausend Wasserkrüge zu füllen und Zauberformeln, Gesänge, Rezepte zu ersinnen, aber das Wasser wird sich nie in Wein verwandeln, wenn nicht der Herr sein Werk verrichtet. Entscheidend ist die Beziehung, in der wir zwanglos Herz und Willen der Liebe und dem Leben von Vater, Sohn und Heiligem Geist unterordnen.

Glaube ohne Wahrheit hat keine Macht. Ohne Wirklichkeit, ohne Jesus ist er nur eine Art von Zauberformel, mit der wir jemand anderen in unseren Bann schlagen oder die Welt unserem Willen gefügig machen wollen. Wir besitzen zwar die bemerkenswerte Freiheit, unseren Träumen von Leben, Macht und Erfolg nachzuhängen, aber wie könnten unsere selbstsüchtigen Versuche, sie zu verwirklichen, in der Welt von Jesus Früchte tragen? Die Frage von Sarayu an Mackenzie ist an uns alle gerichtet: »Aber was hat es dir eingebracht?« Das Evangelium formuliert es ähnlich: »Denn welchen Nutzen hätte der Mensch, ob er die ganze Welt gewönne und verlöre sich selbst oder nähme Schaden an sich selbst?«[283]

In diesem Leben geht es darum, Jesus im Rahmen einer echten Beziehung zu begleiten. Das bedeutet, anderen zu dienen, Kranke zu heilen, für die Armen zu sorgen, Mutter und Vater zu sein, Lehrer, Coach, Arbeiter, Landwirt, Koch, Musiker – oder Wale zu retten, Möglichkeiten zur Reinigung von Wasser ausfindig zu machen. Es bedeutet, Nein zu sagen zu Rassismus, Sexismus, sozialer Ungerechtigkeit, Sektierertum, Aufspaltung und Dualismus in jeder Form, doch niemals nach Maßgabe eigener Stärke und Zeit. Ebendeshalb sagt Jesus zu Mackenzie: »Findest du nicht auch, dass es viel besser funktioniert, wenn wir beide es gemeinsam tun?«, um etwas später hinzuzufügen:

206

»Wenn du das ohne mich zu leben versuchst, ohne unseren ständigen Dialog auf der gemeinsamen Reise, wäre das, als würdest du allein versuchen, auf dem Wasser zu gehen. Das kannst du nicht! Und wenn du es trotzdem versuchst, so gut deine Absichten auch sein mögen, wirst du versinken!«

An dieser Stelle begreifen wir allmählich, was es heißt, Sünder zu sein. Die Sünde ist nicht bloß die Übertretung eines göttlichen Gebots, sondern jeder Gedanke oder Akt, jedes Motiv oder Wort, das unsere Aufnahme in Jesus und seine Beziehung mit dem Vater, dem Heiligen Geist und der ganzen Schöpfung beeinträchtigt oder gar zunichtemacht. Auf einer tieferen Ebene ist Sünde der blinde Stolz in tiefer Finsternis. *Die Sünde besteht darauf, dass Jesus Christus bereut und an uns glaubt.* Sie enthält unsere geheime Forderung, er möge sich selbst untreu werden und so tun, als wäre er nicht im Vater, wir nicht in ihm und er nicht in uns. Sie offenbart sich in unserem Befehl, er müsse seine mit dem Vater und Heiligen Geist bewohnte Welt aufgeben, dafür an die unsere glauben, an unserem Traum, Zeitplan und Willen mitwirken.

In mancherlei Hinsicht tut Jesus das auch, denn er begegnet uns in unserer Dunkelheit, akzeptiert und liebt uns so, wie wir sind. Er beschreitet jeden Weg, um uns zu finden. Doch wird er niemals die Tatsache leugnen, dass das wahre Leben in der Umarmung des Vaters im Heiligen Geist stattfindet. So nähert er sich uns in unserer Sünde und Verwirrung, und seine Gegenwart bedeutet: Er ist unser Retter, der uns durch Liebe vor unserem falschen Selbst zu bewahren sucht, damit wir die werden, die wir in ihm eigentlich sind, und das wahre Leben kennenlernen.

Es ist faszinierend, dass die ersten Worte Jesu im Johannesevangelium eine Frage sind. Johannes der Täufer beschreibt zweien seiner Jünger Jesus als Lamm Gottes, das die Welt von der Sünde befreit. Daraufhin folgen die beiden Jesus. Als sie hinter ihm hergehen, dreht der sich um und fragt: »Was suchet ihr?« (Johannes 1,38) Es ist eine einfache, aber schwerwiegende Frage. Können Sie sich vorstellen, dass Jesus tief in Ihre Seele blickt und fragt: »Was möchtest du *wirklich*?« Die Jünger des Johannes sind verwirrt. Wer wäre es nicht? So einfach die Frage war, durchkreuzte sie jeden Vorwand und zielte direkt auf das Wesentliche ab.

Die Jünger wussten keine Antwort. Schließlich stellten sie eine Gegenfrage: »Rabbi, wo bist du zur Herberge?« Auf den ersten Blick scheint diese Frage belanglos, wenn nicht absurd. Möchten sie etwa wissen, welche Unterkunft er bezogen hat? Man kann sich vorstellen, wie Jesus in sich hineinlächelt und denkt: *Ihr wollt also wissen, wo ich wohne?* Wenn es nach den Theologen ginge, hätte Jesus behutsam geantwortet, dass er im Schoß seines Vaters wohne. Doch er fordert sie einfach auf: »Kommt und sehet!«

Das ist der springende Punkt. Einerseits stellt Jesus die Frage: »Was sucht ihr? Worauf seid ihr aus? Was möchtet ihr? Das Leben, das wahre Leben? Sehnt ihr euch nach Frieden, Hoffnung, Sinn – nach der Freiheit, zu sein, zu leben, zu lieben, zu sterben?« Andererseits bedient er sich des Imperativs: »Kommt und sehet!« Jesus spricht zu unseren Herzen mit der verlockenden Aufforderung, die auf Liebe und Beziehung gründet: »Geht mit mir. Legt eure Pläne beiseite und kommt mit mir. Folgt mir.«

George MacDonald schreibt hierzu:

Ihm zu folgen heißt, von ihm zu lernen, seine Gedanken zu denken, seine Urteile anzuwenden, die Dinge zu sehen, wie er sie sah, Gefühle zu empfinden, wie er sie empfand, beherzt, beseelt und besonnen zu sein, wie er es war, damit auch wir gleicher Gesinnung mit seinem Vater seien.[284]

In Anbetracht dessen, wer Jesus ist, was er in seinem Leben und Tod, seiner Auferstehung und Himmelfahrt aus uns gemacht hat, und wer wir in ihm sind, lautet seine beharrliche Frage: »In welcher Welt werdet ihr heute leben? In der euren oder in der meinen?« In *Die Hütte* sagt Jesus zu Mackenzie:

»Wir sind dafür bestimmt, dieses Leben, dein Leben gemeinsam zu erfahren, im Dialog, und diese Reise gemeinsam zu unternehmen. So habt ihr teil an unserer Weisheit und lernt, mit unserer Liebe zu lieben, und wir haben teil an … eurem Gejammmer und Herumgemecker und …«

208

Jesus stellt uns vor die Wahl: »Gleichwie mich mein Vater liebt, so liebe ich euch auch.« (Johannes 15,9) Oder: »Wenn du dein eigenes Ding durchziehen möchtest, nur zu! Die Zeit arbeitet für uns.« (*Die Hütte*)

20

DER GEIST DER ADOPTION

Weil ihr denn Kinder seid,
hat Gott gesandt den Geist seines Sohnes
in unsre Herzen, der schreit: Abba, lieber Vater!

Paulus nach Galater 4,6

Es gibt Jemanden, der mit dir tanzt,
und du hast keine Angst, Fehler zu machen.

Richard Rohr

Die Adoption ist nicht der Traum eines naiven Gottes, sondern die ebenso einfache wie überwältigende Wahrheit in Jesus Christus. Indem Jesus Mensch wurde, überbrückte er die unendliche Kluft zwischen dem Göttlichen und dem Geschöpflichen. Und indem er unsere Feindseligkeit ertrug, stellte er eine echte Beziehung mit uns her – in unserer Menschlichkeit, aber auch in unserer schrecklichen Gebrochenheit. Als der inkarnierte Sohn des Vaters hat er seine eigene Beziehung mit ihm in unsere sündige Welt eingebracht, die Sünde überwunden und uns in der Liebe des Vaters umarmt. Und da Jesus zugleich der *Gesalbte* ist, gelangte auch der Heilige Geist in unsere Welt des Fleisches. Adoption bedeutet, dass der Heilige Geist in, mit, durch Jesus und ungeachtet der Feindseligkeit, die er seitens der Sünder ertrug, in die tiefsten Katakomben unserer Hölle hinabgestiegen ist, um sie nicht eher zu verlassen, als diese Katakomben für uns zum

Schoß des göttlichen Vaters werden. Jesus ist »Gottes Lamm, welches der Welt Sünde trägt« und derjenige, »der mit dem heiligen Geist tauft.« (Johannes 1,29,33)

Wie die Inkarnation bedurfte auch Jesu Salbung im Geist der Zeit, um das zu werden, was sie war. Zu keinem Zeitpunkt war er ohne den Geist, aber die Beziehung musste sich in jeder Phase menschlicher Existenz weiterentwickeln. Vom Geist empfangen, lebte Jesus im Geist sein ganzes Leben, das jedoch gekennzeichnet war von Entwicklung, Wachstum und Reife – des Vaters Sohn wurde *wirklich* Mensch. Er lebte seine Sohnschaft und Salbung im Geist als Mensch aus. Der Heilige Geist ist keine göttliche Flüssigkeit, die in das Gefäß der Menschlichkeit Christi gegossen werden könnte, sondern eine Person, die willkommen geheißen, erkannt und geliebt werden soll. Die Salbung Jesu war personal und relational, nicht mechanisch und extrinsisch; sie bezeugte sowohl eine Tatsache als auch eine Beziehung. Jesus lebte und liebte im Geist, bejahte *sie* in jedem Augenblick und wurde so immer mehr zu dem, der er bereits war. Von der wundersamen Empfängnis über Leben und Tod erlangte seine Salbung im Geist ihren reifen Ausdruck in Auferstehung und Himmelfahrt.

Zugleich drang Jesus so tief in unsere Dunkelheit ein, dass er durch unsere Hand den Tod am Kreuz erlitt. Seine Salbung erfüllte sich nicht nur in seiner Menschlichkeit, sondern auch durch sein Leiden. Seine ewige Sohnschaft entfaltete sich in den Gräben unserer gebrochenen Welt, unter der drohenden Niedertracht des Bösen und inmitten der grausamen Qual infolge unserer Ablehnung. Jesus erfuhr durch sein Martyrium, was die Menschwerdung des göttlichen Sohnes bedeutet.[285]

Der Gedanke, dass Gott »Erfahrungen sammelt«, übt eine Faszination aus – wer könnte ermessen, was damit eigentlich gemeint ist? –, aber wie die Schöpfung selbst war auch die Inkarnation und das Leben in unserer Dunkelheit für Gott etwas *Neues*.[286] Gewiss sah die gesegnete Dreifaltigkeit voraus, wie sich die menschliche Existenz gestalten würde, doch Voraussicht und persönliche Erfahrung sind nicht dasselbe. Sobald der dreieinige Gott die Welt mitsamt der Menschheit ins Dasein gerufen hatte, begann sich das dreifaltige Leben in einer neuartigen Welt der Beziehungen auszudrücken. Durch die Inkarnation »wurde« die Dreifaltigkeit zu dem, was sie seit jeher war und ist, aber auf *andere* Weise – nun nämlich in Beziehung mit uns als sündigen Geschöpfen. Und als dann Jesus seine Sohnschaft als Mensch auslebte, war der Heilige Geist keine Unbeteiligte, die aus der Ferne zuschaute. Sie reichte ihm nicht nur ein paar Taschentücher, als er unseretwegen leiden musste, sondern war mit ihm im Leiden.

In Gemeinschaft mit des Vaters Sohn, der das Trauma unseres blinden Urteils ertrug, »fasste sich«[287], wie Thomas F. Torrance schreibt, der Heilige Geist oder »gewöhnte sich«[288] daran, nach den Worten des großen Irenäus, »in der Menschheit zu wohnen«. Im quälenden Schmerz Jesu wie auch durch die Unterstützung für ihn wurde der Heilige Geist mit unserer Menschlichkeit – und unserer Entfremdung – von innen her vertraut und machte so unsere gebrochene Welt zu einem Teil ihrer selbst.

Meines Erachtens »lernte« der Heilige Geist, uns in der Dunkelheit zu begegnen, durch die Not Jesu, durch ihren unermüdlichen Einsatz für den leidenden Diener Gottes. Genauso wie »das Wort Gottes im Begriff war, Fleisch zu werden«[289] in der Beziehung zwischen dem Herrn und Israel, und wie es dann tatsächlich Fleisch wurde und von da an unter *uns* wohnte, war auch der Heilige Geist »im Begriff«, bei den sündigen Kindern Adams zu wohnen, und »lernte« in Jesus, dergleichen für allezeit zu tun. Vom »Lernen« des Heiligen Geistes zu sprechen ist natürlich höchst spekulativ, aber zumindest hilft es uns, die Inkarnation als etwas *Neues* für Vater, Sohn und Geist ernst zu nehmen. Wer kann sich dabei sicher sein? Immerhin wissen wir, dass die große Liebende des Lebens, der Freiheit und Ganzheit sich in Jesus einen Weg in unsere Hölle bahnte. Und dort kann sie unmöglich still dasitzen oder schweigen; ihre Leidenschaft für das Leben wird zur Leidenschaft für unsere Befreiung.

Pfingsten ist die unausweichliche Folge von Jesu Himmelfahrt und der unseren in ihm. Indem Jesus uns in unserer Dunkelheit umarmte, schloss er uns auch in seine Salbung durch den Heiligen Geist mit ein. Durch Jesus wurde der Heilige Geist über *alles Fleischliche* ausgegossen, wie Joel es prophezeit hatte.[290] Die Leidenschaft des Heiligen

212

Geistes besteht darin, jeden Menschen zu erziehen – also für uns in unserer Dunkelheit subjektiv, persönlich, physisch, emotional und spirituell das real zu machen, was in Jesus Christus bereits real ist: nämlich dass wir für immer angenommen, geliebt, umarmt und in das trinitarische Leben selbst mit aufgenommen werden. Der Heilige Geist ist fest entschlossen, jenen »wunderbaren Tausch« zwischen Jesus und Menschheit von der *Wahrheit* unseres Seins in die *Weise* unseres Seins übergehen zu lassen.

In unserer Dunkelheit herrscht der eine, besondere und einzigartige Geist von Vater, Sohn und Heiligem Geist. Sie ist der Geist der Wahrheit, der Adoption, der Gnade und des Lebens in Christus; sie arbeitet mit und in uns, damit wir *werden*, die wir in Jesus *sind*. Doch wie ein Gelände voller Dornbüsche ist unsere Innenwelt ein verworrenes Chaos aus Schuldgefühl, Scham und Sorge, aus Selbstbezogenheit, Versteckspiel und Angst, die sich miteinander verbinden, um unsere Wahrnehmung nachhaltig zu trüben. Darauf verweist Jesus in *Die Hütte*, wenn er sagt: »Mack, hier geschieht viel mehr, als du ahnst oder wahrzunehmen in der Lage bist.«

Der Heilige Geist ist gekommen, um das mit uns zu tun, was wir allein nicht einmal in einer Million Jahren schaffen könnten. Sie begleitet uns mit großer Sanftheit, begegnet uns in unserer Qual und Verwirrung, löst behutsam das Chaos auf, um uns eine neue Sicht zu gewähren, damit wir aus ganzem Herzen das Leben wählen.

* * *

An dieser Stelle tauchen mehrere Aspekte auf, die wir unbedingt festhalten müssen. Erstens: Der Heilige Geist trifft uns in unserer gebrochenen Innenwelt. In Paul Youngs Buch ist Sarayu im Garten anwesend und tätig, der sich als das »Durcheinander« von Mackenzies gebrochener Seele entpuppt. Aber dieser Anblick jagt ihr keinerlei Schrecken ein. Obwohl sie an unserer Sündhaftigkeit keinen Gefallen findet und unsere Unaufrichtigkeit nicht billigt, ist sie doch weder eine prüde Puritanerin, die mit unserer Menschlichkeit nichts anzufangen weiß, noch ein behütetes junges Mädchen, dem die dunklen

Wechselfälle des Lebens auf dem Planeten Erde fremd sind. Sarayu ist nicht schockiert über unsere rüden Umgangsformen und heimtückischen Betrügereien. Eher wie eine erfahrene Pflegerin in einer Nervenheilanstalt hat sie in Jesus alles gesehen. Sie kennt unsere Hölle, unsere Qual, unsere wahnhafte Grausamkeit. Sie ist von der mühseligen Arbeit an unserer Befreiung nicht abgestoßen, sondern liebt diese sogar. Sie ist die Antwort. Wie in Mackenzies Garten ist sie auch in dem unseren voller Freude am Werk und verbringt dort eine großartige Zeit.

Und diese Freude teilt der Vater mit ihr. »In diesem Moment erschien Papa im Garten. Sie trug zwei Papiersäcke und lächelte, während sie sich ihnen näherte.« Als ich diese beiden Sätze zum ersten Mal las, musste ich zweimal hinschauen und sie dann erneut lesen, um sicherzugehen, dass sie tatsächlich das besagten, was ich dachte. Bei der nächsten Gelegenheit befragte ich Paul Young über Papa, die *lächelnd* in Mackenzies Garten trat.

»Sag mir bitte«, begann ich, »dass du das absichtlich so geschrieben hast.«

»Natürlich«, erwiderte er nur, ein breites Grinsen im Gesicht.

Diese Szene, erfüllt von Sarayus Freude und Papas Lächeln inmitten Mackenzies Chaos, ist eine ernste Überlegung wert. *Gehen Sie nicht einfach darüber hinweg.*

Sowohl Sarayu als auch Papa befinden sich in Macks Dunkelheit und Schmerz. Genau darin liegt die tief persönliche Bedeutung des »wundersamen Tauschs«. Sosehr ich Papas Umarmung auf der Veranda liebe – diese Gartenszene gefällt mir noch besser, denn hier offenbart Paul Young die verblüffende Wahrheit der Inkarnation. Der Heilige Geist und Jesu Vater sind nicht irgendwo da oben, um uns aus sicherem Abstand und mit unverstellter Sicht zu beobachten, sondern *in* unserer Welt der Sünde und der Scham. Im Abgrund seiner eigenen Verzweiflung entdeckte Paul Young, dass Jesus, sein Vater und der Heilige Geist überaus glücklich waren und lächelten. »Doch statt die ganze Schöpfung zu verschrotten, krempelten wir die Ärmel hoch und begaben uns mitten hinein in das Durcheinander – und deshalb kam Jesus zu euch«, sagt Papa.

Zweitens: Der Heilige Geist kommt, um uns innerlich zu *befreien*. Ihre Gegenwart in unserer inneren Welt ist nicht das Ende, sondern der Anfang. Denn der Traum der gesegneten Dreifaltigkeit besteht nicht nur darin, uns in ihr Leben mit einzuschließen, sondern dass wir dieses Leben auch am eigenen Leib erfahren. Was mit uns und für uns in Jesus geschehen ist, muss real werden in *uns*. Doch ein solcher Traum kann nie gegen unseren Willen in Erfüllung gehen, der wiederum mit unserem blinden und falschen Glauben verknüpft ist. Folglich hat der Heilige Geist eine Herkulesarbeit zu bewältigen. Sie muss uns dazu bringen, dass wir unsere Blindheit überwinden, an Jesus und seinem Vater glauben, beiden mit Vertrauen und Hingabe begegnen.

Niemals die Frucht mit der Wurzel verwechselnd, beschäftigt sie sich weniger mit unseren Sünden im Allgemeinen als mit unserer wesentlichen Sünde – dem *Unglauben*. Im Johannesevangelium sagt Jesus, der Heilige Geist werde »der Welt die Augen auftun über die Sünde und über die Gerechtigkeit und über das Gericht ... über die Sünde: dass sie nicht glauben an mich.« (Johannes 16,8–9)

In Jesu Beziehung mit uns bringen wir eine äußerst seltsame und entfremdete Denk- und Sichtweise mit, die uns natürlich absolut sinnvoll erscheint und an der wir mit aller Macht festhalten. So, wie wir im Sprechen unseren eigenen Akzent nicht hören können, sehen wir auch unsere Blindheit nicht. Wir sind außerstande, die Unkräuter unseres irrigen Denkens zu beseitigen und an etwas anderes zu glauben als an unsere Wahrnehmung aus Blindheit; aber Jesus hat unsere Dunkelheit durchdrungen und den Geist der Wahrheit mitgebracht.

Der Heilige Geist ist keine Zuschauerin, die von außen abstrakte Anweisungen erteilt in der Hoffnung, dass wir sie in die Praxis umsetzen. Nein, sie begegnet uns in unseren Gärten, in unseren Hütten, in den geheimen Winkeln unserer Seele, um von der »unglaublichen« Welt Jesu und seines Vaters – wie auch von der unseren – Zeugnis abzulegen. Sie arbeitet in uns, damit wir durch unsere Blindheit hindurchsehen und die Wahrheit in Jesus erkennen können. So hilft sie uns, kleine Schritte gegen unsere Angst und Entfremdung, unser Urteil und Vorurteil zu unternehmen. Doch wir sind äußerst willensstark und starrköpfig. Wie Erstklässler, die sich für Universitätsprofessoren

215

halten, glauben wir, alles zu wissen und keine Belehrung zu brauchen, selbst wenn wir eine Spur der Verwüstung hinter uns lassen. Deshalb gibt uns der Heilige Geist Zeit, in der wir dann auf eigene Faust handeln, während sie tief in unserem Wesen wirkt und unserem Geist bezeugt, dass wir tatsächlich Kinder des Vaters sind, und in unserem Innern die edlen Worte ruft: »*Abba*, lieber Vater!«[291]

Wenn Sie je ein Gedicht geschrieben haben, verfügen Sie über ein anschauliches Beispiel, wie dieser innere Zeuge arbeitet. Ähnlich vielen anderen Tätigkeiten vollzieht sich auch das Schreiben nach Maßgabe von Versuch und Irrtum. Häufig schreibe ich ein Kapitel, ohne genau zu wissen, was ich eigentlich ausdrücken möchte, und bearbeite es dann unzählige Male. Der Dichter verfasst einen Vers oder ein sprachliches Bild, streicht hier und da Wörter durch und unternimmt einen weiteren Versuch. Bald liegt ein Stapel beschriebener Blätter auf dem Fußboden. Doch wenn er beharrlich fortfährt und die Erschütterung aushält, das Unaussprechliche auszusprechen, nimmt das Gedicht allmählich Gestalt an.

Aber woher weiß der Dichter, dass eine Wendung oder Metapher verkehrt oder nicht angemessen ist? Wie erkennt er, wann sie stimmt und das Gedicht beendet ist? Die Antwort ist einfach und gehaltvoll zugleich: In seinem Innern sind zwei »Einsichten« wirksam.[292] Die eine stammt aus dem Kopf, die andere aus dem Herzen. Die Letztere bezeichnete George MacDonald als jenes »Etwas, das tiefer ist als der Verstand – die Macht, die dem Gedanken zugrunde liegt«[293], und der ungarisch-britische Chemiker und Philosoph Michael Polanyi als »implizites Vorherwissen«[294]. Das Wissen, das der Dichter bereits im Herzen trägt, sein »intuitives Wissen«, prüft die Gedanken, Wörter und Sätze, ruft ihn auf, noch einmal mit sich zurate zu gehen, die Gedanken zu erweitern, »bis sie des Gegenstandes würdig sind«[295], bis sein Verständnis groß genug ist, dem tieferen Wissen des Herzens Ausdruck zu verleihen.

Solchermaßen verfährt der Heilige Geist in unseren Herzen. »Weil ihr denn Kinder seid, hat Gott gesandt den Geist seines Sohnes in unsre Herzen, der schreit: *Abba*, lieber Vater!« (Galater 4,6) Dieser Geist gibt uns das innere Wissen ein, dass wir der Herrlichkeit ange-

216

hören, dass wir besonders sind, geliebt werden, für das Leben erschaffen wurden und nicht für den Tod, für die Freude, Güte und Gnade, nicht für den Kummer und die *Große Traurigkeit*. Doch innere Wunden, Trauma, Vernachlässigung, Scheidung, persönliche Missgeschicke und Enttäuschungen, die verfehlte Theologie – sie alle rufen eine andere Botschaft aus.

Mack hatte große Mühe, das zu begreifen, was er da hörte. Aber er spürte doch, dass es etwas ganz Erstaunliches und Unglaubliches war. Es war, als würden Papas Worte ihn einhüllen, ihn umarmen und zu ihm in einer Weise sprechen, die weit über das hinausging, was er mit seinen Ohren hörte. Nicht dass er wirklich irgendetwas davon glaubte. Wäre es doch nur wahr! Doch seine Erfahrungen sagten ihm etwas anderes.

Es gibt also zwei Einsichten in uns. Die eine ist die des Geistes, die andere wird im Schmelztiegel unserer Erfahrung und im Geflüster des Vaters der Lügen geformt. Das Zeugnis des Geistes verschafft uns inmitten unserer Dunkelheit eine göttliche Basis für Reue und neuen Glauben, was zu Befreiung und wahrem Leben führt. Die Reue verheißt eine radikale Umgestaltung unseres Denkens, der Art und Weise, wie wir Gott, uns selbst, die anderen sowie das Leben an sich wahrnehmen und begreifen. Dadurch entsteht in uns eine neue Einsicht, die den Verdacht nährt, dass wir vielleicht so blind sind wie Fledermäuse und in Bezug auf Gott einem fatalen Irrtum unterliegen, und die uns ermöglicht, entgegen tief verwurzelten Vorurteilen und Einbildungen an die Güte des Vaters von Jesus zu glauben. »Und stellet euch nicht dieser Welt gleich, sondern verändert euch durch Erneuerung eures Sinnes … Der Gott aber der Hoffnung erfülle euch mit aller Freude und Frieden im Glauben, dass ihr völlige Hoffnung habet durch die Kraft des heiligen Geistes.« (Römer 12,2; 15,13)

Drittens: Der Heilige Geist behandelt uns mit außergewöhnlichem Respekt. Für die gesegnete Dreifaltigkeit sind wir ganz real und äußerst wichtig. Es entspräche einfach nicht ihrer Verfahrensweise, sich über unser Herz und unseren Willen hinwegzusetzen; derlei würde uns als Individuen auslöschen. Vielmehr werden wir von Vater, Sohn und Geist hoch geschätzt – sie erachten uns als kostbar, treten mit uns so in Beziehung, wie wir in unserer Dunkelheit, Qual und Verwirrung sind. Ohne einen einzigen menschlichen Willen zu verletzen und ohne irgendjemanden zu misshandeln, wirkt der Heilige Geist zielstrebig in unserem Herzen und ist stets auf unsere Partizipation bedacht. Nicht von ungefähr sagt Sarayu zu Mackenzie: »Ich möchte, dass du mir hilfst, diese Stelle zu roden. Morgen möchte ich hier etwas ganz Besonderes pflanzen, und dafür müssen wir Platz schaffen … Wir beide, du und ich, haben hier mit einer klaren Absicht in deinem Herzen zusammengearbeitet.«

Freiheit und Respekt, Ehrfurcht und Geduld sind Themen, die sich durch die gesamte biblische Geschichte wie auch durch *Die Hütte* ziehen. Nur wenige Augenblicke nach der Umarmung auf der Veranda bemerkt Papa, dass Mackenzie sich nur zögernd öffnet, obwohl sie einen Weg in seine Dunkelheit gefunden hat. Sie sieht, dass er noch nicht bereit ist. »Das ist völlig in Ordnung«, sagt sie, »wir werden alles so machen, wie es sich für dich gut anfühlt.« Das ist zugleich der Kern der biblischen Geschichte. Die gesegnete Dreifaltigkeit nimmt uns ernst. Vater, Sohn und Heiliger Geist möchten ihr Leben in der Beziehung mit uns teilen.

Kurz darauf richtet Mack an Jesus die Frage, was er denn tun solle:

»Du sollst überhaupt nichts tun. Du bist frei zu tun, was immer du willst.« Jesus schwieg einen Moment und versuchte, Mack dann zu helfen, indem er ihm ein paar Vorschläge machte.

»Ich bin gerade in der Werkstatt beschäftigt. Sarayu arbeitet im Garten. Du kannst einem von uns helfen, angeln, Kanu fahren oder hineingehen und dich mit Papa unterhalten.«

»Nun, ich fühle mich verpflichtet, mit ihm zu reden, ähm, ihr.«

»Oh«, nun wurde Jesus ernst. »Geh nicht, weil du dich dazu verpflichtet fühlst. Damit erntest du hier keine Lorbeeren. Geh, weil es das ist, was du tun willst.«

Unsere Freiheit ist keine Illusion. Es steht uns frei, genau so zu sein, wie wir sind. Denn Vater, Sohn und Heiliger Geist wollen das *wahre*

218

Ich – nicht die Version von uns, die sonntags zur Kirche geht –, um uns an ihrem Leben, ihrer Liebe teilhaben zu lassen.

Dieser Respekt vor uns als realen Personen mit eigenem Herz, Kopf und Willen, so gebrochen er auch ist, kommt im Gespräch über Macks Kinder zum Vorschein: »Als er darüber sprach, welche Sorgen ihm Kate bereitete, nickten die drei mitfühlend, verzichteten aber auf Ratschläge und Belehrungen.« Sie retten Mackenzie nicht. Jesus, Papa und Sarayu *lauschen* ihm. Sie möchten erfahren und verstehen, was in seinem Herz vorgeht. Sie interessieren sich mehr dafür, ihn gründlich kennenzulernen, als dafür, ihm schnell irgendwelche Vorschläge zu unterbreiten. Dementsprechend sagt Sarayu: »Wir haben uns selbst begrenzt, aus Respekt dir gegenüber. Wir erinnern dich nicht daran, was wir alles über deine Kinder wissen. Während wir dir zuhören, ist es, als wäre es das erste Mal, dass wir etwas über sie erfahren, und es bereitet uns große Freude, sie mit deinen Augen zu sehen.«

Mit den Augen der anderen zu sehen ist das Kennzeichen echter Beziehung und Vertrautheit. Der Heilige Geist kümmert sich intensiv darum, wie weit wir in unserem Verstehen und Glauben gekommen sind und was wir uns wirklich wünschen. Sie gibt uns reichlich Zeit und Raum, sodass wir, wenn wir es darauf anlegen, unser inneres und äußeres Leben ständig in Unordnung bringen können. Wir verfügen über die schockierende Autonomie, ohne Rücksicht auf Verluste unsere eigene Sache »durchzuziehen«, wie besessen einem Projekt nach dem anderen hinterherzujagen, ja uns als Zauberer zu fühlen, die den Menschen und der gesamten Schöpfung ihren Willen aufzwingen wollen. Sie lässt uns mit uns selbst und den Folgen unserer »großartigen« Ideen leben, mit unserer unerträglichen Anmaßung und Sünde. In George MacDonalds magisch-geheimnisvollem Roman *Lilith* sagt Mr Raven: »Tatsächlich trachtet das Universum danach, aus dir einen solchen Narren zu machen, dass du dich für einen hältst und weise wirst.«[296] Sogar in unserer Torheit kehrt sie sich nicht von uns ab, nutzt aber dank ihrer Entschlossenheit geschwind jede sich bietende Gelegenheit, uns die Wahrheit und deren Freiheit und Leben begreiflich zu machen. Denn der Traum der gesegneten Dreifaltigkeit muss auch zu unserem werden.

219

Ich für meinen Teil würde eine rasche Lösung vorziehen, aber ein kurz aufblitzendes Licht würde unseren blinden Augen keine Sehkraft verleihen. Und selbst wenn derlei geschähe, würden wir niemals glauben, was wir sehen. Es geht um Verbindung, um die Erziehung unseres sündhaften Geistes und die Befreiung unseres Willens. Das braucht Zeit. Es geht darum, dass wir Jesus allmählich *erkennen*, und dieses wahre Wissen ist weit entfernt von der Aufzählung biblischer Geschehnisse, der Zitierung einzelner Verse oder dem Gang zur Kirche. Es erfordert Reue, die radikale Umwandlung unseres Denkens; es geht einher mit persönlicher Erfahrung, Vertrauen und Hingabe, Gemeinschaft und Einheit. Der Geist der Adoption verlangt von uns – den Menschen, die wir sind –, zu *glauben* und zu vertrauen, Jesus zu begleiten und leidenschaftlich an seinem Leben mit dem Vater teilzuhaben. Es ist dem Heiligen Geist nie in den Sinn gekommen, uns ihren Willen aufzuzwingen. Sie hat in Jesus Wohnung genommen, um sich mit uns in dunkler Qual zu verbinden und uns sanft das Sehen beizubringen.

Viertens: Der Heilige Geist schläft niemals, sie arbeitet rund um die Uhr, um aus unserer Not das Leben erstehen zu lassen, aus unserem Unrecht das Rechte zu befreien und aus unseren persönlichen Verletzungen die Heilung zu bewirken. Gerade das liebe ich an Vater, Sohn und Geist über alles: Sie sind nicht launisch oder reizbar, sondern geduldig und in ihrer Liebe brillante Strategen.

Paul Young fängt diese Eigenschaft an drei Stellen wunderbar ein. Zunächst in der Szene, wo Sarayu und Mackenzie den Garten bestellen und ihm plötzlich bewusst wird, dass er darin ein Chaos angerichtet hat. »Aber er ist wirklich schön und ganz erfüllt von dir, Sarayu. Auch wenn es den Anschein hat, dass hier noch eine Menge Arbeit zu tun ist, fühle ich mich in deinem Garten doch auf seltsame Weise wohl und zu Hause.« Papa und Sarayu wechseln Blicke und zwinkern sich zu, da Mack noch immer im Dunkeln tappt.

Sarayu klärt ihn auf:

»Das solltest du auch, Mackenzie, denn dieser Garten ist deine Seele. Dieses Durcheinander bist du! ... Und dein Garten ist wild und schön und vollkom-

220

men in seiner Entwicklung. Dir mag das alles wie ein Durcheinander vorkommen, aber ich sehe hier ein perfektes, lebendiges Muster sich entwickeln, wachsen und gedeihen – ein lebendiges Fraktal.«

Dann kommt die Szene, in der Jesus und Mack nach dessen Gespräch mit Sophia und nachdem er seine Tochter Missy wieder lebend und ins Spiel vertieft »gesehen« hat, sich unterhalten. Mack fragt Jesus, warum er ihm nicht früher von Missy erzählt hat, und der Gottessohn antwortet:

»Ich spreche schon seit langer Zeit zu dir, aber heute hast du mich zum ersten Mal wirklich gehört. Aber auch davor waren meine Worte an dich nicht vergeudet, denn sie haben dich auf diesen Tag vorbereitet. Man muss sich die Zeit nehmen, den Boden gut vorzubereiten, wenn die Saat in ihm aufgehen soll.«

Die dritte Szene schließlich ereignet sich, wenn Papa und Mackenzie mit frischer Butter bestrichene Scones auf der Veranda genießen. Es ist eine innige Begegnung, bei der Mack sich für sein abfälliges Urteil über Papa entschuldigt. Diese öffnet ihr Herz und enthüllt ihm ein einfaches, zugleich aber lebensveränderndes Geheimnis hinsichtlich ihrer Handlungsweise:

»Nehmen wir einmal an, ich wollte dir beibringen, dich nicht länger hinter Lügen zu verstecken, rein hypothetisch natürlich«, sagte sie augenzwinkernd. »Und nehmen wir an, ich wüsste, dass es siebenundvierzig Erlebnisse und Situationen bedarf, bis du wirklich bereit bist, auf mich zu hören – das heißt, bis du mich klar genug hörst, um zu erkennen, dass du dich ändern solltest. Wenn du mich also beim ersten Mal nicht hörst, bin ich deswegen nicht frustriert oder enttäuscht, sondern finde das Ganze äußerst aufregend. Denn es sind ja nur noch sechsundvierzig Male, bis du so weit bist. Und dieses erste Mal ist ein Baustein für eine Brücke der Heilung, über die du eines Tages – heute – gehen wirst.«

Das ist nicht nur herrlich ausgedrückt, sondern auch absolut wahr, und Paul Young hat es nicht aus Büchern gelernt. Diese verheißungsvolle und beglückende Einsicht wird uns nur dann zuteil, wenn wir mit uns selbst ins Reine kommen und aufrichtig sind gegenüber Vater, Sohn und Geist.

Die mit innerer Heilung befassten Institutionen lehren, wie wichtig es ist, sich die Zeit für eine Bestandsaufnahme des eigenen Lebens zu nehmen. Eine derart »gründliche und furchtlose Inventur«, wie die Anonymen Alkoholiker sie bezeichnen, soll schonungslos ehrlich und so vollständig wie möglich sein – ein echter Katalog unserer Sünden, Lügen, Charakterschwächen und Versäumnisse. Sich damit zu konfrontieren ist äußerst beängstigend, aber hierbei erkennt man nicht nur die eigene Gebrochenheit; man begegnet auch der Gnade des Herrn Jesus, dem Mitgefühl – ja dem Humor – seines Vaters und dem Trost des Heiligen Geistes. »Selig sind, die geistlich arm sind; denn das Himmelreich ist ihr. Selig sind, die da Leid tragen; denn sie sollen getröstet werden.« (Matthäus 5,3-4)

Diese Einsicht beeindruckte mich zutiefst. Mir dämmerte, dass mein ganzes Leben die Fingerabdrücke der gesegneten Dreifaltigkeit trug; nicht eine Sekunde lang hatte sie mich im Stich gelassen. Und noch überraschter war ich darüber, wie der Heilige Geist meine Fehler, Charakterschwächen und Dummheiten benutzte, um mir zu erkennen zu geben, dass ich von ihr immer geliebt und mit einbezogen wurde. Mit anderen Worten: Sie verwandelt unsere Scham in des Vaters Sakramente der Liebe.

So, wie der Heilige Geist sich daran gewöhnte, in unserem Fleisch zu wohnen, sorgt sie Schritt für Schritt dafür, dass wir uns an die Welt Jesu und Papas Herzenswärme gewöhnen. So, wie sie in Jesus »lernte«, uns in unserer Dunkelheit zu begegnen, hilft sie uns zu lernen, geliebt zu leben – denn wir werden tatsächlich geliebt –, und benutzt zu diesem Zweck gerade auch unsere Irrtümer und Missgeschicke. Demnach wurde das Gewand von Stephanus – nach der Apostelgeschichte der erste christliche Märtyrer – für den späteren Apostel Paulus, der seiner Hinrichtung zustimmend beigewohnt hatte, vielleicht zu einem Sakrament der Gnade und der Liebe. Und wer weiß, die Anstecknadel mit dem Marienkäfer, die Missys Mörder in *Die Hütte* als Visitenkarte zurückließ, mag für ihn und für Mack eines Tages zu einem

222

sichtbaren Zeichen der unerforschlichen Liebe der gesegneten Dreifaltigkeit werden.

Fünftens: Im Heiligen Geist wird die reine Liebe der gesegneten Dreifaltigkeit zu einem leidenschaftlichen *Urteil* in uns selbst. Jesus starb in unserem Hass und erhob sich in unserer Hölle, und wir können ihn nicht noch einmal töten oder uns von ihm abspalten. Ebenso drückt es Karl Barth aus: »Wir können uns von diesem Nachbarn nicht losreißen.«[297] Seine Gegenwart ist die der Liebe, Gnade und Bejahung, also auch des *Urteils*. »Denn die Liebe liebt uns bis zur Reinheit«, schreibt George MacDonald und fährt fort: »Gott wird einen Menschen nie mit irgendeinem Fehler davonkommen lassen. Er braucht ihn makellos.«[298] Die Liebe der gesegneten Dreifaltigkeit würde nie gestatten, dass wir uns ihr entfremden. »Daher muss alles, was im Geliebten nicht schön ist, alles, was dazwischen kommt und nicht nach Art der Liebe ist, zerstört werden.«[299]

Missys Mörder wird nicht, während er mit Marienkäfern spielt, durch die Himmelstür schlüpfen. Zunächst einmal ist der Himmel der Wohnsitz der Dreifaltigkeit, und das Böse, das die Entführung des Mädchens heraufbeschworen und diesen Mann so schrecklich verdreht und missbraucht hat, meidet das Licht um jeden Preis. Obwohl ihm vergeben wird, obwohl er akzeptiert, umarmt, geliebt und mit einbezogen wird, *weiß* er davon überhaupt nichts; infolge seiner Ahnungslosigkeit krümmt er sich vor Schmerz und bleibt gefangen in den Klauen der Finsternis. Er gehört zwar seit jeher und für allezeit zu Vater, Sohn und Heiligem Geist, hat sich jedoch der Niedertracht und dem Hass verschrieben. Er handelt aus der Lüge des Bösen und dessen grotesker Sinnlosigkeit, richtet im Leben der Menschen verheerende Schäden an. Verwandelt in ein furchtbares Ungeheuer, führt er eine entfremdete Form der Existenz, die seinem wahren Selbst in Christus Gewalt antut und die im Feuer der Liebe Jesu »umgeschmolzen« werden muss.

Dieser Mann muss – wie jeder von uns – sein *Urteil* durch das lebendige Wort Gottes empfangen.[300] Das heißt, das Böse in ihm muss erkannt und geschieden werden von seinem wahren Selbst in Jesus. »Vieles in uns wird uns selbst und zumal dem Richter der Verdammung wert scheinen; es gehört ins Feuer«, schreibt der Schweizer Theologe Hans Urs von Balthasar.[301] Alles in uns, was dem trinitarischen Leben und Handeln fremd ist, muss sterben. Das Gift der Dunkelheit muss aus uns entfernt werden, damit wir in Jesus zu denen werden können, die wir wirklich sind. Wir müssen bereuen und glauben, nicht um angenommen, geliebt und einbezogen zu werden, sondern um *in dieser Wirklichkeit zu leben.*

Der Heilige Geist ist der Geist der Adoption, und deshalb wirkt sie in unserer Dunkelheit als reinigendes Feuer.[302] Andernfalls sind wir dazu verurteilt, in einem Leben eingeschlossen zu bleiben, das wir niemals leben können. Folglich arbeitet sie darauf hin, uns zu befreien, damit wir beschließen, unsere Sündhaftigkeit zu überwinden und all dem zu entfliehen, was der selbstlosen, hingebungsvollen Liebe und Gnade von Vater, Sohn und Heiligem Geist widerspricht. Ihr verwandelndes und befreiendes Feuer lodert auf in dem Zeugnis: »*Abba*, lieber Vater!« Sie benutzt die Wahrheit – unsere Aufnahme, unsere Rettung in Jesus Christus –, um uns dem Urteil zuzuführen und die Krise unserer inneren Befreiung auszulösen.[303]

»*Abba*, lieber Vater!« ist für uns ein Ausruf voller Hoffnung auf das neue Leben, das tief innen schon besteht und sehnsüchtig nach Ausdruck verlangt, zwangsläufig aber auch jenes weiße Blatt Papier, das wir zum Vergleich gegen die Wände unserer verdrehten Innenwelt halten, um dadurch die eigene Dunkelheit bloßzulegen. Diese Enthüllung, dieses Urteil ist schmerzlich, ja vernichtend.[304] Aber wie der Songschreiber sagt: »Brennende Glut, lass mich nie den Schmerz verfluchen, den du zufügst.«[305] Denn der Schmerz der Offenbarung ist die Frucht unserer Rettung; sie besteht darin, dass wir durch unsere Adoption in Jesus von Wahn, Angst und Entfremdung befreit werden und mit der Liebe des dreieinigen Gottes die Unabhängigkeit kennenlernen, das loszulassen, was uns zerstört. Daher fährt der Songschreiber fort: »Irgendwie weiß ich, dass ich in deinem Brennen *ganz* sein werde.«

Der Heilige Geist lenkt Denken, Herz und Willen weg von uns auf das, was aus Jesus und *aus uns* in ihm wurde: »Ich bin in meinem Vater, ihr seid in mir und ich bin in euch.« Sie verrichtet ihr Werk in

224

unserem Innern, um diese Wahrheit, diese Tatsache, diese Wirklichkeit, diese Person zu offenbaren. Der Ausruf »Abba, lieber Vater!« ist nicht nur ein biblischer Satz, sondern Jesu Stimme in uns. Der Heilige Geist zeigt uns Jesus nicht einfach als fernes Objekt – sie erweckt ihn in uns[306], damit eine persönliche Begegnung stattfinden kann. Wir schauen ihn an, den wir durchbohrt haben[307], und stellen fest, dass wir dank seiner unerklärlichen und unerforschlichen Liebe offen und empfänglich werden. Wir lernen ihn und uns selbst besser kennen und begreifen allmählich, dass wir mehr sind, als wir je zu träumen wagten, dass wir der Herrlichkeit angehören, erkannt und geliebt werden, Jesus und seinem Vater Wohlgefallen bereiten. Wir sehen unsere Mutterschaft und Vaterschaft, unsere Beziehungen, unsere Arbeit, unsere Kümmernisse und Freuden, ja sogar unsere Theologie in einem wunderbaren neuen Licht. Zugleich offenbart diese Begegnung unser Leben als verschlungenes Labyrinth der Unterdrückung und der Freiheit, der Trauer und der Freude, der Verzweiflung und der Hoffnung, der Trennung und der Teilhabe, darin wir mit Unsicherheit, Selbstsucht, Hochmut, Angst, Sinneslust, Habgier und Neid zu kämpfen haben.

Die Offenbarung von Jesus Christus im Geist ist Gnade und Urteil, schmerzliche Zuversicht und brennendes Licht, denn sie bringt die verblüffende Wahrheit zum Vorschein, wer wir in Jesus sind, jedoch erschreckend weit davon entfernt, wir selbst zu sein. Indem der Geist der Adoption Jesus offenbart, rückt er uns ins Fadenkreuz des göttlichen Urteils, wo »alles bloß und aufgedeckt (ist) vor Gottes Augen, dem wir Rechenschaft geben müssen.« (Hebräer 4,13) Wir machen die gleiche Erfahrung wie Mackenzie, als er sich mit Sophia in der Höhle aufhält: Vor Jesus kann sich niemand verstecken. Der Gottessohn sieht durch uns hindurch. Er lässt sich nicht beeindrucken durch zitternde Lippen, blenden durch irgendeine Werbemasche, verwirren durch religiöse Kleidung oder politische Rhetorik. In seiner Gegenwart können keine Anrufe getätigt, Strippen gezogen, Abkommen getroffen werden. »Vor seinem Blick schmilzt alle Falschheit weg.«[308] Wir wissen, dass er weiß, dass wir wissen, dass er weiß. Wir sind nackt. Und solch ein Urteil ist unausweichliche Gnade – die offenbarende, klärende, erhellende, vernichtende, heilsame und befreiende Liebe der gesegneten Dreifaltigkeit.

Hier in unseren Hütten begegnen wir nackt, verletzlich und hilflos weder der Scham noch der Enttäuschung oder Verdammung, nicht den zornigen Göttern unserer verkehrten Vorstellungen, sondern dem einen wahren Gott, der Dreifaltigkeit von Jesus, seinem Vater und dem Heiligen Geist, sowie jener Liebe, die nie selbstbezogen ist, sondern alles erträgt, erleidet, erhofft und niemals fehlgeht.[309]

Hier, in unseren von Dunkel erfüllten Seelen, wo wir unseren tiefen Kummer verborgen haben, unsere herzzerreißenden Wunden, unsere Schuld und Scham, wo das Geflüster des Bösen uns versklavte und die Lüge »Ich bin nicht« aufkam, am Urquell unserer Angst vor dem Verlassenwerden und unserer erschreckenden Unsicherheit begegnen wir dem wahren Jesus. Seine durchbohrten Hände befreien und ermöglichen uns, in der Umarmung seines Vaters erkannt und geliebt zu werden, also »vereint zu sein mit der Schönheit, die wir sehen, in sie einzutauchen, sie in uns aufzunehmen, in ihr zu baden, ein Teil von ihr zu werden«, um die an früherer Stelle zitierten Worte von C. S. Lewis noch einmal hervorzuheben. Unsere traumatisierten Seelen hören Papa unsere Namen rufen, und die überirdische Gewissheit Jesu tauft uns in der Kraft des Geistes der Adoption. In der liebevollen Umarmung können wir ausruhen, loslassen und weinen. Unserer Qual und *Großen Traurigkeit* entspringen Friede und Hoffnung. Wir sind aufgerufen, Kopf und Herz einem grundlegenden Wandel zu unterziehen, all unsere Ansichten neu zu überdenken, der Lüge zu entsagen und an Jesus zu glauben, den Gottessohn und Gesalbten, unseren gekreuzigten Herrn und Retter, an unser Heil und Leben. In den verwinkelten Gängen unserer Scham wird die *Wahrheit* unseres Seins zur *Weise* unseres Seins.

Von der Schöpfung bis zur Geburt Christi wurde der Schoß der Inkarnation vorbereitet. Mit Jesus ging dann der Traum der gesegneten Dreifaltigkeit von unserer Adoption inmitten unserer Dunkelheit in Erfüllung. Ab Pfingsten schließlich handelt die Menschheitsgeschichte vom Werk des Heiligen Geistes im Einzelnen wie in der Gemeinschaft, wodurch wir Jesus in unserer Gebrochenheit begegnen und das

226

Gute vom Bösen, das Licht vom Dunkel, das Leben vom Tod, den Himmel von der Hölle unterscheiden können.

Von einer Andeutung und Einsicht zur nächsten führt uns der Heilige Geist zu einem radikal neuen Bewusstsein. Allmählich werden wir wachsamer und durchschauen die Ohnmacht unserer Religionen. Wir sehnen uns nach Heimat, Herrlichkeit und Leben, nach Wahrheit, Freiheit und Gerechtigkeit – nach Frieden. Ein kleiner hoffnungsvoller Schritt in Jesus vergrößert ein wenig die Freiheit und die Kraft des Heiligen Geistes in uns. Ein kleines gläubiges »Amen« in Jesus ist jenes »Amen«, mit dem wir unsere bejahende Einstellung bestätigen; so öffnen wir unser Herz und lassen die Liebe des Vaters einströmen, damit die *parrhesia* von Jesus – seine überirdische Gewissheit, Zuversicht, Freiheit, Kühnheit und Lebendigkeit – in uns gedeihen kann. Seine Salbung durch den Heiligen Geist beginnt Früchte zu tragen in unserem gebrochenen Menschsein, unseren Beziehungen, Arbeiten, Künsten und Spielen. Selbstbezogenheit und verachtenswerte Anmaßung, schreckliche Angst, Vorurteil und Urteil, Habgier und Missgunst schwinden langsam dahin. Wir werden frei, Jesus um seinetwillen zu lieben und die anderen wie auch die Schöpfung im Ganzen zu ihrem Vorteil.

* * *

Es ist die Hoffnung der Menschheit, dem Vater, Sohn und Heiligen Geist anzugehören; diese Verbindung besteht seit jeher und für alle Zeit. Der Geist der Adoption wird niemals aufhören, uns diese Wahrheit individuell und kollektiv begreiflich zu machen. Ihre Leidenschaft besteht darin, die in Jesus vollzogene Salbung der Menschheit zum vollen, persönlichen und bleibenden Ausdruck *in uns* zu bringen – wie auch in unserer vom Sohn vermittelten Beziehung mit dem Vater, in unseren Beziehungen untereinander, ja zur Erde und Schöpfung überhaupt.

Der Geist der Wahrheit, der Geist der Adoption, der Geist der Gnade wird nicht ruhen, ehe über uns alle bis zum Grund der Seelen gerichtet wurde, ehe unsere Versöhnung, Aufnahme und Salbung –

227

verwirklicht in Jesus selbst – auf der Erde und im ganzen Universum Gestalt angenommen haben. So schreibt es auch der Apostel Paulus: »… bis dass wir alle hinankommen zur Einheit des Glaubens und der Erkenntnis des Sohnes Gottes, zur Reife des Mannesalters, zum vollen Maß der Fülle Christi.« (Epheser 4,13) Einstweilen lebt die Menschheit unter dem Urteil der Liebe der gesegneten Dreifaltigkeit, in der ebenso aufreibenden wie befreienden Krise, ausgelöst durch die Gegenwart Jesu und das aufklärerische Werk des Heiligen Geistes, zwischen der Offenbarung der Schönheit des trinitarischen Lebens voll Gnade und Freiheit und der Entlarvung des Chaos, das wir in und um uns anrichten.

Einige werden vielleicht schon durch das erste Zeichen des Heiligen Geistes überzeugt, die meisten aber laufen davon und verstecken sich, begraben ihren Traum und schließen Kompromisse – vorläufig jedenfalls. Wir gleichen Israel, das dem Herrn verzweifelt zu entfliehen versuchte, Petrus im Boot mit Jesus, Saulus von Tarsus auf dem Weg nach Damaskus – und wohl auch Mackenzie, der Gott die Faust entgegenreckt. Doch selbst wenn wir Reißaus nehmen oder aufbegehren, lässt uns der Heilige Geist doch nie im Stich. Nachdem sie uns in der grausamen Ablehnung des Gottessohnes begegnet ist, kann sie uns auch in der Sünde, ja in den abstrusesten Ketzereien aufspüren. Sie trifft uns auf der Flucht und benutzt unsere Fehler und Charakterschwächen, Torheiten und Täuschungen, um uns gerade damit erneut die Wahrheit zu offenbaren. Wie viele von uns müssen noch überzeugt werden? Drei Millionen, drei Milliarden? »Das Ganze ist ein Prozess, kein Ereignis«, sagt Jesus in *Die Hütte*. Es geschieht nicht über Nacht, sondern im Laufe eines Lebens und vielleicht darüber hinaus.[310] Geht es in der gesamten Geschichte nicht gerade darum? Unser Gebet ist ebenso einfach wie das von Mackenzie: »Hilf mir also bitte, in der Wahrheit zu leben.«

Das Leben in der Welt des Heiligen Geistes ist immer personal und relational. Sie ist entschlossen und aufrichtig, freundlich, meistens sanft und stets der Wahrheit treu. Sie ist in höchstem Maße fähig, uns im finsteren Zustand anzutreffen, ohne uns zu überfallen oder unseren Willen zu brechen, und leitet uns an, das makellose Denken Jesu

228

allmählich in der Praxis anzuwenden, damit wir unsere Dunkelheit und deren seltsamen Trost zurückzulassen wagen und die schockierend neue Welt des Vaters und seines menschgewordenen Sohnes willkommen heißen.

Papa drückt dies gegenüber Mackenzie wie folgt aus:

»Die Wahrheit befreit euch, und die Wahrheit hat einen Namen. Er ist gerade drüben in der Werkstatt und tischlert. Alles dreht sich um ihn. Und Freiheit ist ein Prozess, der stattfindet, wenn du dich auf eine Beziehung zu Jesus einlässt. Dann klären sich all die Probleme und Konflikte, die in dir brodeln.«

Mein Freund Ken Blue pflegt zu sagen: »Danke, Heiliger Geist. Können wir bitte etwas mehr davon haben?«

»Jesus?«, flüsterte er mit erstickter Stimme. »Ich fühle mich so verloren.«

Eine Hand kam aus der Dunkelheit, nahm seine Hand und ließ sie nicht wieder los. »Ich weiß, Mack. Aber es stimmt nicht. Ich bin bei dir, und ich bin nicht verloren. Es tut mir leid, dass du dich so fühlst, aber hör mir bitte gut zu: Du bist nicht verloren.«

Heiliger Geist, behandle uns so, wie du es für richtig hältst, damit wir den Druck von Jesu Hand spüren und seinen Vater unseren Namen rufen hören. Tue, was du tun musst, damit wir bereuen und glauben und dank unserer Aufnahme in Jesus das wahre Leben und die Freiheit fühlen, erfahren und auskosten können.

ANMERKUNGEN

EINFÜHRUNG

1 »Gott in drei Personen, gesegnete Dreifaltigkeit«, so lautet die letzte Zeile in einem großen Kirchenlied, verfasst von Reginald Heber, einem anglikanischen Pfarrer, für Trinitatis, den ersten Sonntag nach Pfingsten. Es trägt den Titel *Nicäa*, nach dem Konzil von Nicäa im Jahre 325. (Über die Geschichte dieses Kirchenliedes vgl. Kenneth W. Osbeck, *101 Hymn Stories*, Grand Rapids: Kregel 1982, S. 94–95.) Der Ausdruck »gesegnete Dreifaltigkeit« verfolgt mich – im positiven Sinne – seit meinen frühen Tagen. Ich habe herausgefunden, dass er in der alten Kirche vor ihren Spaltungen weit verbreitet war und seitdem quer durch die verschiedenen Theologien der christlichen Kirche auf der ganzen Welt häufig benutzt wird. Er ist sowohl alt als auch modern und ökumenisch. Die »gesegnete Dreifaltigkeit« spricht von der Güte, der reichhaltigen Fülle und dem überfließenden *Leben* des Vaters, des Sohnes und des Geistes. Meiner Ansicht nach ist damit auch die Hoffnung gemeint, dass dieses »gesegnete« Leben das Geheimnis unseres Daseins birgt.

2 Der französische Begriff *roux* (Mehlschwitze) wurde auch von den Cajuns benutzt. In einem schweren Topf wird Butter oder Öl erhitzt, dann Mehl hinzugefügt und das Ganze ständig umgerührt. Sobald das Mehl eine braune oder goldene Farbe annimmt, kommen Paprika, Zwiebeln und Sellerie – die »Heilige Dreifaltigkeit« der cajunischen Küche – hinzu. In das gegarte Gemüse gießt man dann eine Brühe. Das Aroma der Mehlschwitze durchdringt jede weitere Zutat, die in den Topf gegeben wird.

3 Aus Paul Youngs Tagebuch. Vgl. theshackbook.com/willie.

4 Vgl. James Hollis, *The Eden Project: In Search of the Magical Other*, Toronto: Inner City Books 1998, und Hollis, *The Middle Passage: From*

Misery to Meaning in Midlife, Toronto: Inner City Books 1993, sowie C. Baxter Kruger, *Across All Worlds: Jesus Inside Our Darkness*, Jackson, MS: Perichoresis Press 2007; Vancouver: Regent College Publishing 2007, S. 7 ff.

5 Bearbeitet nach William Congreves Gedicht »The Mourning Bride«, 1697.

6 *Surprised by Joy: The Shape of My Early Life* lautet der Titel der Autobiografie von C. S. Lewis. (London/New York: Harcourt, Brace 1956).

7 Aus Bruce Cockburns Song »Mystery« auf dem Album *Life Short Call Now*, True North Records 2006.

8 C. S. Lewis, *A Grief Observed*, New York: Bantam 1976, S. 32.

9 Die Metapher »wachsame Drachen« (watchful dragons) stammt aus C. S. Lewis' Essay »Sometimes Fairy Stories Say Best What's to Be Said« in *On Stories, and Other Essays on Literature*, hrsg. von Walter Hooper, New York: Harcourt, Brace 1982, S. 47. Ich danke Cary Stockett für den Hinweis auf diesen Ausdruck.

10 Die Vorträge dieser Tagung unter dem Titel »Rediscovering Jesus« (Jesus wiederentdecken) sind verfügbar auf unserer Website perichoresis.org sowie auf thegreatdance.org.

ERSTER TEIL: EINIGE ERSTE GEDANKEN ÜBER PAPA

11 King David, Kritik über *Die Hütte*, Leadershipjournal.net.

12 Vgl. Lukas 15. Über den Vater und seine verlorenen religiösen Söhne siehe auch mein Buch *Parable of the Dancing God*, verfügbar als kostenloser Download auf unserer Website perichoresis.org und über InterVarsity Press.

13 Hören Sie dazu den großartigen Song »Free to Be Me« von Dave Ligenfelter, erhältlich auf songsfromtheshack.com.

14 C. S. Lewis, *The Grand Miracle and Other Selected Essays on Theology and Ethics from »God in the Dock«*, hrsg. von Walter Hooper, New York: Ballantine Books 1970, S. 156.

15 C. S. Lewis, *The Weight of Glory: and Other Addresses*, Grand Rapids: Eerdmans 1965, S. 4.

[16] a. a .O.

[17] a. a. O., S. 11.

[18] C. S. Lewis: *Surprised by Joy: The Shape of My Early Life*, a. a. O.

[19] Dieses Kapitel ist zum großen Teil eine Bearbeitung meines Essays »From Ghosts to Persons: C. S. Lewis' Vision of the Christian Life«. Er ist als kostenloser Download verfügbar auf unserer Website perichoresis.org.

[20] Lewis, *The Weight of Glory*, a. a. O., S. 4.

[21] Lewis, *Surprised by Joy*, a. a. O., S. 16.

[22] Lewis, *The Weight of Glory*, a. a. O., S. 12–13.

[23] C. S. Lewis, Mere Christianity, New York: Macmillan 1952, S. 139–140.

[24] a. a. O., S. 140.

[25] a. a. O.

[26] Lewis, *The Weight of Glory*, a. a. O., S. 12.

[27] a. a. O., S. 11.

[28] a. a. O., S. 8.

[29] a. a. O., S. 9.

[30] a. a. O., S. 10.

[31] Lewis, *Surprised by Joy*, S. 230.

[32] Lewis, *Mere Christianity*, S. 153.

[33] a. a. O.

[34] Diese Geschichte wurde ursprünglich veröffentlicht in meinem Buch *The Great Dance: The Christian Vision Revisited*, Jackson, MS: Perichoresis Press 2000; Vancouver: Regent College Publishing 2005, S. 81 ff.

[35] Vgl. Lewis, *Surprised by Joy*, a. a. O., S. 181, sowie dessen Einführung zu George Macdonalds *Lilith*, Grand Rapids: Eerdmans 2000, S. XI.

[36] Für weitere Hinweise dazu vgl. mein Buch *The Great Dance*, a. a. O., S. 88 ff.

[37] Jonathan Edwards, »Sinners in the Hands of an Angry God«, in *The Works of Jonathan Edwards*, Edinburgh: Banner of Truth Trust, Bd. 2, S. 9.

[38] Jerry Falwell rückt in seinem Buch *25 of the Greatest Sermons Ever Preached*, Grand Rapids: Baker 1983, Edwards' Predigt an die erste

Stelle. George MacDonald klagte: »Von allen Büchern, die Jonathan Edwards' Darstellung von Gott wiedergeben, wende ich mich voller Ekel ab, wie sehr diese auch durch die Zeit verblasst und durch den Gebrauch weniger krasser Ausdrücke abgeschwächt ist.« Vgl. George MacDonald, *Unspoken Sermons: Series I, II, III,* Whitethorn, CA: Johannesen 1999, S. 540.

39 Zitiert nach Khaled Anatolios, *Athanasius: The Coherence of His Thought,* London: Routledge 1998, S. 40.

40 Athanasius, *On the Incarnation of the Word of God,* London: A. R. Mowbray 1963, § 6.

41 Athanasius, a. a. O., § 6.

ZWEITER TEIL: JESUS, SEIN VATER UND DER HEILIGE GEIST

42 So lautet der Untertitel des Buches von Thomas F. Torrance, *The Trinitarian Faith: The Evangelical Theology of the Ancient Catholic Church,* Edinburgh: T&T Clark 1988.

43 Vgl. hierzu Thomas F. Torrance, *Space, Time and Resurrection,* Edinburgh: Handsel Press 1976, S. 42 ff.

44 Joachim Jeremias, *The Prayers of Jesus,* Naperville, Il: Alec R. Allenson 1967, S. 112.

45 Siehe auch Johannes 1,51; 3;5,11; 5,19,24,25; Matthäus 5,18,26; 8,10; Markus 3,28; 8,12; 9,1,41; Lukas 4,24; 12,37.

46 Joachim Jeremias, *New Testament Theology,* New York: Scribner's 1975, S. 253. Vgl. etwa Matthäus 5,22,28,32,34,39,44.

47 Siehe Joachim Jeremias, *The Prayers of Jesus,* a. a. O., S. 11 ff. Es sei vermerkt, dass es im Neuen Testament mehr als 250 Verweise auf Gott als Vater gibt.

48 Vgl. Jesaja 63,16; 64,8.

49 Vgl. 2. Samuel 7,14.

50 Vgl. Joachim Jeremias, *The Prayers of Jesus,* a. a. O., S. 55–57, und *Theological Dictionary of the New Testament,* hrsg. von Gerhard Kittel, Grand Rapids: Eerdmans 1966, Bd.1, S. 5–6.

51 James D. G. Dunn, *Jesus and the Spirit: A Study of the Religious and*

Charismatic Experience of Jesus and the First Christians as Reflected in the New Testament, Philadelphia: Westminster Press, S. 23.

52 Joachim Jeremias, *The Prayers of Jesus,* a. a. O., S. 62. »Wir können ziemlich sicher sagen, dass es in der gesamten Geschichte des jüdischen Gebets keinerlei Entsprechung dafür gibt, dass Gott als Abba angesprochen wird.« Ebd., S. 57. In seinem Werk *The Central Message of the New Testament,* New York: Scribner's 1965, S. 21, schreibt Jeremias: »Für einen jüdischen Geist wäre es respektlos und daher undenkbar gewesen, Gott mit diesem bekannten Wort anzurufen.«

53 Siehe James D. G. Dunn, *Jesus and the Spirit,* a. a. O., S. 26 ff.; William C. Placher, *Narratives of a Vulnerable God: Christ, Theology, and Scripture,* Louisville: Westminster John Knox Press 1994, S. 58 ff.; sowie James Barr, »›Abba‹ Isn't ›Daddy‹«, in *Journal of Theological Studies* 39 (1988), S. 47.

54 Vgl. Joachim Jeremias, *New Testament Theology,* a. a. O., S. 61 ff.; ders., *The Prayers of Jesus,* a. a. O., S. 18–29; ders., *The Central Message of the New Testament,* a. a. O., S. 17.

55 Vgl. Johannes 5,17 ff. und 10,33.

56 Diese Erklärung ist eine Zusammenfassung dreier Aussagen im Alten Testament, vgl. Genesis 22,2; Psalm 2,7; Jesaja 42,1. Weitere Hinweise dazu finden sich bei Thomas A. Smail, *The Forgotten Father,* London: Hodder and Stoughton 1980, S. 77.

57 Vgl. Markus 1,11 und 9,7; Lukas 2,22 und 9,35; Matthäus 3,17 und 17,5.

58 P. T. Forsyth, *The Person and Place of Jesus Christ,* London: Hodder and Stoughton 1909, S. 285.

59 Vgl. Matthäus 28,18; Johannes 5,22,26.

60 Joachim Jeremias, *The Prayers of Jesus,* a. a. O., S. 51.

61 Vgl. Johannes 14,10–11, 20.

62 Unter den allgemein anerkannten 89 Stellen, an denen *ruach* im Alten Testament auf den Heiligen Geist verweist, sind nur neun in männlicher Form, und auch diese entbehren nicht der Doppeldeutigkeit. Die übrigen 80 sind weiblich, 44 davon (einschließlich Genesis 1,2 und das gesamte Buch der Richter) im Zusammenhang

mit weiblichen Verben. Vgl. dazu R. P. Nettlehorst, »Appendix 3: The Holy Spirit in the Old Testament«, http://www.theology.edu/journal/volume3/spirit.htm.

63 Hier zitiert nach der amerikanischen Ausgabe von Blaise Pascal, *Thoughts on Religion and Other Subjects*, New York: Washington Square Press 1965, S. 277.

64 Vgl. den Essay »The Beauty of Ambiguity«, den Paul Young auf seine offizielle Website windrumors.com gestellt hat.

65 Siehe dazu C. S. Lewis, »Transposition« in *The Weight of Glory: And Other Addresses*, Grand Rapids: Eerdmans 1965, S. 28.

66 Erinnern Sie sich an Papas Kommentar gegenüber Mackenzie: »Das Problem ist, dass manche Leute versuchen, eine Ahnung davon zu bekommen, wer ich bin, indem sie die beste Version ihrer selbst nehmen, diese potenzieren und mit sämtlichen guten Eigenschaften ausstatten, die sie sich vorstellen können, was oft nicht viel ist, und dann nennen sie das Gott.«

67 Vgl. jeweils Apostelgeschichte 5,3; 5,6; 7,51; Epheser 4,30; Hebräer 10,29; 1. Thessalonicher 5,19; Matthäus 12,31; Markus 3,29; Lukas 12,10.

68 Vgl. Johannes 1,14.

69 Vgl. Matthäus 1,18,20; Lukas 1,35.

70 Vgl. Matthäus 3,16; Markus 1,10; Lukas 3,22; Johannes 1,32.

71 Vgl. Matthäus 4,1; Markus 1,12; Lukas 4,1,14.

72 Vgl. Lukas 10,21.

73 Vgl. Matthäus 12,28.

74 Vgl. Matthäus 3,16-17; Markus 1,10-11; Lukas 3,22.

75 Vgl. Hebräer 9,14.

76 Zitiert nach Thomas F. Torrance, *The Trinitarian Faith: The Evangelical Theology of the Ancient Church*, a. a. O., S. 328.

77 Vgl. Genesis 1,2.

78 Vgl. Apostelgeschichte 2,1 ff.

79 Vgl. John Taylor, *The Go-Between God*, London: SCM Press 1972.

80 Richard Rohr, *The Naked Now: Learning to See as the Mystics See*, New York: Crossroad Publishing 2009, S. 169.

81 Vgl. Richter 3,10; 6,34; 11,29; 14,6,19; 15,14; 1. Samuel 10,6,10;

11,6; 16,13,14; 1. Könige 18,12; 22,24; 2. Könige 2,16; 2. Chronik 18,23; 20,14; Jesaja 11,2; 40,13; 61,1; 63,14; Hesekiel 11,5; Micha 3,8.

82 Vgl. Genesis 1,2; 2. Mose 31,3; 35,31; 4. Mose 24,2; 1. Samuel 19,20,23; 2. Samuel 23,2; Hiob 33,4; Hesekiel 11,24.

83 Vgl. Psalm 51,11; Jesaja 63,10,11.

84 Vgl. 2. Mose 28,3; 5. Mose 34,9.

85 Vgl. Nehemia 9,20; Psalm 143,10.

86 Vgl. Sacharja 12,10.

87 Vgl. Genesis 6,3; Jesaja 30,1; 42,1; 59,21; Hesekiel 36,27; 37,14; 39,29; Joel 2,28,29; Haggai 2,5; Sacharja 4,6.

88 Vgl. dazu Johannes 6,63; 2. Korinther 3,6.

89 Vgl. Richter 3,10; 6,34; 11,29; 13,25; 14,6,19; 15,14.

90 Vgl. Genesis 41,38 f.; Daniel 4,8 ff.; 2. Mose 31,3; 35,31; 4. Mose 11,17 ff.; 5. Mose 34,9.

91 Vgl. 2. Mose 35,30 f.

92 Vgl. 4. Mose 11,17 ff.; 2. Chronik 24,20; Nehemia 9,30; Hesekiel 2,12,14,24; 8,3; 11,1,5,25; Micha 3,8.

93 Vgl. 1. Samuel 10,6,10; 16,13; 2. Samuel 2,23; 2. Chronik 20,14.

94 Vgl. 2. Mose 6,7; 3. Mose 26,13; Jeremia 7,23; 11,4; 24,7; 30,22; 31,1,33; 32,38; Hesekiel 11,20; 14,11; 36,28; 37,27; Hosea 1,10; 2,23; Sacharja 2,11.

95 Vgl. 5. Mose 18,15 ff.

96 Vgl. Jesaja 49,1–6.

97 Vgl. 1. Petrus 1,11.

98 Vgl. Hesekiel 11,16–20; 36,22–30; Jeremia 31,27–34; 32,37–41.

99 Vgl. Apostelgeschichte 2,17 und Joel 2,28–29.

100 Vgl. Johannes 16,8–11.

101 Vgl. Matthäus 1,18,20; Lukas 1,35.

102 Vgl. Johannes 16,14.

103 Vgl. Thomas A. Smail, *The Giving Gift: The Holy Spirit in Person*, London: Hodder and Stoughton 1988, S. 89 ff.

104 Jürgen Moltmann, *The Trinity and the Kingdom: The Doctrine of God*, London, SCM Press 1981, S. 176.

105 Vgl. Matthäus 4,1 ff.; Markus 1,12 ff.; Lukas 4,1 ff.

[106] Vgl. Matthäus 4,3 ff.; Lukas 4,3 ff.

[107] Vgl. Matthäus 11,27; Johannes 1,18; 14,20.

[108] Augustinus, *On the Trinity* in *Nicene and Post-Nicene Fathers*, Grand Rapids: Eerdmans 1980, Bd. 3, VI.5.7; V.11; XV.19,37. Vgl. auch C. S. Lewis, *Mere Christianity*, New York: Macmillan 1952, S. 152.

[109] Vgl. Jesaja 63,10; Epheser 4,30.

[110] Vgl. Apostelgeschichte 13,2.

[111] Vgl. 1. Korinther 2,11.

[112] Vgl. Epheser 6,18; Johannes 4,24; Philipper 3,3.

[113] Vgl. Römer 15,30.

[114] Vgl. Galater 4,6.

[115] Vgl. 2. Korinther 3,8; Römer 8,27; 1. Korinther 12,11; Hebräer 2,4.

[116] Vgl. Johannes 16,3; Apostelgeschichte 8,29; 10,19; 11,12,28; 13,2; Offenbarung 2,7,11,17,29; 3,6,13,22; 14,13.

[117] Vgl. Apostelgeschichte 15,28; 20,28; 1. Korinther 12,4–11.

[118] Vgl. Apostelgeschichte 2,17–18; 4,8,31; 2. Petrus 1,21.

[119] Vgl. Johannes 16,8; Epheser 3,5; Galater 4,6; 5,22–23.

[120] Vgl. Epheser 3,16; Römer 8,2,6; Apostelgeschichte 9,31; 13,52; 2. Korinther 3,17; 13,13; Galater 5,18.

[121] Vgl. Galater 5,22–23.

[122] Vgl. Athanasius, »Against the Arians«, in ders.: *Select Works and Letters*, Bd. 4 der Reihe *Nicene and Post-Nicene Fathers of the Christian Church,* hrsg. von Philip Schaff und Henry Wallace, Grand Rapids: Eerdmans 1987. Weiteres Material über die Auseinandersetzung zwischen Athanasius und Arius findet sich in Khaled Anatolios, *Athanasius: The Coherence of His Thought,* London: Routledge 1998.

[123] Vgl. hierzu John Zizioulas, *Being as Communion*, London: Longman and Todd 1985, S. 27 ff., sowie Thomas F. Torrance, *The Christian Doctrine of God,* Edinburgh: T&T Clark 1966, S. 73 ff.

[124] Für ein tieferes Verständnis des Begriffs perichoresis sei verwiesen auf Thomas F. Torrance, *The Christian Doctrine of God,* a. a. O., S. 168 ff.

[125] Jürgen Moltmann, *The Trinity and the Kingdom: The Doctrine of God,* a. a. O., S. 175.

[126] Für weitere Überlegungen hinsichtlich der Einheit von Vater, Sohn

und Geist siehe mein Buch *Jesus and the Undoing of Adam*, Jackson, MS: Perichoresis Press 2002, S. 18 ff.

127 Eine Zeile aus dem Song »Family« von Pierce Pettis aus dem Album *Chase the Buffalo*, High Street Records 1993.

128 »Wir dürfen jedoch nicht denken, wir hätten es hier mit drei individuellen Personen zu tun, die vor ihrer wechselseitigen Beziehung und perichoretischen Durchdringung eine Art unabhängige Existenz besaßen. Die Perichorese ist *ewig*. Sie ist im Sein Gottes vorgegeben. Gott sein heißt Vater, Sohn und Heiliger Geist sein in ewiger perichoretischer *koinonia*.« Trevor Hart, *Regarding Karl Barth*, Carlisle/England: Paternoster Press 1999, S. 113.

129 Richard of St. Victor, »Book Three of the Trinity«, in *Richard of St. Victor*, ins Amerikanische übersetzt von Grover A. Zinn, New York: Paulist Press 1979, Kap. 2 ff.

130 C. S. Lewis, *Mere Christianity*, a. a. O., S. 151.

131 Richard of St. Victor, »Book Three of the Trinity«, a. a. O., Kap.2.

132 Für weitere Ausführungen über das Thema Schöpfung zu unseren Gunsten, siehe Karl Barth, *Church Dogmatics III/1*, ins Englische übersetzt von G. W. Bromiley, Edinburgh: T&T Clark 1985, S. 330–344.

133 C. S. Lewis, *The Four Loves*, New York: Harcourt, Brace 1960, S. 127.

134 Vgl. 1. Johannes 4,8,16.

135 Jonathan Edwards, *Charity and Its Fruits*, Edinburgh: Banner of Truth Trust 1982, S. 327.

136 Hinsichtlich der nachhaltigen Kritik an einer derart verhängnisvollen Auffassung siehe George MacDonalds Predigt »Justice«, in *Unspoken Sermons: Series I, II, III*, a. a. O., S. 509 ff.

137 Markus 9,24.

138 *The Orations of St. Athanasius Against the Arians*, London: Griffith, Farran, Okeden, and Welsh, I.18.

139 George MacDonald, *Unspoken Sermons: Series I, II, III*, a. a. O., S. 421.

140 Colin E. Gunton, *Father, Son and Holy Spirit: Toward a Fully Trinitarian Theology*, London: T&T Clark 2003, S. 86.

[141] C. S. Lewis, *The Four Loves*, a. a. O., S. 126.

[142] George MacDonald, *Unspoken Sermons: Series I, II, III*, a. a. O., S. 431.

[143] Weitere Ausführungen dazu in meinem Buch *Jesus and the Undoing of Adam*, a. a. O., S. 17 ff.

[144] Papst Benedikt XVI., Enzyklika *Spe Salvi*, 47 auf http://www.vatican.va/holy_father/benedict_xvi/encyclicals/documents/hf_ben-xvi_enc_20071130_spe-salvi_en.html.

[145] Vgl. zur Deutung der Heiligkeit in relationaler und trinitarischer Sicht John Webster, *Holiness*, Grand Rapids: Eerdmans 2003.

[146] Eine umfassendere Darstellung der legalistischen Auffassung von Heiligkeit, wie sie unser Verständnis von Gott und seiner Beziehung zur Menschheit geprägt hat, findet sich in meinem Buch *Jesus and the Undoing of Adam*, a. a. O., S. 43 ff.

[147] Vgl. 2. Korinther 5,21.

[148] Vgl. Johannes 1,18.

[149] Vgl. Johannes 17,24.

[150] Vgl. Johannes 1,1.

[151] Vgl. Johannes 1,14.

[152] Trevor Hart, »Humankind in Christ and Christ in Humankind: Salvation as Participation in Our Substitute in the Theology of John Calvin«, in *Scottish Journal of Theology*, Bd. 42, S. 72.

[153] Für weitere Zeugnisse über Jesu Himmelfahrt vgl. Matthäus 26, 64; Lukas 24,50 ff.; Johannes 6,62; 14,28; 15,5,10,17,28; Apostelgeschichte 2,33 ff.; 7,55-56; Epheser 1,18 ff.; Philipper 3,20; 1. Timotheus 3,16; 1. Petrus 3,22; Hebräer 1,1-3; 4,14; 6,17-20; 8,1-16; 9,11-12; sowie Matthäus 22,41; Jesaja 6,1 ff.; 52,13; Psalm 68,18; 110,1-5.

[154] Hinsichtlich der Entwicklung, die Jesus durchläuft, siehe Thomas A. Smail, *The Giving Gift: The Holy Spirit in Person*, a. a. O., S. 95 ff.

[155] Vgl. William Milligan, *The Ascension and Heavenly Priesthood of Our Lord*, Greenwood, SC: Attic Press 1977, S. 30 ff.; sowie Thomas F. Torrance, *Atonement: The Person and Work of Christ*, hrsg. von Robert T. Walker, Downers Grove, IL: InterVarsity Press Academic 2009, S. 264 ff.

156 Irenaeus, »Against the Heresies«, in *The Ante-Nicene Fathers*, Grand Rapids: Eerdmans 1987, Bd. 1, III.17.7; IV.38.2. Vgl. auch C. S. Lewis, *Miracles*, New York: Simon and Schuster 1996, S. 147–48.

157 Für weitere Einsichten in Jesu Himmelfahrt siehe Gerritt Scott Dawson, *Jesus Ascended: The Meaning of Christ's Continuing Incarnation*, Phillipsburg, NJ: P&R Publishing 2004.

158 Thomas Merton, *The New Man*, New York: Farrar, Straus and Giroux 1961, S. 137.

159 John Calvin, *The Gospel According to John*, ins Amerikanische übersetzt von T. H. L. Parker, Grand Rapids: Eerdmans 1988, S. 10–11. Für weitere Hinweise zu Calvins Auffassung von Christus als Vermittler der Schöpfung siehe Julie Canlis, *Calvin's Ladder: A Spiritual Theology of Ascent and Ascension*, Grand Rapids: Eerdmans 2010, S. 55 ff.

160 Vgl. Athanasius, *On the Incarnation of the Word of God*, a. a. O., §6.

161 Thomas F. Torrance, *The Trinitarian Faith: The Evangelical Theology of the Ancient Catholic Church*, a. a. O., S. 183. Man beachte auch den Kommentar von Colin E. Gunton, *The Christian Faith*, Oxford: Blackwell Publishing 2002, S. 98: »Es gibt schon seit jeher eine Beziehung zwischen dem Gottessohn und der Welt, und nun nimmt sie auf einzigartige Weise die Gestalt einer persönlichen Gegenwart an.«

162 Weitere Überlegungen zu unserem Eingeschlossensein in Jesus finden sich in meinem Essay »The Truth of all Truths«, verfügbar als kostenloser Download auf unserer Website perichoresis.org. Vgl. zudem meine Bücher *God Is For Us*, Jackson, MS: Perichoresis Press 1995, S. 40 ff; *The Great Dance: The Christian Vision Revisited*, a. a. O., S. 41 ff; und *Home*, Jackson, MS: Perichoresis Press 1996, S. 7 ff.

163 Thomas F. Torrance, *The Trinitarian Faith*, a. a. O., S. 183.

164 Mehr Material darüber, wie Jesus uns in seine Welt einfügt, enthält mein Buch *Across All Worlds: Jesus Inside Our Darkness*, Jackson, MS: Perichoresis Press 2007; Vancouver: Regent College Publishing 2007, S. XV, 39 ff.

165 Für weitere Details zu dieser Geschichte und ihrer Bedeutung siehe

mein Buch *Home*, a. a. O., S. 12 ff. Es kann auf unserer Website perichoresis.org kostenlos heruntergeladen werden.

166 Vgl. Römer 5,12 ff.

167 2. Korinther 5,14. »Denn ihr seid gestorben, und euer Leben ist verborgen mit Christus in Gott.« (Kolosser 3,3) Vgl. auch Römer 6,3-8 sowie mein Buch *The Great Dance*, a. a. O., S. 42 ff.

168 »Er hat uns Sündern und daher der Sünde selbst ein Ende bereitet, indem er in den Tod ging als der Eine, der unseren Platz als Sünder einnahm. In Seiner Person hat Er uns Sünder und die Sünde selbst der Zerstörung überantwortet. Er hat uns Sünder und die Sünde beseitigt, uns zunichtegemacht, uns ausgelöscht: uns selbst, unsere Sünde und die Anklage, Verurteilung und Verdammnis, die über uns gekommen sind ... Der sündige Mensch, der erste Adam, der von Gott entfremdete Kosmos, die ›gegenwärtige arge Welt‹ (Galater 1,4) wurde in und mit Ihm am Kreuz entfernt und umgebracht und begraben.« Karl Barth, *Church Dogmatics*, a. a. O., V/1, S. 253–54. Vgl. darin auch Anhang A mit einigen herrlichen Zitaten von verschiedenen christlichen Schriftstellern über unseren Tod und unsere Auferstehung in Jesus.

169 An dieser Stelle sei nachdrücklich auf Thomas F. Torrance verwiesen, für den Jesus »derart eins mit uns war, dass, als er starb, auch wir starben, denn er starb nicht für sich selbst, sondern für uns, und er starb nicht allein, sondern wir starben in ihm als diejenigen, die er durch seine Menschwerdung unauflöslich an sich gebunden hatte. Als er auferstand, sind also auch wir in ihm und mit ihm auferstanden, und als er sich vor des Vaters Angesicht präsentierte, präsentierte er auch uns vor Gott, sodass wir bereits in ihm ein für alle Mal von Gott aufgenommen werden.« In ders., *Atonement: The Person and Work of Christ*, a. a. O., S. 152.

170 F. J. Huegel, *The Enthroned Christian*, Fort Washington, PA: Christian Literature Crusade 1992, S. 59.

171 C. S. Lewis, *Miracles*, a. a. O., S. 148. Für den Hinweis auf diese Stelle danke ich Roger Newell. Vgl. Roger J. Newell, *The Feeling Intellect: Reading the Bible with C. S. Lewis*, Eugene, OR: Wipf and Stock 2010.

172 Vgl. Johannes 14,1-6.

[173] Vgl. Epheser 1,15-23.

[174] Vgl. Epheser 2,6.

[175] Mehr über Epheser 1,3-5 in meinem Buch *God Is For Us*, a. a. O., sowie in meiner Vortragsreihe »You Are the Child the Father Always Wanted«, beide verfügbar auf unserer Website perichoresis.org.

[176] Markus Barth, Ephesians, Anchor Bible, New York: Doubleday 1974, S. 80.

[177] Eugene Peterson, *The Message*, Colorado Springs: NavPress 2002.

[178] Vgl. Römer 8,15–17.

[179] Eine ebenso ausführliche wie faszinierende Behandlung der Themen »Erwählung« und »Vorherbestimmung« findet sich bei Karl Barth, *Church Dogmatics*, a. a. O., Bd. II.2, S. 94 ff; Bd. IV.1, S. 21 ff. und Bd. IV.2, S. 31 ff. Eine leicht lesbare Einführung in Barths Theologie bietet Herbert Hartwell, *The Theology of Karl Barth: An Introduction*, London: Gerald Duckworth 1964.

[180] Diesen Satz äußerte Ken Blue in einem Telefongespräch über »Vorherbestimmung«. Ich zitiere ihn hier mit seiner Genehmigung.

[181] Vgl. B. F. Westcott, »The Gospel of Creation«, in seinem *Commentary on the Epistles of St. John*, 1892.

[182] Barths Darstellung zur »Erwählung Jesu Christi« ist einer der großartigsten Beiträge zum christlichen Denken. Vgl. dazu die Anmerkungen an früherer Stelle.

[183] Vgl. Athanasius, »Against the Arians«, in ders., *Select Works and Letters*, in *Nicene and Post-Nicene Fathers*, a. a. O., Bd. 4, S. 75–77.

[184] Vgl. Offenbarung 1,8; 21,6; 22,13.

[185] Vgl. John Calvin, *The Institutes of the Christian Religion*, hrsg. von John T. McNeill, ins Amerikanische übersetzt von Ford Lewis Battle, Philadelphia: Westminster Press 1960, II.12.1.

[186] Eine wunderbare Sicht auf die Schöpfung findet sich bei Daniel Migliore, *Faith Seeking Understanding*, Grand Rapids: Eerdman 1991, S. 80 ff.; sowie bei Thomas F. Torrance, *The Trinitarian Faith: The Evangelical Theology of the Ancient Catholic Church*, a. a. O., S. 76 ff.

[187] Vgl. Kallistos Ware, »God of the Fathers: C. S. Lewis and Eastern

Christianity«, in *The Pilgrim's Guide: C. S. Lewis and the Art of Witness*, hrsg. von David Mills, Grand Rapids: Eerdmans 1998, S. 62–63: »Das ist die orthodoxe Annäherung an das Reich der Natur. Die Schöpfung wird als Sakrament der göttlichen Gegenwart betrachtet; der Kosmos ist ein riesiger, allumfassender brennender Busch, durchdrungen vom Feuer der ewigen Herrlichkeit Gottes.«

[188] Die Analogie stammt von C. S. Lewis; vgl. seine Werke *The Weight of Glory: And Other Addresses*, a. a. O., S. 13, sowie *Mere Christianity*, a. a. O., S. 140.

[189] Römer 8,19-20, nach der amerikanischen Übersetzung von Eugene Peterson, *The Message*, a. a. O.

[190] Thomas Merton, *The New Man*, a. a. O., S. 137.

[191] Für weitere Überlegungen zu Adam und Eva siehe mein Buch *Jesus and the Undoing of Adam*, a. a. O., S. 23 ff.

[192] Dieser wunderbare Ausdruck stammt von Thomas F. Torrance. Vgl. seinen Essay »The Word of God and the Response of Man«, in *God and Rationality*, London: Oxford University Press 1971, S. 149; sowie ders., »Salvation Is of the Jews«, in *Evangelical Quarterly* 22 (1950), S. 166; und ders., *The Mediation of Christ*, Grand Rapids: Eerdmans 1983, S. 42. Siehe dazu meinen Essay »On the Road to Becoming Flesh: Israel as the Womb of the Incarnation in the Theology of T. F. Torrance«, verfügbar als kostenloser Download auf unserer Website perichoresis.org.

[193] Weitere Ausführungen über das Böse und den Sündenfall finden sich in meinen Büchern *The Great Dance: The Christian Vision Revisited*, a. a. O., S. 67 ff., und *Home*, a. a. O., S. 27 ff.

[194] Offenbarung 12,9.

[195] Johannes 8,44.

[196] Vgl. Genesis 3,4 ff.

[197] Der Ausdruck »Abgrund des Nichtseins« ist dem Vortrag »The Gospel and Mental Health« von Dr. Bruce Wauchope entnommen. Auch dieser Text ist verfügbar auf unserer Website perichoresis.org.

[198] Die folgenden Ausführungen entstammen größtenteils meinem Essay »Bearing Our Scorn: Jesus and the Way of Trinitarian Love«, der ebenfalls auf unserer Website perichoresis.org verfügbar ist.

199 Athanasius, *On the Incarnation of the Word of God*, a. a. O., §6.

200 Anselm, *Cur Deus Homo*, Edinburgh: John Grant 1909, XXI.

201 Ebd., XI, XX, XXIII.

202 Römer 3,23.

203 Man beachte die Aussage über Jesus: »Der vom Himmel kommt, der ist über alle und bezeugt, was er gesehen und gehört hat; und sein Zeugnis nimmt niemand an.« (Johannes 3,31-32)

204 Johannes 12,46; Hervorhebung von mir.

205 Mehr über unseren gefallenen Geist und unsere Unfähigkeit, den Vater zu erkennen, findet sich in meinem Buch *Across All Worlds: Jesus Inside Our Darkness*, a. a. O., S. 7 ff.

206 Ebd., S. 21 ff.

207 Meine Auseinandersetzung mit der Beziehung zwischen dem Herrn und Israel ist stark beeinflusst vom Werk des protestantischen Theologen Thomas F. Torrance. Dessen Vision von Israel wird eingehend behandelt in meinem Essay »On the Road to Becoming Flesh: Israel as the Womb of the Incarnation in the Theology of Thomas F. Torrance«, a. a. O., siehe perichoresis.org. Von besonderem Interesse sind hier Torrances Buch *The Mediation of Christ*, a. a. O., Kap. 1 und 2, sowie seine Essays »The Word of God and the Response of Man«, a. a. O., S. 137 ff., »Salvation Is Of The Jews«, a. a. O., S. 164 ff., »Israel and the Incarnation«, in *Judaica* (1957), Bd. 13, S. 1–8.

208 Thomas F. Torrance, *The Mediation of Christ*, a. a. O., S. 38. Das Zitat der ganzen Passage ist äußerst vielsagend: »Solange die Vereinbarungen im Bündnis nicht streng ausgelegt wurden und Gott gewissermaßen auf Abstand blieb, war der Konflikt nicht besonders scharf. Doch je näher Gott rückte, desto heftiger behauptete sich Israels Eigensinn im Widerstand gegen seine göttliche Berufung. Je mehr Gott sich also diesem Volk hingab, desto eindringlicher zwang er es, so zu sein, wie es tatsächlich war – wie wir alle sind in der eigensinnigen Abkapselung der gefallenen Menschheit von Gott. Die Bewegung der versöhnlichen Liebe Gottes zu Israel offenbarte nicht nur Israels Sünde, sondern verstärkte sie.«

209 Vgl. Thomas F. Torrance, »The Word of God and the Response of Man«, a. a. O., S. 137 ff.

[210] Ebd., S. 147.

[211] Vgl. Thomas F. Torrance, *The Mediation of Christ*, a. a. O., S. 28.

[212] Ebd.

[213] Weitere Überlegungen zur »Herrlichkeit« als wesentlichem Bestandteil einer Person oder Sache finden sich in David Kowalicks Vortragsreihe »The Hope of Glory«, verfügbar auf perichoresis.com und included.com.au.

[214] Joachim Jeremias, *New Testament Theology*, a. a. O., S. 253.

[215] Vgl. zum Beispiel Matthäus 5,22,28,32,34,39,44.

[216] Vgl. Lukas 20,20 und Matthäus 26,59.

[217] Vgl. Johannes 11,53 und Matthäus 28,11-15.

[218] Vgl. Johannes 19,25-26.

[219] Ich benutze das Personalpronomen »wir« im Sinne der menschlichen Gemeinschaft, wie sie zu allen Zeiten besteht und daher auch »unsere« Anwesenheit unter denjenigen mit einschließt, die damals auf Jesus reagierten.

[220] Johannes 1,3,11.

[221] Pierce Pettis, »Miriam«, aus dem Album *Making Light of It*, Compass Records 1996.

[222] Vgl. Johannes 8,41.

[223] Vgl. Johannes 1,33 und Jesaja 11,2.

[224] Vgl. Johannes 7,20; 8,48,52; 10,20.

[225] Vgl. Johannes 10,11.

[226] Vgl. Epheser 1,4-5.

[227] Vgl. Johannes 7,12.

[228] Lukas 23,18,21; Johannes 19,6.

[229] Vgl. Karl Barth, *Church Dogmatics*, a. a. O., Bd. IV.1, S. 211 ff.

[230] Vgl. Matthäus 27,51; Lukas 23,44-45; Markus 15,33.

[231] Vgl. Matthäus 21,33–46.

[232] Johannes 19,15; Hervorhebung von mir.

[233] Mehr darüber in meinem Buch *Jesus and the Undoing of Adam*, a. a. O., Kap. 1 und 2.

[234] Vgl. hierzu das Buch *Stricken by God*, hrsg. von Bradley Jersak und Michael Hardin, Grand Rapids: Eerdmans 2007, insbesondere die Essays von Brad Jersak, Michael Hardin, Richard Rohr und

James Alison. Meine Interpretation des Aufschreis »Mein Gott, mein Gott, warum hast du mich verlassen?« findet sich in dem Buch *Jesus and the Undoing of Adam,* a. a. O., S. 58 ff.

235 Vgl. Apostelgeschichte 2,23.

236 Vgl. Matthäus 26,53.

237 Natürlich schlage ich damit *nicht* vor, dass man in einer schädlichen Beziehung bleiben sollte. Ich ziehe nur einen Vergleich, der zu erkennen hilft, wie der Herr uns in unserer Blindheit liebt und erträgt, um zu unserem wahren Selbst zu gelangen.

238 Roger J. Newell, *The Feeling Intellect: Reading the Bible with C. S. Lewis,* a. a. O., S. 34.

239 Vgl. 1. Petrus 1,20; Offenbarung 13,8.

240 C. S. Lewis, *The Four Loves,* a. a. O., S. 127.

241 Matthäus 26,38; Lukas 22,44 bzw. Markus 14,33.

242 Matthäus 26,39; Markus 14,36. Vgl. auch Lukas 22,42.

243 Matthäus 26,45.

244 Matthäus 27,42-43.

245 Vgl. Jesaja 53,6 sowie die vorhergehende Anmerkung.

246 Johannes 1,29.

247 Psalm 22,1; Matthäus 27,46; Markus 15,34.

248 Vgl. John McLeod Campbell, *The Nature of the Atonement,* London: Macmillan 1878, S. 237 ff., sowie mein Buch *Jesus and the Undoing of Adam,* a. a. O., S. 58 ff. Man beachte auch George Mac-Donalds Einsicht in *Unspoken Sermons: Series I, II, III,* a. a. O., S. 112: »Es war ein Schrei in Verzweiflung, aber er kam aus dem Glauben: die letzte Stimme der Wahrheit, die spricht, wenn sie nur noch schreien kann. Der göttliche Schrecken dieses Moments ist der menschlichen Seele unbegreiflich. Es war die schwärzeste Nacht schlechthin. Dennoch glaubte er, dennoch hielt er daran fest. Gott war immer noch sein Gott. Mein Gott … in dem Schrei kam der Sieg zum Vorschein, und bald war alles vorbei. Von dem Frieden, der auf diesen Schrei folgte, dem Frieden einer vollkommenen Seele, groß wie das Universum, rein wie das Licht, leidenschaftlich wie das Leben, siegreich für Gott und seinen Bruder, kann allein er die Breite und Länge, die Tiefe und Höhe je ermessen.«

249 Psalm 22,25.

250 So steht in Jesaja 53,4: »Fürwahr, er trug unsre Krankheit und lud auf sich unsre Schmerzen. Wir aber hielten ihn für den, der geplagt und von Gott geschlagen und gemartert wäre.«

251 Irenäus, »Against the Heresies«, in *The Anti-Nicene Fathers*, a. a. O., Bd. 1, S. V.

252 John Calvin, *The Institutes of the Christian Religion*, a. a. O., IV.17.2.

253 James B. Torrance, *Worship, Community and the Triune God of Grace*, Downers Grove, IL: InterVarsity Press, S. 21.

254 2. Korinther 8,9.

255 Weitere Hinweise zu dem »wunderbaren Tausch« in der Vorstellungswelt der Frühkirche finden sich bei Thomas F. Torrance, *The Trinitarian Faith: The Evangelical Theology of the Ancient Catholic Church*, a. a. O., s. 179 ff.

256 Gregory Nazianzen, *A Select Library of Nicene and Post-Nicene Fathers of the Christian Church*, Grand Rapids: Eerdmans 1983, Bd. 7, *Oration* 38.13.

257 Vgl. Hebräer 2,17. Ein wunderbarer Song über die Priesterschaft Jesu stammt von Glen Soderholm, »Our Great High Priest« aus dem Album *By Faint Degrees*, Moveable Feats Music, verfügbar auf glensoderholm.com.

258 Vgl. für weitere Hinweise dazu mein Buch *Across All Worlds: Jesus Inside Our Darkness*, a. a. O., S. 41.

259 Vgl. Johannes 3,16; 5,22.

260 Elizabeth Rooney, aus ihrem Gedicht »Hurting«, in *A Widening Light: Poems of the Incarnation*, hrsg. von Luci Shaw, Vancouver: Regent College Publishing 1994, S. 99.

261 Dietrich Bonhoeffer, *Letters and Papers from Prison*, hrsg. von E. Bethge, erweiterte Ausgabe, New York: Macmillan 1971, S. 361.

262 Vgl. Hebräer 5,7-8.

263 Roger J. Newell, *The Feeling Intellect: Reading the Bible with C. S. Lewis*, a. a. O., S. 32.

264 George MacDonald, *Unspoken Sermons*, a. a. O., S. 537.

265 Vgl. Matthäus 12,29; Markus 3,27.

266 Römer 8,3; Kolosser 2,15; Epheser 4,8.

267 Gregory Nazianzen, *Orations*, a. a. O., I.5.

268 Athanasius, *On the Incarnation of the Word of God*, a. a. O., §54.

269 Johannes 14,20. Vgl. dazu mein Buch *Home*, a. a. O., S. 7 ff.

270 Vgl. Johannes 8,31-32.

271 Thomas Merton, *The New Man*, a. a. O., S. 138.

272 Für weitere Zeugnisse über unsere Teilhabe am Leben Jesu mit seinem Vater im Heiligen Geist siehe meine Bücher *The Great Dance: The Christian Vision Revisited*, a. a. O., S. 53 ff., sowie *The Secret*, Jackson, MS: Perichoresis Press 1997.

273 Vgl. Johannes 2,1 ff.

274 Daniel Migliore, *Faith Seeking Understanding*, a. a. O., S. 86.

275 Karl Barth, *Church Dogmatics*, a. a. O., IV.I.7.

276 James B. Torrance, *Worship, Community and the Triune God of Grace*, a. a. O., S. 21.

277 Mehr darüber, wie unser alltägliches Leben an Jesu Leben teilhat, in meinem Buch *The Great Dance*, a. a. O., S. 47 ff.

278 Johannes 8,12; Hervorhebung von mir.

279 Man beachte den Kommentar von Thomas F. Torrance, *Conflict and Agreement in the Church*, London: Lutterworth Press 1960, Bd. 2, S. 122–23: »In Jesus Christus wurde die Bündnistreue Gottes erwidert und eingelöst durch eine Bündnistreue in unserer Menschlichkeit, sodass die göttlich-menschliche Treue den eigentlichen Kern und Sinn des eingehaltenen Bündnisses bildet, welches das Neue Bündnis ist. So wird dieses nun erfüllt von der Beziehung oder Gemeinschaft zwischen dem Sohn und dem Vater, und an dieser Gemeinschaft können wir teilhaben durch den Heiligen Geist.«

280 Weitere Erläuterungen zum Gegensatzpaar Pantheismus/Deismus finden sich in meinem Buch *The Great Dance: The Christian Vision Revisited,* a. a. O., S. 68 ff. und 94 ff.

281 Ein wunderbarer Song über Jesus als Mitte von allem stammt von Vanessa Kersting: »Centre of It All« aus dem Album *For All the Times,* verfügbar bei iTunes und auf vanessakersting.com.

282 Vgl. Johannes 1,13.

283 Lukas 9,25; vgl. auch Matthäus 16,2.

284 George Macdonald, *Unspoken Sermons: Series* I, II, III, a. a. O., S. 371.

285 Vgl. Hebräer 5,8.

286 Vgl. Thomas F. Torrance, *The Trinitarian Faith: The Evangelical Theology of the Ancient Catholic Church*, a. a. O., S. 155.

287 Thomas F. Torrance, »Come, Creator Spirit«, in *Theology in Reconstruction*, Grand Rapids: Eerdmans 1975, S. 246; vgl. auch ders., *The Trinitarian Faith*, a. a. O., S. 189.

288 Irenäus, »Against the Heresies«, in *Ante-Nicene Fathers*, a. a. O., Bd. 1, III.17.1; vgl. zudem die Abschnitte III.20.2; III.18.7; III.19.1. und IV.20.4.

289 Der Satz stammt von Thomas F. Torrance aus seinem Essay »Our Oneness in Christ and Disunity as Churches«, in *Conflict and Agreement in the Church*, a. a. O., S. 266.

290 Vgl. Joel 2,28 ff. und Apostelgeschichte 2,17 ff.

291 Vgl. Römer 8,15-16.

292 Für weitere Ausführungen über die beiden Einsichten in uns siehe mein Buch: *The Great Dance: The Christian Vision Revisited*, a. a. O., Kap. 4 und 5.

293 George MacDonald, »The Fantastic Imagination«, in *The Complete Fairy Tales*, hrsg. von U. C. Knoepflmacher, New York: Penguin 1999, S. 9.

294 Michael Polanyi, *The Tacit Dimension*, New York: Doubleday 1966, S. 23. Für diesen Hinweis danke ich Lance Muir.

295 Saint Hilary of Poitiers, »On the Trinity«, in *A Select Library of Nicene and Post-Nicene Fathers*, a. a. O., Bd. 9, I.18.

296 George MacDonald, *Lilith*, a. a. O., S. 26.

297 Karl Barth, *Church Dogmatics*, a. a. O., III.2.133.

298 George MacDonald, *Unspoken Sermons, Series I, II, III*, a. a. O., S. 19, 529.

299 ebd., S. 18–19.

300 Vgl. Hebräer 4,12.

301 Hans Urs von Balthasar, *Credo*, New York: Crossroad Publishing 1990, S. 71.

302 Vgl. Lukas 3,16.

303 Weitere Hinweise zu dieser Krise in unserem Leben finden sich in

250

meinem Buch *Across All Worlds: Jesus Inside Our Darkness*, a. a. O., S. 51 ff.

304 Für eine ebenso kluge wie eloquente Auseinandersetzung mit dem Schmerz, der aus dem befreienden Urteil Jesu resultiert, siehe Papst Benedikt XVI., Enzyklika *Spe Salvi*, 47, a. a. O.

305 Steve Bell, »Burning Ember«, aus dem Album *Burning Ember*, Peg Music 1998, verfügbar auf stevebell.com.

306 Vgl. Galater 1,16.

307 Vgl. Sacharja 12,10 und Johannes 19,37; außerdem Richard Rohrs Essay »The Franciscan Opinion«, in *Stricken by God?*, a. a. O., S. 206 ff.

308 Papst Benedikt XVI., Enzyklika *Spe Salvi*, 47, a. a. O.

309 Vgl. 1. Korinther 13.

310 Eine ebenso sorgfältige wie redliche Auseinandersetzung mit den Themen Hoffnung, Hölle und Urteil bietet Bradley Jersak, *Her Gates Will Never Be Shut*, Eugene, OR: Wipf and Stock 2009.

EINIGE ZITATE
ÜBER UNSERE EINBEZIEHUNG
IN DEN TOD JESU CHRISTI

Im Kontext dieser Aussage [2. Korinther 5,17] bannte Paulus den Übergang vom Alten zum Neuen in einen einzigen Aspekt: den Tod aller Menschen in Christi Tod für alle und das Leben aller Menschen für ihn, der für alle auferweckt wurde. Nach Auffassung des Apostels veränderte das, was in Christus geschehen war, nicht nur den Zustand der Schöpfung, sondern gleichzeitig auch den Blickwinkel, von dem aus diese Schöpfung betrachtet werden muss.

Paul S. Minear, *Images of the Church in the New Testament*

In all dem war Christus einerseits derart eins mit Gott, dass sein Tun Gottes Tun war, denn er war kein anderer als Gott selbst, der auf diese Weise in unserer Menschheit handelte. Daher gibt es für uns keinen anderen Gott als diesen und keine andere Handlung Gottes in Bezug auf uns als diese, in der er unsere Stelle einnahm und in unserem Namen handelte. Andererseits war er derart eins mit uns, dass, als er starb, wir starben, denn er starb nicht für sich selbst, sondern für uns, und er starb nicht allein, sondern wir starben in ihm als diejenigen, die er durch seine Inkarnation unauflöslich an sich gebunden hatte. Als er auferstand, erstanden daher wir in und mit ihm auf, und als er vor dem Angesicht des Vaters erschien, erschienen auch wir vor Gott, sodass wir in ihm von Gott bereits ein für alle Mal anerkannt sind.

Thomas F. Torrance, *Atonement: The Person and Work of Christ*

Mit der Geburt und Auferstehung Jesu, mit Jesus selbst, änderte sich tief greifend die Beziehung der Welt zu Gott, denn nun erhielt alles eine völlig neue Grundlage: die unbedingte Gnade Gottes.

Thomas F. Torrance, *Space, Time and Resurrection*

Unsere Auferstehung hat bereits stattgefunden und ist fest verknüpft mit der Auferstehung Christi, von der sie eher durch die Manifestation dessen, was bereits geschehen ist, ihren Fortgang nimmt denn als neue, daraus resultierende Wirkung.

Thomas F. Torrance, *Space, Time and Resurrection*

Er hat uns als Sündern und daher der Sünde selbst ein Ende bereitet, indem er in den Tod ging als der Eine, der unseren Platz als Sünder einnahm. In Seiner Person hat Er uns Sünder und die Sünde selbst der Vernichtung überantwortet. Er hat uns Sünder und die Sünde beseitigt, verneint, ausgelöscht: uns selbst, unsere Sünde sowie die Anklage, Verurteilung und Verdammnis, die über uns gekommen ist ... Der Mensch der Sünde, der erste Adam, der von Gott entfremdete Kosmos, »diese gegenwärtige, arge Welt« (Gal 1,4) wurde genommen und getötet und begraben in und mit Ihm am Kreuz.

Karl Barth, *Church Dogmatics*

Er existiert nicht mehr. Der Zorn Gottes, der das Feuer Seiner Liebe ist, hat ihn und all seine Vergehen und Beleidigungen und Irrtümer und Torheiten und Lügen und Fehler und Verbrechen gegen Gott und seine Mitmenschen und sich selbst fortgenommen, genauso wie eine ganze Opfergabe mitsamt dem Fleisch und der Haut und den Knochen und Hufen und Hörnern auf dem Altar verbrannt wird, als Flamme zum Himmel emporsteigt und verschwindet. So ist Gott mit dem Menschen verfahren, der das Bündnis mit Ihm brach.

Karl Barth, *Church Dogmatics*

Wenn in der Geschichte von Jesus Christus Gott zur Menschheit kommt, wird zugleich die Menschheit in dieser Geschichte objektiv zu Gott geführt. Es ist nicht der Glaube, der die Menschheit in Jesus Christus einbezieht. Der Glaube ist eher die Anerkennung einer geheimnisvollen Einbeziehung, die im Namen der Menschheit bereits objektiv vollzogen wurde.« ... wenn einer für alle gestorben ist, so sind sie alle gestorben.« (2. Korinther 5,14) Dass alle in Christus gestorben sind (und mit ihm auferweckt wurden), ist die verborgene Wahrheit der Menschheit, wie sie dem Glauben offenbart wird. Unser wahres Menschsein soll nicht in uns selbst gefunden werden, sondern objektiv in ihm. Gottes reale Gegenwart für die Menschheit in Jesus Christus (offenbarender Objektivismus) geht einher mit der realen Gegenwart der Menschheit in Jesus Christus für Gott (soteriologischer Objektivismus).

George Hunsinger, *How to Read Karl Barth*

Wir dürfen unsere Erlösung für nicht weniger erachten als einen kompletten Umtausch, denn im sündigen Adam gibt es nichts Gutes, er ist in all seinen Teilen und Leidenschaften völlig und unheilbar verdorben. Daher gibt es für ihn keine Hoffnung; das einzige »Heilmittel« ist der Tod, denn allein durch ihn kann Adam von seinem sündigen Selbst erlöst und zu einer neuen Schöpfung werden. Genau dies hat Jesus für Adam getan. Er nahm dessen Platz ein, nicht nur als Stellvertreter, um dessen Sünden zu beseitigen, sondern als Abgesandter, um dessen sündige Natur zu kreuzigen, damit er in seinem sündenlosen Körper das Alte töte und entferne und es dank seiner Auferstehung durch das Neue ersetze.

Der Grund für diese Wahrheit liegt in Römer 6,3-8. Dort wiederholt Paulus Vers um Vers in wechselnden Formulierungen: Wir sind »in seinen Tod getauft«; wir sind »mit ihm begraben durch die Taufe in den Tod«; wir sind »in ihn eingepflanzt zu gleichem Tode«; »unser alter Mensch (ist) samt ihm gekreuzigt«; »denn wer gestorben ist, der ist gerechtfertigt und frei von der Sünde«; wir sind »mit Christus gestorben«. Könnte irgendeine Aussage klarer sein? Paulus erklärt ohne Umschweife: Als Jesus starb, starben wir mit ihm.

William Still, *Towards Spiritual Maturity*

Er wurde gekreuzigt: Wie steht es dann um uns? Müssen wir Gott bitten, uns zu kreuzigen? Niemals! Als Christus gekreuzigt wurde, wurden wir gekreuzigt; und da seine Kreuzigung Vergangenheit ist, kann die unsere nicht in der Zukunft liegen. Ich fordere Sie auf, einen Text im Neuen Testament zu finden, der besagt, dass unsere Kreuzigung in der Zukunft stattfinden wird. Alle diesbezüglichen Hinweise stehen im griechischen Aorist, und dieser ist die Zeitform des »endgültig Abgeschlossenen«, des »ewig Vergangenen« (vgl. Römer 6,6; Galater 2,20; 5,24; 6,14).

Watchman Nee, *The Normal Christian Life*

Als der Herr Jesus ans Kreuz geschlagen wurde, wurde er als der letzte Adam gekreuzigt. All das, was im ersten Adam war, wurde in ihm versammelt und beseitigt. Wir waren dort mit eingeschlossen. Als der letzte Adam löschte er das alte Geschlecht aus; als der zweite Mensch führt er das neue Geschlecht ein.

Watchman Nee, *The Normal Christian Life*

Es hängt nicht von Ihren Gefühlen ab. Wenn Sie das Gefühl haben, dass Christus gestorben ist, dann ist er gestorben; und auch wenn Sie nicht das Gefühl haben, dass er gestorben ist, ist er gestorben. Wenn Sie das Gefühl haben, dass Sie gestorben sind, dann sind Sie gestorben; und wenn Sie nicht das Gefühl haben, dass Sie gestorben sind, so sind Sie dennoch ganz gewiss gestorben. Das sind göttliche Tatsachen. Dass Christus gestorben ist, ist eine Tatsache, dass die beiden Diebe gestorben sind, ist eine Tatsache, und dass Sie gestorben sind, ist ebenfalls eine Tatsache. Lassen Sie mich Ihnen mitteilen: Sie sind gestorben! Damit sind Sie fertig! Aus und vorbei! Das Selbst, das Sie verabscheuen, ist in Christus am Kreuz.

Watchman Nee, *The Normal Christian Life*

Häufig wird der alte Mensch in individuellem Sinn und die Kreuzigung und Beseitigung des alten Menschen als der persönliche Bruch mit und Kampf gegen die Macht der Sünde verstanden ... Doch wir werden den »alten« und »neuen Menschen« nicht in erster Linie gemäß dem ordo salutis *begreifen müssen, sondern gemäß der Erlösungsgeschichte; das heißt, es handelt sich hier nicht um eine Veränderung in Bezug auf den Glauben oder die Bekehrung im Leben des einzelnen Christen, sondern um jene Veränderung, die einst in Christus stattfand und an dem sein Volk einen Anteil hatte im oben beschriebenen kollektiven Sinn.*

Herman Ridderbos, *Paul: An Outline of His Theology*

Übersehen wird die unverkennbare Tatsache, dass bei Paulus das Sterben, Begrabenwerden usw. mit Christus seinen letzten Grund nicht in der Zeremonie der Eingliederung in die christliche Kirche hat, sondern vielmehr in der bereits vollzogenen Einbeziehung in den geschichtlichen Tod und die Auferstehung von Christus selbst. Von besonderer Bedeutung ist dabei die Erklärung in 2. Korinther 5,14 ff., wo ein deutlicher Wechsel bemerkbar ist von der Aussage »Christus für uns« zu »wir mit (oder in) Christus« ... Daraus lässt sich schließen, dass »Gestorbensein«, »in Christus sein«, »neue Schöpfung sein« – die Tatsache, dass die Seinen nicht länger verurteilt und »gemäß dem Fleisch (also gemäß der weltlichen Daseinsweise) erkannt« werden – mit dem Tod Christi vorgegeben und verwirklicht wurden.

Herman Ridderbos, *Paul: An Outline of His Theology*

Im Allgemeinen fassen Lutheraner die Lehre der mystischen Vereinigung anthropologisch *auf und stellen sich vor, diese geschehe durch den Glauben. Folglich findet sie an späterer Stelle wie selbstverständlich Aufnahme in ihre Lehre von der Erlösung. Doch dieser Ansatz wird der Idee unserer Vereinigung mit Christus nicht ganz gerecht, denn er lässt die ewige Grundlage der Vereinigung sowie deren objektive Verwirklichung in Christus außer Acht und behandelt ausschließlich deren subjektive Verwirklichung in unserem Leben, und selbst dann nur mit unserem persönlichen und bewussten Eintritt in diese Vereinigung. Andererseits deutet die reformierte Theologie die Vereinigung der Gläubigen mit Christus* theologisch, *wodurch diesem wichtigen Thema weitaus mehr Gerechtigkeit widerfährt. Dabei wird der Begriff »mystische Vereinigung« in umfassendem Sinn verwendet als Bezeichnung nicht nur für die subjektive Vereinigung von Christus und Gläubigen, sondern auch für die Vereinigung, die ihr vorausgeht, die für sie wesentlich ist und von der sie nur den höchsten Ausdruck darstellt – nämlich jene bundesmäßige Vereinigung von Christus und denen, die die Seinen sind im Heilsplan, die mystische Vereinigung, die in diesem ewigen Heilsplan ideal hergestellt wird, und die Vereinigung, wie sie in der Inkarnation und dem Erlösungswerk Christi objektiv verwirklicht wird.*

Louis Berkhof, *Systematic Theology*

Der alte Mensch ist gekreuzigt; ich nehme ihn mit mir ins Grab. Wenn ich auferstehe, bist du es, der in mir aufersteht. Während ich zum Thron hinaufsteige, bist du es, der mit mir hinaufsteigt. Du bist eine neue Schöpfung. Fortan wird dein Leben aus mir und meinem Thron *strömen.*

F. J. Huegel, *The Enthroned Christian*

257

LITERATURHINWEISE

Anatolios, Khaled, *Athanasius: The Coherence of His Thought,* London: Routledge 1998.

Athanasius, »Against the Arians«, in Athanasius: *Select Works and Letters. Nicene and Post-Nicene Fathers,* Bd. 4, hrsg. von Philip Schaff und Henry Wallace. Grand Rapids: Eerdmans 1987.

– ders., *On the Incarnation of the Word of God,* London: A. R. Mowbray 1963.

Aulen, Gustaf, *Christus Victor,* London: SPCK 1950.

Bailey, Kenneth, *Jesus Through Middle Eastern Eyes,* Downers Grove, IL: InterVarsity Press Academic 2008.

Balthasar, Hans Urs von, *Credo,* New York: Crossroad Publishing 1990.

– ders., Our Capacity for Contemplation«, in *Prayer,* New York: Sheed and Ward, S. 27–67.

Barth, Karl, *Church Dogmatics,* ins Englische übersetzt von G. W. Bromiley, 13 Bände, Edinburgh: T&T Clark 1985.

– ders., »The Covenant as the Presupposition of Reconciliation«, in *Church Dogmatics* IV/1, S. 22–54.

– ders., »Creation as Benefit«, in *Church Dogmatics* III/1, S. 330–44.

– ders., »Faith in God the Creator«, in *Church Dogmatics* III/1, S. 3–41.

– ders., »God with Us«, in *Church Dogmatics* IV/1, S. 3–21.

– ders., »The Homecoming of the Son of Man«, in *Church Dogmatics* IV/2, S. 36–116.

– ders., »The Judge Judged in Our Place«, in *Church Dogmatics* IV/1, S. 211–83.

– ders., The Miracle of Christmas«, in *Church Dogmatics* I/2, S. 172–202.

– ders., »The Problem of a Correct Doctrine of the Election of Grace«, in *Church Dogmatics* II/2, S. 3–93.

– ders., The Sloth and Misery of Man«, in *Church Dogmatics* IV/2, S. 378–83.

– ders., »The Way of the Son of God into the Far Country«, in *Church Dogmatics* IV/1, S. 157–211.

Berry, Wendell, *What Are People For?*, New York: North Point Press 1990.

Blue, Ken, *Authority to Heal*, Downers Grove, IL: InterVarsity Press 1987.

– ders., *Healing Spiritual Abuse*, Downers Grove, IL: InterVarsity Press 1993.

Bonhoeffer, Dietrich, *Letters and Papers from Prison*, hrsg. von E. Bethge, erweiterte Fassung, New York: Macmillan 1971.

Boyd, Gregory A., *Repenting of Religion*, Grand Rapids: Baker 2004.

Buckley, Michael J., *At the Origins of Modern Atheism*, New Haven, CT: Yale University Press 1987.

Buechner, Frederick, *Telling Secrets*, San Francisco: Harper 1991.

Calvin, John, *The Institutes of the Christian Religion*, hrsg. von John T. McNeill und ins Amerikanische übersetzt von Ford Lewis Battles, Philadelphia: Westminster Press 1960.

Campbell, Douglas A., *The Deliverance of God*, Grand Rapids: Eerdmans 2009.

Campbell, John McLeod, *The Nature of the Atonement*, Grand Rapids: Eerdmans 1996.

Canlis, Julie, *Calvin's Ladder: A Spiritual Theology of Ascent and Ascension*, Grand Rapids: Eerdmans 2010.

Capon, Robert Farrar, *The Mystery of Christ and Why We Don't Get It*, Grand Rapids: Eerdmans 1993.

– ders., *The Parables of Grace*, Grand Rapids: Eerdmans 1988.

– ders., *The Parables of Judgment*, Grand Rapids: Eerdmans 1989.

– ders., *The Parables of the Kingdom*, Grand Rapids: Eerdmans 1985.

Chesterton, G. K., *The Everlasting Man*, San Francisco: Ignatius Press 1993.

Dawson, Gerrit Scott, *Jesus Ascended: The Meaning of Christ's Continuing Incarnation*, Phillipsburg, NJ: P&R Publishing 2004.

Erskine, Thomas, *The Unconditional Freeness of the Gospel*, Edinburgh: Waugh and Innes 1829.

Farrow, Douglas B., »The Doctrine of the Ascension in Irenaeus and Origen«, in *Journal of the Faculty of Religious Studies, McGill University* 26 (1998).

Fee, Gordon D., *God's Empowering Presence*, Peabody, MA: Hendrickson 1994.

Forsyth, P. T., *The Person and Place of Jesus Christ*, London: Hodder and Stoughton 1909.

– ders., *The Work of Christ*, London: Hodder and Stoughton 1946.

Gary, Bert, *Jesus Unplugged*, Grand Haven, MI: FaithWalk Publishing 2005.

Giles, Kevin, *The Trinity and Subordinationism*, Downers Grove, IL: InterVarsity Press 2002.

Gregory, John, *The Platonists*, New York: Routledge 1999.

Gunton, Colin E., *Christ and Creation*, Grand Rapids: Eerdmans 1992.

– ders., *Father, Son and Holy Spirit: Toward a Fully Trinitarian Theology*, London: T&T Clark 2003.

– ders., *The Promise of Trinitarian Theology*, London: T&T Clark 1991.

– ders., *The Triune Creator*, Grand Rapids: Eerdmans 1998.

Hart, Trevor, »Humankind in Christ and Christ in Humankind: Salvation as Participation in Our Substitute in the Theology of John Calvin«, in *Scottish Journal of Theology*, Bd. 42.

– ders., *Regarding Karl Barth*, Carlisle, England: Paternoster Press 1999.

– ders., *The Teaching Father: An Introduction to the Theology of Thomas Erskine of Linlathen*, Edinburgh: St. Andrews Press, Devotional Library 1993.

Hartwell, Herbert, *The Theology of Karl Barth: An Introduction*, London: Gerald Duckworth 1964.

Hawthorne, Gerald, *The Presence and the Power*, Dallas: Word 1991.

Hollis, James, *The Eden Project: In Search of the Magical Other*, Toronto: Inner City Books 1998.

– ders., *The Middle Passage: From Misery to Meaning in Midlife*, Toronto: Inner City Books 1993.

Huegel, F. J., *The Enthroned Christian*, Fort Washington, PA: Christian Literature Crusade 1992.

Hunsinger, George, *How to Read Karl Barth*, New York: Oxford University Press 1991.

Irenaeus, »Against the Heresies«, in *The Ante-Nicene Fathers*, Grand Rapids: Eerdmans 1987, Bd. 1.

Jeremias, Joachim, *The Central Message of the New Testament,* New York: Scribner's 1965.

– ders., *New Testament Theology,* New York: Scribner's 1975.

– ders., *The Prayers of Jesus,* Naperville, IL: Alec R. Allenson 1967.

Jersak, Bradley, *Her Gates Will Never Be Shut,* Eugene, OR: Wipf and Stock 2009.

– ders. und Michael Hardin (Hrsg.), *Stricken by God?* Grand Rapids: Eerdmans 2007.

Jinkins, Michael, *Invitation to Theology,* Downers Grove, IL: InterVarsity Press 2001.

Konig, Andrio, *The Eclipse of Christ in Eschatology,* Blackwood, South Australia: New Creation 2003.

Kruger, C. Baxter, *Across All Worlds: Jesus Inside Our Darkness,* Jackson, MS: Perichoresis Press, 2007; Vancouver: Regent College Publishing 2007.

– ders., »The Big Picture: From the Trinity to Our Adoption in Christ«, Vorlesungsreihe 2000, verfügbar auf perichoresis.org.

– ders., *God Is For Us,* Jackson, MS: Perichoresis Press 1995; Carlisle, England: Paternoster Press 1995.

– ders., *The Great Dance: The Christian Vision Revisited,* Jackson, MS: Perichoresis Press 2000; Vancouver: Regent College Publishing 2005.

– ders., *Home,* Jackson, MS: Perichoresis Press 1996.

– ders., «Inside the Soul: An Anatomy of Darkness«, Vorlesungsreihe, verfügbar auf perichoresis.org.

– ders., *Jesus and the Undoing of Adam,* Jackson, MS: Perichoresis Press 2002.

– ders., »On the Road to Becoming Flesh: Israel as the Womb of the Incarnation in the Theology of Thomas F. Torrance«, 2007, verfügbar auf perichoresis.org.

– ders., *Parable of the Dancing God,* Jackson, MS: Perichoresis Press 1995; Downers Grove, IL: InterVarsity Press 2001.

– ders., *The Secret,* Jackson, MS: Perichoresis Press 1997.

– ders., »The Trinity and the Christian Life«, Vorlesungsreihe 1999, verfügbar auf perichoresis.org.

– ders., »You are the Child the Father Always Wanted«, Vorlesungs-reihe 2002, verfügbar auf perichoresis.org.

Lewis, C. S., »Beyond Personality: Our First Steps in the Doctrine of the Trinity«, in ders., *Mere Christianity*, S. 135–90.

– ders., *The Chronicles of Narnia*, New York: Collier Books, Macmillan 1946.

– ders., *The Four Loves*, New York: Harcourt, Brace 1960.

– ders., *The Grand Miracle and Other Selected Essays on Theology and Ethics from »God in the Dock«*, hrsg. von Walter Hooper, New York: Ballantine Books 1970.

– ders., *The Great Divorce*, New York: Collier Books, Macmillan 1946.

– ders., *A Grief Observed*, New York: Bantam 1976.

– ders., *Mere Christianity*, New York: Macmillan 1952.

– ders., *Miracles*, New York: Simon and Schuster 1996.

– ders., *Surprised by Joy: The Shape of My Early Life*. London/New York: Harcourt, Brace 1956.

– ders., *Till We Have Faces*, New York: Harcourt, Brace and Jovanovich 1980.

– ders., »The Weight of Glory«, in *The Weight of Glory: And Other Addresses*, Grand Rapids: Eerdmans 1965, S. 1–15.

Lossky, Vladimir, *The Mystical Theology of the Eastern Church*, New York: St. Vladimir's University Press 1998.

MacDonald, George, *The Complete Fairy Tales*, hrsg. von U. C. Knoepfl-macher, New York: Penguin 1999.

– ders., *The Fisherman's Lady*, hrsg. von Michael R. Phillips, Minnea-polis: Bethany House 1982.

– ders., *The Golden Key*, Grand Rapids: Eerdmans 1982.

– ders., *Lilith*, Grand Rapids: Eerdmans 2000.

– ders., *The Marquis' Secret*, hrsg. von Michael R. Phillips, Minneapo-lis: Bethany House 1982.

– ders., *Unspoken Sermons: Series I, II, III*, Whitethorn, CA: Johannesen 1999.

Manning, Brennan, *Abba's Child*, Colorado Springs: NavPress 2002.

– ders., *The Ragamuffin Gospel*, Sisters, OR: Multnomah 2000.

– ders., *Ruthless Trust*, San Francisco: Harper 2000.

McVey, Steve, *Grace Amazing,* Eugene, OR: Harvest House 2001.

Merton, Thomas, *The New Man,* New York: Farrar, Straus and Giroux 1961.

Meyendorff, John, *Byzantine Theology,* New York: Fordham University Press 1974.

Migliore, Daniel, »The Triune God« and »The Good Creation«, in ders., *Faith Seeking Understanding: An Introduction to Christian Theology,* Grand Rapids: Eerdmans 1991.

Mills, David (Hrsg.), *The Pilgrim's Guide: C. S. Lewis and the Art of Witness,* Grand Rapids: Eerdmans 1998.

Molnar, Paul D., *Incarnation and Resurrection: Toward a Contemporary Understanding,* Grand Rapids: Eerdmans 2007.

Moltmann, Jürgen, *The Spirit of Life,* Minneapolis: Fortress 1992.

– ders., *The Trinity and the Kingdom: The Doctrine of God.* London: SCM Press 1981.

Nazianzen, Gregory, *A Select Library of Nicene and Post-Nicene Fathers of the Christian Church,* Grand Rapids: Eerdmans 1983, Bd. 7.

Newell, Roger J., *The Feeling Intellect: Reading the Bible with C. S. Lewis,* Eugene, OR: Wipf and Stock 2010.

Papst Benedikt XVI. Enzyklika *Spe Salvi,* http://www.Vatican.va/holy _father/benedict_xvi/encyclicals/documents/hf_ben-xvi_enc_ 20071130_spe-salvi_en.html.

Pascal, Blaise, *Pensées: Thoughts on Religion and Other Subjects,* New York: Washington Square Press 1965.

Payne, Leanne, *The Healing Presence,* Grand Rapids: Baker 1989.

– dies., *Restoring the Christian Soul,* Grand Rapids: Baker 1996.

Placher, William C., *The Domestication of Transcendence,* Louisville: Westminster John Knox Press 1996.

– ders., *A History of Christian Theology.* Louisville: Westminster John Knox Press 1983.

– ders., *Narratives of a Vulnerable God: Christ, Theology, and Scripture,* Louisville: Westminster John Knox Press 1994.

Polanyi, Michael, *The Tacit Dimension,* New York: Doubleday 1966.

Purves, Andrew, *The Crucifixion of Ministry,* Downers Grove, IL: Inter-Varsity Press Books 2007.

– ders., *Reconstructing Pastoral Theology,* Louisville: Westminster John Knox Press 2004.

Richard of St. Victor, »Book Three of the Trinity«, in *Richard of St. Victor,* New York: Paulist Press 1979.

Rohr, Richard, *The Naked Now: Learning to See as the Mystics See,* New York: Crossroad Publishing 2009.

Smail, Thomas A., *The Forgotten Father,* London: Hodder and Stoughton 1980.

– ders., *The Giving Gift: The Holy Spirit in Person,* London: Hodder and Stoughton 1988.

– ders., *Once and For All: A Confession of the Cross.* Eugene, OR: Wipf and Stock 1998.

Smith, Malcolm, *The Power of the Blood Covenant,* Tulsa, OK: Harrison House 2002.

Tarnas, Richard, *The Passion of the Western Mind.* New York: Ballantine Books 1993.

Taylor, John V., *The Go-Between God,* London: SCM Press 1972.

Torrance, Alan J., *Persons in Communion,* London: T&T Clark 1996.

Torrance, James B., »Covenant or Contract«, in *Scottish Journal of Theo - logy* 23, Nr. 1 (Februar 1970).

– ders., »The Vicarious Humanity of Christ«, in *The Incarnation: Ecumenical Studies in the Nicene-Constantinopolitan Creed,* hrsg. von Thomas F. Torrance, Edinburgh: Handsel Press 1981, S. 127–47.

– ders., *Worship, Community and the Triune God of Grace,* Downers Grove, IL: InterVarsity Press 1996.

Torrance, Thomas F., *Atonement: The Person and Work of Christ,* hrsg. von Robert T. Walker, Downers Grove, IL: InterVarsity Press Academic 2009.

– ders., »The Atoning Obedience of Christ«, in *Moravian Theological Seminary Bulletin* (1959), S. 65–81.

– ders., *The Christian Doctrine of God,* Edinburgh: T&T Clark 1996.

– ders., »The Eclipse of God« und »Cheap and Costly Grace«, in ders., *God and Rationality,* London: Oxford University Press, 1971, S. 29–85.

– ders., *Incarnation: The Person and Life of Christ,* hrsg. von Robert T. Walker, Downers Grove, IL: InterVarsity Press Academic 2008.

– ders., »Karl Barth and the Latin Heresy«, in *Karl Barth: Biblical and Evangelical Theologian,* Edinburgh: T&T Clark 1990, S. 213–40.

– ders., *The Mediation of Christ,* Grand Rapids: Eerdmans 1983.

– ders., *Preaching Christ Today,* Grand Rapids: Eerdmans 1994.

– ders., *Space, Time and Resurrection,* Edinburgh: Handsel Press 1976.

– ders., *Theology in Reconstruction,* Grand Rapids: Eerdmans 1975.

– ders., *The Trinitarian Faith: The Evangelical Theology of the Ancient Catholic Church,* Edinburgh: T&T Clark 1988.

Ware, Kallistos, »The Human Person as an Icon of the Trinity«, in *Sobernost* 8, Nr. 2 (1986), S. 6–23.

– ders., *The Orthodox Way,* London: A. R. Mowbray 1979.

Wauchope, Bruce, «The Gospel and Mental Health«, Vorlesungsreihe, verfügbar auf perichoresis.org.

Webster, John, *Barth's Ethics of Reconciliation,* Cambridge: Cambridge University Press 1995.

Weinandy, Thomas G., *In the Likeness of Sinful Flesh,* Edinburgh: T&T Clark 1993.

Wright, N. T., *Paul,* Minneapolis: Fortress 2005.

– ders., *Surprised by Hope,* New York: HarperCollins 2008.

Yoder, Wes, *Bond of Brothers,* Grand Rapids: Zondervan 2010.

Zizioulas, John, *Being as Communion,* London: Darton, Longman and Todd 1985.

Weitere Informationen über Dr. Kruger und The Ministry of Perichoresis finden Sie auf den folgenden Websites:

thegreatdance.org
perichoresis.org
included.com.au

DANKSAGUNG

Alle Gedanken, selbst die von Gott, entstehen in Beziehungen. Dieses Buch trägt zwar meinen Namen, aber es ist das Ergebnis zahlreicher Gespräche. Daher bin ich etlichen Menschen auf der ganzen Welt äußerst dankbar.

Paul Young, ich danke dir für den Mut und die Freiheit, dank deren du *Die Hütte* geschrieben hast, für deine so kostbare Freundschaft und Unterstützung in jeder Phase der Niederschrift des vorliegenden Buches. Es ist mir eine große Freude, dich, meinen Bruder von einer anderen Mutter, auf deinem Weg zu begleiten.

Darüber hinaus danke ich den Mitgliedern der Perichoresis-Familie hier in den Vereinigten Staaten und im Ausland. Mit euren Fragen wie auch mit euren Herzenswünschen habt ihr mich ein ums andere Mal gerettet. Zu euch in Australien komme ich jedes Jahr, um wiedergeboren zu werden, und meine Erwartungen werden nie enttäuscht. Dank für euer unstillbares Bedürfnis nach Wahrheit und eure kompromisslose Haltung, besonders gegenüber Schmeicheleien in wichtigen Angelegenheiten. Hier passiert weitaus mehr, als wir zu träumen wagen.

Zutiefst dankbar bin ich David Jennings, Christy Jones, Ken Courtney, Julian Fagan, Louis d'Alpuget sowie John und Lorraine Baker. Ohne euch gäbe es dieses Buch nicht. Seid von Herzen bedankt. Ihr habt mich wirklich inspiriert.

Natürlich gilt mein ursprünglicher Dank euch beiden, Mutter und Vater: Ihr habt mir vor vielen Jahren das Gehen beigebracht und die Freiheit gelassen, einfach loszulaufen. Dass ihr mir stets den Rücken gestärkt habt, ist das prächtigste Geschenk überhaupt.

Steve Horn, Larry Bain, Ken Blue, Bruce Wauchope, David Kowalick, David Upshaw und David Peck: Habt Dank für die Jahre echter Freundschaft und ernsthaften Gesprächs, für euer liebevolles Interesse an mir und meiner Familie. *Ihr seid meine Brüder.* Ich stehe für immer in eurer Schuld. Wenn ich heute einigermaßen geistig gesund bin, so ist das euer Werk. Bleibt mir gewogen, dann bringe ich euch bei, wie man angelt.

John MacMurray, Wayne und Wendy Marchant, Bill Winn, Timothy Brassell, Tony Murphy, Betty und Doug (Tom Bodett) Johannson, Chris und Sarah Failia, Ernie und Carol Tolive, Jim und Jon Sawyer, Lance Muir von Ontario Christian Books, Jeff und Janice McFall, Dirk Vanderlest, mein Bruder Stuart, Harry und Robbie Phillips sowie Paul Fitzgerald: Eure Freundschaft macht mich dankbar dafür, am Leben zu sein. Dank für eure Herzen und Gebete, für die Zeit, die ihr der Lektüre dieses Buches gewidmet habt, und für eure Vorschläge. Möge der Herr den Tag gewähren, an dem Carol ihre berühmten Hackfleischbällchen für Tausende zubereiten wird, Lance als die Autorität für alle trinitarischen Dinge geehrt und Fitzgerald zahllose Seelen zu einem inneren Durchbruch nach dem anderen führen wird. Bis dahin wird Doug »das Licht für uns alle eingeschaltet lassen«.

Beth, meine Frau seit dreißig Jahren: Du verdienst das Beste. Ich danke dir, dass du durchgehalten hast. Wir sind nicht allein. Das Leben ist unser. Mein »Junge« J. E. Baxter Kruger: Kein Papa könnte stolzer sein auf seinen Sohn. Du krönst den Namen deines alten Herrn. Du gehörst der Herrlichkeit der gesegneten Trinität an.

Ich bin gesegnet mit einem großen Sohn und drei wunderbaren Töchtern, Laura, Kathryn und Caroline. Es vergeht kein Tag, an dem wir Carolines Heimgang in die Ewigkeit nicht betrauern. Caroline, wir haben dich nicht kennengelernt, aber der Herr wird die von Heuschrecken vernichteten Jahre zurückbringen. Das wird eine himmlische Zeit sein! Danke für den Mut, den du auf irgendeine Weise mit mir teilst. Kathryn, unser Kind des Frohsinns und der Farbe, du bist ein Segen, der sich nicht in Worte fassen lässt. Dein Lächeln und dein Geist erleuchten jeden Raum. Du hast ein schönes Herz. Und schließlich Laura, o du meine wunderbare Tochter: Jeden Tag deines Lebens hast du mich zum Lächeln gebracht. Welch ein Privileg, dein Vater zu sein! Dir ist dieses Buch gewidmet, mit all meiner Freude und Dankbarkeit.

Das neue Buch von
William Paul Young

WILLIAM PAUL YOUNG

DER
WEG

WENN GOTT DIR EINE
ZWEITE CHANCE GIBT

Allegria

1

EIN STURM BRAUT SICH ZUSAMMEN

»Am bedauernswertesten sind jene,
die ihre Träume in Silber und Gold verwandeln.«

Kahlil Gibran

In manchen Jahren in Portland, Oregon, ist der Winter ein Raufbold. Er speit Graupel und Schnee und weigert sich, dem Frühling Platz zu machen, nimmt ein archaisches Recht für sich in Anspruch, das Amt des Königs der Jahreszeiten zu behalten – doch letztlich bleibt ihm nichts anderes übrig, als den Thron zu räumen. Dieses Jahr war es nicht so. Der Winter trat einfach ab wie eine geschlagene Frau, räumte mit gesenktem Kopf und zerfleddertem, schmutzig weißbraunem Kleid das Feld. Der Unterschied zwischen seiner Anwesenheit und Abwesenheit war kaum spürbar.

Anthony Spencer war das ohnehin gleichgültig. Den Winter betrachtete er als Ärgernis, und der Frühling war nicht viel besser. Hätte man es in seine Macht gestellt, er hätte beide aus dem Kalender gestrichen, zusammen mit dem nassen, regnerischen Teil des Herbstes. Ein Fünf-Monats-Jahr wäre ihm gerade recht gewesen. Jedenfalls hätte er es länger anhaltenden Zeiten der Ungewissheit klar vorgezogen. Immer wenn es Frühling wurde, fragte Tony sich, warum er eigentlich im Nordwesten blieb, aber in jedem Jahr stellte er sich die Frage erneut. Vielleicht lag in enttäuschender Vertrautheit ein ganz eigener Trost. Vielleicht war die Angst davor, irgendwo hinzuziehen, wo ihn niemand kannte, abschreckender als das gewohnte Elend. Die sattsam bekannte Routine war zwar mitunter schmerzhaft, zumindest aber vorhersehbar.

Tony war kein fröhlicher Mensch und fest entschlossen, sich keinen Vorteil entgehen zu lassen. Glücklichsein war eine alberne Sentimentalität. Und verglichen mit einem möglichen Deal und dem süchtig machenden Nachgeschmack des Sieges war es flüchtig wie Dunst. Freunde waren eine schlechte Investition, die Rendite war gering. Sich um andere zu kümmern war schlichtweg lästig.

Er maß seinen Erfolg an den ihm zur Verwaltung und Entwicklung anvertrauten Immobilien, diversen Geschäftsbeteiligungen und einem wachsenden Investment-Portfolio. Nach den meisten Standards war er wohlhabend, erfolgreich und als Single eine überaus gute Partie. Er gefiel sich ein wenig in der Rolle des Frauenschwarms, trieb genug Sport, um mithalten zu können, und leistete sich nur einen ganz leichten Bauch, der sich jederzeit einziehen ließ. Die Frauen kamen, und die klügeren von ihnen gingen meistens schnell wieder.

Wenn Tony lächelte, hätte man ihn fast für attraktiv halten können. Seine Gene hatten ihm eine Statur von über eins achtzig und gute Haare geschenkt, die auch jetzt noch mit Mitte vierzig keine Anstalten machten auszufallen. Er war offenkundig von angelsächsischer Abstammung. Ein Anflug von etwas Dunklerem, Feinerem ließ sein Gesicht weicher erscheinen, vor allem, wenn irgendeine Laune oder ein ihn plötzlich überkommendes Lachen seine gewohnte geschäftsmäßige Nüchternheit durchbrach.

Er war zweimal verheiratet gewesen, beide Male mit derselben Frau. Aus der ersten Ehe, da waren sie beide Anfang zwanzig gewesen, gingen ein Sohn und eine Tochter hervor. Letztere war nun eine zornige junge Erwachsene, die mit ihrer Mutter an der Ostküste lebte. Der Sohn war eine andere Geschichte. Ihre Ehe war wegen unüberbrückbarer Differenzen geschieden worden, ein geradezu schulbuchmäßiges Beispiel für wohlkalkulierte Gleichgültigkeit und einen kaltschnäuzigen Mangel an Zuwendung. In wenigen Jahren schaffte es Tony, Lorees Selbstwertgefühl in Stücke zu zerlegen.

Dummerweise war sie es, die ihm schließlich überaus anmutig den Laufpass gab. Das konnte er nicht als echten Sieg für sich verbuchen. Also verbrachte Tony die folgenden zwei Jahre damit, sie zurückzuerobern. Er schmiss eine großartige Wiederverheiratungsparty, und zwei Wochen später präsentierte er ihr die Scheidungspapiere. Man erzählte sich, er hätte sie schon vorbereitet, noch bevor die Unterschriften unter das zweite Set von Hochzeitsurkunden gesetzt wurden. Aber diesmal ließ sie den ganzen Zorn einer verschmähten Frau an ihm aus, und er machte sie fertig – finanziell, juristisch und psychologisch. Das konnte er zweifelsohne als Gewinn verbuchen. Für ihn, aber auch nur für ihn, war es nichts als ein gnadenloses Spiel gewesen.

Der Preis, den er dafür zahlte, war, dass sich während des Scheidungsprozesses seine Tochter von ihm abwandte und nichts mehr mit ihm zu tun haben wollte. Wenn er ein bisschen zu viel Scotch getrunken hatte, kam das Gespenst dieses Verlustes aus den Schatten, aber er begrub es stets schnell wieder, indem er sich ganz der Arbeit und seinen geschäftlichen Siegen widmete. Sein Sohn war der eigentliche Grund für den Scotch. Rezeptfreie Medikamente hatten der Erinnerung ihre scharfen Kanten genommen und dämpften die schmerzhaften Migräneanfälle, die Tony gelegentlich überfielen.

Im Geschäftsleben wurde Anthony Spencer als zäher Verhandler und meisterlicher Manipulator verehrt und gefürchtet. Wie der alte Scrooge liebte er es, den Menschen in seiner Umgebung auch noch den letzten Rest ihrer Würde zu nehmen, besonders seinen Angestellten, die sich, wohl eher aus Angst als aus Respekt, für ihn abrackerten. Ganz sicher verdient ein solcher Mensch weder Liebe noch Mitgefühl.

So, wie Freiheit eine allmähliche Entwicklung ist, dringt auch das Böse Schritt für Schritt in ein Leben ein. Aus kleinen Beugungen der Wahrheit und geringfügigen Selbstrechtfertigungen entsteht mit der Zeit ein Gebäude, das niemand hätte vorhersagen können. Das gilt für jeden Hitler, jeden Stalin und jeden Alltagsmenschen. Das innere Haus der Seele ist großartig, aber zerbrechlich. Jeder Verrat, jede Lüge, die in seine Mauern und sein Fundament eingebaut werden, verändern die Ausrichtung der ganzen Konstruktion auf unvorhersehbare Weise.

Das Mysterium dieser Seele war in einer Explosion des Lebens geboren worden, einem expandierenden inneren Universum, das mit unvorstellbarer Symmetrie und Eleganz seine eigenen Sonnensysteme und Galaxien hervorbrachte. Hier spielte sogar das Chaos seine Rolle, und Ordnung entstand als ein Nebenprodukt. Orte mit Substanz traten ein in den Tanz widerstreitender Gravitationskräfte, und jeder dieser Orte fügte der Mixtur seine eigene Rotation hinzu, wodurch die Positionen der anderen Teilnehmer des kosmischen Walzers sich veränderten und alle sich erweiterten und ausdehnten, in einem ständigen Geben und Nehmen aus Raum und Zeit und Musik. Entlang des Weges brachen Schmerz und Verlust über dieses Universum herein und bewirkten, dass es seine Tiefe verlor und die zarte Struktur allmählich in sich zusammenfiel.

An der Oberfläche zeigte sich dieser Verfall in Form von Angst als Selbstschutzmechanismus, von selbstsüchtigem Ehrgeiz und der Verhärtung all dessen, was zuvor sanft und zart gewesen war. Was zuvor ein lebendiges Wesen war, ein Herz aus Fleisch, wurde zu Stein; ein kleiner, verhärteter Felsen lebte in der Schale, der Hülle des Körpers. Einst war die äußere Gestalt ein Ausdruck innerer Wunder und Pracht gewesen. Nun musste sie sich ohne innere Unterstützung ihren Weg suchen, eine Fassade auf der Suche nach einem Herzen, ein sterbender Stern, den seine eigene Leere gefräßig machte.

Schmerz, Verlust und schließlich das Verlassenwerden sind harte Lehrmeister, aber kombiniert erzeugen sie eine fast unerträgliche Trostlosigkeit. Sie hatten Tony dazu gebracht, Worte als Abwehrwaffen einzusetzen und sein Inneres hinter Mauern zu verschanzen, die ihm Sicherheit vorgaukelten, während er in Wahrheit isoliert und einsam war. Und so gab es in Tonys Leben inzwischen fast keine wahre Musik mehr, nur kaum hörbare Fetzen von Kreativität. Der Soundtrack seines Daseins taugte noch nicht einmal als Muzak – überraschungsarme Aufzugsmusik für vorhersehbar verlaufende Verkaufsgespräche.

Die, die ihn auf der Straße erkannten, grüßten mit einem Kopfnicken. Und die scharfsinnigeren unter ihnen spuckten hinter seinem Rücken ihre Verachtung auf den Bürgersteig. Aber mehr als genug fielen auf ihn herein; katzbuckelnde Kriecher führten beflissen jede seiner

Anordnungen aus, in der verzweifelten Hoffnung, ein Stückchen seiner Anerkennung oder vermeintlichen Zuneigung zu gewinnen. Im Kielwasser angeblichen Erfolges lassen andere sich gerne mittragen, getrieben von dem Bedürfnis, ihre eigene Bedeutung, Identität und Agenda abzusichern. Wahrnehmung ist Realität, sogar wenn die Wahrnehmung eine Lüge ist.

Tony besaß ein teures Haus in den oberen West Hills, das er, wenn er nicht eine seiner dem geschäftlichen Eigennutz dienenden Partys veranstaltete, nur zu einem kleinen Teil beheizte. Obwohl er sich dort nur selten aufhielt, behielt er das großzügige Anwesen als ein Monument des Sieges über seine Frau. Bei ihrer ersten Scheidung war es Loree zugesprochen worden, doch später hatte sie es verkauft, um die ausufernden Anwaltskosten der zweiten Scheidung bezahlen zu können. Über Mittelsmänner kaufte er es weit unter Wert von ihr zurück. Als der Verkauf abgeschlossen war, organisierte er noch am gleichen Tag eine regelrechte Zwangsräumungsparty, einschließlich eines Polizeiaufgebots, das seine völlig fassungslose Exfrau vom Grundstück eskortierte.

Heute befand er sich in üblerer Stimmung als sonst. Geschäftliche Verpflichtungen machten seine Anwesenheit bei einer für ihn wenig interessanten Konferenz in Boston nötig, und dann musste er auch noch wegen einer kleineren Krise im Personalmanagement einen Tag früher als geplant zurückkehren. Zwar war es ärgerlich, sich um eine Situation kümmern zu müssen, die seine Untergebenen in der Firma auch gut ohne ihn hätten regeln können, aber immerhin lieferte ihm das eine gute Entschuldigung, von den nur mit Mühe erträglichen Seminaren in Boston zu jener ebenfalls schwer erträglichen Routine zurückzukehren, die ihm vertrauter war.

Aber etwas hatte sich verändert. Was als leises Unbehagen begonnen hatte, war zu einer bewussten Stimme geworden. Seit ein paar Wochen war Tony von dem nagenden Gefühl befallen, verfolgt zu werden. Zunächst tat er das als letztlich unerhebliches Stresssymptom ab, als Einbildungen seines überarbeiteten Verstandes. Doch der Gedanke fiel in ihm auf fruchtbaren Boden. Ein Samenkorn, das durch vernünftige Überlegungen schnell hätte weggewaschen werden können, schlug Wurzeln, die sich schon bald als nervöse Hyperwachsamkeit zeigten, und so wurde Tonys ohnehin schon ständig angespanntem Geist noch mehr Energie entzogen.

Er bemerkte Details, die für sich genommen kaum Anlass zur Besorgnis boten. Doch insgesamt gesehen wurden sie in Tonys Bewusstsein zu einem warnenden Chor. Da war der schwarze Geländewagen, der auf der Fahrt in die Firma manchmal hinter ihm fuhr. Da waren der Tankstellenmitarbeiter, der für Minuten vergaß, ihm seine Kreditkarte zurückzugeben, und der Sicherheitsdienst, der ihn über drei Stromausfälle in seinem Privathaus informierte, von denen nur sein Anwesen und keines der Nachbarhäuser betroffen gewesen war. Diese Stromausfälle hatten jeweils genau zweiundzwanzig Minuten gedauert und waren an drei Tagen hintereinander immer zur gleichen Uhrzeit erfolgt.

Tony fing an, scheinbar banalen Unregelmäßigkeiten in seinem Alltag mehr Aufmerksamkeit zu schenken, und achtete sogar darauf, wie andere Leute ihn ansahen – der Barista bei Stumptown Coffee, der Wachmann am Eingang auf der ersten Etage und sogar die Büroan-gestellten in der Firma. Er registrierte, wie sie seinem Blick auswichen, wenn er in ihre Richtung schaute, und wie sie rasch ihre Körpersprache änderten, um vorzutäuschen, dass sie beschäftigt waren und ihn gar nicht bemerkten.

Die Reaktionen dieser sehr verschiedenen Leute waren beunruhigend ähnlich, als bestünde zwischen ihnen eine geheime Absprache. Sie teilten ein Geheimnis, in das er nicht eingeweiht war. Je mehr er hinsah, desto mehr fiel ihm auf und umso mehr schaute er hin. Er war immer schon ein wenig paranoid gewesen, aber nun eskalierte diese Neigung so weit, dass er hinter allem und jedem eine Verschwörung gegen sich vermutete. So lebte er in ständiger Sorge und Anspannung.

Neben seiner eigentlichen Wirkungsstätte, strategisch günstig in der mittleren Etage eines mittelgroßen Bürohochhauses im Stadtzentrum von Portland gelegen, besaß Tony ein kleines privates Büro, komplett mit Schlafzimmer, Küche und Bad. Die Adresse war noch nicht einmal seinem persönlichen Anwalt bekannt. Das war sein Refugium. Es lag unten am Fluss, nicht weit vom Macadam Boulevard entfernt. Dorthin zog er sich zurück, wenn er einfach mal für ein paar Stunden oder eine ganze Nacht verschwinden und für niemanden erreichbar sein wollte.

Den Besitz des Gebäudes, in dem sein Geheimquartier lag, hatte er auf eine Briefkastenfirma überschreiben lassen. Dann ließ er einen Teil des Kellergeschosses umbauen und modernste Überwachungs- und Sicherheitstechnologie installieren. Die Handwerker, die die Arbeiten ausführten, waren über die Briefkastenfirma beauftragt worden, sodass er anonym blieb. Und außer ihnen hatte nie jemand die Räume zu Gesicht bekommen. Sogar in den Bauplänen und -genehmigungen tauchten sie nicht auf, was durch gut platzierte Zuwendungen an die Befehlsstellen der Stadtverwaltung erreicht worden war.

Wurde an etwas, das wie ein verrosteter Telefonschaltkasten in einem unbenutzten Hausmeisterschrank aussah, die richtige Zahlenkombination in die Tastatur getippt, glitt eine Wand zur Seite, und dahinter kamen eine stählerne Brandschutztür mit Codetastatur und eine moderne Kamera zum Vorschein.

Das Refugium war fast völlig autark. Es verfügte über eigenen Strom- und Internetanschluss, unabhängig vom Rest des Gebäudes. Wenn Tonys Sicherheitssoftware einen Versuch bemerkte, den Anschluss zu lokalisieren, fuhr sie das System automatisch herunter und sperrte es. Nur nach einem Reset und der Eingabe eines neuen, automatisch generierten Codes konnte es wieder hochgefahren werden. Das war nur von zwei Orten aus möglich: seinem Schreibtisch in der Firma oder dem Versteck selbst. Bevor er sein Versteck betrat, hatte er es sich zur Gewohnheit gemacht, sein Handy auszuschalten und die SIM-Karte und den Akku herauszunehmen. Drinnen gab es einen nicht registrierten Festnetzanschluss, den er jederzeit aktivieren konnte, was aber noch nie erforderlich gewesen war.

Hier wurde nichts zur Schau gestellt, gab es nichts zu repräsentieren. Die Einrichtung war schlicht, fast spartanisch. Niemand anderes würde diesen Ort je zu Gesicht bekommen, also bedeutete alles in diesen Räumen nur ihm ganz persönlich etwas. Bücher füllten die Wände. Viele von ihnen hatte er nie aufgeschlagen, aber sie hatten seinem Vater gehört. Andere, Klassiker vor allem, hatte seine Mutter ihm und seinem Bruder vorgelesen. Die Werke von C. S. Lewis und George MacDonald nahmen einen herausragenden Platz ein. Sie waren Lieblingsbücher seiner Kindheit. Eher planlos hingen ein paar Arbeiten von Escher und Doolittle an den Wänden, und in einer Ecke stand ein alter Plattenspieler. Er bewahrte eine Sammlung von Vinylplatten auf, deren Kratzer wie tröstliche Erinnerungen an längst vergangene Zeiten waren.

Dort verwahrte er auch besonders wichtige Gegenstände und Dokumente – Urkunden, Titel und vor allem seinen offiziellen Letzten Willen. Er änderte sein Testament oft, setzte Personen ein oder strich sie heraus, je nachdem, auf welche Weise sie sein Leben kreuzten und ob ihre Handlungen seinen Zorn erregten oder ihn zufriedenstellten. Gern malte er sich die Wirkung aus, die, wenn er sich eines Tages zu den »geliebten Verstorbenen« gesellte, ein Anteil an seinem Erbe oder die schmähliche Nichtberücksichtigung auf jene haben würde, die es auf seinen Reichtum abgesehen hatten.

Sein persönlicher Anwalt hatte, anders als sein Justitiar, einen Schlüssel zu einem Schließfach bei Wells Fargo in Downtown Portland. Zugang zu diesem Schließfach würde er nur erhalten, wenn er Tonys Sterbeurkunde vorlegte. Darin befanden sich die Adresse und der Zugangscode zu seinem geheimen privaten Apartment und Büro sowie eine Beschreibung, wo sich dort die Codes befanden, mit denen sich der versteckt ins Fundament des Gebäudes eingelassene Safe öffnen ließ. Sollte jemals jemand versuchen, sich ohne die Sterbeurkunde Zutritt zu dem Schließfach verschaffen, hatte die Bank Anweisung, Tony unverzüglich zu informieren. Seinem Anwalt hatte er unmissverständlich klargemacht, dass ihre Geschäftsbeziehung und die üppige Honorarzahlung, die pünktlich am Ersten jeden Monats eintraf, dann für immer der Vergangenheit angehören würden.

Tony bewahrte, nur zum Schein, noch eine ältere Version seines »Letzten Willens und Testaments« in seinem

Büro in der Firma auf. Einige seiner Partner und Kollegen hatten zu geschäftlichen Zwecken Zutritt zu diesem Büro, und er hoffte insgeheim, dass der eine oder andere, von Neugierde getrieben, einen Blick hineinwerfen würde. Er malte sich ihre anfängliche Freude darüber aus, in seinem vermeintlichen Letzten Willen bedacht zu werden, gefolgt von dem ernüchternden Ereignis der Verlesung des endgültigen Testaments.

Es war allgemein bekannt, dass Tony das Gebäude gehörte, das gegenüber von jenem lag, in dem sich sein Geheimquartier befand. Es war eine ähnliche Anlage mit Geschäften im Erdgeschoss und Eigentumswohnungen darüber. Die beiden Gebäude verfügten über eine gemeinsame Tiefgarage mit strategisch platzierten Kameras, die scheinbar das gesamte Parkgeschoss überblickten, jedoch in Wahrheit einen schmalen Korridor nicht abdeckten, durch den Tony unbeobachtet zu seinem Versteck gelangen konnte.

Um seine regelmäßige Anwesenheit in diesem Stadtviertel zu rechtfertigen, kaufte er sich eine repräsentative Eigentumswohnung mit zwei Schlafzimmern auf der ersten Etage des an sein Geheimbüro angrenzenden Gebäudes. Sie war luxuriös ausgestattet und bildete eine perfekte Fassade. Er verbrachte dort mehr Nächte als in seinem Haus in den West Hills und seinem Freizeitdomizil an der Küste bei Depoe Bay. Die Zeit, die er benötigte, um aus der Eigentumswohnung in sein Versteck zu gehen, hatte er genau gemessen. Es waren nur drei Minuten. Von dort wurden Wohnzimmer und Eingangsbereich der Wohnung kameraüberwacht. Neben der Liveübertragung fand auch eine ständige Videoaufzeichnung statt. Die aufwendige elektronische Hardware diente ausschließlich seiner eigenen Sicherheit. Er hatte in den

Schlaf- und den Badezimmern bewusst keine Kameras installieren lassen, weil er wusste, dass auch andere Leute gelegentlich als Gäste bei ihm wohnen würden, wenn er die Wohnung selbst nicht benutzte. Er mochte einige unangenehme Charaktereigenschaften aufweisen, aber Voyeurismus gehörte nicht dazu.

Jeder, der ihn mit seinem Wagen in die Tiefgarage fahren sah, würde annehmen, dass er die Nacht in seiner Eigentumswohnung verbrachte, was in der Regel ja auch zutraf. Er gehörte hier inzwischen zur gewohnten Alltagsroutine. Seine An- oder Abwesenheit erregte keine besondere Aufmerksamkeit, und das war genau, was er wollte. Doch nun, in diesem Zustand erhöhter Ängstlichkeit und Anspannung, verhielt sich Tony noch vorsichtiger als sonst. Er änderte seine Routineabläufe gerade so viel, dass er bemerken würde, wenn ihn jemand verfolgte, aber nicht so sehr, dass es in seiner Umgebung auffiel.

Was er nicht verstehen konnte, war, warum er überhaupt verfolgt wurde, welche Motive und Absichten dahintersteckten. Er hatte viele Brücken hinter sich abgebrochen, gerade in letzter Zeit, und er vermutete, dass darin die Erklärung zu suchen war. »Es muss etwas mit Geld zu tun haben«, mutmaßte er. Ging es nicht letztlich immer um Geld? Vielleicht steckte seine Exfrau dahinter? Vielleicht hatten seine Partner etwas ausgeheckt, um ihm seinen Anteil abzujagen, oder war es ein Konkurrent? Tony brachte Stunden, Tage damit zu, die Daten jeder früheren und aktuellen geschäftlichen Transaktion zu überprüfen, auf der Suche nach einer Ungereimtheit, doch er entdeckte nichts. Dann vertiefte er sich in die Geschäfte der Holdings, wieder auf der Suche ... wonach? Etwas Auffälligem, einer Erklärung für das, was mit ihm geschah. Er stieß auf einige Anomalien, doch wenn er seinen Partnern vorsichtig diesbezüglich auf den Zahn fühlte, wurden diese Dinge schnell und geräuschlos korrigiert oder auf eine Weise erklärt, die völlig im Einklang mit jenen Prozeduren stand, die er selbst eingeführt hatte.

Trotz der schwierigen Wirtschaftslage liefen die Geschäfte gut. Tony war es gewesen, der seine Partner davon überzeugt hatte, genügend Kapitalreserven aufzubauen. Deswegen kauften sie nur sehr vorsichtig neue Immobilien hinzu und investierten in Geschäfte mit sicherer Rendite, was sie unabhängig von den Banken machte, die inzwischen übervorsichtig geworden waren und kaum noch Kredite vergaben. Derzeit war er der Held der Firma, aber das beruhigte ihn keineswegs. In dieser Branche durfte man sich keine Atempause gönnen, und jeder Erfolg bedeutete, dass die Messlatte immer noch höher gelegt wurde. Es war eine Kräfte zehrende Art zu leben, aber andere, weniger stressige Optionen kamen für ihn nicht in Betracht. Er wäre sich dann verantwortungslos und faul vorgekommen.

Er hielt sich immer weniger in der Firma auf. Nicht dass die Leute dort scharf darauf gewesen wären, mehr Zeit als nötig in seiner Nähe zu verbringen. Seine zunehmende Paranoia machte ihn noch reizbarer als sonst. Wegen jeder Kleinigkeit fuhr er aus der Haut. Sogar seine Partner zogen es vor, wenn er von zu Hause aus arbeitete, und wenn das Licht in seinem Büro nicht brannte, seufzten alle erleichtert und arbeiteten viel besser und konzentrierter.

Aber dass er nun mehr Zeit für sich selbst hatte, verschaffte ihm keine Erleichterung, sondern seine Angst brach erst recht hervor, dieses Gefühl, dass irgendwer oder irgendetwas es auf ihn abgesehen hatte, ihm eine geheime Aufmerksamkeit widmete, die ihm ganz und gar unwillkommen war. Zu allem Überfluss meldeten sich auch noch seine Kopfschmerzen zurück, und zwar mit aller Macht. Diese Migräneanfälle begannen zumeist mit Sehstörungen und Sprachschwierigkeiten. Seine Aussprache wurde undeutlich, und er musste mühsam nach Worten suchen, um einen Satz zu beenden. Das war stets die Vorwarnung, auf die kurze Zeit später ein Schmerz folgte, als würde ihm ein unsichtbarer Nagel durch den Schädel in den Raum hinter seinem rechten Auge gerammt. Er wurde dann extrem licht- und geräuschempfindlich und schaffte es nur mit Mühe, seine persönliche Assistentin zu informieren, ehe er sich in die abgedunkelte Stille seiner Eigentumswohnung zurückzog.

Gewappnet mit starken Schmerzmitteln und weißem Rauschen schlief er, bis es nur noch wehtat, wenn er lachte oder den Kopf schüttelte. Tony redete sich ein, dass Scotch bei der Erholung half, aber er suchte sowieso ständig nach Entschuldigungen, um sich ein Glas zu genehmigen.

»Warum also jetzt?« Nachdem er monatelang gar keine Migräne gehabt hatte, kamen die Anfälle nun fast wöchentlich. Er wurde vorsichtig bei der Auswahl dessen, was er zu sich nahm. Vielleicht schüttete ihm ja jemand Gift ins Essen oder seine Getränke.

Ständige Müdigkeit machte ihm zu schaffen, und obwohl er mit pharmazeutischer Unterstützung durchschlief, fühlte er sich erschöpft. Schließlich vereinbarte er einen Termin bei seinem Hausarzt, den er aber nicht wahrnehmen konnte, weil er kurzfristig an einem Meeting teilnehmen musste, das sich um unerwartet aufgetauchte Probleme bei einem wichtigen Immobilienkauf drehte. Er ließ sich einen neuen Termin zwei Wochen später geben.

Wenn die Alltagsroutine infrage gestellt wird, beginnt man, über sein Leben im Ganzen nachzudenken, darüber, wer einem wichtig ist und warum. Insgesamt war Tony mit seinem Leben nicht unzufrieden. Er war wohlhabender als die meisten, was eine beachtliche Leistung darstellte für ein Heimkind, bei dem das System versagt hatte und das es aufgegeben hatte, darüber Tränen zu vergießen. Er hatte Fehler gemacht und Menschen verletzt, aber auf wen traf das nicht zu? Er war allein, aber meistens war ihm das gerade recht.

Er besaß ein Haus in den West Hills, ein Stranddomizil in Depoe Bay, seine Eigentumswohnung am Willamette River, einträgliche Geldanlagen und die Freiheit, nahezu alles zu tun, was er tun wollte. Er hatte alle Ziele erreicht, die er sich gesteckt hatte, zumindest jedes realistische Ziel, und nun, mit Anfang vierzig, überlebte er mit einem nagenden Gefühl der Leere und zunehmend durchsickernden Gefühlen des Bedauerns.

Diese schluckte er schnell wieder herunter, stopfte sie in jene unsichtbare Grube, die Menschen erschaffen, um sich vor sich selbst zu schützen. Natürlich war er allein, aber meistens war ihm das gerade recht. Meistens …

Kurz nach seiner Rückkehr aus Boston und nach einer besonders unbefriedigenden Besprechung mit zweien seiner Partner kam Tony der Gedanke, eine Liste jener Menschen zu erstellen, denen er wirklich trauen konnte, Menschen, denen er seine Geheimnisse und Träume anvertrauen mochte und gegenüber denen er bereit war, Schwächen zuzugeben. Er igelte sich in seinem geheimen Büro ein und nahm eine Weißwandtafel zur Hand und fing an, Namen zu notieren.